王小丰 著

70后之南方驿站

中国文联出版社
http://www.clapnet.cn

图书在版编目（CIP）数据

70后之南方驿站 / 王小丰著. — 北京：中国文联出版社，2021. 5
ISBN 978-7-5190-4527-2

Ⅰ. ① 7…　Ⅱ. ①王…　Ⅲ. ①长篇小说–中国–当代
Ⅳ. ① I247.5

中国版本图书馆CIP数据核字（2021）第047702号

70后之南方驿站

作　　者：王小丰

终 审 人：朱彦玲　　复 审 人：郭　锋
责任编辑：刘　旭　　责任校对：冀爱芳
封面设计：知库文化　　责任印制：陈　晨

出版发行：中国文联出版社
地　　址：北京市朝阳区农展馆南里10号，100125
电　　话：010-85923039（咨询）85923000（编务）85923020（邮购）
传　　真：010-85923000（总编室），010-85923020（发行部）
网　　址：http://www.clapnet.cn　　http://www.claplus.cn
E-mail：clap@clapnet.cn　　liux@clapnet.cn

印　　刷：天津雅泽印刷有限公司
装　　订：天津雅泽印刷有限公司
本书如有破损、缺页、装订错误，请与本社联系调换

开　　本：710×1000　　1/16
字　　数：360千字　　印　　张：24.25
版　　次：2021年5月第1版　　印　　次：2021年5月第1次印刷
书　　号：ISBN 978-7-5190-4527-2
定　　价：68.00元

人物表

（排名不分先后）

王　佐：江西九江人，男，原为国企职工，1992年南方谈话后打工流浪中国南方几年，后辗转到珠三角地区。打工，创业，再打工，再创办五金厂。

韩　墨：江西南昌人，女，大学生。南方打工，与王佐相识，结为夫妻，相依为命，支持王佐创业。后成长为职业经理人，并创办企业管理公司。

牛玉民：湖南人，男，车工，后创办机械厂。

胖　妹：湖南人，女，牛玉民妻子。

老江、中江、小江：父子三人，台商，在大陆经营灯饰厂、灯头厂。中江、小江嫖赌妄为，沦为台流；老江气死。

吴　雅：贵州人，女，外号“乌鸦”，暗恋王佐。

马新国：湖南人，人称马叔，老三届，车工。因挤火车，突发脑出血去世。

黄　稀：江西九江人，男，来南方前为乡村教师。

张勇军：江西九江人，男，知名灯饰设计师，后创办灯饰厂。

白丽丽：湖南人，女，张勇军妻子。

柳　珍：江西九江人，王佐在家乡国企上班时认识的织布厂女工。

徐经理：台湾人，金得厂经理，后创业失败。太太是西安人。

出　纳：湖南人，女。

老　孙：河南人，美工，偷图纸，勾引有夫之妇，后遭不测。

李湘花：湖南人，女，白丽丽老乡，采购。

顾丽英：湖北人，女，采购组长，后升为经理，权欲重，无情无义。

闫书进：江西新余人，男，韩墨大学同学。打工，传销。传销期间，到处借债，备受冷眼。最后发愤图强跑业务，创办五金厂。

聒叔柄：江西吉安人，男，韩墨大学同学。打工，传销，开店，最后创办连锁店。

彦小明：江西上饶人，男，韩墨大学同学。港兴厂会计。因贪小利涉走私，进监狱。

韩砚、韩斌：韩墨大弟、二弟。

钱丽艳：女，韩墨老乡和同学，因闹离婚来南方，后与后夫创办机械厂。

凡勤、凡俭：四川人，男，堂兄弟，从事电工和机修工作。

王春秋：江西九江人，男，船务，开小店，跑运输，创办纸箱厂。妻子是广西人周梅。

陈永华：江西赣州人，男，成得厂生产主管，暗恋韩墨。

黎玉梅：湖南人，女，电脑操作员。

厂　长：广东东莞人，男，后为治安队长。

邬奇珍：湖南人，女，翻译，后为“妈咪”。

幸梅香：江西九江人，女，王佐老乡。

李秀川：四川南充人，女，金得厂文员，后跑业务，办电线厂。屈跃进妻子，后离婚。

屈跃进：江西鄱阳人，男，新亚鞋厂生产主管。来南方前为美术老师。

小　蔡：江西丰城人，女，韩墨大学同学。

宋家根：江西萍乡人，男，韩墨大学同学。

章新月：江西临川人，女，离婚后闯南方，后嫁给台湾人林胖子。

林胖子：台湾人，男，从台流到台干再到台商，章新月后夫。

赵大伟：南昌人，男，钱丽艳后夫，跑业务多年，后创办机械厂。

方坤树：男，广西柳州人，跟王佐合伙创业，使王佐上当受骗。

韦南海：男，海南人，越南华侨子弟，模具师傅，王佐创业伙伴。

自序

1990年，我毕业后被分配到长江中游的一家军工企业。这是一座富有深厚人文底蕴的滨江小城。朱元璋于此一战定江山；苏东坡逃离黄州，在此留下千古名篇《石钟山记》；江中有彭郎矶、小孤山，更有“小姑前年嫁彭郎”的美好传说。于一个十九岁的青年而言，建功立业、文以载道、浪漫爱情是必须兼得的梦想。但于此三年，除了衣食无忧之外，徒余面对长江的“逝者如斯夫”的感慨。1992年南方谈话一声炮响，无所适从的我毅然打起了背包，为追梦者、逃避者所裹挟，开启了我青春的征程。

东进、南下，我青春的足迹在中国南方“画了一个圈”后，最终落脚东莞。当2008年的经济寒潮席卷全球的时候，外资企业人去楼空，昔日摩肩接踵的街市门可罗雀。回望来路，这十五年的颠沛难道是一次青春的错误骚动吗？十五年，于人的一生而言不算短暂。新中国青春的一代所流下的汗水可以让浩浩荡荡的东江俯首顿流！无论前路如何，它都应该作为一段历史被记录下来。于是我拿起了笔，写下了40万字的《70后之骚动》。接着，我又完成了其姊妹篇《70后之盲流》的创作。

回想新中国的发展历程，在1992年南方谈话感召下的这次南下打工大潮，其高涨的热情与庞大的规模更胜于20世纪60年代“知识青年到农村去”的“上山下乡”运动。老三届与70后，他们怀揣的是同一个梦想——建设祖国，振兴中华！是的，大浪淘沙，70后与历史上的任何一代人一样，在中华民族的伟大复兴运动中，有牺牲者，有失败者，也有叛逃者，但更有屡败屡战、愈挫愈奋的信念坚守者，他们最终站立在了时代的潮头。为此，我认为完成这部《70 后之南方驿站》是我的使命。

如今，那一批历尽洗礼的“70 后”已经成长为共和国各条战线上的中坚力量。然而，那些流汗、流泪，甚至流血的日子又怎么能够忘怀呢？那段难忘的经历在载入共和国史册的同时，也深深地铭刻在了他们灵魂的深处，成为他们继续前进的动力和诲育子孙的精神财富。

遥想当年，我手持一卷书，心仗一柄剑，一路南来，有气吞山河之势。如今二十五年过去了，华年不再，虽非衣锦还乡之辈，却有幸成为这段历史的经历者，也算是种瓜得豆吧。

聊以为序。

王小丰于东莞

目录

第一章　应聘路上

1997 年正月初八早上七点多，东莞市企石镇铁炉坑村开确集团（以下简称“开确厂”）侧门外的那条工业区小街上，一个二十五六岁的男青年坐在一家早餐店里吃早餐。他一边吃着汤粉，一边看着路上穿着宽大工作服的打工妹们。那些打工妹三五成群、说说笑笑，正络绎不绝地走进开确厂去上班。他心中不由自语：“干的干死，涝的涝死！”

他叫王佐。他并不是借吃早餐的机会来瞅打工妹的，而是急着去应聘。从他打工的永发机械厂（以下简称“永发厂”）到宝石酒店上车，正好路过开确厂，而开确厂侧门外的工业区小街上卖早餐的店铺和流动的早餐摊子特别多。他见时间尚早，便临时决定吃顿早餐再走。

春节后刚上两天班，王佐就有机会去应聘，并不是他年前就联系好了。春节时，他去年上半年打工的那家灯泡厂有个老乡对他说，有个朋友也是搞产品设计制图的，年前找好了另一家工厂，但老板不放人，说是必须有人接替才能走。王佐得知这个信息后非常高兴，因为他早就想离开打了半年工的那家二十多个工人的小机械厂，只是苦于没有合适的机会。

20 世纪 90 年代到南方沿海打工的那代年轻人，只要稍有点文化，或者稍有点技术，或者稍有点志气，总是在不停地多学技术，寻找机会跳槽，以便找到更好的工作，获得更好的待遇和前途。毕竟，打工不是铁饭碗，与其死守一家工厂打工，还不如在跳槽中寻找机遇、改变命运。因此，那些年，开往南方的火车上，总是挤满了心存美好理想和梦想的年轻人。他们从一个城市跑到另一个城市，有的人说是找工作，其实就是流浪。

“王佐，你还在吃早餐呀！都迟到了。”王佐回头一看，原来是永发厂的同事——车工牛玉民的女朋友胖妹，她在开确厂打工。这次去面试，王佐并没有对牛玉民说，但他请一天假的事厂里人肯定全知道，于是他随口说道：“一个老乡刚从家里过来，我请了一天假，带他去东坑镇玩玩，晚上就回来，到时我们不见不散。”牛玉民和王佐住同一间宿舍，所以胖妹和王佐很熟。胖妹开玩笑地说：“不会是去看情妹妹吧？怪不得我给你介绍的女朋友你都不愿意呢，呵呵呵……带过来看看嘛！”王佐也笑了，说：“哪有什么女朋友，我是去见一个大男人。对了，晚上加班吗？我都是老大难啦，晚上不加班的话帮我带个把妹子出来瞧瞧嘛。你们开确厂姑娘一大堆，我的终身大事就靠你胖妹了。这个忙你可要帮定，不能推辞！”“上次带了一个出来，你又不中意……不跟你聊了，上班去了，我还没打卡呢。”胖妹说着就走了。

看着胖妹的背影，王佐一直不解英武刚俊的同事牛玉民为什么找一个这么胖的女朋友，是不是哪个环节出错了。吃完汤粉，王佐手拿装有简历和证件的 A4 纸大小的透明塑胶文件袋，快步走向宝石酒店。一路上，他看见三五成群，手提肩扛大包小包的打工仔、打工妹就来气！我是上无片瓦之天、下无插针之地才出来讨生活的，你们在家里有田有地有农家小院，现成的“我耕田来你织布”的牛郎织女的日子不过，偏偏来这个改革开放的前沿阵地为资本家做牛做马，累死累活，岂有此理！

在宝石酒店，王佐上了从桥头镇开往东莞市的 75 路大巴车。

20 世纪 90 年代是东莞的黄金十年，那时行驶在东莞市城镇大小公路上的各类大、中巴公交车上，无论何时都挤满了打工的青年男女，有座位的大多是在起点站上车的。王佐上了大巴车后，见没有座位，便挤在大巴车中间，一手拉着吊环，一手拿着塑胶文件袋，随着大巴车的轰鸣，急切地想着在石排镇福隆市场下车，然后转车到横沥镇汽车站，再从横沥镇汽车站转乘一趟开往大朗镇的中巴车，中途再在东坑镇长安塘村下车。

1997 年春节后，东莞一夜之间就迎来了明媚温暖的春天，虽然不热，但男人大多穿上了衬衣，女人大多穿上了裙子。站在摇晃拥挤的大巴车上，王佐鼻尖微微出汗。可是，他看着车上露胳膊露大腿、挺着娇胸的打工妹们，感觉如沐春风，心情还是挺好。和王佐斜对而站的是一个上穿红背心下着牛仔短裙的时尚姑娘。姑娘那红背心衬托下的露在空气中的半个雪白胸部，随着大巴车的前进在王佐面前左右前后地摇晃，害得他一双不安分的大眼瞄一下，又瞄一下。红背心姑娘显然是注意到了王佐那双不安分的色眼，但她却装作什么都不知道，偏着头看着窗外，脸上显出鄙夷的神色。

王佐倒没有因红背心姑娘的鄙夷而生气，反而因自己的行为致使姑娘不自在而开心。但他此行是去应聘的，不便多考虑其他的，所以也把头偏向窗外，注意着下车的地方。同时他想，时代真是不同了，记得在他儿时和 20 世纪 80 年代时，女人穿衣服都穿得严严实实，而男人不管老少，在夏天一律短裤背心，甚至光着大膀子，要多凉快儿有多凉快儿。可是现在，像他这样的大男人却是衬衣西裤皮鞋，捂得严严实实的，而女人却露背露胸露大腿，身上的衣服越穿越少，严格来说只是几根布条而已。回想二十几年的短暂人生，他不禁为社会变化之大而感叹！

大巴车驶过新南桥，前面是石排镇的地界，一辆摩托车从沙角村方向冲向公路，司机急刹车，全车人前仰后合，还有女人尖叫。经常因找工作坐大巴车的王佐此时倒是站得稳当，可红背心姑娘就不行了，不但前仰后合，而且手脱吊环，不由自主前后踉跄了两步。潜意识里，王佐伸出手想拉她一把，以免她摔倒。可是人没拉到，红背心姑娘的胸部却正好撞向了王佐想帮忙的大手。红背心姑娘红着脸，站稳后怒看王佐说："流氓！没见过女人吗？"全车的人都看向王佐，他恨不得找个地缝儿钻进去。也许是为了维护面子，也许是因为冲出国企打工四年来养成的玩世不恭，王佐装模作样地看了红背心姑娘好一会儿，说："你说对了，我是流氓，但你又说错了，我见过女人，但你是女人吗？我看不是！"红背心姑娘气急败坏，怒看王佐："你——"车上几个小青年哈哈大笑，其中一个说："大哥你近视眼呀，小姐也是女人嘛！"全车大笑，红背心姑娘眼泪都流出来了，对着司机大叫："停车！停车！我要下车！一车的流氓！"

一个坐在座位上白领模样的女人说："今天是二月十四，情人节，是男人送花的日子。你们这些大男人积点德好吗，不要欺负一个姑娘家了！"

全车顿时安静，司机没听见红背心姑娘继续说下车，车速便加快了。王佐从不知道世上还有个“情人节”，他看了一眼那个白领模样的女人，想问一下她，但又因刚刚自己的言行而不便问。于是，他把头转向窗外，看着不长庄稼而长房子的东莞大地，想着心事。

从小爱看书的王佐，依稀记得在某部外国小说里看到过情人节的场面。此时他想，情人节一定是西方人的节日。欧洲男人个个是绅士，而自己刚才的言行举止则显得粗俗、下流，以取笑他人而后快，惭愧啊！惭愧！情人节，那是情人过的节日，都奔三了，我不但没有情人，连女朋友都没有，真是白活二十余年了！唉！还是多多考虑面试的事吧。

从石排镇福隆市场转车到横沥镇汽车站，再转车到东坑镇长安塘村，一路上王佐一直想着在东莞近一年来的打工生活以及最近几次应聘的场面，并分析失败的原因，以便这次应聘吸取教训，争取把握这次难得的跳槽机会。多次面试失败使他明白，转行跳槽那真是太难了！可不跳槽死守一家工厂，又怎么能改变命运呢？

冲出国企打工以来，王佐往返广东多次，大多数时间在苦苦找工作，没有工作的日子那只能算是流浪。按理，重返广东后，他本应该去找电工做的。1995年毕业证被人偷去后，为了能在广东找一份工作稳定下来，也为了以后再抽出时间回校补办毕业证，再找专业对口的工作，他曾花了不少心血去广州白云学院进行电工培训。正是那次一个多月的电工培训，差不多花完了他身上所有的钱。哪曾想，培训结束通过电工证考试后却不能当即拿到电工证，身无几餐饭钱的他，无奈之下在广州火车站接站流浪，才有了那段不愿向人提及的靠拉客生活的经历。考完电工证两年来，他除了在重庆一家摩配厂做了几个月短暂兼职电工以外，就再也没有做过类似的工作。恰恰相反，有电工证没找到电工的工作，没毕业证反而现在正从事专业对口的工作，而此时又要去应聘更好的专业对口工作，他不禁为当初的电工培训而后悔。

王佐之所以没有热心去找电工的工作，除了因为现在正从事专业对口的工作外，还因为去年的一件事情刺伤了他。去年上半年他重返广东，经人介绍在一家灯泡厂做电线裁线工，不久又调去做仓管，这都是他不中意的工作，对他来说索然无味。不久，他听说厂里的电工要辞工回家结婚，便找到人事主管，说他有电工证，可以做电工的工作。人事主管看了他的电工证后，满口应承，说电工走了就让他接着做，并且当即安排他做电工的助手，以便顺利交接。后来电工走了，做电工的却不是他，而是办公室一位采购小姐的弟弟，他不禁心凉了半截。那位采购小姐的弟弟没有电工证却能上岗，他有电工证却不用他，他能不痛心吗？不过，后来他也想通了。那份电工的工作难度并不大，只是做厂里的后勤工作，负责一些照明电路检修和烧烧电焊而已。因为厂里并没有什么机械，不需要维修控制电路，采购小姐的弟弟想做那份工作，当然就没有他王佐的份了。他当时想，什么电工，不就是打杂的吗？老子找一份真正控制电路维修的电工工作给你们看看。因此，后来的一段时间，每天中午和晚上下班后，他都要到附近各个工业区看看招工广告，看到哪家厂招电工，第二天就请假去应聘。几次应聘下来，电工工作没找到，他反而应聘上了永发厂的制图员，真是人算不如天算。

从灯泡厂跳到永发厂，正常辞工要一个月的时间。时间不等人，他故意找了一个口碑极差的人打了一架，二人双双被开除。他被扣了半个月的工资，当即跳槽到了永发厂，而那个人也被扣了半个月工资，却流落厂外，三个月后才找到一家工厂的仓库搬运工的工作。那个倒霉的人被开除时，那家灯泡厂的工友们个个拍手称快，欢欣鼓舞，但此时坐在中巴车上赶向东坑镇长安塘应聘的王佐，还是觉得太对不起他了。

坐在中巴车上，王佐忽然想到，那位介绍自己来长安塘村应聘的老乡说，他要面试的公司是一家台湾人开的灯饰厂。可这灯饰指的是什么呢？是一种灯具工艺品吗？还是灯具上的装饰品？自己可一点经验也没有啊！况且，这是去应聘设计员的职务，会不会要求操作电脑，熟练运用AutoCAD呢？如果是这样，成功的概率真是太小了。左思右想，王佐对这次应聘就不抱什么希望了。

上午十点左右，王佐在东坑镇长安塘村下了中巴车。

站在长安塘村十字路口，看着中巴车消失在大朗镇方向的荔枝林里，王佐怅然若失。因为他只知道来应聘的金得厂在长安塘村下车就找得到，可是刚刚在车上他怎么看也没看到“金得”两个字的影子。一群摩的[1]轰鸣着围住下车的男女，讨价还价，不一会儿就四散而去，没搭摩的的人也已走出几十步开外了。王佐向四周的厂房看去，十字路口能看见的厂房顶上大大的厂名并没有“金得”二字，那就说明这家叫“金得”的工厂并不在十字路口边上。唉！怎么就不问清楚具体的位置呢？他正想问问路人，两辆搭客的摩的又返回下车的地方，围住他，说着拗口的普通话：“靓仔，去哪里？搭摩托车啦！”时间就是金钱，时间就是生命，平常出门应聘，王佐下车就搭摩的，从没考虑自己找过去。今天之所以犹豫不决，实在是那位介绍他来应聘的老乡对他说过，下车就到了。“我去金得厂。”“十块啦！”“我朋友说下车就到了，很近的，五块好不好？”“五块就五块，带你一趟啦！”

王佐上了一辆摩托车，摩托车向中巴车开走的方向跑了没几步，就转向十字路口右手边，不一会儿就在一排厂房的尽头停下了。大门上有“东莞金得电器制造厂有限公司”几个大字，厂房顶上还有更大的红色“金得”二字。没错！王佐掏出十块钱递给摩的司机，但感觉还是吃亏了，说：“才几步路嘛，走路也用不了十分钟，还要五块钱！”摩的司机一边找钱一边说：“不贵啦！靓仔，的士还有个起步价呢，你不认识路，带路也要钱的嘛！”王佐接过钱，不耐烦地说：“好了，好了，这不给你钱了吗？你就不能学习雷锋好榜样啊！指下路不就可以了吗！”“我是赚钱的，不是做好事的，靓仔！做好事你给我饭吃吗？”说着，摩的司机脚踩油门，摩托车“轰”的一声，已驶向十字路口方向。

在广东打工前后也有两年多了，王佐见多了各种欺负和歧视外来工的事情，摩的司机这种略带骗人性质的带客，在他眼里简直就是小菜一碟，这并没有让他放在心上，更没有影响他应聘的心情。他想，自己还曾在广州火车站拉客接站哩，那岂不是比摩的司机坏多了！那可是真正的骗子，简直就不是人！在金得厂大门口稍稍镇静一会儿，王佐健步走到保安室，

---

① 摩的：摩托车的士，以摩托车为工具来搭客的一种赚钱方式，现已禁止使用。

很客气地对保安说："您好！我找张勇军，麻烦您帮我找找他！"

保安室有两个保安，一起转过头来。一个保安头微仰，似看非看，好像王佐八辈子欠了他什么似的："你哪个厂的？找他什么事？"

第二章　面试

因为金得厂这次招聘并没有打任何招工广告，王佐不知道张勇军是怎么在厂里处理的，所以他不好说是来找工作的。他担心万一被保安拦下会前功尽弃，稍想了一会儿，便对保安客气地说："我们约好的，有重要的事情。"一个保安大声嚷嚷："员工上班时间不能见人，不能处理私事，等他下班吧！"王佐求着说："我不是私事，是有关技术上的事情，我是企石镇过来的，您通知一下张勇军吧。如果是私事，张勇军能带我进你们厂吗？我时间紧，您给通知一声吧！"工厂之间人员往来，一般是坐车过来，最起码也是货车，保安将信将疑。忽然，他看见王佐手里拿着一个A4纸大小的塑胶文件袋，嘴一歪，心想着：哼！这不是找工作吗？还骗老子！于是厉声道："我说过，上班时间员工不能会客，不能办私事，等下班吧。"说完，保安就不理王佐了。无奈之下，王佐又跑到十字路口一家小店给张勇军打了个电话。张勇军说马上出来，王佐如释重负。

等到王佐再次来到保安室外，一个矮壮长发的男人刚好也进了保安室，跟保安打了声招呼，隔着窗子问王佐："你是企石来的，叫王佐吗？"王佐点了点头说："我是，你是张勇军吧！"但他心中却说，这就是张勇军呀！画图设计员，怎么搞得像个画画的？既不勇也不军嘛！这时，保安已开了小门，招呼王佐进去，张勇军领着他向写字楼走去。路上，张勇军问："听黄稀说，你是学机械的，以前在家乡国营厂上班？"黄稀就是介绍王佐来应聘的那位老乡，现正在王佐去年上半年打工的那家灯泡厂做采购。"是，是的，我是学机械的。在读中学时我就认识黄稀，他比我低两届，去年又同在企石灯泡厂打工。”“我听他说过，我这不正要走吗！过年的时候我跟他在一起聊天，他说你在一家机械厂做制图，我就叫他问问你，想不想跳过来……真是太巧了，呵呵，你正好想跳槽！”“我只在机械厂做过，不知能不能拿得下来？”“一百个放心，机械厂那叫制图，真正的技术。这里的画图是最简单的，对你来说那是牛刀杀鸡。”“不会吧？”“来了你就知道了，就是画一些零件图，标一些尺寸和公差，对你来说小儿科，小儿科，呵呵呵……”

张勇军这几句话使王佐信心倍增，原本他还以为隔行如隔山，心中只把这次应聘当作一次学习罢了。心头轻松，他脚步也轻快多了。王佐环顾四周，发现金得厂像东莞大多数标准厂房一样，是个长方形的院落，大门对面是栋四层楼的员工宿舍，两边各有一栋三层楼的厂房，中间围成一个大大的场地；宿舍前面有栋两三百平方米的两层楼房，那就是写字楼了。

快到写字楼时，张勇军忽然停下来说：“老板出去了，一时面试不了，我带你去样品室看看。”说着，张勇军领着王佐来到左手边厂房，进了一楼车间。王佐发现偌大一片场地上码着小山般整整齐齐已包装好的产品，都快挨着天花板了。车间中间有一条生产线，却空荡荡的，靠保安室方向沿墙一带有十多台机器，几个工人正在“轰轰”地操作，与其说是车间，不如说是仓库。张勇军介绍说：“这里是成品仓库，那条生产线是返修时用的，那一排机器是用来加工铁线的，不过大部分铁线都是外发加工，包括其他配件，也都是外发加工，厂里只是负责采购组装，所以画图设计是个重要岗位，是仓库和生产的源头。”王佐若有所思，这是他以前不曾接触过的，既感到新鲜，又有强烈的了解欲望，是故看了这个仓库兼车间的厂房足足有三十秒。张勇军接着说：“走，我们去样品室看看。”王佐跟着张勇军走着，这才发现进车间大门右手边有一堵墙，往前走到尽头有一个小门，那就是样品室。

张勇军掏出钥匙开了门，在门边劈里啪啦地按通了所有的开关，眼前的景象令王佐眼花缭乱、目不暇接。样品室足有三百多平方米，天花板上挂满了各种铜质玻璃吊灯和水晶吊灯，四周墙上布满了各种台灯和嵌灯，还有各种形状的两根铁线组成的道轨，道轨上等距间隔安装了各种形状的灯头，整个样品室里的灯光五颜六色的，王佐感觉仿佛进了皇宫一般。他新奇地看着这些富丽堂皇的灯具，由衷赞叹："太漂亮了！长这么大我还没见过这么多灯呢，这就是所谓的灯饰吧！这都是你们厂生产的吗？太了不起了！"张勇军说："哪能生产这么多，每家灯饰厂都有主打产品，我们厂主要产品就是那些道轨灯，还有些台灯和嵌灯，其他灯饰装在这里是用来贴金的，营造一种产品丰富的氛围罢了。坐吧！"

王佐注意到，样品室中间是一张椭圆形暗红色会议桌，十多把黑色皮质椅子围绕桌子整齐摆放。二人坐了下来，王佐环顾四周说："真没想到，这么精美壮观的灯饰产品是你们生产出来的，你们太了不起了！"张勇军笑了，说："其实这些东西很简单，只不过把一些玻璃和金属配件装在一起罢了，而这些玻璃罩、金属管罩之类的配件并不是我们厂生产的，我们只是组装而已。要说了不起，那些生产配件的厂家才真正有技术。你看，那些金属雕塑工艺配件，哪一件不是模具做出来的，还是你们做机械和模具的人厉害！"王佐说："我们搞机械和模具的人再怎么花心思设计制造一套模具，也只不过是产品上的一个配件。今天啊，真是大开眼界呀。"张勇军说："以后见多了，就不觉得什么了。你来上班后，不忙的时候就进来看看，拆装拆装，拆几次也就不新鲜了……这把钥匙你来上班后就归你保管了。"

王佐不解地问："假若有机会来这里上班，这把钥匙是我保管吗？我随时都可以进来看吗？"张勇军中气十足地说："那当然！画图设计人员不看产品，不看样品，谁有资格看？这可能和你们机械模具行业不一样，你们那一行学问太深了，这些东西都是小儿科，不算什么，看看也就会了。"王佐真诚地说："这些轻工产品对我来说真如隔山一般，看到这些以前没见过的精美灯饰，我还真是有兴趣，只是不知以后有没有机会来这里上班呢。"张勇军说："你放一百个心吧，我走了，厂里肯定要招一个画图设计员，这个老板就相信介绍的，你放心面试好了。不过，你可千万不要说你接触过灯饰，你这样粗略看看，也说不出什么，老板可精明了……好了，我们现在去写字楼看看，说不定老板回来了。"

二人走进写字楼，张勇军跟前台文员打了声招呼，便把王佐领到一间大办公室左边一角的一个小会议桌旁坐下，对他说："我进去看看，你先等一下吧。"

金得厂写字楼除了王佐待的那间大办公室以外，从大办公室右手边一扇门进去还有一间小办公室，那是老板办公的地方。从老板办公室向里走，又是一间小办公室，那是财务部和工程部共用的办公室。台湾老板讲究风水，老板堵住财务部，防止财产外流，是很正常的事。但工程部也如此安排，可见技术和图纸是一家工厂最重要的机密，岂可小觑。

此时，工厂管生产的台湾人徐经理正在财务部和工程部共用的办公室里说笑。外面那间大办公室是采购、生产、船务、人事、后勤等部门办公的地方，人多事杂，大多是徐经理的下属。徐经理一般不会在大办公室聊天。财务部和工程部的职员不属于他管辖，相对安静，不像大办公室那些"八婆"采购骂骂咧咧的。因此，徐经理在老板外出自己又忙完了之后，往往会到这间办公室闲扯。

此时，徐经理正对财务部第一张办公桌的出纳说："今天什么日子知道吗？情人节！什么是情人节，那就是情人过的节日，是男人向女人示爱的好日子！今天有没有男人送花给你啊？没有的话，我吃完晚饭去东坑买一朵玫瑰花，送给你，好吗？"

出纳虽说来自湖南农村，高中毕业，但打工几年了，也算见多识广。她满不在乎地说："好啊！有人送花还不好吗？我就怕你太太看到了，晚上罚你跪搓衣板！"

徐经理大大咧咧地说："我太太虽说是西安人，但在我的管教下，相夫教子、服服帖帖的。哪像你们大陆男人，被太太管得死死的，阴盛阳衰，那还得了！"

出纳扬起头说："别在这里吹牛了！估计我们徐经理天天晚上得打洗脚水哦！"

办公室里的人哄堂大笑，坐在工程部第一排办公桌的美工老孙说："徐经理，我们大陆女人哪会过什么情人节！这不刚洗脚上田吗？既不懂情调，也不懂情趣。要不，徐经理晚上去东坑多买几朵玫瑰花，送给我们金得厂的这些不开窍的'小芳'。培养培养，心智开了，便略识风情，以后我们这些光棍也好有机会嘛。”

办公室所有人又笑开了，出纳说：“老孙，狗嘴吐不出象牙！”

这时，张勇军走进来了。坐在财务部最后一排的会计主管韩墨问：“张勇军，怎么你一个人呀！你不是带人来应聘吗？都半天了，人呢？”

张勇军看着韩墨说：“来了啊，不是在外面会客的地方坐着呢吗！江老板还没回来，总不能让他干等吧。要不，徐经理，你一人之下，万人之上的，帮忙去面试一下，我要避嫌呢。”

徐经理朝大办公室看了看，说：“就那个人吗？好像还挺精神的。不过，我不去。你们工程部、财务部不是我的地盘，不在其位，不谋其政嘛。”

出纳娇笑着说：“徐经理，你就是我们全体的老大，老板不在的时候还不是什么都听你的，你不去面试谁去？劳驾去一下啦，让人久等多不好！”

韩墨抢着说：“对，对，徐经理不去面试，还有谁能面试，难道我们去不成？”

徐经理微微笑着说：“好吧！今天我就再当一回老江吧，谁叫我是经理呢？”

王佐坐在大办公室一角，正好可以看到大办公室里所有的人。大办公室里电话声不断，吵吵闹闹，不时有人进进出出，他完全能分辨出这些进出的人员哪些是厂里其他部门的，哪些是外厂送货的。他发现，这间大办公室的工作人员几乎是清一色的娘子军，她们大多穿着黑色的皮裙子。他想起黄稀对他说，那家厂的文员可漂亮、可性感啦，超短黑皮裙，高跟鞋，你不去那里应聘就太对不住老天了。看来果然不假。

王佐正看着眼前的无限风光，忽然发现张勇军带着一个高大魁梧、相貌堂堂的中年男人走了过来。他立即站了起来。张勇军说：“这是我们厂的徐经理，我们老板还没回来，徐经理是台湾总公司派过来的，管全厂所有的部门，他先面试你。”王佐正想说什么，只听徐经理盯着他说：“本来这个岗位是老板亲自面试的，既然老板不在，我先给个零件你画画图吧。哦，你坐，你坐，坐嘛。”说着，徐经理叫一个文员拿过一个零件来，张勇军已去拿纸笔和游标卡尺了。零件和纸笔拿来之前，徐经理随便问了王佐几句，王佐如实回答。

零件和纸笔拿来后，王佐认真地画起零件的三视图来，脑中还在想着徐经理。这位徐经理讲着一口标准的普通话，就像国企职工一样，那身材、那形象也像是个国企干部。如果真是国企走出来的人那就好了，我们就有一定的共同点了。若能进这家厂，那可易于相处啊！

张勇军回到里间办公室坐下，同事们叽叽喳喳，问他来应聘的这个人的有关情况，特别是出纳还问："那人多大了？帅不帅呀？有没有女朋友？"张勇军笑着说："帅不帅你去看看不就知道了，据我所知，人家还是光棍一条呢，你们的机会来了。"韩墨取笑说："对，帅不帅你去看看啦，人家如果不来我们厂上班，以后可就看不到了。"出纳对韩墨说："你去看看嘛，代表我们去看看，大家同不同意？"同事们齐声起哄说："同意！"

韩墨站了起来，豪爽地说："看就看嘛，你们装什么装？"韩墨和张勇军同是江西人，又分别是财务部和工程部的主管，她早就知道张勇军找了一个江西老乡来接替他的位置，所以她对来面试的新同事特别好奇。今天手上的事忙完了，跟同事们打趣也挺有意思的。

韩墨走到门边，抬头张眼向外面小会议桌看去。只见那人白衬衣黑裤子，头发稍短，面庞清秀瘦削，斯斯文文，正聚精会神、一丝不苟地画着图呢。韩墨怔了怔，不禁倒吸一口冷气，心中"咚咚"跳个不停，"好一个儒秀的男人！"韩墨大学毕业才两年，因为从小爱好文学，对有学识、文质彬彬的男人情有独钟。此刻看着王佐，她不禁愣在门边。

中午下班时，江老板还没回厂，张勇军带着王佐来到长安塘十字路口一家叫作"蜀香园"的川菜馆吃饭，同来的还有张勇军的女朋友——金得厂的采购白丽丽。人如其名，白丽丽高挑白皙，靓丽大方，穿着高跟鞋竟然高出张勇军一头。王佐心中不禁感叹："丑男配美女，帅哥边上往往是个矮冬瓜，世上的事就那么怪，这月老是怎么牵线的！"

看来白丽丽是个常客，菜馆老板娘递过来一张卷了角的菜谱，她看也没看，连珠炮似的说："泡椒鸡杂、回锅肉、剁椒鱼头，外加一个西红柿蛋汤。"张勇军对王佐说："她知道我们是老乡，爱吃辣的，路上就想好了菜呢。"王佐看着白丽丽问："你是四川的？"白丽丽头一扬，说："湖南人不是更爱吃辣吗？你们九江人不也一样？又不是只有四川人才吃辣的！"

王佐一时语塞，好一个快言快语的漂亮女郎。吃饭时，张勇军一再说："你和黄稀以前都是有工作的人，一个做老师，一个在国营企业，还要出来打工，真是不简单啊。以前，我以为出来打工的都是没工作的人，或者是像我们这样的农村富余劳动力，遇上黄稀后才知道大错特错。"王佐感到很是不好意思。出门打工四年来，他并没有感觉到自己比农村人强多少，甚至不如。就拿眼前的张勇军来说吧，他已经是一个老资格的产品设计师了，自己还得靠他的台阶才能跨越一步，真是惭愧！听黄稀说，张勇军比王佐要大几岁，高中毕业，没考上大学，在景德镇陶瓷学院（现更名为"景德镇陶瓷大学"）学了几个月美术，后在家乡开画店，没什么业绩，老婆也娶不上。谁知到了东莞，张勇军如鱼得水，不但在职场混得风生水起，成长为一名优秀的灯饰设计师，而且很快有了一个漂亮的女朋友，令打工仔人人羡慕，真是"人挪活树挪死"啊！

吃完中饭，一行三人回到金得厂，王佐又坐在会议桌旁，检查上午画好的零件图。

过了半个小时左右，张勇军把他带到江老板的办公室。江老板五十多岁、满脸横肉，他正给站在他旁边的漂亮女助理交代工作。助理一脸春风，不时点头说好。一会儿，电话响起，江老板抓起电话，同时挥挥手，助理回到江老板前面的办公桌前坐下，王佐和张勇军耐心等着。江老板宽大的老板桌上摆满了各种零件和纸质资料，简直可以和街上的摊子比美叫卖了。大声讲电话的江老板不时拿根白烟嘴的香烟抽上两口，还没抽完，就摁灭在一个超大的玻璃烟灰缸里，随后又拿起一颗槟榔大口咀嚼，满嘴鲜红汁液，令王佐很不自在。

好一会儿，江老板讲完了电话，张勇军适时插话，不失客气、尊敬地说："江老板，这位是来应聘画图的，制图几年了，您看看，这是他上午画的图纸……"

江老板抬眼看了一下王佐，王佐隐隐感觉那浑浊的眼睛里透着一股杀气和霸气，令人不寒而栗。

张勇军正想走开，江老板问："这是你代他画的吗？"张勇军说："是徐经理面试的，这图纸也是徐经理交代他画的，你去问外面的人。"

江老板看了一会儿图纸，问王佐：“以前在灯饰厂做过吗？”王佐从带来的文件袋里拿出几张他在永发厂画的图纸递过去，同时说：“我以前在机械厂画图，机械厂的图纸比灯饰厂的难多了，你看看这图纸——”在江老板看图纸的时候，张勇军走开了。一会儿，江老板把图纸还给王佐，说道：“厂里的图纸也乱拿，你有没有职业道德？”王佐愣了，但马上说：“我只是拿几张出来面试，以证明我做过画图的工作，很多老板在面试的时候要看以前的图纸，我们打工仔为了找工作也没办法……”

江老板抢过话头说：“什么时候可以上班？”

就这样通过了？王佐心中一阵窃喜，他早就想好了应对这句话的答辞：“我在那家厂已辞工了，还有十天到期，十天后就可以报到。”

江老板拿起老板桌上的一本台历看了看：“1，2，3……10，24号正好星期一，24号来报到，没来我就录用别人了——好了，就这样决定了！”

这？王佐站在江老板大大的老板桌边愣了好一会儿，还什么都没谈呢，不能就这么稀里糊涂地过来吧。他正要问，江老板抬头问：“愣着干吗！不清楚吗？”

王佐欠欠身说：“清楚了，清楚了……不过，不过，待遇是不是和张勇军进厂时一样，刚进来时1500，三个月后加到2000？”

江老板显然不高兴了，声音提高了八度：“张勇军以前在宝来厂做过设计师，宝来厂知道吗？那是灯饰行业的龙头公司，你又没有在灯饰厂做过，能和他一样吗？”

活了二十多年，王佐还没有这样被人怼过。他真想操起老板桌上的那根铁管，朝这个肥头大耳、满脸横肉的资本家头上砸去。但他还是强压下了心头怒火！他清醒，也明白，要忍辱负重，不能意气用事。他是来面试的，是想换一个环境、换一个行业而来这里应聘的，不能在乎什么自尊。于是，王佐尽量克制自己，非常客气地说：“老板，其实都是画图的，不管什么厂，一通百通。图纸是工程技术界的语言，都一样。而且，你知道的，机械厂的图纸和工艺要难多了，张勇军负责的工作我完全能胜任，我应该和他一样的待遇的……”

江老板又一次打断王佐的话头，怒气冲冲：“一样吗？机械是死的，灯饰是艺术。艺术你懂吗？艺术是无价的，搞艺术不但要有技术，还要有天分。你会画画吗？你懂美术吗？张勇军是画画的，是搞艺术的，不懂艺术的人怎么搞设计，你能和他比吗？”

王佐彻底无语，他没做过灯饰行业，更不懂美术，他凭什么要求和张勇军一样的待遇？

这时，江老板又说：“这样吧，进来1200，三个月后1500，要不要来？现在就决定！”

王佐的脑瓜在飞转。不管来不来，最后还不是自己说了算，还是先答应下来吧。为了能有余地，为了换一个行业，为了前程，最起码得给自己一个机会吧。

于是，他非常尊敬地说：“行，江老板，虽然待遇低点，但我也给自己一个机会，多接触一些行业，24号我准时来报到，以后请江老板多多指教，我先走了。”

第三章　纠结

永发厂是由香港人经营的，是专为珠三角各类电线电缆和电子厂量身定做各种非标电线设备的小厂。王佐在永发厂虽说是制图员，但凡是制图、工艺、机械设计之类的工作，都是他分内的事，他一个人就是一个完整的工程部。不过他明白，在这种小厂，他永远都是拿制图员的工资。因为小厂就是小厂，不可能设工程师和主管之类的职务，也就是说他没有升迁的机会。因此，在永发厂做了三个月之后，他就开始应聘找工作了。可是，由于他不会电脑，不会英语，更不会白话①，而且连毕业证也在前两年找工作时被人偷走了，所以他往往在应聘的最后关口败下阵来。为此，冲出国企打工四年来，在外过了四个春节，1997 年的春节令他十分沮丧。春节那几天，他和没回家的同宿舍同事牛玉民泡在一起，不是睡觉，就是看录像，或者滑旱冰——其实就是在溜冰场逗逗打工妹寻开心，得过且过。

王佐原想过完年后，找个电脑培训学校学学 AutoCAD，然后再做打算，没想到却意外有个应聘正规厂家画图设计员的机会。而且，这家工厂不是去社会上打广告招工，而是单独应聘接替前任画图设计员。这不禁令他喜出望外。因此，他随便找了个借口请了一天假，在应聘的那一天，也就是年后上班的第三天，起了一个大早，兴冲冲地去改变命运了。

若干年后，当王佐得知他最不屑一顾的永发厂竟然有两个同事办起了

---

① 白话：粤语，又称广东话、广府话，俗称白话，海外称唐话，是一种汉藏语系汉语族的声调语言，中国七大方言之一，也是汉族广府民系的母语。

与永发厂相同的工厂时，不禁为自己当初的鼠目寸光而惭愧。一家二十多个工人的小厂竟然能生产出量身定做的非标电线设备，本身就是件了不起的事情，与那些动辄几千人几万人的国营大工厂相比，就更加是个奇迹了。可惜王佐在那时看不透这点，如果能看透这点，也许当初他不但会专心钻研非标电线设备的技术，而且更会关注香港老板的生产营销等管理手法了。所以，王佐后来经常对朋友说，他不具备经商的头脑，不但没有商人所具备的奸诈素质，更不具备商人所拥有的超前眼光和创业精神。这几句话其实跟本书并无多大关系，之所以写下来，是想告诉初入社会的年轻人，无论多么卑微的岗位，如果不从职场升迁和待遇等去考虑，而从创业和经商的角度去考虑，往往会有意想不到的发现和收获。

中国农村自20世纪80年代初实行联产承包责任制的土地改革以来，基本上解决了农民的吃饭穿衣问题，那代自50—70年代走过来的人，也已心满意足。十多年后，70后长大走向社会，已不仅仅满足于吃饱穿暖这些基本生理需求了。那时，随着人口的增加，土地的固定，农村富余劳动力越来越多，其中大部分是不事耕作的70后年轻人。我们知道，20世纪70年代是中华人民共和国成立后生育高峰的时代，所以到了20世纪90年代70后走向社会的时候，无论城乡，到处是大量的农村闲散人员和城市待业青年。他们将何去何从？正在一些有识之士忧国忧民的时候，1992年南方谈话一声炮响，中国进入了改革开放的时代。整个90年代，南方沿海雨后春笋般涌现出大量私营企业和外资企业，全国开始出现打工潮，千千万万个城乡70后南下北上，打工创业经商，开始了不同于上几代人的特殊人生。

对于王佐来说，他本不应该经历这种序列的人生。在20世纪90年代初，城市青年是最难就业的，如果没有特殊背景和社会关系，只有考上大、中专或参军，才能有一份撑不饱饿不死的工作，也就是那个时代所说的“铁饭碗”。王佐在那个年代幸运地考上了一所船校，于90年代初分到一家国营军工企业。按常理，他应该像他的大多数同学一样，一辈子在国有企业吃喝拉撒、结婚生子，直到后来下岗，演绎国企工人的悲欢离合。可是，天生不安分的他，在1992年南方谈话后，面对社会的急剧变化，当然也有国企不得志和多多少少的感情因素，毅然走上了一条背井离乡并且盲目的打工创业的人生之路。

这条路何其难哉！简直就是一条不归路，但当时冲出国企的他并不知道。他以为冲出国企便可以天高任鸟飞，海阔凭鱼跃了，但冲出国企整整四年，他仍没有稳定的职业和中意的工作，仍在南方苦苦挣扎和没有目的地冲刺。四年来，他的足迹遍布中国南方各个城市，甚至乡村。四年来，他累计打工时间也只有一年多，其他两年多基本处于颠沛流离状态。他和其他出门打工的城乡同龄人一样，在没找到工作的时候，捡过破烂，修过自行车，被治安队当作三无人员驱逐甚至关押，还在建筑工地流血流汗，饥一顿饱一顿，有时还露宿野外和牛棚。而且，他还有一段不愿向人提及的经历，那就是在广州火车站帮招待所拉客接人，俗称“接站”。这种工作当然是骗人性质的，所以他后来及时脱身，阴差阳错地流浪到重庆一带，还跑到西南攀枝花一带，体验了几十天的菜帮和马帮的生活。

他正是从攀枝花又来到东莞，结束了流浪的日子，开始了打工的生涯。

王佐从东坑面试回来，正好赶上永发厂吃晚饭。宿舍其他人早早吃完饭后不知跑到哪儿去了，他和牛玉民还在边聊天边吃饭，商量晚上去哪里转转。永发厂虽然厂小人少，但晚上不用加班，逢星期天休息，平常请假也容易，这在整个东莞都是可遇不可求的。因此，永发厂的员工非常稳定，有几个人从开厂做到现在，图的就是这种自由。王佐可不贪图这种自由。如果这样，他也不会从国企跑出来闯一条没有目的的人生之路了。对他来说，只要能学到技术，能有前途，他宁愿晚上加班，宁愿没有星期天。而对于今天的面试，虽然顺利通过，但他发现金得厂不是他想象中那样可以学到技术，可以改变前途的厂。中午吃饭的时候，从张勇军那里他大概了解了金得厂的情况。一个月只休息两天，每天晚上加班到九点半，这些他都不在乎。他在乎的是，跳到金得厂后，并没有学习电脑制图的机会。而且金得厂的画图工作也太简单了，就是画一些最简单的灯管、灯罩、灯座之类的零件图，几乎涉及不到形位公差以及机械制造工艺，就连尺寸公差也不是很重要。这对他来说只有退步没有进步，真是天不如人愿。他知道，在东莞，在南方，在这个时代，不会电脑制图，他这种职业以后将寸步难行。所以，他目前最大的愿望就是学到AutoCAD制图技术，然后再跳到一家正规的机械厂或模具厂，去从事机械模具类设计工作，成长为一名真正的机械工程师或模具工程师，以不负他出门多年的愿望。可是，如果跳到金得厂去从事灯饰类轻工产品画图的工作，完全是背道而驰。因此，从金得厂面试回来到现在，他一直在想着跳槽一事，左右不是，决断不定，太纠结了。再说，金得厂那个江老板似乎对他并不中意——人家张勇军的待遇可比他王佐高多了。不是做一样的工作吗，凭什么区别那么大？难道就因为张勇军是美工出身，会画画？既然这样，我又不会美术，不会画画，没有艺术的天分，跳过去不是自毁前程、浪费时间吗？何况，跳过去工资也只不过高200块而已，晚上还要加班，一个月才休息两天，基本没有充足的业余时间去充电学习，这不是又一次跳进死胡同吗？唉！怎么办呢？

牛玉民见王佐有点异常，大感奇怪，关心地问："怎么了？跑出去一天就痴痴呆呆的，碰到美女害单相思了？……没事就好。要不，冲完凉去溜冰，省得你在这儿发呆！"

牛玉民是湖南人，比王佐还小三岁，父亲是个包工头，在内地农村也算是家境不错了。可是，几年前年少意气的牛玉民不愿意接受父亲的安排，不愿意继承父亲那份包工头的活路。更重要的是，他想出门自己闯闯。于是，他也加入了打工行列。在南方几经周折，东奔西跑，几个月之后，钱用完了，他竟然连一份工作都没找到。无奈之下，他在一个老乡的介绍下到永发厂做车工学徒，现在已成长为一名车工高手了。王佐进永发厂半年多时间，大多和牛玉民泡在一起。这主要是他们很聊得来，年龄也相差不大。

听见牛玉民的调侃，王佐才发觉自己失态了，忙掩饰说："说哪里去了，什么美女不美女，我这几年一直走霉运，会有桃花运吗？我在回想今天在东坑和老乡聊起家乡的那些事情呢！哦，今晚没事的话，我们去找找电脑培训班，看看有没有培训AutoCAD的。"

"谁走桃花运了？！"未见其人，先闻其声，风风火火走进来的是牛玉民的女朋友胖妹，看样子她在门外偷听了好一会儿。牛玉民指着王佐故意打趣说："我们王佐今天走桃花运了，请了一天假就脱胎换骨了，不言不语，多深沉啊！我说，你在门外偷偷摸摸多久了？”

“是吗？我看看。”胖妹不理牛玉民，装模作样地看着王佐，“我还以为你今天不回来了呢。早上在我们厂门口你看谁呀？一个人坐在那里看美女，真风流啊！真多情啊！”

王佐不自在了，不自然地说：“看什么美女，我不是在那里吃早餐嘛。”

胖妹说：“得！装什么蒜呢！看就看嘛，男人不就那德行，又不丢脸。”

王佐转移话题说：“胖妹，你不加班吗？真不加班！那正好，你早上不是说帮我带一个来吗，现在就你一个人来，我做灯泡吗？你看你们这些人，只顾自己吃得饱饱的，我可是饿呀！几十年从没沾过啊！我和牛玉民都计划好今晚去跳舞呢，你看看你，饱汉不知饿汉饥！看样子，只能你们两口子去压马路、卿卿我我了！我一边去！”

胖妹眉毛一挑，说：“得，你们男人那些鬼心思，谁不知道呢！我说王佐，你还别说，今天我还真带了一个美女来，你们看——”说着，胖妹走到门外，拉进一个姑娘来，“啦啦啦，美女来了，乌鸦快进来！王佐，大男人说话可不能反悔，走，我们跳舞去！”

既丰满又苗条的贵州姑娘吴雅，因名字谐音大家都叫她“乌鸦”。胖妹曾经把乌鸦介绍给王佐，但王佐就是找不到感觉，更没有男欢女爱、卿卿我我的情趣。一个正常的年轻男人，远离家乡没有亲朋，独自奋斗，不管是生理上还是心理上都太需要女人的柔情了，可是王佐确实没有把心思放在男女私情上，这与那些见缝插针、不管有没有爱情玩一把就跑路的打工仔真是相差甚远。这不是王佐心如老僧不需要女人，也不是他高尚，实在是他走上社会这几年经历得太多了。不管是事业还是爱情，他都郁郁不得志，实在没有那种心情和情趣。他太需要稳定和生存，太需要好一点的工作和前途啊！毕竟在当下，他不能和农村人比。农村人出门混不出来、找不到工作还可以回家种一亩三分地，可他已经没有退路了。他也不可能像有些待业青年一样回家啃老，那也太丢脸了！再说，当年他义无反顾地冲出国企，现在什么也没干成，怎么能灰溜溜地回去呢！

王佐心如死水，但漂亮的贵州姑娘乌鸦却挺中意他的。开确厂是个劳动力密集型的塑胶花生产厂家，男工少得可怜，除了管理人员和电工机修之外，还有一些做搬运工、包装工等力气活的男工，但乌鸦讨厌那些爱动手动脚还说粗话的搬运工。他们与有文化、有技术、文质彬彬的王佐相比，简直天上地下。开确厂虽然男人不多，但说来也怪，同厂的姐妹们大多在厂外交了男朋友。看着他们下班后亲亲热热地拍拖，无聊寂寞的打工日子里，乌鸦也希望有个梦中的男人疼她爱她。自从无意中跟着同事胖妹认识了王佐，她便芳心暗许。

此时，乌鸦被胖妹拉着，天性活泼的她顺势走进房间，笑呵呵地说：“怎么了？也不叫我坐。不欢迎呀？我可是在门外等了好一会儿了，呵呵呵……”

王佐指着胖妹笑着说：“哈，好一个胖妹，还玩花样呢！把花姑娘藏在门外，真是好戏在后头……哦，坐，坐，乌鸦，你来了能不让座吗？你可是美女啊！”

胖妹和乌鸦坐下了。牛玉民说：“那正好，去跳舞吧，我们正无聊呢。本来想着去逛街，顺便看看电脑培训学校，现在不必去了。王佐，明天再去看，跳舞去！”

王佐心里有事，在去留问题上纠结不定，所以没有心情去跳舞。他也知道胖妹是特意带乌鸦来的。胖妹曾郑重地把乌鸦介绍给他，但他并没和乌鸦发展下去，在这种时候，他怎么能和乌鸦去跳舞呢？虽说男女接触打发一下业余时间并没什么，只要他不说也不做出格的事情，不会有什么不好！但相处多了，也会让人误会呀！

于是王佐便找借口说：“跑了一天，一身臭汗，我还没冲凉呢，你们先去吧。”

牛玉民对胖妹说：“我也没冲凉，你们先在我们房间等等，我们先冲凉去，很快的。”

胖妹眨眨眼说：“我们刚刚经过马叔的房间，看见灯亮着，马叔从家里回来了吗？”

牛玉民说：“吃饭的时候没看见他，可能刚刚坐火车赶到的吧，我们一起去看看，然后你们在他房间聊聊，顺便等我们。我和王佐跟马叔聊几句就去冲凉，然后我们再一起去跳舞！”

马叔名叫马新国，是胖妹的老乡，湖南平江县人。胖妹和牛玉民之所以能成为情侣，就是他介绍的。他属于老三届那一代人，因家乡那家县级机械厂处于停产状态，20世纪90年代初他就南下打工了。他车工技术精湛，在家乡国企时就是八级车工，所以在南方找工作如鱼得水，一路顺畅。在打工第一年，他换了三份工作，最后在永发厂固定下来，是厂里的车工主管，自己还干着大车床，颇受老板的重视。王佐天性喜欢历史，特别喜好与年龄比他大的人聊天。马叔在那个年代也算兴趣广泛，不但爱好文学，还喜欢谈天说地，聊帝王将相。同时，他又和王佐有着共同的国企经历，而且同属于机械行业，所以他们的话题特别多，往往聊到深更半夜，直到马叔的老婆下夜班。几次聊天下来，他们就建立了深厚的友谊，完全可以说是忘年交。

马叔果然是挤火车连夜赶到厂里来的。当四个人来到马叔房间的时候，马叔笑呵呵地拿出家乡特产叫四个年轻人吃，并跟他们聊起了春节在家的诸多趣事，以及挤火车的见闻。

只听马叔说："以后再也不能在过年时回家了！火车上太挤了，跟卖猪一样。我没买到坐票，从岳阳一路站到东莞，路上不敢吃东西，也不敢喝水——上厕所不方便呀！"

虽然一路辛苦，脸色疲倦，但马叔兴致不减，说个不停。他老婆向四个年轻人打招呼后，就烧水去了，以便马叔洗个热水澡。王佐和牛玉民跟马叔聊了几句，说先冲凉，就告辞而去。水还没烧热，胖妹和乌鸦继续和马叔聊着，同时等着王佐和牛玉民去跳舞。

第四章　乌鸦和马叔

王佐一行四人从铁炉坑村走向振华工业区，那里有一个叫作“青春之家”的打工仔经常光顾的舞厅。一路上，每隔一段距离，就有一家录像厅。无一例外，那些录像厅都在门口放着一个大喇叭，打斗声和打情骂俏声嘈杂刺耳，吸引着一个又一个没有加班的打工仔、打工妹。

牛玉民看着路边的录像厅，忽然说：“去看录像吧，第一场武打片，第二场言情片，还有第三场……两块钱看三场，多过瘾啊！”

王佐看着发廊门口几个浓妆艳抹、露着大腿的小姐笑了，说：“胖妹，装什么正经呢？去看录像也可以嘛，我和乌鸦看前两场，你和牛玉民看完第三场，有什么不可以的呢？”

乌鸦擂了一下王佐的后背，说：“谁跟你去看录像啊！不要脸！”

王佐和牛玉民对视了一眼，开心地哈哈大笑起来。

外来工劳动强度之大，工作时间之长，简直不能想象。由于大多数外来工来自农村，与做农活相比，也苦不了多少，甚至有的工种还轻松于农活。可是农活再累，也有休息的时候，而来到南方沿海打工，没日没夜，吃饭上班睡觉，每天过着相同的日子，寂寞无聊如影随形地困扰着这些少男少女。但毕竟是沿海开放地区，日常所见所闻，与闭塞的内地农村相比，不可同日而语。特别是姑娘家，可以自己赚钱买漂亮的衣服，见识以前没有见过的东西和事情，还可以认识天南地北的男青年，这是上一代人想都不敢想的。所以，打工虽然辛苦，虽然累，但一批又一批的年轻人仍前赴后继地奔赴沿海各地，寻找青春的激情和归宿。他们虽然身份普通，工作平凡，但二十多年来，中国经济高速增长，他们功不可没。正是他们奉献了无价的青春和低廉的劳动力，才使中国成长为制造业大国。进入 21 世纪以后，中国私营经济占据半壁天下，也是因为那一代人掌握了现代工业的管理方法和技术。他们中的一部分人创业经商，现在已成长为社会的中坚力量。

这整整一代人的打工和迁徙，也许就是以后漫长年代社会结构的源头。他们人到中年后，大部分回到家乡，固守着几千年来的农村生活方式，而他们的后代又将飞往大中城市奋斗。田园牧歌式的农业文明就这样渐行渐远，不管是个人还是家族，不管是亲情还是社会结构，必将发生深远的变化。毋庸置疑，第一代打工仔在老去的时候，必将回忆他们打工的岁月，他们记忆最深的莫过于录像厅了。那些分布在大小工业区的录像厅，是第一代外来工业余时间的最好去处；不但消除了他们打工的寂寞，也留下了终生回忆。录像厅大多是打工仔光顾的地方，打工妹如果光顾的话，往往是几个人相约而去，但一般不会看第三场。当然，已经确立情侣关系的会看第三场，因为录像厅往往会设情侣座，为恋爱中的年轻人提供方便。除了录像厅，大众简陋舞厅也是外来工们打发时间的好去处。

那些简陋舞厅虽然没有录像厅多，但每个稍大的工业区或人流集中的地方，都会有一两家。外来工远离家乡，又正值青春期，简陋舞厅是他们理想的情感碰撞交流之地。

“青春之家”正是这样的一间舞厅。王佐等四人来到振华工业区，已看见前面不远处的一栋厂房三层楼的侧墙上，立着一个高大的霓虹灯，“青春之家”四个大字在忽闪忽亮的各种灯光衬托下，格外醒目。来到舞厅门口，一张桌子，一把椅子，一个保安兼卖票。牛玉民掏出十块钱买了两张门票，四人前后跟着，走向三楼的舞厅。

没走几步，王佐忽然说：“这年头女人就是值钱，来跳个舞，女人不要门票，男人要双倍的钱，真是不公平啦！”

胖妹说：“做女人好吗？好的话你下辈子去做个女人吧！”

王佐说：“得，女人再好我也不做，我宁愿做太监也不做女人！”

三人哈哈大笑，乌鸦说：“那你去做太监吧！这世界上大把男人娶不到老婆呢！你这不是让出了一个指标嘛。你真是活雷锋啊，会有人感激你的！”

乌鸦是布依族的，像大多数少数民族姑娘一样，开朗活泼，直性子，敢爱敢恨。虽然她和王佐之间并没有什么，但她对王佐的好感，在言行之间不自觉就流露出来了，这也是王佐不愿和乌鸦多接触的原因之一。他心目中的女人是从故纸堆里走出来的古典美人。不管怎么说，他确实不愿和乌鸦接触太多，恐怕时间长了牵扯不清。

牛玉民看了一眼乌鸦，做着鬼脸说：“也许我会感谢他王佐的。”

胖妹在牛玉民大腿根上拧了一下，牛玉民“哎哟”一声，乌鸦同时笑着说：“你就没机会了，胖妹可不是吃素的，惹谁也不能惹我们胖妹啊！”

大家哈哈大笑。这时四人已走进三楼舞厅。

虽然不到九点，但在面积约八百平方米的由工厂车间改成的歌舞厅里，无论是座位上还是舞池里，都挤满了打工仔和打工妹。这类外来工消遣的歌舞厅的消费相当便宜，一扎啤酒不到十五元，瓜子三元一碟。但即便如此，许多打工仔在买了一张门票进来后，还是舍不得消费。其实，舞厅里也没有消费的地方。长方形舞池的天花板上两头，分别装有一个大大的旋转灯，天花板其他地方布排着各种忽明忽暗、五颜六色的灯具；四周沿墙是一圈椅子，连个小桌子也没有，怎么消费？这些椅子根本就不够坐，来到这类舞厅就是跳舞，否则没地方坐，站久了也没意思。舞厅老板也许知道，即使是五元一张的门票，有不少打工仔、打工妹也是考虑良久，才下定决心买的。为了吸引人进来，老板不但规定女人进场免费，还请了几个能歌善舞的打工妹兼职在舞池里免费教人跳舞，间隔还有面容姣好、穿着大胆的姑娘在台上载歌载舞。因此，稍微能跳上几步的打工仔们，都会在不加班的时间来这里乐一乐。

四人在舞池一角刚站定没多久，一曲结束，另一曲扬起，是三步。胖妹对王佐说：“大男人要主动哟，带乌鸦跳呀！你不带就被别人抢去了！”

王佐摆摆手说：“你们先去吧，我先看你们跳，学一下动作再去跳，对吧，乌鸦？”

牛玉民说：“人家乌鸦是少数民族，最擅长的就是跳舞唱歌，你不是早就见识了吗，还用得着跟别人学吗，乌鸦不就是最好的师父吗！乌鸦你说对不对？”

乌鸦笑笑说：“你们先去吧，我也想先看看，休息会儿，静下心来再跳。”

这时，男男女女相拥着跳入了舞池，牛玉民也搂着胖妹汇入了人流，沿墙的椅子顿时空了几个位子，王佐对乌鸦说：“我们先坐下吧。”

二人落座，王佐看着天花板上的射灯，那是两根铁线组成的道轨，颇像金得厂样品室展挂的灯饰。他想，莫非金得厂的产品卖到这里来了？不对，金得厂的产品都是销往国外，怎么可能内销呢？如果内销，出口转内销还差不多。

乌鸦见王佐不言不语，看着天花板发呆，颇有一种被冷落的感觉。几次接触之后，她知道，这个令她芳心暗许的男人，其实与她性格不合。她天性开朗，爱唱歌跳舞，也没多大理想，吃得饱、穿得漂亮、活得开心就好。而眼前这个男人心事重重，酷爱看书，总是说一些与人无关的大道理，还总说些天文、历史、地理等摸不着边际的玩意儿。业余时间，她所认识的小伙子不是看录像、打牌，就是陪女朋友逛街，而他却跑去看山看水看落日，或者打球游泳，与她的性格爱好相差太远。她暗思，自己怎么就迷上了这种不着边际的书呆子呢？

好一会儿，乌鸦提醒王佐说：“哎，哎，这里是舞厅，不是发呆的地方，我们可是一起来的，你真不跳舞吗？大把的男人想请我跳舞呢！”

只是一小会儿，就有几个男人请乌鸦跳舞，但都被她摆摆手拒绝了，王佐当然知道。他嘿嘿笑着说：“漂亮姑娘没人请跳舞，岂不是老天瞎眼了，呵呵呵……我天生不爱跳舞，等过几曲再说吧。先看看别人跳，熟悉熟悉，算是给我热热身子吧！”

乌鸦说：“以前你也跳过啊！今天怎么了？”

王佐说：“三步、四步、二十四步，我倒是会来两下子，只是我对跳舞真不感兴趣。摇头晃屁股的，总感觉不自然。何况，还要抱着一个漂亮的姑娘，特别是你这么漂亮的，我汗都出来了，你叫我怎么跳？这不是为难人吗！”

乌鸦“咯咯”笑了，说：“你这人真怪——嘿，你不是说想了解我们少数民族吗？大知识分子，我教你跳我们布依族的火把舞，怎么样？你放心，不需要男女搂在一起的！”

王佐说：“这个我感兴趣！不过，现在这种交谊舞的节奏行吗？”

乌鸦说着站了起来，歪着脑袋说：“有什么行不行的，你看那边还有人在跳拉手舞呢！你先跟我学学动作，等会儿不是有的士高嘛，我们再一起跳，可以吗？”

就这样，不管放什么曲子，王佐都饶有兴致地跟着乌鸦学跳布依族的火把舞。其间，除了坐下来休息几分钟，基本没停过。到跳的士高的时候，王佐已熟练掌握火把舞动作了，只是他自我感觉不太流利、不太自然罢了。同时，他发现火把舞就像生活中劳动的动作和场面，惟妙惟肖，如行云流水一般，这种舞他还挺有兴致的。

到了十点左右，舞厅的惯例是跳的士高。霎时，灯光暗下来，只有天花板大大的球灯还在转动；一束一束的灯光旋转着，投射着，变幻着，强劲的的士高音乐震耳欲聋，全场男男女女胡乱蹦着，跳着，乱踩鼓点，你朦胧，我忘情，兴奋异常……

超长的的士高舞曲结束的时候，王佐等四人又碰在了一起，大家像全场人一样，都很开心，很畅快，似乎把一天的不快和一辈子的郁闷全蹦跑了，年轻人过剩的精力也暂时蹦去了不少。当全场人站在四周时，灯光亮起，一支舒缓的乐曲响起，是慢四，三三两两的情侣又相拥着踏入舞池。胖妹说：“再跳一曲放松放松，就回去了……王佐，乌鸦，你们也来呀！”王佐看着牛玉民和胖妹转入舞池，又转过头看乌鸦，乌鸦正双眼迷离、含情脉脉地看着他呢。再不跳就不像话了，好歹也不能伤人家姑娘的面子吧，何况还是这么个漂亮性感的姑娘。想罢，王佐对乌鸦说：“你教我，慢点，可不要笑话我呵！”二人轻拥，王佐明显感觉乌鸦气息粗重，一滴热泪掉在他的衬衣上。他心想这是何必呢！

四人离开舞厅，又在开确厂后门小吃街上吃了一顿夜宵，王佐一肚子心事，另三人意犹未尽。吃完夜宵，王佐和牛玉民把两个姑娘送进开确厂侧门，便一路说笑着回永发厂了。

当他们来到厂门口时，年过半百的安徽籍保安告诉他们一个惊人的消息，马叔——马新国进医院了。从保安断断续续前言不搭后语的叙述中，二人大致知道了马叔去医院的情况。原来，马叔老婆烧好热水后，马叔自己提着两桶热水到楼下卫生间洗澡。可是，半个小时过去了，马叔还没有洗好，他老婆感觉有点奇怪，心中不安起来，但也没放在心上。她以为马叔坐火车累了，身上又脏，所以洗得久。又是半小时过去了，马叔还没洗好上来，这下他老婆可急了，慌忙叫保安一起，来到卫生间。却发现马叔全身赤裸歪倒在地上，说话也不流利了。当时他老婆吓坏了，不知所措。幸好保安当机立断，和他老婆一起帮马叔擦干身子，穿上衣服，将他背到保安室，然后在厂外叫了一辆小四轮把马叔夫妻俩送去企石医院。

保安不安地说："马师傅本来有高血压，一天的火车是站过来的，人太累，突然用热水洗澡，可能因劳累受刺激导致脑出血，真是太危险了，现在也不知道怎么样了。唉——"

王佐和牛玉民搞清楚事情后，顾不上回房间睡觉，决定到医院去。他们在厂门口拦了一会儿摩的，但没拦到。二人一商量，便一路跑步，来到企石医院。没费多大劲，他们就找到了急救室，但不能进去。此时，马叔老婆正在急救室门外不停地抹眼泪。

从门外看向急救室，隐约能看见医生护士正在忙碌着，王佐和牛玉民也没有办法，只好安慰马叔的老婆。马叔和他老婆是二婚，一儿一女还在上小学，他前妻还留下一个儿子，在上高中，也需要他抚养。如果他垮了，这个家庭也就垮了。所以，无论王佐和牛玉民怎么安慰他老婆，他老婆只是不停地抽泣，还自顾自地说着命苦。

王佐和马叔是忘年交，他知道马叔由于婚姻不幸，大半辈子都没有过上好日子。马叔属于老三届，没有参加高考，但也没下乡，进了当地一家县级机械厂，这在那个年代算是非常幸运的。据马叔自己说，他在高中时代多才多艺，文学体育文艺样样拿手。火红的年代，产生了火红的爱情，他和一个既漂亮又爱好文学的女同学相爱了。可是，他的初恋情人远走新疆，嫁给了农垦军人，成了著名的援疆湘女之一。他们从此天涯隔断，音讯皆无。王佐记得，马叔说起初恋情人时，脸上竟然呈现出少男般的痴情神态和迷人光泽，这份情感实在是令人唏嘘！

由于马叔对初恋情人的痴情，几年之内沉浸于痛苦之中，再也没有恋爱过，亲朋好心做媒也一概拒绝，渐渐竟误了大好年华。最后经人撮合，他娶了一个漂亮的乡下裁缝为妻。那个年代，城乡二元化，乡下最漂亮的姑娘能嫁给一个城里残疾人，都算是鲤鱼跳龙门了，何况马叔是一家机械厂的正式工人。但是，这位漂亮的姑娘心中并不乐意，她是看中马叔的商品粮、城镇户口和铁饭碗，才心不甘情不愿地嫁给马叔的。后来到了市场经济时代，那些屈嫁的女人往往是市场的弄潮儿，不管是经济还是社会地位，与丈夫倒了个，这实在是计划经济时代的一个缩影。改革开放后，这位漂亮姑娘因有裁缝技术，在20世纪80年代末跑到广州打工，从电车工做起，到组长、打版、车间主管，步步高升，三年后就做到了生产厂长的位置。自然而然，时位之移人，再加上当初没有爱情的基础，她顺势地红杏出墙，马叔第一次婚姻宣告结束。

第五章　跳槽

凌晨一点多，马叔终于被推出急救室，并安排了床位住院。

经确诊，他确实因劳累过度又受热水刺激而脑出血。目前，虽经抢救保住了性命，但还没有脱离危险期，病情随时都会恶化。医生说患者脑出血时间过长，因没有及时送往医院治疗，错过了最佳救护时间，是否能好转主要在于患者的身体素质和心理素质。当然，医生也会尽力而为。王佐明白，那意思就是只能听天由命。

在病房，看着躺在床上脸色苍白、昏迷不醒的马叔以及坐在病床边上神情呆滞、眼睛无光的马叔老婆，王佐不禁黯然神伤，心中酸酸的，眼角流出了泪花。

马叔现任老婆也是个可怜人，前夫承包家乡一家乡镇企业发达后，勾搭上一个年轻漂亮的姑娘，把她甩了，儿子归前夫。她与马叔可以说是同病相怜，二婚后倍加恩爱和珍惜彼此。为了照顾马叔的饮食起居，她忍痛把一对儿女放在家乡由公婆照管，来到东莞企石镇开确厂打工，住在永发厂。这对于外来工来说，也算不错了，甚至令人羡慕。可是转眼间，天塌了，地陷了，眼前一片黑。她没有任何思想准备，无形的压力罩在全身，令她心神俱碎，真想走在丈夫的前面。她真不敢想象，一旦丈夫有个三长两短，她将怎么活？在这个世间，她还有什么指望？她瘦弱的肩膀又怎能保护和抚养一对年少的儿女！

当王佐和牛玉民向马叔老婆说他们打算回厂，明天再来的时候，马叔老婆依然神情呆滞，还默默流着泪，只是木然地点头和摇头，完全沉浸在自己的痛苦之中，任何事任何人对她来说都已不存在。王佐以前嫌马叔老婆打扮时尚、爱跳舞唱歌，认为她不是个好女人，还暗自为马叔担忧。现在他看着这个徐娘半老、无依无靠的女人，倍觉对不起她，渐至惭愧。

回厂的路上，王佐和牛玉民边走边聊，心情都很沉重……

回到房间，王佐一直想着马叔，躺在床上久久不能入睡。他忽然觉得，自己相对于马叔那一代人还是幸运的。至少，这是个自由发展的时代，是个人能力极大爆发的时代，而且每个人都可以自由流动、自由迁徙，事业与努力成正比，当然还要有机遇。

第二天上午，全厂人都知道了马叔的病情，厂长代表香港老板和全厂员工去医院看望马叔。从医院回来后，厂长贴出通知，每个员工按上午、下午、晚上三个班照顾马叔半天，并经老板同意，工厂为马叔出治疗费八千元，如果还不够，先由工厂垫付。看完通知，王佐不禁对还在香港的老板敬佩有加。老板只管业务和财务，并负责从香港采购一些在内地买不到的重要零配件，平常很少出现在工厂。王佐在永发厂上班半年了，也只见过他几次面，并且没说上几句话。这位和员工都不大熟悉的老板能不在现场就决定为马叔出部分医疗费，虽然不够用，但足以令王佐感到意外了。王佐自从出外打工以来，从温州到厦门，又到广州，还到过重庆，不知道见过多少工伤，多少意外事件，但从没见过老板出医疗费的。这些老板不论来自内地还是来自香港、台湾，德行都一样。如果他们肯出钱治疗工伤，肯定是小问题，工人还能正常上班。不然，那真是活见鬼了。可见，马叔遇到了好人。

按照全厂员工轮流照看马叔半天的名单，王佐被第一个安排去医院，也就是当天下午。他想，厂长也许见他和马叔非常要好，或者是年后刚开工，他手上并没有什么要画的图纸和要编写的工艺之故吧。没再多想，吃完中饭，王佐就借了牛玉民的单车奔赴医院。

在病房，王佐意外地看到胖妹和乌鸦也在。胖妹陪着马叔老婆掉眼泪，不时劝慰。乌鸦呆站在那里，一脸悲伤。原来马叔老婆上午没上班，也没请假，胖妹和乌鸦下班后匆匆吃完饭跑到永发厂打听，保安告诉了她们缘由。她们当即拦了一辆摩的赶到医院。

王佐和胖妹、乌鸦打了声招呼，便对马叔老婆说了厂里的决定，马叔老婆疲惫的面容略有舒展。胖妹对马叔老婆说，她存折里有两千块钱，等会儿上班前就去取出来，晚上带过来。忽然，乌鸦从口袋里掏出一叠钱来说："我就这点钱，先用着吧，下午我再找老乡借点。"王佐不可置信地看着眼前的姑娘，她不但人长得漂亮，而且还有一副好心肠。他的工资已在过年期间花得差不多了，此刻心有余而力不足，只有等过几天发薪水再说了。

看着心神俱碎的马叔老婆，王佐对胖妹说："我下午在医院照看马叔，马师母从昨晚到现在都没睡觉，你把她带回去休息休息吧，这里有我呢。"

经不住胖妹的劝慰，马叔老婆在胖妹和乌鸦的搀扶下，叹着气走了。

现在，病房里只剩王佐和马叔，马叔依然处于昏迷状态。

病房里很静，王佐呆看了马叔好一会儿，发现昏迷中的马叔呼吸很不均匀，粗重不一，有时还张着嘴。他以为马叔病情恶化，急忙找到护士询问。护士说，从昨晚到现在都是这样，重病号他们会加大查看密度的。王佐这才稍微放心。

不知怎么，王佐突然想起了年前他和马叔的一次聊天。那是马叔春节回家的前一天晚上，在马叔的宿舍里，他们边喝茶边聊，马叔谈兴甚浓。像平常一样，他们无话不谈，完全就不像是两代人，倒像深交几十年的老朋友一样。

话题当然是从春节谈起的。马叔已经知道王佐过年不回家，也知道他从国企出来打工的往事。他关心地说："小王啊！你我都是从国企出来的，当然你是在军工大企业，比我们县级小厂强多了。但，我从你身上看到了我的影子。"

王佐说："厂里也只有马叔你能理解我的心情，这几年我真是白混了，我真是上对不起父母，中对不起兄弟，下对不起自己呀！我要是有马叔那样的技术就好了。"

马叔说："出门打工和在国企不一样，自己既要努力，也要有机遇，你就不要太自责了。当然，如果你机械加工技术能有一定水平，也是好事。不过，也不可惜。我发现，广东太缺少产品设计人才和模具设计人才了。你机械理论好、制图理论好，完全可以朝这方面发展，我相信总有一天你会转运的。”

王佐说：“我也是这样想的，所以最近一直在找这方面的工作，但就是应聘不上。唉！要想具备厂方的各种条件真是难啊！我最近在想，过完年，我就去学电脑制图，去学AutoCAD。我发现，其他条件都无所谓，这电脑制图可是最重要的。”

马叔说：“我们想到一块儿了，我都想学电脑制图呢。但我打听过，电脑制图全是英文操作，我怎么能学得会呢！你知道，我哪里读过什么书呀，再加上现在年龄大了，没那个精力了。但你就不同了。你是应该早点去学呀！既然已经出来了，就得向前冲，不管成功失败，自己努力过，奋斗过，老了也不后悔！”

王佐笑了，说：“是的，马叔，我不会自暴自弃的，哪怕最后输光我也不会放弃！再说，我现在什么都没有，更没有什么拖累的，呵呵呵……”

马叔喝了一口茶，说：“话也不能这样说，你知道，我年轻时也有个初恋情人，但我还是放下了，现在都有两桩婚姻了。人啊，有时不能想得太远了，随遇而安，该怎么过就怎么过，活到什么年龄，就过什么年龄的日子。不然，人生短暂，等你什么都具备了，但不具备生活的乐趣，四十岁和二十岁的心态是不同的，你明白吗？”

王佐明白马叔话中所指，于是说：“马叔说得对，可我现在这个样子，连自己都养不活，还谈什么成家立业呢？害我自己没有关系，但我不能害了别人呀！”

马叔忽然郑重地说：“我以我的人生经验告诉你，你这种想法是错的。也许你现在不明白，但以后就明白了。我看，那个乌鸦就对你挺好的，但你好像不愿和她来往。如果中意，你们完全可以交往下去的。最难得的是别人愿意和你同甘共苦，那才是最重要的。”

王佐想了一下说：“我现在也不知道自己的人生该怎么走下去，不过，我还是明白你的话，人生苦短，不要错过，确实有道理……哦，对了，马叔，你也打了几年工了，养着一大家子，我真是佩服你，你以后有什么打算呢？”

马叔明显兴奋起来，说："小王，不瞒你说，前两年我就在我们县城边上买了一块地，我这次过年回家就是计划把房子盖好。过年期间，我把该买的材料全买回来了，该订的材料全订了，然后让家里人帮我打理，把房子建起来。我那块地是门面房，有两间门面呢！我计划再打三五年工，就在自己家里开一家机械加工店，我们家乡这些活还是挺多的。到那时，我大儿子也快大学毕业了，两个小的也有大人照顾，下半辈子就这样过了，哈哈哈……"

那天晚上，王佐和马叔聊得很开心，很尽兴，王佐也为马叔下半辈子能安居乐业而高兴，而兴奋。他甚至想，自己什么时候也能像马叔一样，在家乡做一份自己感兴趣的事业，不用背井离乡，平平淡淡地过一个既充实又有意义的人生呢?

马叔的话犹在耳边，美好的蓝图在向他召唤，可他现在却躺在病床上，没有意识，没有思想，也许还没有下半辈子……王佐不禁感叹，人啊！上天为什么不让这些鲜活而有情有义的生命去完成他们卑小的人生愿望呢，这上天是怎么主宰天下苍生的！

在照看马叔的时候，医生进来了，王佐特地打听了马叔的病情。医生得知王佐是马叔同事后，对他说，如果没有奇迹出现，他的生命也许只有几天了，而且是在无意识中结束的。

听着医生的话，想起那晚和马叔的聊天，王佐的心堵得慌，他走到病房门口点燃了一支烟。烟雾袅袅中，他两眼湿润，似乎一下子经历了他不该经历的人生……

接下来是星期天，王佐睡了一个懒觉，上午九点多才起床。牛玉民去医院照看马叔了，厂里其他人会老乡去了，宿舍楼里没有一个人。吃了一碗泡面，王佐想看会儿书，但怎么也看不进去。往常星期天，他不是和牛玉民骑着单车在外面到处乱转，顺便看看有没有招工的，就是在马叔的宿舍里聊天。可今天，他一个人待在厂宿舍里，倍感寂寞无聊，甚至有一种想离开这里的冲动。这两天由于马叔住院的事儿，他暂时把跳槽金得厂一事忘到脑后了。现在，他是该好好考虑这件事了。

如果说刚从金得厂应聘回来的时候，他还在考虑要不要跳槽，那么现在他考虑的就是怎么跳过去的问题了。马叔的这种状况令他特郁闷，他有种强烈的换一个环境的冲动。还有乌鸦，说实在的，乌鸦确实是一个好姑娘，他不想当面伤她的心，只能离开这里，让她渐渐淡忘自己，直至不记得。要想达到这些目的，跳到金得厂不就可以了吗？可是，跳槽到金得厂，那也不见得百分百能站稳脚跟啊，他还要留条退路，实在不行还得回永发厂。毕竟，背井离乡什么都得靠自己，如果再次他乡失业，那将不堪设想。他实在不愿像前几年一样漫无目的地流浪找工作了。为了留条退路，他决定离开永发厂时不辞工。如果跳到金得厂，在永发厂只有急辞工，时间上才来得急。但过几天就会发一月份的工资，他觉得完全没有必要急辞工。至于二月份的工资，过年放了七天假，本来就没上几天班，二月份的工资要不要都无所谓嘛——虽然厂里规定春节假期是带工资的。他明白，只有请假才能达到留条退路的计划。

可是，怎么请呢？这毕竟不是一两天的假呀！他苦苦思索着。

想不出一个两全的办法，王佐来到宿舍窗外的露台上，看着远处宝石中学和近处大片抛荒的已变成一片草地的良田，忽然想起了家乡，想起了曾经生活过的长江鄱阳湖交汇处的军工企业，思乡之情油然而生。是啊，冲出国企几年了，不要说事业，他连一个有前途、感兴趣的好工作都没碰到，惭愧啊！一个大男人，如此无用，实在是无颜见江东父老啊！

极目远眺，王佐突然灵光一现，何不叫家里打一个电报过来呢！有了电报，再请十天二十天假，一切不就解决了吗？如果有了电报，既可解决如何跳到金得厂的难题，又可为自己留条退路；就算在金得厂站不稳脚跟，再回永发厂就是了。一切神不知鬼不觉，太好了！

可是，兄弟们不在家乡发展，年迈的父母也不可能去打这份电报，这怎么办？王佐知道，他没办法跟父母说得清楚，他们最担心的就是他失业和他在外流浪，他们每次来信都要叮嘱他好好工作，争取长久做下去。唉！这怎么可能呢？出门打工又不是铁饭碗，怎么可能像在国企一样呢？他不由苦笑。那还能找谁？找亲戚更不好！他不想让亲戚们知道他的一切。那年离开国企他已经让父母在亲戚面前丢脸丢到家了，他决不会那样做！那还有谁呢？出门打工以来，他没有与任何家乡和国企的朋友、同事联系过，这如何是好！

忽然，一个人的名字浮现在他的脑海——柳珍！对，就找她！

柳珍是王佐在国企时认识的一个军工厂附近的织布厂的女工，两人曾以兄妹相称。王佐出门打工后，其实他们也中断了联系。但凑巧的是，他那一年在福建晋江市打工的时候，柳珍在福建石狮市，他们在异乡相遇并继续保持联系。这对他来说实在是一个例外。

想好之后，王佐非常兴奋，当即来到街上找了一个电话亭，给在石钟山下的小县城修表的柳珍挂了个电话。柳珍满口答应，并且叫他帮忙留意外面找工作的情况，她说她不想修表了，生意不好，年轻人不多，想再一次出门打工。王佐满口应承，说外面工厂大部分招女工，你又会织布，又会修表，找工作那不是一句话的事吗！同时，他又着重交代了打电报的日期，以便接到电报就请假去金得厂上班，同时也领了工资，一举两得。

办完了电报一事后，王佐心情略微好点。接下来几天他正常上班，别人完全看不出他已经准备跳槽了。工厂员工轮流照顾马叔，暂时轮不上他，但他每天晚上都会去医院看看，不然就觉得少了点什么。可见，他对马叔感情之深。

1997 年 2 月 20 日晚，王佐吃了晚饭后又一次来到医院，并且在医院门口买了一张报纸。他惊呆了！报纸上登着改革开放总设计师邓小平同志于 2 月 19 日逝世。在病房里，他一边看着报纸，一边看着病床上的马叔，为伟人的逝世而悲痛！

王佐和马叔也曾热烈地讨论过邓小平同志。马叔说要感谢邓小平，不然他就没有现在这样的好日子了。是的，邓小平同志改变了中国的命运，也改变了王佐和马叔这样的普通中国人的命运，王佐就是邓小平 1992 年南方谈话后冲出国企出门打工的。虽然现在不尽如人意，没有事业，也没有好的工作，但他内心还是感谢伟人的。至少，他年纪轻轻就逛遍了中国南方，这是上几代人无论如何也做不到的。在中华人民共和国成立后的前三十年，老百姓出门需要单位开证明，没有单位的，也需大队或者居委会开证明，没有证明连旅馆也住不了。王佐庆幸他走上社会后，已经是改革开放的年代了。

元宵节那天，工厂发工资，全厂员工纷纷捐款给马叔，捐多捐少全凭个人，王佐捐出了工资的一半，这令厂长很是意外，心中直说这小伙子有情有义，太难得了。可是第二天，马叔就去世了。他死在伟人后面，却不知伟人已先他而去。

2月24日那天上午，王佐接到柳珍23日发来的电报。接到电报后，他当即就向厂长请假，本来想请二十天，厂长只批了十天。厂长说："我知道你们内地人很在乎什么工作档案之类的，回去办理转档也属正常，十天也差不多了。实在不够，你再打电话请假吧。"

王佐连说谢谢，回到房间只收拾了几件换洗衣服和几本书，把所有行李和物品都留在了永发厂，提着个塑料袋就坐车到东坑金得厂报到。保安和厂长实在看不出他已经跳槽了。

第六章　新生活从下铺开始

王佐来到东坑镇长安塘村东坑第三工业区东莞金得电器制造厂有限公司报到时，已经上午十一点了。张勇军带着王佐去见江老板，江老板只是淡淡地说了一句“去人事部办手续吧，下午开始上班”，接着就打他的电话，与供应商讨价还价，骂骂咧咧，不堪入耳。

在人事文员那儿填好了一张员工入职表，人事文员又把入职表给江老板签了字，王佐才算是正式进了厂。他看见入职表上写的薪水，心头一块石头算是落了地。随即，人事文员填好了一张厂牌，又把王佐早已准备好的一张一寸相片贴在厂牌上，并且跟他讲了一通入职须知，然后问：“你行李呢？我叫人带你去宿舍。”王佐提起一个装着几件衣服、几本书的塑料袋说：“在这里。”人事文员睁大了眼睛说：“这么少，这就是行李呀！”王佐说：“我先来报到，下次休息的时候再去拿行李，现在凑合着过吧。”人事文员说：“你这人真怪，到了新厂什么都不带，就带几本书，呵呵呵……出咱们厂向右转到十字路口，有几家小店，可以买到日常用品。这是两套厂服，夏服下次再发吧。就这样了，我先叫人带你去宿舍。”

王佐跟着一个电工来到四楼第一间宿舍，电工说这是干部宿舍，住着司机、电工、仓管、车间主管等几个人，几个空铺你随便挑吧。王佐感激地说着谢谢，电工已下楼走了。站在挂满蚊帐的大房间里，八张铁架床住十六个人，也算是干部宿舍？他不由好笑，心中说，这只不过是把厂里仅有的几个非车间普通员工的男性集中到一个宿舍而已，搞笑，真是自欺欺人。在宿舍来回走了几步，王佐意外发现宿舍竟然有后门，便不自禁走到后门阳台上向四周看去。他发现，从十字路口到金得厂这一排厂房后面，是个村庄，红砖红瓦，或二层或三层，密密匝匝，掩映在荔枝林、龙眼林里。再看金得厂厂房右边，是一大块荒地，高低不平，野草杂花覆盖，小水坑杂乱分布，大概是当年开发这个工业区留下的后遗症吧。荒地后面，是一眼望不到边的树林，树林中时隐时现一座渡槽。他不禁感到亲切，心中涌出一股热流。因为在他读初中时，中学大门百米外就有一座渡槽，天天都能看见。但家乡那座渡槽里并没有水，因为他曾和同学们几次钻到两山飞架的渡槽上玩过。想不到在这个改革开放的前沿阵地，竟然也有这样的渡槽，这激活了他十多年前尘封的记忆。

不知渡槽能不能引水，他心中自语。

在阳台上观光感叹一把，王佐回到房间，发现靠后门有一张床的上下铺位都空着，就把塑料袋丢在下铺床上，心中说："就这了，看书方便，午睡方便，还方便到阳台上看风景，抽根烟，新的生活就从这张床的下铺开始了。"

王佐下了宿舍楼，准备去买些日常用品，把他的下铺安顿好，开始新的打工日子。刚走到厂大门保安室，铃声响了，金得厂下班了。他回头看去，写字楼的文员们纷纷走出了大门，而车间楼梯口，则是拥跑出来的车间工人。一时间，写字楼和车间之间去食堂的路上堵满了人，热闹非凡。他本来想买好东西就去食堂吃饭的，但从永发厂跳槽过来没带吃饭的家伙。现在既然已下班了，又没碗，那就在外面吃份快餐吧。吃完了逛逛，买好了东西再回厂上班，也挺好的。想好之后，他迈着轻松的脚步，向十字路口方向走去。

这是个阳光明媚的日子，颇像江南家乡的阳春三月。

脚下这一带是以后几个月甚至数年之内要生活的地方，王佐好奇地左看右看。向与金得厂同一排厂房的十字路口方向看去，依次是一家制衣厂和一家五金厂。此时虽然是中午吃饭和休息时间，但打工仔、打工妹们三三两两从厂里出来，每家厂门口都有几堆人，三五成群，或者两个人，有的窃窃私语，有的高声喧哗。王佐知道，一般工厂上班时间不准外出，不准见人，下班时间是外来工见面的最佳时间。亲人、朋友，还有恋人，总是在各家工厂的厂门口匆匆见面，说上几句话，交流着打工的信息，诉说着悲欢离合。乡情、亲情、爱情，诉说时呈现；炒老板，被老板炒，也同时发生，这是20世纪90年代东莞大地上最常见的场景。五金厂对面快到十字路口的地方，是一块几百平方米的三角形草地，草地上坐满了人，全是年轻的外来工。他们或站或坐，也是三五一伙，有的在热烈地讨论着什么，有的悠闲地嗑着瓜子。王佐心中说，这块草地倒是个好地方，不管是白天还是晚上，可以打发打发业余时光。

来到十字路口，左转是东坑镇方向。王佐从企石坐车来长安塘，中巴车就是从那个方向开过来的。右转则是大朗方向，远处是一片树林。再向十字路口前面看，有城市信用社，有药店，街道上还有不少卖水果的摊子，来来往往的人也挺多，看来是这一带村庄和工业区的商业中心。王佐向前走去，过了十字路口，发现左手边是一家叫"新亚"的鞋厂。新亚厂不是标准厂房，厂区面积挺大，他暗自猜想，又是一个女人集中的地方。过了新亚鞋厂，再向前走两三百米，左手边又有一家大工厂，是生产磁带的，而右手边店铺渐少，远处依稀是一片富有岭南特色的红砖红瓦的老村庄。那些老房子都偏小，大概是20世纪80年代建起来的，是农村改革后吃饱饭有点余钱的东莞农民的第一件大事的结果。而现在，那些老房子大多租给外来工居住，因为当地农民全部住上了钢筋水泥结构的方方正正的楼房了。

王佐在路边随便找了一家大排档，点了一份快餐，便饶有兴致地看着路上来来去去的打工妹们。吃完饭，他又返回十字路口，在一家较大的杂货店买了席子、被子、水桶、毛巾、饭碗等杂物，便向金得厂走去。三角形草地尽头是一间配电房，上有高大的变压器，粗细不一的电缆电线在变压器上空向四周散去。王佐沿着草地边缘向前走去，过了配电房，是一口方圆几亩的水塘。水塘四周全是一些榕树和荔枝树，树下是草地，岸边还有可坐三人的水泥凳子，环绕水塘平均分布。此时，凳子上、草地上稀稀落落地坐着人，还有些人站着说说笑笑。水面不时冒出一串串水泡，看来有不少鱼，是个垂钓的好地方。

王佐沿着水塘走到金得厂大门正对面的水塘岸边，抬手看了一眼手表，发现还有四十多分钟才上班，便把东西放下，坐在水泥凳子上向水塘对面看去。对面也是一排标准厂房，同属于东坑第三工业区，从十字路口进来在三角形草地处向两边走，分属于金得厂这一排厂房和对面大焱厂那一排厂房，中间正好隔着水塘和三角形草地。

王佐自语，有水有树有草地，视野开阔，这地方风景还真不错！

坐了一会儿，王佐走回金得厂四楼宿舍，发现宿舍里只有三个人，一个是仓库主管，一个是生产主管，一个是美工老孙——当然他都不认识。王佐把床铺好，已快上班了。老孙知道王佐是接替张勇军的，跟王佐打着招呼，并介绍了另外两个人。王佐一一向他们问好。

大家出了宿舍，下楼上班，王佐问老孙："宿舍其他人呢？是哪个部门的？"

老孙夸张地说："他们几个啊，离不开女人啊！电工机修有老婆了，在外面租房子，司机是个老色鬼，也在外面租房子，泡妞像换衣服一样！"

王佐若有所思："这样也好，清静，大宿舍人多，但实际住的人并不多，好啊！"

宿舍一楼是食堂，食堂外空地上搭了一个简易棚子，放着一排排的长木凳子，棚子前面有台彩电，有几个人正在看电视，大概是扫地的、做饭的等后勤人员。出了棚子，仓库主管进了成品仓库对面那栋厂房一楼，那里是零件仓库；生产主管向那栋厂房二楼走去，那里是组装车间；王佐跟着老孙进了写字楼。人事文员看见王佐进来，说："张勇军找你呢，中午没看见你吃饭，宿舍也没有人，还以为你不进厂了。"王佐正想说什么，看见张勇军走过来，便似乎是对人事文员说，又是对张勇军说："没带碗过来，我到外面买东西去了，就在外面吃了顿快餐。"张勇军笑着说："我下午就要走，我们来交接一下。"

王佐跟着张勇军来到财务部和工程部的办公室，走到张勇军的办公桌前，把桌子上的文件架里的几本按五金、塑胶、玻璃等分类的文件夹交给王佐，说这是留底的图纸，其他同事采购打样都会拿他的图纸复印一份。接着，张勇军又把画图的工具也依次交给王佐，并郑重地说："谁安排你画的图就得谁确认，复印两份，都要确认的人签字，一份留底，一份交给确认的人。"王佐问："一般是谁交代的？"张勇军指着外面办公室说："有老江和小江，还有徐经理。徐经理管生产，小江协助徐经理。"王佐点点头。

这时，白丽丽走进来说："交接好没有？我在人事那里已办好了出厂手续，早点出发呀！都晚了两天了。"张勇军说："好了，好了，这就走！"说着，张勇军就跟大家挥手告别，"我走了，以后有时间去大朗镇玩，随时欢迎老同事们光临！"财务部、工程部的同事们纷纷说着再见，嘱咐张勇军一定要再来看看大家。张勇军笑着说："能不来吗？我老婆还在这里呢。"

大家都笑了，王佐跟着张勇军和白丽丽来到写字楼大门口，同来的还有会计主管韩墨。王佐和韩墨跟张勇军说了几句道别的话，白丽丽送张勇军向厂外走去。看着张勇军美女相伴，潇洒地提着一个大皮箱向保安室走去，王佐想不通为什么张勇军会离开，听黄稀说，金得厂唯一给大陆员工配有夫妻房的就是张勇军。这个人到底有何本事？能够在东莞混得风生水起，如鱼得水！以后有时间、有机会的话一定要多多接触接触他才是。

王佐和韩墨回到办公室，这才惊奇地发现他和这个戴着厚厚眼镜的女同事竟然并排坐在办公室的最后一排，两张办公桌之间也就两米的间距而已。刚刚和张勇军道别时，他已经从张勇军的话中知道她叫韩墨，而这间办公室是财务部和工程部共用的，她坐在最后一排，那她就是会计主管了。此时没有人安排王佐做什么，他也不知道该找谁请示做什么。于是，他就把文件架上的图纸拿来随便翻看。看了一会儿，他感觉这些图纸太简单了。不用说零件图，就说装配图吧，不是标准的机械制图画法，而是画出零件立体图，按装配顺序排列，颇像产品说明书上的组装示意图。这说明，灯饰等轻工产品实际上不存在类似机械厂那样的装配工艺，而只是固定组装而已。大致了解了图纸和产品，王佐想，过几天混熟了后，有时间得到车间去看看，然后再仔细看看这些图纸吧。

在看图纸的同时，王佐鬼使神差般偷偷瞄着韩墨。

韩墨扎着马尾辫，戴着厚厚的眼镜，五官端正，皮肤不白不黑，说不上漂亮，但给人一种知识女性的感觉。看着韩墨飞快地敲着计算器，认真地工作着，王佐暗猜，能做会计主管，肯定是个大学生。女人读了点书，往往眼睛就长在了天上，清高不说，还特别自负，也不容易相处。跟这样的女人同处一间办公室，以后言行一定得小心。

这时，一个丰满艳丽的少妇走进来，还带着一个三四岁的小男孩。少妇坐在王佐前面的空椅子上和大家聊着天，小男孩跑来跑去，非常调皮。一时间，办公室热闹起来。虽然不像外面大办公室那样电话声不断，吵骂声不断，但大家的情绪一下高涨起来。特别是女人，东一句西一句，衣服、孩子、保养、化妆等。从少妇和大家的聊天中，王佐知道，这个漂亮的少妇就是那天应聘自己的徐经理的太太，西安人，刚从台湾回来。

只听出纳忽然问："徐太太，台湾好不好玩？"

徐太太说："没什么好玩的，一样的山，一样的房子，一样的米饭、面条，说一样的中国话，我才不想去呢。我宁愿待在大陆，自由自在！"

出纳说："不会吧，台湾那么好的地方，可是宝岛啊，又富裕，我们都想去玩玩呢。"

徐太太说："那还不简单，把你男朋友休掉，我帮你介绍一个台湾老公，怎么样？"

出纳呵呵笑了，说："我才不嫁到台湾呢，也没那个命！"

老孙说："对，对，把她嫁到台湾去，让她相夫教子……徐太太，您帮我介绍一个台湾老婆吧，介绍一个富婆，听说台湾单身富婆多着呢！"

徐太太说："好啊！那些台湾女人嫁不出去，还骂我们大陆妹，难听死了，说把台湾男人都抢去了！她们有本事，也可以来大陆抢男人嘛。"

大家哄堂大笑，小男孩在老孙办公桌上拿起一根尺子啪啪乱打。

老孙说："老江来了！"说着，老孙一本正经地坐好，拿起铅笔装模作样地画起图来。

小男孩条件反射般把尺子丢到老孙办公桌上，用右手食指挨着嘴巴，做着鬼脸，"嘘"了一声，然后走到徐太太身边，拉着妈妈的手要走。大家被小男孩的神态逗得又一次哄堂大笑。徐太太笑着说："这小家伙，不怕徐经理，不怕中江、小江，就怕老江，碰上老江像碰见鬼一样，呵呵呵……"觉得聊得差不多了，她便牵着儿子的手走出写字楼。王佐想，这个江老板一脸凶相，又爱骂人，连小朋友都怕得要命，什么人嘛！他忽然想起《三国演义》里的一句话，"闻张辽名，小儿夜不敢啼"，用在金得厂便是"闻老江名，小儿夜不敢啼"了。

不久，江老板果然回来了，写字楼里所有的办公室顿时安静下来。金得厂三间办公室隔墙都安有大大的玻璃，王佐透过玻璃看见老江靠在大班椅上，嚼着槟榔，鼓着眼睛不停乱转，偶尔向大办公室和王佐这间办公室轮流看着，像恶狼看着一群绵羊。王佐不禁心寒。

忽然老江大叫一声："王什么，王佐！"

王佐心中一惊，立马起身离桌，快步走到老江办公桌边上。老江在桌子上左看右看，拿起一个零件递给王佐："把这个画出来，要快！"王佐答应一声"好"，便回到座位上，一边用游标卡尺量尺寸，一边认真地画起来。等到他画好图，也快下班了。他见老江没在，就把图纸放在老江的办公桌上，并且用一个零件把图纸压好。

晚上加班时，老江突然找王佐要图纸。王佐发现放在老江办公桌上的图纸不翼而飞，而他由于下午画完图纸后急于交给老江，忘记了复印。老江破口大骂："图纸这么重要的文件都不知道复印备份？合同都是一式几份的，何况是图纸！再去画，下班前交上来！"虽然被老江骂得狗血淋头，但王佐却终身受用。此后他做事特别小心、特别认真，做完一件事后，总得检查一次，然后再回想一次，看有没有什么没做好或忘记做的，并且及时做好记录。人的记忆是有限的，有些事情或许几十天后才重做一次，这时一般人都会忘记该怎么处理，而及时做笔记的人便会找出笔记，又好又快地把事情做完。

这就是人与人的区别！粗心大意又不做笔记的人，往往不认真，丢三落四，甚至能不做就不做，那就很难得到上司的赏识，也很难进步和升迁。

下班后，王佐回到宿舍，却发现宿舍里一个人也没有，连老孙也不知道跑哪儿去了。他知道车间一般是十点半下班，比办公室还要晚一个小时，至于其他人，也就是司机、电工、报关员那些人，估计都在外面玩了。王佐倍感落寞，再加上被老板骂后心情不好，无心冲凉，便下楼了。饭堂外棚子里倒是有几十个人，但王佐也无心看电视。他突然想起那天来应聘的时候，张勇军带他在十字路口吃饭，他发现那家四川菜馆边上有家小书店，于是决定去书店看看，买本书躺在宿舍床上看，以打发一个人的时光。

在书店，王佐意外发现了一本心仪已久的书——《穆斯林的葬礼》，又挑了一本宋词，然后在书店看了一个小时左右的杂志，便付钱回厂了。路过厂门口水塘边时有人叫他，原来是白丽丽，她正与韩墨和一个胖胖的姑娘站在水塘边榕树下聊天。他知道，那个胖胖的姑娘坐在大办公室，大概是个采购。王佐来到水塘边，跟三个同事打了声招呼。韩墨说：“我看看，买了什么书？”王佐把书递给她。韩墨翻着书说：“这本书得了茅盾文学奖，一定很好看！”王佐说：“你也爱看书呀！想看的话你先看吧，我宿舍还有书……你们聊，我还没冲凉呢。”

韩墨手拿厚厚的书，心想：“这个男人还爱看文学名著呀，也爱看宋词，像自己一样，这在打工的人中可真不多见啊！”她抬起头，看着夜色中的水塘、水塘四周的路灯以及水塘左手边的树林和荒草荒山，不由想起了自己高中毕业走上社会这几年的往事。

第七章　向往外面的世界

韩墨是南昌市钟陵县人，1995年毕业于江西经济学院成人班，会计专业。

高三那一年，就读于县一中的韩墨学习成绩还算不错，就算当年发挥不好考不上好的大学，但考一所普通大学，读个大专还是可以的。可惜的是，爱好文学、平常爱写点小诗的她竟然早恋了。对方是同班成绩和体育最出众的学习委员，也是家长、同学、老师眼中最能考上重点大学的唯一人选。哪个少男不钟情，哪个少女不怀春，我们无须责怪他们。其实，他们的早恋也就是一个人刚步入青春期时对异性的一种吸引和好感。他们平常也就互相写点稚嫩的小诗，会莫名其妙地装满对方的言行，实质上连单独相处和说话的时间也不多，更不用说亲密接触了。但就是这种朦胧的所谓早恋，不知断送了多少人的大好前程，他们也一样。等到快高考时，他们的成绩直线下降，家长老师也知道原因了，但为时已晚。为此，父亲曾恨铁不成钢地对她说："你这是杀人不见血！"父亲一针见血的话惊醒了做文学梦的她，她知道自己铸成大错了，更知道她与他之间不是所谓的爱情，而是青春萌动。于是，她断然不再和他有任何联系。可是他不接受，甚至公开接触她、骚扰她，令她无法安心复习。

因此，她主动约他在水上公园见面，希望劝说他把心思放在学习上。

那次约会，是他们的第一次，也是最后一次。她没想到的是，他好像走火入魔，根本不听她的劝说，还痛哭流涕，说他高考毁了，人生没希望了，但不能没有她。看他喝酒抽烟社会青年的样子，她反感极了。自己的早恋对象怎么就成了这样一个沉迷于儿女情长、没有志向的小混混呢。她劝他把心思放在学习上，今年考不上，明年再考，只要横下心来读书，一定有希望。但他说，她不跟他相好，他就没心思读书了。说到激动处，他竟然拿烟头在她手腕上按了两下。钻心的痛令她一辈子都记得，还留下了两个小伤疤。那两个烫伤的疤痕，给她留下了一生挥之不去的印记。从此后，除了上课，她就回家复习，他也就没机会接近她了。最后，他们双双落榜。由于高考成绩离分数线太远，双方都没有选择复读。他带着悲伤跟人去北京学修手表去了，她则进了一家县集体小药厂做临时工。

韩墨在小药厂洗瓶子，不但工资低，而且有毒，一个多月下来，原本一双秀气的手已被泡得溃烂起泡，简直惨不忍睹。药厂晚上还要加班，下班从郊区骑自行车回家，父亲担心她出事，还要接她，她实在过意不去。她没想到走上社会后她的生活竟然如此无趣和悲哀，这令做着文学梦的她直叹人生太没意义，恨自己少不更事，没好好读书。

9 月开学的时候，看着同学们高高兴兴去各大学报到了，韩墨的情绪低落到极点。一天，无意中她从同样落榜的同学那里得到一份江西经济学院成人班的招生简章，自费不包分配，她的高考成绩可以就读。她决定去读书，先改变目前可怜的境况再说。她分析，南方那块开放的热土，需要大量人才，而正规的大中专生包分配工作，不可能去打工，所以不包分配的大学生正好有用武之地。正当她憧憬着新的大学生活时，她的父亲却不支持她。

韩墨的父亲 20 世纪 70 年代就是公社渔场的场长，80 年代承包了乡砖瓦厂，是改革开放后内地农村第一批富起来的人。幼时，韩墨跟着父亲从老家村庄迁到公社渔场，小学二年级时又迁到县城，全家转成城镇户口，见证了改革开放初期的伟大成就。因此，自小韩墨就感觉到他们家的生活优于其他同学家。在 80 年代，她们家在整个县城也算是富裕的了，但进入 90 年代韩墨就读高中的时候，父亲的事业却开始走下坡路，连办两家小企业都以失败告终，全家几年来都在吃老本。韩墨准备读自费大学的时候，父亲正准备办一次性输液器厂。由于韩墨的姐姐已嫁人，两个弟弟还在读初中，父亲发现她为人处事极为得体，说锻炼几年就是个优秀的营销人才，前程不可估量。父亲还说："我带着你跑几年业务，你能独当一面的时候，我管生产，你管营销，我们家还有兴旺发达的时候。"

钟陵县是全国有名的医疗器械生产基地，20世纪90年代开始那批生产或推销医疗器械的人，基本上都踏入了21世纪富人的行列。如果韩墨当初接受父亲的安排，也许她的人生完全是另一番样子，甚至还有可能成为钟陵县的知名企业家。可惜，那时的韩墨对父亲的雄心壮志怎么也提不起兴趣，同时认为自己没那个能力。那几年，她看着父亲早出晚归地劳累奔波，头发都白了，实在不明白父亲为什么要孤注一掷地创业。从小看着父亲经营管理小渔场和小砖瓦厂，她看都看烦了，换了谁都没有兴趣。她向往的是外面的世界，特别是沿海开放地区，强烈地吸引着她。她怎么能在内地小县城虚度年华呢？再说，这个小县城是她人生的失意之地，她就更不愿意待了。可是，要在大都市或沿海开放地区找到好工作就必须有学历有技术，这她是最清楚的。她的初中同学就有去深圳打工的，她知道她们打工的艰辛，也了解到了外面世界的精彩纷呈。她希望自己也能去外面见识见识，以不负此生。何况，她还有一个文学梦，但这不能对父亲说。她曾在自己的日记本里写上"曲线从文"几个字。她知道，自己没有能力靠从文吃饭，但完全可以找一份舒适的工作，然后从文。所以，她只对上大学感兴趣。在那个学历高高在上的年代，谁不想读大学呢，哪个少男少女没有一个大学梦呢。

父亲拗不过她，只好放弃了再次创办小企业的计划，送她去上学了。本来她是想选择企业管理专业的，但父亲对她说，学什么企业管理，学企业管理还不如跟我学呢，要学就学一个专业性强的，以后走上社会既可以做本专业的工作，也可以去做企业管理嘛。如果你真有管理的天分，学不学企业管理专业都无所谓。

的确，父亲没有吹牛。当年的砖瓦厂有几百号人，什么样的人都有，但都被父亲管理得服服帖帖、井井有条。父亲对于企业管理确实有一套心得。她接受了父亲的建议，满怀希望地去南昌上大学了，学的是会计专业。她的人生之路从此改变，不可逆转。

大学不同于高中。高中读的都是死书，一切就是为了高考。而大学时期是个性极为张扬的时期，个人的特长和兴趣往往在大学时代发挥得淋漓尽致。韩墨原本就爱好文学，自然而然，在大学时期顺利成长为校文学社的副社长，同时还是编辑，个人还在校刊和各地报刊上发表了为数不少的豆腐干似的小诗和散文。她认为，自己的“曲线从文”也许在不久的将来就能梦想成真。她原本书法不错，也打得一手好乒乓球，在大学时还把交谊舞学得如行云流水一般，这样的女生在大学时代不出名才怪。因此，像她这样小有名气的活跃分子，至今在那所经济学院还有她的资料，是学妹们学习的榜样。

大学毕业后，除了家庭背景特别好的同学找到了国家机关企事业单位和国有企业的工作之外，其他同学大多去珠三角闯世界去了。韩墨也想去闯闯，可她的父亲却不让她去广东，只同意她在南昌找工作。因此，她就在南昌找了一家雪糕厂跑业务，在南昌城区推销雪糕。在 1995 年那个炎热的夏天，她跑遍了南昌城的大街小巷，业务虽然还可以，但她还是想做会计工作。三个月后，父亲把她安排到临川县一家县级棉纺厂做会计，她在那里工作了一年多。那家棉纺厂在山清水秀的抚河边。那一年，她陶醉于当地山水之中，写下了为数不少的诗歌和散文。业余，她把发表在各报刊上的作品剪下来，装订成册，当作宝贝一样放在箱底。可是一年后，那家棉纺厂倒闭了，她只能回家待业，又一次徘徊在人生的十字路口。

失业在家的日子可不好受，既然在本地找不到好工作，韩墨便又想去广东见识见识，闯荡一番。可父亲还是不让她去。尽管有些在广东的同学在信中说，他们对打工生活非常悲观，但她还是想去。她只是想体验一下特区的生活，顺便找机会发展，又不是在那里待一辈子，不好可以回家嘛，为什么父亲就是不让她去呢？也许是珠三角那一带有太多不好的传闻传到父亲的耳朵里吧，父亲是担心她，她只能这样想。为了打消她出远门闯世界的念头，父亲还托人帮她找男朋友，但她一个都不见。

这时，一个大学同班又同县城的同学约韩墨去温州。这个叫娟的同学的外婆是温州人，韩墨的父亲才勉强同意她跟娟一起去温州。在去温州的路上，娟跟韩墨说，她是去找亲生父亲的。她说自己的亲生父亲是温州人，现在发达了。她还想通过父亲在温州找个有钱的男朋友。

韩墨大吃一惊，感觉娟太没良心了，也太没志气了。但转念一想，她也理解娟，知道她是穷怕了。娟的亲生父亲始乱终弃，母亲无奈嫁给了好心的养父。其实养父跟亲生父亲有何区别呢？她认识娟的养父，知道那是个心地极好的男人，靠收破烂为生，把娟视如己出，在温饱都没解决也没住房的情况下，送娟去读自费大学，这绝不是一般养父能做到的。娟的母亲和亲生父亲，一个是南昌人，一个是温州人，那个年代老百姓是不能自由打工经商的，他们是怎么认识的，他们之间到底发生了什么？韩墨真想弄清楚他们的故事，写一本感天动地的爱情小说，以传后人。

韩墨也有些不理解娟，找个有钱的男朋友真的就那么重要吗？没有爱情没有感觉，光有钱有什么用？她想，她就不是这样的人。她从来就不急着找男朋友，她觉得一切随缘比较好。顺其自然，缘分自有天注定。只要有缘有感情，男朋友没钱又有什么关系呢？一个女人是跟一个男人过一辈子的，生生死死在一起，又不是跟钱过一辈子。

到了温州，娟并没有急着去找亲生父亲，而是和韩墨一起住进了十元小旅馆，在劳务市场找工作。五天后，她们一起进了位于瓯海区某地一座山脚下的一家五金厂做仓管。山脚下还有个小村庄，韩墨感觉那地方乱七八糟的，到处是家庭小工厂，到处是打工仔、打工妹。三天后，老板娘问韩墨：“你怎么戴了眼镜呀？”

韩墨奇怪地看着老板娘，不知老板娘为何有此一问。老板娘面部表情极其不和气，说：“那天面试我怎么没看见你戴眼镜呢？你是故意的吗？”

韩墨感到莫名其妙，说：“那天我戴眼镜了，怎么了？”

老板娘显然不高兴了，说：“近视眼怎么能做仓管呢？能看得清磅秤吗？螺丝那么小，看得清吗？我几十岁了，还没见过一个近视眼做仓管的！”

韩墨感觉受到了侮辱，提高声音说：“看得清呀！戴上眼镜跟正常人一样。”

老板娘面无表情，说：“我们仓管从来不招戴眼镜的，我结工资给你，你走吧。”

韩墨真是又好气又好笑。她原本就不想待在那个小山村。那个小山村的厕所不分男女，还没有门，男男女女蹲在一根横木上，从外面都能看见白花花的屁股，她实在不习惯。

离开时，韩墨对娟说，找到工作后就来找她，实在没时间就写信，然后她就到温州市区找工作去了。这次，她跟着下车的打工妹们在温州南站不远处那个民间自发成立的劳务市场找工作，站在那里等人来招工。当天下午，她被一个开冷饮店的老板娘请去了。

在冷饮店上班没几天，韩墨思前想后，觉得温州不是理想的发展之地，一个月后就辞工了，决定先回家再说。在回家之前，她特地去找娟。可是，娟也走了。做饭阿姨说娟走的时候留了一张纸条给她。她在做饭阿姨的床上找了半天也没找到那张纸条，真是气得一塌糊涂。

就这样，韩墨与娟失去了联系。二十多年后，她们再次联系上时，娟已定居在温州。不过，娟并没有嫁给有钱人，而是嫁给了一个安贫乐道的老师。至于娟有没有去找亲生父亲，韩墨不得而知，也不好问她。她们 QQ 聊天时，娟总是闪烁其词，似乎不愿提及自己的一切。

从温州回到家后，父亲又开始为韩墨联系相亲的对象，她姐夫还把他的大学同学介绍给她。可是，韩墨就是没有嫁人的心思，所以也就没有看过任何人。她认为这样的婚姻太没意思了。人生只有一次，青春只有一次，为什么要为了结婚而结婚呢？她姐姐和姐夫就是别人介绍的，姐夫是县一中的老师，她可不愿意再走姐姐的老路。姐姐过着相夫教子的日子，除了老公儿子，就是做饭洗衣服，说白了就是一个保姆，没有自己的事业，没有自己的人生，实在没有多少情趣可言，她认为姐姐简直是浪费青春。

那时，韩墨的两个弟弟不愿读书，跑到新余市一所电子技术学校短期培训，已被介绍到中山市某地打工，信里说得很是可怜巴巴，父母都很难过。韩墨及时提出到广东去，去中山看看弟弟。正在此时，韩墨有一个表弟也是大学毕业的，准备去东莞市厚街镇一家有名的鞋厂——爱迪达斯厂找工作。表弟有个同学已在那家厂上班，来信说爱迪达斯厂正在招储备干部，韩墨也想去。有表弟同行，还能找份好工作，父亲这才同意她去广东。

与此同时，父亲的朋友给她介绍了一个非常不错的小伙子。小伙子大学毕业，在银行工作，家庭背景在县城那可是一流的。父母不经韩墨同意，在她不知情的情况下就安排他们见面。没想到，条件极好、人才出众的小伙子对韩墨一见钟情。他觉得，知书达理、大方得体的韩墨是他最佳的人生伴侣，大有非她不娶的架势。其实，韩墨也挺中意小伙子的。如果她没有上大学，也许就同意小伙子的求婚而去相夫教子了。毕竟，在 20 世纪 90 年代中期，大学毕业在机关事业单位上班的小伙子一定是姑娘托付终身的首选。何况，对方家庭背景还不错，人才也出众，那可是打着灯笼也找不到的金龟婿啊。但是，她只能遗憾地向小伙子说明原委，说她已经决定去广东了，未来谁也说不清楚。

可是，小伙子不死心，说广东哪有那么好混呀，没背景没学历是找不到好工作的，你一定会回来的，我等你回来！在韩墨离开那天，小伙子不请自到，还买了一大包东西，送她上火车。小伙子在火车站左叮咛右嘱咐，好像韩墨已经是他的未婚妻似的。

汽笛长鸣，火车开走了，小伙子还没下车。直到火车停靠在向塘站，他才依依不舍地下车，无限依恋地目送着长龙般的火车把韩墨拉向远方那片开放的热土……

第八章　南下找工

韩墨和表弟于1996年10月底的某天早晨抵达广州，下了火车后又马不停蹄地坐车到中山市，然后又转车到三乡镇，再搭摩托车约二十分钟后，才在一栋农村祠堂式的工厂找到两个弟弟。此时，快到中午了。几个月没见，以往生龙活虎的两个弟弟却面黄肌瘦、衣衫脏乱，韩墨鼻子酸酸的，差点流出眼泪来。她带着弟弟在附近一家大排档吃了一顿快餐。姐弟们诉说着各自几个月来的经历，韩墨没忍住，还是流泪了。两个弟弟打工的工厂，上班时间长达十六个小时，吃的是黄菜叶子，还没几滴油，平常不但不发工资，还不能出厂，更没有节假日。听了弟弟的诉说，她饭都吃不下了。她这才知道现实之残酷，生存之艰难，她不但不能把两个弟弟从困境中解救出来，更不知道明天等待她的是什么。她只能安慰两个弟弟，说她去东莞市厚街镇一家叫爱迪达斯的工厂面试，工资待遇都很不错："我安定下来后，你们也去东莞找工作吧。"临别时，她分了一半钱给俩弟弟，自己身上只剩两百元出头。出门时，父亲给了她六百元，还包括火车票。父亲的意思就是，这些钱足够进爱迪达斯厂的费用了，如果不能进，也能回来，但没有找工作的余钱和时间了。

吃完饭后，两个弟弟回厂，韩墨和表弟原路返回中山市，从中山市上了一辆开往东莞市的大巴。待他们马不停蹄从东莞市坐车到厚街镇时，华灯初上，天已临黑。

经过两天奔波，好不容易找到表弟的同学，表弟的同学却遗憾地告诉他们，你们来晚了，爱迪达斯厂储备干部已招满，你们要是昨天到就好了。

表弟心情低落到极点，韩墨同样感觉前路茫茫，直叹自己运气不好。表弟的同学说："东莞有大把的工厂，不怕找不到工作！今晚在我们厂过一晚，明天你们在我们厂附近租一间房子，慢慢找，找工作要有八年抗战的准备。只要有了落脚之地，东莞这地方，就像20世纪30年代的上海滩，是冒险家的乐园，总有成功的时候。"当晚，表弟的同学借了一男一女两个厂牌，帮他们混进厂去，算是胡乱打发了一晚。

第二天上午，韩墨和表弟又用厂牌混出厂外，在附近工业区走走看看，想先了解一下找工作的情况，顺便租间房子以做长期的打算。他们发现，当地工厂虽多，但找工作的人更多，而且都是与他们差不多大的人，有些还比他们小几岁，基本都是70后。他们还发现，无论哪家工厂招工，只要厂门口贴了招工广告，都围着一大堆人。有时只招三五个人，也有几十个甚至几百个人围着。如果招的人数多、工种多，厂门口完全可以用人山人海来形容了。

中午的时候，表弟的同学请他们吃饭，表弟打了退堂鼓，说不找工作了，下午就坐车到广州上火车回家去。韩墨其实也心凉了，真有一种和表弟一起回家去的冲动，嫁给那个对她一见钟情的在银行上班的小伙子算了。也许，她骨子里有种不服输的倔劲；也许，有其他同学在珠三角各地打工，令她还抱着侥幸的心理；或者说，冥冥之中上天已注定了她的事业和缘分在珠三角某地。反正她就是不想回家，还没开始，怎么就能结束呢？

她想，车到山前必有路，船到桥头自然直，实在不行再说嘛。

韩墨有三个大学男同学在大朗镇打工，她决定去大朗找他们。与表弟分开时，表弟把多余的两百元钱借给了她。她这才稍稍心安，至少找不到同学的话，还有回家的路费嘛。

送走表弟后，韩墨找到一个电话亭，给在大朗镇某工厂做人事文员的同学闫书进打电话。接电话的人事小姐说闫书进早就辞工了，她的心一下子就沉到肚脐眼下了。接着，她又急急地说找聒叔柄，对方说聒叔柄三天前就出厂了。聒叔柄也是她的大学同学，闫书进曾在信中说他们在同一家厂打工，他的职务是仓管。随即，她的心"咯噔"一下就掉到脚底下了，感觉脚底都是冰凉的。她又问："你知道聒叔柄去哪了吗？""不知道！"接着就是一阵忙音，对方把电话挂了。她怔怔地拿着话筒，顿觉天旋地转，又忐忑不安地给另一家厂一个叫彦小明的同学打电话，这个同学在那家厂做会计。电话打通了，她的心又从脚底下提到嗓子眼里。如果这个同学也没有音讯，她真是要绝望了，再也不知道该找谁了，因为在广东她再也没有其他亲朋和同学的联系方式。谢天谢地，电话那头传出了彦小明的声音。那种犹如溺水的人捞到一根救命稻草的喜悦，顿时涌遍全身，她一辈子都记得。彦小明叫她坐车到东莞汽车总站，然后坐车到大朗镇，在巷头电影院下车，就可以找到他打工的工厂了。

韩墨激动万分，提起大包毫不犹豫地奔向大朗。她明白，找到了彦小明，就可以找到闫书进和聒叔柄，甚至还可以找到其他同学。她也知道，班上有一半同学都在珠三角发展，在东莞联系上了一个同学，就等于联系上了所有的同学。尽管坐着大巴车从东莞到大朗的路上，韩墨紧盯路边，生怕下错了站，找错了地方，但由于不熟悉地名，大巴车开得飞快，她更听不懂售票员的广式普通话，最后还是坐过了站，在大朗镇天桥才下车。

摩的把韩墨拉到巷头电影院。她站在电影院门口正东看西看，忽然听见有人叫她。只见路口一个英俊阳刚的男青年正笑眯眯地向她走过来，她不由“呀”了一声。原来此人正是她毕业后两年没见的大学同学闫书进。闫书进慢慢走到她身边，在她头上拍了两下，笑呵呵地问：“你怎么也跑来了？”韩墨惊喜地问：“是彦小明叫你来接我的？”“什么彦小明！我从外面回来，走到路口，看见你东张西望的，觉得好像是你，又不大相信，你向我这边看的时候，我才确定是你。”“这样啊！真是太巧了。你知道吗？我在厚街打电话给你，说你早辞工了，又问聒叔柄，又说三天前走了，后来打电话给彦小明，他接到了，我就过来了。”“既来之，则安之。走吧，先去喝碗糖水。”在去糖水店的路上，两个老同学别提多高兴了，一路聊着，二人把毕业后各自的大致情况简略说了说。这时，韩墨心头的一块沉重大石头总算是落了地，她同时也知道了闫书进在一家公司开发业务，租了一间房子，正在拓展业绩。

在巷头村小街上的糖水店里，闫书进点了两碗西米糖水。不知是之前没喝过西米糖水，还是人在异乡恰遇故人的开心，韩墨对那碗冰凉可口的西米糖水记忆犹深，多年后还向人提起。

喝完西米糖水，闫书进提着韩墨的大包，带她走进巷头小街一个小巷子里的一栋民居，上了三楼的一间出租房里。韩墨痛痛快快地洗了一个澡，浑身轻松了许多。洗完澡，韩墨和闫书进在出租房里聊着天，屋里还有几个小伙子在看电视。她不禁心里嘀咕，我睡哪儿呀！原来，这是一间一室一厅的套房，卧室和客厅之间还没有门，卧室里摆了两张上下铺铁架床，客厅布置得像个小教室，放了几排小凳子，前面有个小黑板，小黑板上还有没擦掉的文字示意图，像个金字塔似的。韩墨故意说："我想急着找工作，附近有没有招工的？"闫书进说："急什么急，先休息两天吧！找工作要慢慢来。否则，随便进了一家厂，想出厂就不容易了。"韩墨说："我哪有心情休息呀！现在只想有个吃住的地方，先安定下来再说！"闫书进想了一下说："我有个朋友在东坑一家电子厂做人事文员，我带你去问问看吧。"

去东坑镇的路上，闫书进在电话亭给彦小明打了一个电话："喂，彦小明，韩墨已经接到了。我现在带她去东权厂看看招不招人……晚饭啊？算了，我们就在东坑随便吃吃吧……好，好，晚上下班了去我那里坐坐……我们等你，好，好，不见不散！"

老同学毕业后两年没见过面，两人都有说不完的话。韩墨对同学们的去向两眼一抹黑，闫书进把他所知道的来广东的同学的情况向韩墨依次做了介绍。说笑之间，二人从巷头走向东坑路口，又转向东坑镇方向。大概经过了三个路口，他们又转向长安塘村方向。走到东权厂大门口时，天已经黑了，工厂已下班了。东权厂有一千余人，长方形厂区占了一大片，一边挨着去长安塘村的大路，大门正对着韩墨和闫书进走过来的那条水泥路，距路边五十米左右，还有一片草地，令初到广东的韩墨感觉特别养眼。二人走过草地，在厂大门口的人群中打听闫书进的那个朋友，有人说她回宿舍了。闫书进对韩墨说："我们去后面叫，宿舍就在围墙边上。"闫书进带着韩墨沿着围墙走到厂区后面。韩墨发现厂区后面是一片草地，远处是树林。闫书进站在围墙下抬头对着宿舍喊了几声，一个姑娘出现在阳台上，大声连说几句："我马上下去！去厂大门口！去厂大门口！"

二人又回到厂大门口时，那姑娘已在厂门口张望着。闫书进向姑娘介绍了韩墨，说明了来意。三人向厂大门口对面一排小店走去，进了一家大排档。凭女人的敏感直觉，韩墨猜测闫书进和这姑娘是恋爱关系，但闫书进在来时的路上并没有说起，她也不好点破。闫书进点了咸鱼茄子煲、农家小炒肉、鲫鱼汤，三人边吃边聊。韩墨从没吃过这种做法的茄子，再加上两天来的奔波，胃口大开，那咸鱼茄子煲的味道令她毕生难忘。

姑娘说东权厂暂不招文员，如果招的话就联系韩墨。韩墨感觉心里暖暖的，说："如果找不到工作，我来你们厂做普工算了。"姑娘笑着说："真是说笑话，大学生怎么能做普工呢？你只是刚来这里，熟了之后，一定会找到好工作的，肯定比我们这些高中生强多了。不过，真要到我们厂做普工过渡一下，那不是一句话的事吗？随时联系我就是了。"

后来，韩墨在闫书进的住处又见过一次东权厂的那位姑娘，此后就再也没见过了。虽然没进东权厂做普工，但她永远记得初到东莞吃的第一餐饭以及热心肠的东权厂姑娘。多年后，有一次韩墨和闫书进聊天，问起那姑娘，证实了那姑娘当时果真是闫书进的恋人，但没多久就分手了。闫书进当时说，你还好意思问，人家是吃你的醋才把我抛弃了，呵呵呵。事实上，那姑娘当时确实在吃醋，因为她发现闫书进对韩墨比对她还好。不过，至于她和闫书进分手，并不是因为吃醋，而是因为她和东权厂一个工程师好上了。那时闫书进在做销售，完全看不到未来。女人嘛，总不能凭感情生活，总得面对现实，要穿衣吃饭嘛！

吃完饭后，韩墨和闫书进搭摩的回到大朗巷头的出租房时，聒叔柄和彦小明都在，四个同学嘻嘻哈哈地聊着读书时的往事，大家都很开心。十点左右，彦小明请大家吃夜宵。十一点，彦小明回厂，闫书进三人回到出租房。韩墨惊奇地发现，出租房里竟然住了九个人，清一色的小伙子。有的是闫书进公司的同事，有的是他的老乡，还有的是找不到工作没吃住地方的，来他这里落脚。当晚，闫书进把九个小伙子全部赶到楼顶，他和韩墨聊了一下，也上楼顶了。

闫书进走了之后，韩墨半躺在铁架床上，想着明天去虎门面试的事。在吃夜宵的时候，彦小明说找工作除了熟人介绍外，无非两条路，一条是看报纸上的招工广告，一条是到各个工业区厂房门口看招工广告，闫书进当即就在巷头电影院给她买了一份《南方日报》。报纸上倒是有几个招会计的，但韩墨不敢去面试。那些招会计的都有一个条件：熟练操作电脑，会用 Excel 95 和 Word 95 软件，而这是她不具备的。毕业后她就没有摸过电脑，现在她连键盘都不会用了。上大学时仅有的几次上机打字和操作 DOS，早就还给老师了，更不用说 Excel 95 和 Word 95 软件了，她听都没听说过。彦小明建议她先找个电脑培训班学十来天，再去找工作就容易多了。她本来就有一年多的会计工作经验，东莞现在特别缺少有会计工作经验和会电脑的会计人才，彦小明的建议不无道理。但她哪好意思说自己身上才有不到三百块钱呢，再说也不可能天天把九个小伙子赶到楼顶上去吧。彦小明在巷头一家叫港兴的发泡胶厂做主办会计，会电脑，会全盘会计，还管着海关、进出口、船务之类的事情。在他面前，韩墨真是汗颜。才毕业不到两年，差距就这么大，她真后悔刚毕业时没到广东来发展。由于报纸上有一家大工厂招内刊编辑，她觉得挺适合她的。当晚，她不但收拾好简历和学历等资料，还把多年来剪下来的自己发表在各报刊上的作品集也特地带上了。

韩墨去虎门那家大工厂应聘内刊编辑，竟然非常顺利。虽然其他部门有 IE、PE、ME、QC、IMC 等一大堆她弄不明白的英文简称岗位招聘，来应聘的人也特别多，但她应聘的那个内刊部门却没几个人面试。内刊主管很欣赏她带过去的作品，更欣赏她写的一手好字，直接录用了她，而没录用其他会操作电脑的人。主管对她开朗大方的第一感觉特别好，更看中的是她的写作才能，至于操作电脑，学习半个月自然就会了嘛。

刚到东莞就找了一份自己喜欢的工作，韩墨简直喜出望外，闫书进也替她高兴，并提出送她去虎门上班。他们第二天到那家大工厂时，保安却说不招人了。她不死心，保安打通了人事主管的电话让她接，人事主管说她来得太晚，他们已录用了别人。当时，韩墨都气糊涂了。怎么会那么巧？说是上午报到，我上午还没下班就赶到了，怎么就来晚了呢？韩墨当然不知道，那家工厂的注塑部主管的女朋友是学中文的，刚好从家乡过来，注塑部主管送了一千元钱给人事主管，人事主管跟内刊主管说韩墨不来了，就把注塑部主管的女朋友招进厂了。

从虎门回大朗的大巴车上，韩墨心情很不好，闫书进安慰道："胜败乃兵家常事，找工作也一样。你放心找工作吧，一切有我呢，我是你坚强的后盾！"一个姑娘家远离家乡，有这样一个仗义的同学在自己身边陪着，韩墨当时就感动得眼泪在眼眶里打转，也没有那么担心了。毕竟，闫书进已工作了，熟人也多，最起码她的钱用完了还可以找他借。不过，她还是有点怀疑。闫书进所在的公司好像不是什么正规公司，就是一帮内地年轻人在出租房里上着课、唱着歌，慷慨激昂，梦想着别墅和宝马，这怎么可能呢？今天早上，她还发现聒叔柄在巷头村路口上摆地摊卖菜，闫书进说他们业绩还没上去，需要时间积累，所以入不敷出，贩点菜补贴差旅费。

可是，在大朗下车的时候，闫书进苦着脸说："韩墨，我的钱包被小偷掏了——买票的时候我就觉得不对劲，忽然间就挤起来了……唉——"韩墨大吃一惊，问："多少钱？"闫书进垂头丧气地说："两百多，那是我所有的财产了。"韩墨也挺来气，但也没办法："咋那么不小心呢？"闫书进却坚定地说："不用怕，你还是放心地找工作吧，我没发工资也可以帮你借，一切有我呢！"多年后，韩墨回首往事，当年能在南方坚持下来，勇往直前，正是因为同学闫书进的强大心理支撑，才让她没有后顾之忧，有信心继续找工作，继而在南方扎下根来。不然，她大有可能像她表弟一样，打道回府去了。

她最为感动的是，闫书进当时几乎没有任何生活来源，却给了她强大的心理支撑，这不是一般人所能做到的。而那两年，她竟然不知道闫书进的实际情况，也不知道他在做传销。她只知道他们那些人，一个个西装革履，高谈阔论，前程似锦。而实际上，那个时候她真的认为他们是在做大事——一个雄心壮志的男人所做的大事。

下车回到出租房后，韩墨分了一半钱给闫书进，自己身上只剩下一百多块钱了。虽然闫书进说一切有他顶着，但她也不想太麻烦别人。住在他的出租房里，她已感到打搅了。为了节约钱，她再也不坐车去别的地方面试，只在大朗镇与东坑镇交界一带走路找工作。那几天，她凭着一双脚，一家一家的工厂看过去，有合适的岗位就去面试，却都因经验不足而失败。

那几天，她一天走几十公里，舍不得买一瓶水喝，晚上回到出租房立马呼呼大睡。有时，她一个人坐在巷头电影院台阶上，呆呆地看着莞樟路上车水马龙、人来人往，也看着对面工厂进进出出穿着厂服的打工仔、打工妹羡慕不已。她想，还是进一家厂做普工算了，待做几个月有点钱了，再辞工出来租一间房子，去培训班学学电脑，再做打算吧。

第九章　无心插柳，进了勤安厂

闫书进知道韩墨的想法后，劝她："你听我说，钱的事你就不用发愁了，这几天我就去借点钱来，你如果觉得跟我们住一间房子不方便，就在隔壁租间房子。另外，找工作急不得，任何事都是慢工出细活，何况是找工作呢！普工才三四百块一个月，何必去受那个苦呢。"但韩墨决心已下，苦笑着摇摇头。闫书进又说："要做普工也得去东权厂嘛，毕竟我朋友在那里做人事，如果从普工中提文员，也可以帮个忙，总比其他厂强。"

于是韩墨决定先在东权厂做几个月普工。

第二次去东权厂的上午，刚过东坑路口，闫书进就说："去黄麻岭看看吧，那里有几家大厂，说不定有招会计的，不行再去东权厂吧。"韩墨自嘲地说："我都找了这么多天了，经验不足、不会电脑，机会太少，你这不是死马当作活马医吗？——唉！去就去吧，反正从黄麻岭去长安塘也方便，就当作是路过吧。"几天下来，韩墨在大朗镇和东坑镇交界一带反反复复地走，比她前二十余年所走的路还要多，简直把腿都走断了。那一带的村庄、工业区和大路小路如地图一般印在她的脑海中。

二人从大朗镇经东坑路口，然后从大路走入黄麻岭村，在黄麻岭工业区各家工厂门口依次看着招工广告。无一例外，每家工厂门口，只要有贴着红纸招工的，总是围着一堆人，等着人事文员出来，简单问几句，看看证件，符合条件的再放进去面试，有的还需复试。没有贴招工广告的，也总有几伙人在厂门口，有的是等人，有的是在等工厂贴出招工广告，或者等着人事文员贴出录取人员的名单。那年代，找工作的外来工们往往没有联系电话，大厂就采取这种形式通知复试后被录取的人员，就像科举放榜一样。

像往常一样，黄麻岭最大的工厂勤安厂门口，又挤了一大堆人，一张大红纸贴在保安室外墙上，有十来个部门招工，仅技术和管理人员就招二十多个。韩墨和闫书进挤在人群里，视力很好的闫书进惊喜地说："招会计，招一个会计，去试试看！"

韩墨仔细地看着大红纸，果然发现财务部招一名会计。她说："你看那条件，两年工作经验，熟练操作电脑，算了吧，面试也是浪费时间！我们去长安塘看看吧。那里有很多小厂，小厂没有财务主管，只有一个小会计，老板又不懂会计，成功概率大多了。"

闫书进说："大厂最少招七八个会计，小厂才招一个，而且会计这种岗位流动性不大，招工的机会并不多，就算小厂招会计又有什么用呢？我看，还是进去面试吧，就当实习好了。面试也是需要经验的，面试多了，什么问题都碰到了，以后就没什么问题了。去吧，去吧。"

韩墨想想也是，来东莞好几天了，才面试三次会计，其他大多是采购、QC、统计、储备干部等岗位。今天既然来了，为什么不去试试呢？不管条件具不具备，至少给自己一次机会，起码知道自己除电脑操作经验欠缺外，还有什么地方不足，至于能不能面试上，倒是其次。想好之后，她平静了许多，对闫书进说："我去，我去，失败多次了，再失败一次又如何！"

闫书进赞许地对她点点头便往前挤，她在后面跟着，挤到了保安室窗边。她把毕业证从窗口递给保安室里的人事文员。人事文员问了几句，给她一个临时厂牌，就让她进去面试了。

到了写字楼，有人把她带到财务部。财务主管正在忙着什么，示意她先坐下等会儿。财务主管三十岁左右，文质彬彬，身板笔直，正运指如飞地敲着计算器，显得精明强干。她不禁暗自赞叹，好指法呀！以前还认为自己敲计算器速度还不错，看来跟人家比差远了。这就是差距呀！她用眼角扫了一下办公室，发现办公室有五六个人正忙碌着，还有两个女孩正在操作电脑，办公室里除了敲计算器和敲键盘的声音，竟然没有人说话，紧张又安静。

一会儿，财务主管抬起头，对韩墨说：“把你的简历、证件给我看看。”韩墨把简历、毕业证和会计证递给了财务主管。财务主管随便翻了一下毕业证和会计证，又看了看简历，问：“大学毕业啊，又有一年多工作经验，不错呀！怎么不在家乡做了？”韩墨看着财务主管说：“家乡的工厂倒闭了。”财务主管点点头，又问：“那家厂就你一个会计吗？主要做什么？”韩墨说：“是的，就我一个会计，算工资、应收应付、全盘账务，还监督仓库。”

财务主管抢着问：“你用什么方法折旧？”

韩墨脱口而出：“直线平均折旧。”心中却说，怎么问这些？这都是基本的常识，难道他不相信我的证件？问就问吧，反正会的就会，不会的就是不会，又不能骗过去。她知道，很多人为了能有面试的机会，在证件和简历上作假，但作用委实不大。

“那么，用什么制度记账？”

“权责发生制。”

“成本怎么算的？”

“先进先出，根据领料直接记入生产成本直接材料科目，然后把生产成本转入库存商品，库存商品根据入库单结算。”

“这么简单？不可能当月领的料当月就全部加工好了，然后全部变成库存商品入库吧。”

“我以前做的那家厂是棉纺厂，材料单一，就只有一种主要材料，我们每个月月底去车间盘点，把半成品所需的材料挂在生产成本上，我们会根据损耗和半成品所需的主材料比例核算，也差不了多少。当然，我知道，这不科学。”

“这么说，你还没有真正接触过成本核算，没做过这一块，对吗？”

“是的，没机会接触，有机会我会根据各种成本计算方法，根据实际产品，请教老会计，再最后确定成本核算方法。”

财务主管比较满意韩墨的回答，说：“我问的这些其实只是想证实你的简历，但不知道你理论怎样。这样吧，我考考你，做一张试卷，一个小时做完！”

说着，财务主管把韩墨带到一张空桌子边上，给了她一张试卷，一个计算器。韩墨从自己的挎包里掏出一支钢笔，刷刷就做了起来。理论是韩墨的强项，不管是口头考问还是做试题，她都不在话下。在临川那家县级国营棉纺厂，只有一个老会计教了她一上午，之后全靠她自己看以前的凭证和账本，边看边做。在那一年时间里，她又把学校的教材看了一遍，理论联系实际，她感觉比大学几年的收获还大。因此，理论难不倒她。

不到半小时，韩墨就把试题做完了，交给了财务主管。财务主管看了答题后，不可置信地看着眼前这个戴着高度眼镜大方得体的姑娘，心想，还真不错，理论这么好的姑娘还真是不多。他正想说什么，坐在电脑前的一个女孩子站起来走到他身边说："您好，我，我，表格没制出来，你们这个软件我没用过，不过有人指点一下，应该很快的。"财务主管看了一眼女孩说："那你用的是什么软件？"女孩说："那个，那个，我也说不上来，但我确实用过呀！"韩墨心想，原来这女孩子是来应聘的，还以为她是在这里上班的呢。

财务主管想了一下说："我们要面试所有来应聘的人，下午结束，然后我们财务经理择优录取，明天等通知吧。没接到通知就说明没被录取，谢谢你的面试。"

女孩还想说什么，财务主管已把头转向韩墨了，她只好作罢："谢谢您！"转头就走了。女孩刚走出办公室，财务主管问韩墨："你电脑怎样？看你简历上说不熟悉，会制表吗？"韩墨知道这是最关键的，但不会就是不会嘛，于是说："我从没用过这些软件，以前是纯手工做账，读书时打字还可以，不过两年没打了，估计键盘也不会摸了。"财务主管心想，这姑娘倒是挺诚实的，便问："你以前一分钟打多少个字？用什么软件练习打字的？"

韩墨想了一下说："好像是 TT 和 WT，那时候用打字软件练习打字，记得是每分钟六十个字吧，我想，练习几天，速度就会上去的。"

财务主管问："你会说白话吗？"

韩墨心中说，又是一家港资厂，看来没戏了，只好老老实实说："我刚到广东来找工作，不要说会讲，就是听也听不懂。上班时间可以说方言吗？"

财务主管笑了一下，说："当然不能说方言，但我们是港资厂，财务经理是香港人，各部门经理和主管中还有很多香港人，他们讲普通话不习惯，需要白话沟通。人需要适应环境，不能让环境适应你，对不对？好了，我的面试结束了，但你不会说白话，我问问财务经理需不需要复试。你如果会说白话，明天等通知就可以了。”

财务主管离座走进里间办公室，把韩墨的简历给财务经理。财务经理抬起头，透过镜片看着财务主管。财务主管说：“有个来面试的，大学毕业，小厂全盘账务有一年多工作经验，但不会说白话，电脑也不熟悉，您看看要不要复试？”

五十余岁的女财务经理来自香港，单身，对工作一丝不苟，容不下一粒沙子，在职场上属于那种老姑婆型的“白骨精”，谁有这样的上司谁倒霉。何况，香港人和内地人不管是工作理念还是见识，都有较大的差异，那就更难沟通了。财务主管是安徽人，在勤安厂打工三年，从仓管员做到财务主管，可见他不但好学上进，而且忍辱负重，八面玲珑。韩墨不但有理论有工作经验，还诚实大方，财务主管就喜欢用这样的人。但财务部招员工最后得由香港来的财务经理定夺。财务经理曾规定，会说白话和熟练操作电脑，是两项硬性条件。可后来，她发现来面试的人会说白话的并不多，而财务部的员工对使用电脑要求也不高，就是会打字、会制表格而已，如果招不到十分满意的，这两项条件她也就不十分注重了。但凡招工，只有经财务经理复试后的应聘者才有资格成为候选人之一。

财务经理职业性地微笑着，看着财务主管说：“叫进来我看看。”

财务主管把韩墨带进里间办公室，自己退了出去。

韩墨看着戴着金边眼镜系着碎花围巾的财务经理眼神锐利、面无表情，不觉心中一寒，好一个女强人！财务经理盯着韩墨看了足足三秒，说：“你的简历我看了，我们主管也面试你了，我就不重复了。虽然你不符合我们的条件，但也可以凑合着上岗，你要多少薪水？”

韩墨没想到这个女强人这么直接，她根本就没有心理准备。不过，之前她早就和闫书进就这个问题商量过了，知道当地的用工情况，于是说：“一千。”

财务经理直视着韩墨，让韩墨有想退一步的感觉，只听财务经理说：

“我们这里没那么高，我们的起点是七百，三个月后看具体表现再加工资，不少于一百，你愿意做吗？”

韩墨犹豫着说：“我已经找了几天工作，这一带好像是这个工资……”

财务经理说：“可是，你不会说白话，也不会电脑，等于是到我这里来培训，已经不错了！行的话，你将是候选人之一，不行的话，你走吧！”

韩墨想，自己本来计划去做普工的，现在有这个机会确实不错了，薪水低一点高一点又有什么关系呢。于是她说：“好吧，什么时候可以确定？因为我还有别的选择。”

财务经理依然面无表情，一副公事公办的样子：“最迟明天下午，等电话通知。好了，就这样了，你等通知吧！”韩墨答声谢谢就退了出去。财务主管还交代她，上午接到通知，下午报到，下午接到通知，第二天上午报到，不然就录用别人了。

出了勤安厂，闫书进连问怎么样，韩墨感觉自己希望不大，说：“别的还可以，就是说我不会白话，不会电脑，我们还是去长安塘吧！”闫书进说：“你把具体情况跟我说说，我做过人事文员，了解招工的程序，招工不见得录用条件全部具备的人，上司大多看重技术和品德。有时候，个人的第一感觉也很重要，也就是说合别人的胃口。”

韩墨知道自己不符合招工的要求，并没有多大兴趣，只简略说了一下。哪知闫书进一拍巴掌说：“有希望！！有希望！你看啊，条件全部具备的人，我想大多数是在东莞工作多年的人，是不会接受那点工资的。条件不具备的人，你可是占优势啊！还有，有一个人没去财务经理办公室复试，对吗？那就是直接打发走了。至少，你还复试过，还谈了工资。我看，等一天吧，做普工迟一天早一天有什么关系呢？走，我们回大朗去，静候佳音！”

韩墨想想也是，既然都面试了，为什么不等结果呢？

二人又从黄麻岭走到东坑路口，再走到巷头，在一家小餐馆点了两碗汤粉当作中餐。韩墨早就饿了，汤粉一端上来，便大口吃着。忽然，她发现汤粉有一种特殊的味道，问闫书进：“这是什么佐料呀？这么难吃！”闫书进笑呵呵地说：“香菜，这里的人喜欢吃，我刚刚忘记了，不然就交代老板娘不放香菜了。其实，我也不喜欢吃，要不，换一碗吧？”

韩墨说："那多浪费呀！吃，吃，就这样吃！"

见韩墨吃完了，闫书进把筷子搁在桌子上，说："我吃不下了，走吧。"韩墨见闫书进根本没吃几口，说："早上也就吃了两个包子，你不饿吗？才吃几口呀！太浪费了！看来你是个富贵命。"闫书进自嘲地说："什么富贵命，乡巴佬一个！我从小就没一个好胃口，不爱吃的东西再怎么样也吃不下，走吧！老板娘，买单！"

10月底的南方，人们依然穿着夏装，但天气不热也不冷，微风习习。韩墨和闫书进坐在巷头电影院路边的榕树下，看着车水马龙的莞樟路，聊着天。聊着聊着，他们聊起了大学同学钱丽艳。钱丽艳也是南昌市钟陵县人，在大学时是个校花，与韩墨还是小学、初中同学，高中同级不同班，大学时她们好得穿一条裤子，吃一碗饭，不分彼此。大学时代，闫书进和钱丽艳两人总有说不完的话，做不完的活动。用钱丽艳后来的话说，跟闫书进在一起就是开心，不像跟我老公在一起特别有压力。

的确，闫书进是个很会关心人照顾人的男人，特别是女人，跟他在一起感觉自己就像公主一样。由于闫书进和钱丽艳的暧昧关系，闫书进、钱丽艳和韩墨二女一男自然就玩在一起，是大学时代最好的朋友。当然，韩墨是他们二人的挡箭牌。

"唉——"得知钱丽艳嫁人了，多愁善感的闫书进长叹一声说："丽艳怎么就嫁人了，她怎么这么早就嫁人了呢？这大学不是白读了吗？"

韩墨看着莞樟路川流不息的车辆说："毕业后找不到好的工作，不嫁人又能怎样呢？如果在这边混不出来，我可能也要回去嫁人了！"

闫书进知道韩墨这些天找工作找得灰心丧气，自己又帮不上忙，很过意不去，只得继续聊钱丽艳。他说："想想毕业都两年了，不知丽艳过得怎么样。"

韩墨悠悠地说："不怎么样！上半年我还邀她一起来广东呢。她不想出来，说家人帮她找了个我们那里的国营军工企业的对象，那家人说可以帮她找份正式工作，她就决定嫁人了。这次我来广东之前去看过她，她过得很不开心。"

想起当年和钱丽艳在一起时的纯情大学时代，闫书进更加伤感："我觉得丽艳真不该那么早嫁人。其实，我们只是运气还没到，时间长了，我就不相信我们永远会这样，我们一定会是这个时代的弄潮儿。国企又有什么好？现在有的国企已经很多人下岗了，丽艳为了这个去违心嫁人，可叹！可悲！”

韩墨忽然好奇地问：“你当时是怎么来广东的？”

闫书进抬起头，似乎是望着家乡方向，说：“毕业后，我就回家了，正是双抢时期，累不用说，最重要的是觉得年纪轻轻固定在一亩三分地上太没意义了。一天，我借了一本《平凡的世界》，一口气就看完了。受书中主人公孙少平不屈服命运和自身强大意志力的影响，双抢结束后我就跑出来了。那时彦小明已在港兴厂做会计，我就到大朗来了。不久，我就找了家工厂做人事，后来还把聒叔柄也拉过来了。一晃两年过去了，时间真快啊！”

聒叔柄是江西吉安人，闫书进是江西新余人，他们在大学时玩得最好。

韩墨说：“你和聒叔柄又在一起了，走上社会后，好朋友能在一起奋斗，真是难得啊！”

那天下午，韩墨和闫书进聊过去聊将来，聊家乡和目前的挣扎，聊了很久很久。

第二天晚上，彦小明在出租房里找到韩墨，说勤安厂来电话了，通知她去上班。韩墨不知道，勤安厂的财务经理在那天上午挑选了两个她满意的人，但对方都嫌工资太低而放弃了。最后经财务主管建议，财务经理选中了韩墨，这才使韩墨正式踏入了打工行列。

第十章　炒鱿鱼

勤安厂财务部除了财务主管和财务经理之外，共设有五个岗位，分别是成本、应付、费用、出纳、算工资，韩墨负责费用会计。至于应收，就不存在了，因为勤安厂说白了就是老板在香港设了一个部门负责接单。这是20世纪90年代大多数三资企业和三来一补企业的运作模式，两头在外，只是利用国内低廉的厂房和人力代加工而已，也就是所谓的加工贸易。但是，这些外资企业大量进驻珠三角，也使千万个外来工接触到了现代工业的管理和技术，为他们若干年后的创业创造了必要的条件。

财务部有两台电脑，全部门所有员工共用，成本会计和工资员上午用电脑较多，应付、费用、出纳三个岗位每天上午手工做昨天发生的业务凭证，下午输进电脑并制作报表。也就是说，他们做账的模式是手工做凭证，用Excel设置账页并每天输单，每天还要出日报表，不用手工登账，这与以前韩墨在家乡的纯手工做账模式相差甚远。以前那家棉纺厂的账务是她个人独立完成的。她可以在月初累积一起做上月的凭证，手工汇总后出财务报表，再手工登账。而现在需要每天及时完成业务，大家配合做账，她感到压力很大。按规定，她必须每天出费用日报表，周二出上周周报表。她连打字都不熟悉，就更不用说用电脑出报表了。

白天大家抢着用电脑，韩墨没有电脑上机的机会。幸好晚上财务部不用加班，自第一天开始，她就在晚上练习打字，直到十二点。她来广东时带了一本大学时发的《计算机基础》，里面有一章是五笔打字，财务部电脑安装了TT和WT打字软件，她相信一个星期后她的打字速度就可以应付所有的工作需要。但是，她从没用过 Excel 或其他类似软件，打开 Excel 后，简直无从下手，也就很难在一个星期之内学会制表。有时在忙完了手上工作后，她就会看别人操作电脑，也了解了一些基本操作，但想应用在工作上，还是差太远了。她很想在别人操作电脑的时候请教别人，可是看见同事们为了工作抢着用电脑，匆匆忙忙，她就不好意思问了。如果有一本 Excel 的书就好了。同一办公室里除了做成本会计的同事有一本书外，其他人全说没有。成本会计的书早已借给其他部门的同事了，他答应别人还书后就借给她看。成本会计是除了财务主管之外财务部唯一的男人，三十多岁，韩墨看他操作电脑时，他会偶尔讲解一下。这令她很感激，因为连主管都不会教她。她在上班的第二天就对主管说，我的日报表出不来，你能不能教我学 Excel，主管说："我没有义务！"

眼看着快到周一了，主管说必须交周报表。韩墨翻看着身上仅有的三十来块钱，很想去大朗巷头买本 Excel 的书。她在找工作的时候就发现巷头有家小书店，店里有本 Excel 95 的书。可是，她不能用掉这三十来块钱啊！勤安厂压两个月的工资，她要等到入厂第三个月的月末才有工资拿。也就是说，三个月之内，她将靠这三十多块钱解决日常用品所需，也许连买卫生巾都不够，怎么能随便花掉身上仅有的这一点钱呢？

星期一，财务部的同事们除了韩墨，全部交了上周周报表，她无论如何也要在晚上把报表做出来。吃完晚饭，她就来到财务部开始输单。经过几天的摸索，她已经能够基本操作 Excel 了，她相信当晚就能够完成任务。九点钟的时候，她却被一个公式设置难住了，试了半个小时还没设置好，急得额头冒汗。无奈之下，她只好去请教财务部对面电脑部的一个电脑操作员。不巧的是，电脑操作员没在办公室，这下可急坏了她。现在她之所以能够基本操作 Excel，就是请教电脑部那个操作员的缘故。

多年后，回想往事，韩墨还非常感激那个好心的电脑操作员。可是，她进勤安厂两个月后，那个电脑操作员就跳槽走了。二十多年后，她连她的名字都不记得了。

谢天谢地，快十点的时候，电脑操作员来了，韩墨赶紧请教她。电脑操作员明白了原委后说："我来输单吧，我速度快点，不然你输到十二点也不见得能完成呢。”韩墨当时就感动得鼻子酸酸的——雪中送炭、打蛇七寸，就是这个道理。好心的电脑操作员一边操作一边讲解，韩墨觉得那天晚上是来广东后收获最大的一个晚上。经过那晚之后，她的压力再也不沉重了。十一点多的时候，报表终于出来了，二人都很开心。可是，电脑操作员由于太兴奋，操作太快，保存了一份空白文件，替换了那份做好的文件——那两份文件刚好重名。

韩墨哭笑不得，电脑操作员走了后，她重新输单制表。虽然她打字速度慢，操作 Excel 也慢，但刚刚看完电脑操作员制表输单的全过程，就当作复习吧。她只能这样自我安慰。

那一晚，也许是韩墨人生中最漫长的一晚。为了第二天能交出报表，她小心谨慎、高度紧张地工作着，直到凌晨六点多才完成任务，并把日报表和周报表全部打印出来。回到宿舍洗脸刷牙冲个热水澡后，她又上班了。她要赶在同事们吃早餐的时候再检查一遍，以保万无一失。顺便在这里提一句，勤安厂不包早餐，所以她连吃早餐的钱也没有，每天上午都空着肚子上班。报表总算交到财务主管手上，没有任何差错，她长吁一口气，又投入到新的工作中。那天，财务主管发现她脸色苍白，仿佛大病初愈一般，问明了情况之后，心中不由赞叹：好一个铁姑娘，假以时日，只在我之上，不在我之下啊！老奸巨猾的财务主管本来计划在她无论如何也完成不了任务的时候再施以援手，教她 Excel，并助她完成报表，以换取她对他的感激和忠心，没想到遇到了一个铁姑娘，一时对她另眼相看。

过了几天，变天了，气温大降，韩墨又遇到了一个大大的困难。她从家里来广东时，只带了两床薄薄的毯子，也没带厚衣服，现在她当然也没钱买被子，夜里常常被冻醒。为了能睡得舒服一点，她每天晚上都在财务部拼命学电脑，学到十二点才回宿舍，然后冲一个热水澡，再快速上床睡觉，趁着暖和入睡。可是，每天天没亮的时候，她还是会被冷醒，有时还冷得抽筋，不论怎样裹紧两床毯子，都睡不着。她只好起床在厂区慢跑着等待上班。

韩墨知道，她得想办法搞一床被子，若等到发工资再买，也许她都不在人世了。可是初来乍到，她怎么好向同事们借钱呢？再说财务部的同事除了主管之外，其他人进勤安厂也比她早不了两个月，估计也没多少余钱。

在厂里想不出办法，那只得找同学借了。玩得好的同学如闫书进和聒叔柄，也像她一样，吃饭的钱都没有，玩得不好的同学，她不好意思开口。这怎么办呢？最后想来想去，只有财务主管才是借钱的最好人选，她厚着脸皮把她的困境向财务主管说了。她本来不抱什么希望，因为她认为财务主管是个无情的人，谁知财务主管二话没说就给了她一百块钱。这使她感激了好几天，也改变了对财务主管的看法。

韩墨有了一百块钱后，考虑了一晚上，终于买了一床质量最差的薄被子，还余几十块钱。这样既可以解决当前最迫切的睡觉问题，还可以为三个月内留点零花钱。她终于能睡个好觉了。来广东二十来天了，现在总算安定下来，她想着该给家里写封信了。像大多数年轻人一样，报喜不报忧。她在信里说，她已经找到了工作，工厂包吃住，并且买了一床被子，目前身上虽然钱不多，但熬到发工资也足够了。请爸妈不要挂念，女儿一切都好，云云。

没想到的是，十天后，父亲竟然来看她了，还带来了一盖一垫两床单人被子。当她在厂保安室看到亲爱的父亲时，这段时间找工作的千辛万苦和无奈、委屈一起涌上心头。她真想靠在父亲的怀里痛哭一场，但强忍着没有哭。她不能让父亲知道她受的苦和她的不如意。她要父亲放心，她出门打工一切确实挺好的。

父亲在东莞待了两天，她把父亲带到闫书进的出租房里住了两晚。那两晚她没像平常一样在财务部学电脑到十二点，而是下班后匆匆赶到出租房里陪着父亲聊天。晚上十一点的时候，父亲和闫书进又一起把她送到工厂。

父亲临走的前一天下午，在厂门口等到韩墨下班。父女俩坐在厂门口围墙外的草地上聊天。父亲一再说打几个月工就回家吧，在外面很难混出什么名堂来。

韩墨明白父亲的意思，他还是希望她回到家里，嫁一个好人家，既有一个好归宿，又能和父母在一起，何乐而不为呢？可是韩墨却在想：我在外受了这么多苦，现在总算有点眉目了，怎么能轻言放弃呢？是好是歹，我总得向前闯呀！嫁不嫁人有那么重要吗？

果然，父亲说：“那个银行的小伙子，隔几天就到家里来打听你，人家惦记着你呢！小伙子工作好、家境好，打着灯笼都找不到，你还是和他联系一下吧，成不成再说嘛。”

韩墨说：“我都出来了，以前又没和他交往过，只是见了一面，怎么联系呀？”

这两天，闫书进照顾韩墨的父亲非常周到，父亲很是欣赏。但一个小伙子没有固定职业，赚不到钱，怎么养家呀？父亲不无担心地说：“闫书进这小伙子是不错，不管是为人处事、礼节，还是见识谈吐，都是个好小伙子。但是他目前不得志，你要考虑清楚呀！”

韩墨呵呵地笑了，说：“都想哪儿去了，我们只是同学，没有其他的。他以前和丽艳相好，因为丽艳的关系，所以我们也是好朋友，其他是不可能的。”

父亲认识钱丽艳，如果真是这样，那他真是误会了。于是父亲说：“不管怎么样，婚姻大事，一定要慎重，外面的人不可靠，又不知根知底，一定要小心，不要轻易谈朋友！”

韩墨最烦的就是父母和她谈这方面的事。她一向认为自己的事应该自己做主，何况是终身大事。没碰到有感觉的，她宁愿不结婚，也不愿将就。她相信冥冥之中一定有个他在等着她，只是现在他们还没有遇见罢了。等到遇见的时候，就是水到渠成。

父亲走了十多天后，韩墨的两个弟弟韩砚和韩斌从中山辞工来到东莞。韩墨劝说只有十八岁的小弟回家读书去，小弟同意了，而大弟韩砚却被招进了勤安厂仓库做仓管员兼搬运工。所以那些天里，除了没钱花，韩墨业余时间充实了许多。晚上大弟不上班的时候，她会陪着大弟在厂外逛逛，或者在草地上瞎聊。当然，只要有时间，她还会继续学电脑。她珍惜这来之不易的学习机会，把用得上的和用不上的统统搞通搞透，她再也不希望电脑成为她职场的绊脚石。那些时间里，闫书进晚上隔三差五就来找她，二人坐在厂外围墙边的草地上聊天，往往聊到深夜十二点。她进厂睡觉去，闫书进才走回大朗巷头的出租房里。

韩墨知道，闫书进的业绩没上去，活得苦闷，她只是他的听众而已。如果她作为听众能减轻他的压力，第二天他又能豪气冲天地向前拼搏，她也是高兴的。白天工作紧张忙碌，晚上和他聊天过了十一点，她都在打瞌睡，不知他在说什么，但她从不说回厂睡觉。这就是同学兼朋友的友情，没有任何物质和金钱，更没有男女私情，在 20 世纪 90 年代那批闯广东的千万个外来工中，他们之间的友情相助、心理支持，是多么难得啊！

就这样，韩墨在勤安厂打工，晚上拼命学电脑，白天及时处理工作，一转眼两个月过去了。两个月来，工作上她不但没出过差错，还帮助财务主管做了很多其他的事情，一切顺风顺水。她感觉自己度过了初入一家工厂的试用期，计划先做一年再说。

可是过了元旦，进入 1997 年，她却有一个难言之隐，令她寝食不安，不但肉体上痛苦，精神上也快崩溃了。原来，她得了痔疮，而且特别严重。此前，她从没听说过“痔疮”这种病。晚上睡觉的时候，她不敢平躺。因为任何东西触到患处，哪怕是棉布，都痛得钻心，她不得不侧躺着。可是，侧躺更不舒服。因为不是想怎么侧躺，就怎么侧躺，而是以不碰到患处为前提。那些天她的睡觉姿势很不自然，简直不是睡觉，而是在床上做造型。她整晚整晚被折磨得没睡一个好觉，第二天又得继续上班。上班的时候她只得虚坐着，虚坐久了站起来一会儿，或者慢走几步，又得虚坐着继续工作，循环往复，艰难地完成每天必须完成的任务。她曾偷偷地用镜子窥看，我的天！红肿得像鸡蛋那么大，这到底是什么病？不会是什么绝症吧！她很想问问别人，但又不好意思开口，毕竟是一个没结过婚的大姑娘啊！有时，她也想去医院看看，但一来没钱，二来同样是不好意思，念头也只是一闪而过罢了。她曾绝望地想，老天为什么对我这么不公平，我还没有结婚，还没有尝过爱情的滋味，就得了这种怪病，痛苦不说，也太难为情了。如果就这样痛苦地离开人世，死都不甘心，死都不瞑目啊！

那半个月，可怜的韩墨既不好意思把病情向别人诉说，也没钱看医生，只能痛苦地煎熬着。上班时间她不但昏昏沉沉，而且不断出差错。一些不该出错的地方也出错，最后终于惹恼了财务经理。财务经理警告了她几次，仍然不起作用，只好把她炒了。

韩墨又一次来到闫书进的出租房里落脚。这次幸好闫书进同别人合租了一套三室一厅的房子，而且聒叔柄也找了一家工厂做仓管去了。否则，她就得住旅馆了。本来，她想休息一两天就回家去，先把病治好再说。可是奇迹发生了，出勤安厂才过了两天，患处不治自愈，好得没一点痕迹。老天太会作弄人了！多年后，当她得知当年她在勤安厂得的怪病只不过是最常见的痔疮时，不禁为当初自己的恐慌而发笑，也不明白好端端的为什么会得痔疮。

那时，离过年只有不到十天，既然病好了，她就不想回家了，想在年前找一份工作。不然，坐吃山空，又要受苦了。闫书进劝她年后再找，说年后是工厂招工的黄金时期，有大把的机会，先休息再说。刚来东莞找工作的艰难还历历在目，她哪有心情休息，放心地在异乡睡大觉过大年呢，她简直迫不及待地想拥有一份工作。闫书进说，你在勤安厂做了三个月，不但熟悉了外资厂财务部的运作，而且还掌握了电脑操作，简历上可以写两年外资厂工作经验了，那比上黄埔军校还吃香，现在你在东莞找工作可以说是易于反掌。

韩墨现在找工作当然不像刚来时那么没有底气。出了勤安厂，不要说一般会计，就是财会主管，她也有信心拿下来。她最担心的就是广东人的白话。闫书进说，那就找台湾厂吧，台湾人说国语，就是我们的普通话，比我们说得还好呢。

1997年春节前一个星期，韩墨来到金得厂应聘。老江看了她的简历比较满意，随便问了几句话后，把一家供应商整整一个月的送货单给她，让她算应付货款。她当着老江的面，用三个手指敲着计算器，运指如飞，别人用两个小时才能完成的工作量，她半个小时就算好了，而且一分不差。以前的会计经常出错，速度也慢，老江对韩墨非常满意，当即录用她为金得厂会计主管。进厂时月薪为一千，一个月后一千二。进了金得厂后，韩墨才知道金得厂前任会计第一个月薪水是六百，三个月后八百，而普通文员招进来月薪才四百，心中便不由感谢勤安厂那位财务主管。因为她是偷看勤安厂财务主管敲计算器，才琢磨出三个手指的指法，练习一个月后就运指如飞了。会计，就是要速度，这指法颇得金得厂老板老江的赏识。

第十一章　老江、中江、小江

王佐在金得厂上班已经一个星期了。

除了第一天被老江痛骂之外，这一个星期以来，王佐还没被其他上司骂过，他感到很庆幸。因为他发现，只要老江坐在办公室，除了打电话之外，他都会大叫助理或者采购，安排这安排那，每个被叫过去的人都会被他骂。时间长了，听多了老江的骂人声，王佐感觉并不怎么恐惧了。甚至，他认为这只不过是一个没有素养的人的一种习惯罢了，或者说是通过骂人来建立威信，促使手下人兢兢业业、忠心耿耿而已。

几天下来，王佐渐渐习惯了他的工作。正如张勇军所说，他的工作主要是老江、小江和徐经理安排，以画零件图为主，画好了就给他们签字，然后复印一份给采购去打样或下单，就算完成任务了。当然，他还要画一些组装工艺图给车间用，一般情况下，需要画组装工艺图的都是新产品，是为了完善车间生产所需的组装资料罢了。每天忙完了手上的工作，他就会跑到车间，每条生产线看过去，每个岗位看过去，而且流水线上每个岗位的工作，他都会动手做几次，直至自认为满意为止。所以，除了速度不如车间工人，虽然才来金得厂一个星期，他一个人都可以独立组装一款灯了。眼看永发厂十天假期就到了，他非常纠结。是在金得厂做下去呢，还是回永发厂？打心里来说，他并不想回永发厂。永发厂人太少了，连个姑娘都没有，而且他已经在那儿待了半年了，自认为在永发厂没什么可发展的。但是，在金得厂能不能稳定下来，他没有把握。他发现，他在金得厂的工作太轻松了，轻松得没有一点压力，似乎自己并没有为金得厂做过什么工作，贡献过什么价值。正因为这样，他感觉在金得厂没有把握稳定下来，所以纠结于要不要做下去。不然，竹篮打水一场空，那就太划不来了。

正在他纠结时，一天上午，老江把他叫过去，郑重其事地把样品室钥匙交给他，说："公司招你进来，不是让你画图的，你是设计员，是工程部主管，没事做的时候也不向我报告！这样，这是样品室的钥匙，从今天开始你就可以自由进出样品室了，里面所有的灯都要拆装，都要了如指掌，要真正负起一个设计员的责任。成品仓库有几个人负责做样版，以后由你负责了！你明白我的意思吗？好，你去找小江吧。"

王佐拿着钥匙来到大办公室最后排左手边的小江身边，小江跟他讲了一大通。小江是老江的小儿子，比王佐还小三岁。肥胖高大，靠在大办公椅上，每说两句，就有一句："你明白我的意思吗？"站在这个不可一世、高高在上的花花公子身边，尽管王佐很不舒服，但也没办法。人家是老板的儿子，又是工厂副经理，你就得对他唯唯诺诺、尊敬有加。因此，听着小江的指派，尽管很不情愿，王佐也只能违心地点头称是，说着："我明白，我知道。"小江说了一大通后，把他带到样品组，介绍了一下就走了。他这才算正式走马上任。

样品组几个手下一个个向他问好，他对他们说，你们先做吧，等下我再来检查。然后他一个人来到样品室，在样品室转了一圈。他要静静想一下他目前的职责。

他坐在样品室里，手拿小江给他的厚厚的一叠订单，才明白他在金得厂并不是一个画图员那么简单。他知道，除了老江、小江、徐经理正常交代的画图工作之外，他还要带着几个手下，把每一批订单先组装出样品来，以备客户看版。出货的时候，他要协助小江应付客户的验货。另外，他还要带着样品组的几个人，根据已有的零件设计新产品，没有的零件，就画出来交给采购员下单打版。新产品组装出来后，挂在样品室以备客户参观，客户看中了就可以下单。

厘清了思路之后，王佐明白他目前最重要的工作不是设计新产品，而是在完成了老江他们交代的画图任务之后，把全身心放在订单上的样品组装上来。于是他来到样品组，对几个样版工人说："我初来乍到，在灯饰的组装和质量方面，还不如你们，需要向你们学习。从今天开始，我就跟着你们组装，大家一起把任务完成。晚上下班了我请你们吃炒粉。”

样品组工人没想到主管这么和气，大家都很开心，一起按着订单嘻嘻哈哈地组装着。不时有人拿着样品的组装单去仓库领零件，一个上午就过去了。

下班了，王佐随着办公室的文员们来到食堂吃饭。从简易棚子到厨房，到处都是工人，闹哄哄的，有的在洗碗，有的围着一桶饭打饭，有的在排队打菜，有的已坐在长凳子上吃饭看电视了。王佐已经知道，金得厂内有两家工厂，除了金得厂之外，在金得厂生产车间那栋楼的三楼，是一家叫成得厂的灯头厂，由老江的大儿子中江负责。两家厂员工加起来，足有五百余人，现在一起挤在食堂，实在是热闹极了。这两家工厂的所有员工全包食宿，员工餐是大锅菜，一荤一素，饭自己打，菜排队由厨师给打。而管理和技术人员则在厨房内有一间餐厅，摆了两张大圆桌，每桌四个菜，其中两个菜就是员工菜，打两大碟上来，另外两个菜则是小炒，算是干部和普工的区别了。由于大锅菜打到最后经常不够，所以工人们下班的时候都是小跑到食堂，争先恐后。与其说是吃饭，不如说是抢饭。

王佐小心翼翼地在拥挤喧闹的过道上避让着抢饭打菜的工人们，走到厨房，从货架上拿起自己的碗，来到水池边。水池边上已有好几个办公室的女同事，等办公室的姑娘们洗好了碗，他才洗碗打饭，端饭走到餐厅，坐在韩墨边上的空位置上。

大家已经开吃了，矮小精瘦的美工老孙挤眉弄眼地对王佐说：“吃饭要快点嘛，像你这样慢腾腾的，天上掉下个林妹妹也没你份了！不过，这个位置永远是你的。”

这张桌子上只有王佐和老孙两个男性，姑娘们全笑了。那个胖采购说：“老孙，就你话多，你吃不吃？不吃下桌去！真是的，就知道欺负新来的！”

其实，两张圆桌的干部就餐并没有固定的位置，但因为人员变动不大，大家习惯了常坐的位置，也等于是固定了。王佐吃第一餐饭的时候，他正准备坐在白丽丽和胖采购中间的空位置上，哪知白丽丽见他来了，立即挪屁股转坐在了空位置上，他也就顺水推舟地坐在了韩墨和白丽丽之间新空下来的位置上了，从此固定下来。王佐当时猜想，原来那个空位置大概是张勇军坐的，现在换成了他，白丽丽大概觉得把他夹在她和胖采购之间不大好，所以就换了一下。胖采购和白丽丽是老乡，坐在一起吃饭聊天应该方便多了。何况，白丽丽和大学生韩墨实在说不到一起，也没有共同的话题，坐在一起当然不自然。

此时，王佐和大家还不是很熟，他只是静静地吃饭，听着他们聊天。忽然，老孙又对王佐说："来这么晚，还有鱼尾巴呢，吃如（鱼），吃如（鱼），不要客气！"

全桌的人都笑了，坐在王佐对面的一个成得厂的文员白了一眼老孙。与此同时，白丽丽看着老孙说："老孙，积点德好不好——你一个大男人挤在我们女人一桌干吗，那一桌还有位置啊！"全桌的女人随声附和，老孙说："好男不跟女斗，惹不起我还躲不起吗？王佐，你看看这些八婆……我们吃饭，吃饭，光吃不说还不行嘛！"后来王佐才知道，那个成得厂的文员是湖南人，普通话"鱼"字咬不准，往往说成"如"字，成了老孙逗她的笑料。

吃完中饭，王佐回到宿舍。像往常一样，宿舍冷冷清清，除了已睡下的仓库主管，就只有他了。他有午睡的习惯，睡前还有看书的习惯，没人就不吵，这样正好。

靠在床上，看了几页宋词，他就睡着了。

迷迷糊糊中，听到有人说话，王佐坐了起来，透过蚊帐，发现是工厂的电工、机修、司机、报关员几个人。报关员是本地人，没住在厂里，现在出现在宿舍，他不免感到奇怪。而电工、机修、司机他们几个也在厂外租了房子，平常难得出现在宿舍，他就更奇怪了。

王佐抬起手腕看了看表，已到一点半了，也该起床了。他掀起蚊帐穿上衣服，对几个人点点头，拿起挂在床头的毛巾走向卫生间。报关员是个很帅气时尚的小伙子，他用绕口的普通话对王佐说："吵醒你了，不好意思，真不好意思！"王佐对他笑了笑说："没关系呢，宿舍总是冷冷清清的，热闹好，以后要多回宿舍。再说也快上班了，有什么吵不吵的。"

等王佐洗完脸回来，报关员和司机已经走了，电工凡勤和机修凡俭这对堂兄弟还在。凡勤说："司机又换了出租房，我中午帮他安电，装好了顺便到宿舍来拿点东西。我们都是粗人，没有午睡的习惯，不像王先生你，生活有规律，真是个好习惯。"

凡勤、凡俭哥俩虽然和王佐同一个宿舍，但他们都在厂外租了房子，因此在宿舍三个人很少碰面。但在上班的时候，由于凡勤是电工，电工房又在样品室隔壁，他还经常找出纳报销，是故他和王佐比较熟。何况，凡勤在没事的时候也会在样品组帮忙，做做事聊聊天，时间过得快多了。在外资厂，称某人为"先生"，并不是某人有多高的文化，而是他在厂里职务高。凡勤是厂里为数不多几个称王佐为"先生"的人。王佐此前从没获得此种殊荣，是故很不习惯，但别人叫多了，也就不觉得什么了。王佐猜想，大概厂里以前有人叫张勇军为张先生吧。现在张勇军走了，他接替张勇军的位置，有的人自然而然就称他为王先生了。

王佐和凡勤有一天在样品组聊过一次家常。凡勤说他们四川人多地少，全家人如果留在家里，一年产的粮都不够一家人吃饭，所以他们那里的男人自 20 世纪 80 年代中期开始，就在全国各地做苦力，做手艺活，足迹遍布全中国。凡勤初中毕业开始，就跟着大人在工地上做小工，后来学会了电工、电焊等技术，在北方各地讨生活将近十年之久。1993 年，他跟着工头在深圳装修厂房。电路安装好了，老江把他留在厂里做电工，并让他负责厂房维修等杂事。

王佐挂上毛巾，坐下说："读书时养成的习惯，改不了。凡勤，上次你说老江来深圳设厂时你就跟着他了，也算是厂里的老员工了。我就是搞不懂，老江他们父子三个人，老江、中江、小江地叫着，像是哥儿仨似的，听起来都怪怪的。"

凡勤笑了，说："老江这叫法其实是我们私下叫的，应该叫大江、中江、小江才对呢。在深圳的时候，小江还没来厂里做事。有一次他从台湾过来，老江对我们说，叫他小江，你们看，多帅的小伙子！当时有个没头没脑的车间组长说，在台湾他哥叫大江吗？老江说，叫中江，我才是大江好不好，以后不要叫错了！"

还有这么好玩的事，王佐止不住大笑，说："虽然同是中国人，台湾人和我们还是不同啊！我们大陆做父亲的，绝对不会把自己和儿子们排在一起称呼的，哈哈哈……"

凡勤止住笑，说："那是，当然不同了！自那次后，我们叫老江的大儿子不叫大江，而叫中江了，而我们私下还是叫老江为老江，不叫大江。当然，当面肯定是叫江老板，这个大江从没人叫过……"

王佐笑了好一会儿，说："你跟老江好几年了，他在台湾也是办厂的吗？"

凡勤说："不是，不是，老江在台湾哪算什么办厂的，就是一家人在家里做灯头，像我们内地人在家里做手工制品那样，就是个家庭作坊，糊糊口罢了。"

王佐大吃一惊，说："这么说，老江是在大陆才发达的？"

凡勤说："可以这么说吧，他们台湾人在台湾大多数是小小的家庭工厂，到了深圳、东莞后，几年之间，就从几个人几十个人发展成几百人几千人，甚至几万人，个个发大财了！"

此时的王佐当然不明白其中的道理，他更不知道这是劳动力密集型产业从日、韩转移到我国台湾，台湾人再把产业转移到珠三角的结果。他甚至不知道什么是贴牌加工，也不知道"三来一补"是怎么回事。因为他是做技术工作的，从来就没想过产业转移和产品销售等问题。

王佐问："在深圳也没几年呀，老江怎么把工厂迁到东莞来了？"

凡勤说："前两年，台湾人在东莞大量办厂，在深圳的成得厂发展到一百多人了。那时，台湾人老许找老江合伙办金得厂，金得厂设在东莞，成得厂也跟着迁过来了。"

王佐点点头，又奇怪地问："金得厂不是老江一个人开的吗？我一直以为老板是老江呢。"

凡勤说："不是，不是，老江是小老板，老许才是大老板呢。老许很少来这里，厂里员工都以为老江是老板，全搞错了，估计也就写字楼里的几个人认识老许，知道是怎么回事哩。"

王佐说："原来是这样啊！大老板你认识吗？是个什么样的人？"

这时，上班铃响了，凡勤说："当然认识——上班了，下次再聊，走吧。"

老江不在的时候，财务部和工程部这间办公室总是洋溢着欢声笑语。下午三点多的时候，王佐正在专心地画图，徐经理又进来了，大家东一句西一句，一边做事一边聊天，聊得很开心。特别是老孙，时不时来一句半荤不荤的话，出纳又与他针锋相对，实在是精彩。

半个小时后，王佐画完了图，听徐经理又在吹嘘台湾，他不失时机插话说："徐经理，你的普通话讲得真好，像是大陆国企走出来的干部，我还以为你是大陆人呢。"

徐经理说："那当然，我从小讲的就是'国语'！"

王佐大吃一惊，说："原来是这样，怪不得'国语'如此标准，还有点南京腔。以前，我听回乡探亲的'国军'老人说，他们很多人一辈子都娶不到太太，你父亲肯定是个军官吧？"

徐经理说："什么军官，营长而已，还算有资格在眷村生活，比荣民强点！"

王佐不解地问："什么'圈村'，有猪圈鸡圈，我还从没听过'圈村'呢！"

徐经理哈哈大笑，说："眷村，眷属的眷！是'国军'的生活点，是有眷属的现役军官和退伍军人集中定居的村落，没有结婚又退伍的一般士兵则流落到社会，或在农场生活，以'国军'为主的'国家'农场，有时也叫眷村，明白了吗？"

这离王佐的世界太远了，但他似有所悟，于是说："哦，这样啊！你们小时候那不是很好玩吗？军人组成的村落，全国各地的人都有，多好玩呀！"

王佐的话可能勾起了徐经理的成长回忆，徐经理明显兴奋异常，说："是啊！我们自称'中华联军'，跟台湾本地的小孩经常打架，他们拿着日本刀，我们拿着中正刀，哈哈哈……那真过瘾啊！到了眷村，他们怕了，我们有站岗的，拿着枪，他们能不怕吗？"

大家全被吸引了，王佐问："你们眷村对'国军'和'国民政府'应该很有感情，像江老板他们本地人应该对'国军'没什么感情吧。1949 年'国军'三百多万人退到台湾，他们肯定不乐意。我猜的，徐经理，对不对？"

徐经理说："差不多吧。1975 年蒋中正去世的时候……掐断了很多想回故乡的老兵的梦想。"

出纳正在做事，没抬起头就问："徐经理，你哭了没有？"

徐经理说："所有的人都在哭，你能不哭吗？我那时都小学毕业了，也知道父辈们回不了家乡了，我理解他们的情感啊！不说了，去车间看看。"

接着大家又聊了几句，便各忙各的了。毕竟今天的工作任务还要完成呢。

王佐一边检查图纸，一边想着徐经理的话。中午，他听凡勤讲了一些有关老江的事情，那是台湾本地人的故事。而徐经理刚刚又讲了有关眷村的故事，那是台湾新客家人的故事。他这个红旗下长大的70后总算对海峡那边有了一点点了解，至少比以前一片空白强多了。

王佐想着还是在金得厂待下去吧，看目前的情况，应该能稳定，但还是不放心。为了不出差错，他决定晚上写一封信给永发厂的厂长，就说事情没办好，再请几天假，事情一办好，马上就回去上班。他清楚，这封信他不能从东坑镇寄向企石镇，而是要寄给柳珍。他写好信封，再让柳珍从家乡寄给永发厂的厂长，一切就不留痕迹了。

忽然，白丽丽站在了他桌边，只听她说："王佐，来了一个做船务的，是你老乡呢。"

王佐顺着白丽丽那纤纤玉手所指的方向透过玻璃窗看过去，正好大办公室那边有一个男人朝他这边看过来。他抬手向对方挥挥手，对方笑笑，也朝他挥了挥手。

第十二章　一朵玫瑰花

王佐问白丽丽："人家刚来，你就知道他是我老乡，你的消息咋这么灵通啊！"

白丽丽头一扬，说："那当然，谁叫我是你那里的太太呢！我还知道他叫什么名字、多大了、以前在哪里做事、有没有老婆、老婆是哪里的呢。相信不？"

1949年后，大陆的人就不会自称自己的老婆为太太了，而女人也不会自称是某人的太太。现在，之所以在南方沿海一带渐渐又有了"太太"的称呼，完全是跟台湾人、香港人学的。但是，不知什么原因，在沿海一带，有身份、有地位或者会赚钱的大陆男人才会称老婆为太太，反之，女人自称是某人的太太也一样。看来，白丽丽还是挺自信的。

老孙抬起头，夸张地说："这么清楚，他不会是你姐夫吧？"

白丽丽美目嗔怒，眉毛一挑，说："切，死老孙！烂泥巴糊不上墙，怪不得找不到老婆！走了，不跟你们聊了，打电话催货去。再不催货，车间要停工了。"

"嗒嗒嗒……"一阵高跟鞋声，白丽丽已走出了这间办公室。老孙嘟囔着说："不知天高地厚，我娶不到老婆？哼！随便拉一个来也比她强！"

全办公室的女同事都呵呵笑了。王佐虽然才在金得厂上班不到十天，但知道写字楼的女同事们大多不喜欢白丽丽。白丽丽漂亮、苗条，还钓了一个好老公，为人张扬不说，还清高自负，不把写字楼的女同事们放在眼里。说实在话，王佐也不喜欢她。

老孙是河南人，比王佐大一岁，矮小精瘦，机灵搞笑。王佐真是搞不明白吃面食长大的河南人普遍高大壮实，怎么会有孙悟空似的老孙这样的个头。老孙中师毕业，美术专业，曾在家乡一所小学做教师。也许是在家乡找不到较好的老婆，也许是不耐乡村小学教师的无聊生活，再也许是受到 1992 年南方谈话后经商打工潮的影响，他才出来打工。他在东莞打工已经两年多了，上班的时候，老孙总爱说些半荤不荤的话，或调戏女同事，或自言自语，办公室里总是出现他和女同事们斗嘴的场面，使烦闷的工作乐趣多多。有这样的同事没什么不好的。女同事们不但不讨厌老孙，反而喜欢跟他斗嘴，有时还没事找事逗他，王佐感觉有趣极了。但在下班时间，除了早上醒来王佐发现老孙在宿舍里，其他时间还真没看见过他几次。后来王佐才知道，老孙业余时间大多和车间女工们混在一起。女工们没下班，老孙就在车间陪她们做事；女工们下班了，他陪她们在厂外吃个炒粉，或者嗑嗑瓜子，不亦乐乎。

韩墨正在飞快地敲着计算器，众人笑毕，她头也没抬，说："老孙，不要这样说嘛！张勇军可是王佐的老乡，白丽丽嫁过去了，也就是王佐的老乡了，这样说不大好吧。"

老孙说："王佐，你有女朋友没？没的话，就是打光棍也不能找这样的……"

大家又笑了。王佐看着老孙，心想，办公室有这样一个活宝，真是其乐无穷啊！

王佐又想，那个新来的同事大概是张勇军那个地方的人吧，甚至还有可能是张勇军介绍进来的，不然白丽丽怎么会认识，而且还知道得那么清楚！不自觉，他又偷偷地看了几眼坐在大办公室里的那个老乡，那个老乡正在全神贯注地埋头做事。

刚刚他们摇手招呼的时候，王佐已发现那位老乡浓眉大眼，国字脸，宽额头，戴着眼镜，大背头油光可鉴，显得相貌堂堂，成熟稳重，也许比自己年龄还大。王佐后来才知道，他们是同一年出生的 70 后初期的同龄人。只不过，王佐是秋天出生，而新来的老乡是春天出生而已。走出家乡、走出国企四年多了，王佐还没有和一个老乡在同一间写字楼共过事，这使他感到意外，也很惊喜。能有一个老乡与自己在同一家工厂打工，而且是个重要的岗位，不管怎么样都是件好事，至少有个可以聊天的人嘛，换了谁都开心。

亲不亲，家乡人；甜不甜，家乡水。出门在外的人谁不注重乡情呢！

不久，王佐就知道，这个叫王春秋的新同事，虽然和他同属于九江市，但不属于一个县。王春秋和张勇军是九江德化县人，王佐是九江赤乌县人。不过王春秋的老家村子离德化县城很远，而离赤乌县城只隔一条叫长河的小河。也就是说，王春秋从小到大都没去过德化县城几次，而儿时开始他就在赤乌县郊区生活，实际上他比王佐还要熟悉赤乌县城。从这个角度来说，他们完全可以说是真正的老乡。既可以说是九江老乡，也可以说是赤乌老乡。有一次，王佐和王春秋聊天，王春秋说他和张勇军20世纪90年代初在赤乌县的一所民中复读过高三，而那所瀼溪民中正是王佐的父亲和几个退休老师创办的。瀼溪是赤乌县最长的河流，也叫长河，流入赛湖，而后经九江名河龙开河入长江，上游是乌石河和横港河，王佐就是在乌石河畔长大的。王佐的父亲虽然不是王春秋和张勇军的班主任，却是他们的物理老师，这真是太巧了。了解了王春秋的情况后，王佐不由感叹，这个世界很大，这个世界也很小。

下班吃饭时，白丽丽拿了一个凳子放在她和王佐之间，给王春秋坐。从此后，王佐和王春秋就一直坐在一起吃饭，直到王春秋辞工离开金得厂。当然这是后话。

吃饭的时候，白丽丽一直和王春秋聊天。从他们聊天的内容来看，证实了王佐的猜测。新来的同事果然和张勇军是同一个地方的人，并且是同一个乡镇，前后村子不过几里路，可以说从小就认识，并且是同学。而且，王春秋和张勇军一样，也在虎门镇的宝来厂打过工。至于王春秋是不是张勇军介绍进金得厂的，王佐没有听出来。

饭后，白丽丽提议去水塘边坐坐走走，把王佐、王春秋、韩墨和李湘花几个人都叫上了。李湘花就是那个胖胖的采购员，是白丽丽的老乡。从下午下班到晚上加班，中间只有一个小时，吃完饭也就半个小时左右的自由活动时间了。办公室的职员在这个时候不是在写字楼外打打羽毛球，就是在成品仓库大门边打打乒乓球，或者走到厂大门口前面的水塘边坐坐走走，聊聊天。既可休闲，也可及时上班，这就是打工的生活。

一行人走出厂大门，横过水泥马路，来到水塘边，石凳子上和草地上已坐满了下班的打工仔、打工妹。几个人站在水塘岸边，一边看着水塘周围的树木草地和年轻的外来工们，一边随意聊着。但基本上是白丽丽和王春秋在聊，另外三个人其实是听众。他们之间本来也不熟。而白丽丽和王春秋因为同在宝来厂打过工，当然有说不完的话。

李湘花非常羡慕老乡白丽丽嫁了个好老公，但她也只是羡慕而已。她才初中毕业，长相又不好，还天生就胖。所以，打工以来，她就有点自卑，对好男人有非分之想，却无把握俘虏。由于张勇军、王佐、王春秋等，一个个有文化有技术，在金得厂远远超过其他省份的男人，她对江西男人尤其有好感，特别是九江男人。在她心目中，九江男人有学有识，能说会道，文质彬彬，实在是做老公的首选。王佐刚来金得厂上班的时候，她就对他另眼相看，言行间有意无意流露出对他的爱慕之意，但并没有露骨表白。不过刚来金得厂上班没几天，一直在考虑去留问题的王佐，并没有感觉到。

白丽丽和王春秋聊天卡住的时候，李湘花抓住时机插话，问王春秋："张勇军是怎么追到丽丽的？丽丽说是一朵玫瑰花就搞定了？"其实，李湘花是想打开话匣子，以便王佐加入聊天。如果这样，话题多了，大家聊在一起，她和王佐之间自然而然就有机会聊了。

白丽丽满不在乎地说："是一朵玫瑰花呀，你就是不相信！王春秋可以做证嘛。"

王春秋微微一笑，说："玫瑰花倒是一朵，不过我们丽丽当时肯定是已经属意张勇军了。二人郎才女貌，一见钟情，一朵玫瑰花只不过是个媒介罢了。话说回来，我佩服张勇军！敢在宝来厂里摘玫瑰花，敢当着大家的面送给丽丽，有勇气啊！在宝来厂那可是第一人！"

韩墨说："他叫张勇军，又是勇又是军，碰到心仪的白丽丽，当然有勇气了。"

李湘花对白丽丽的浪漫往事不但羡慕，而且沉迷。要知道，长这么大，还没有一个男人追过她呢，更不要说送玫瑰花了。她急切地问："当时是怎么一回事？王春秋，你说说嘛！”

王春秋问白丽丽：“这可是隐私，可以说吗？”

白丽丽表面似乎没什么，心里其实挺高兴的，说：“有什么好说的，都是陈年往事了！她想听你就说吧，反正就那么回事，嫁都嫁了，有什么关系呢！”

王春秋说：“在宝来厂，有一个小花园，花园里种着一排玫瑰花，花开的时候，员工们经常偷偷采摘。经理无意中看见玫瑰花被摘，很生气，下了一纸通告，此日始，凡摘玫瑰花者，一朵罚款五十元。从此后，玫瑰花长得可好啦，枝繁花茂，谁也不敢摘！可是有一天，经理发现最大最艳的一朵玫瑰花被人摘了。他那个气呀！查！一查到底！其实不用查，大家都知道，是张勇军早上摘的，在刚上班的时候送给我们丽丽了。经理气糊涂了，说这是‘知法违法’，加倍罚款。好家伙，罚了一百元……就是这样的。丽丽，是不是？你被感动了，从此两个人就好上了。当时轰动了宝来厂啊！有的男同胞效仿张勇军，却不灵验了，哈哈哈……”

大家都笑了，王佐也被张勇军所折服。他想，如果白丽丽当初拒绝张勇军了，岂不是也会轰动全厂，但结果就是丢脸丢到外婆家去了。而如果一个男人能承受这种丢脸，那他脸皮可就太厚了。或者说，在张勇军摘玫瑰花的时候，就知道有几种结果，这几种结果他都能泰然处之，那就非同小可了。一个男人，有才有勇，而且能分析做一件事情的多种可能性，再加上脸皮厚到能承受最丢脸、最不利的结果，那这个男人可以说能在社会上要风得风要雨得雨了。想到这些，王佐隐隐觉得张勇军能放弃金得厂，有更好的去处，绝非偶然！

这时，韩墨说：“王佐，你也去摘朵玫瑰花，抱个美人归啊！”

李湘花说：“我们厂哪有玫瑰花呀！这个法子在金得厂不灵咯。”

王佐呵呵笑了，对白丽丽说：“我可没张勇军那么浪漫，就算有玫瑰花免费摘，我也没那勇气送给美人啊！白丽丽，自古三湘出美女，湘女也多情，你得给我介绍一个！”

白丽丽认真地说：“你真没女朋友呀？不可能吧！”

王佐耍嘴皮说：“骗你天打雷劈，真没有，我可是老大难了！我哪有你家张勇军和我们王春秋这么逗女人喜欢！看遍全世界，只有白丽丽才能帮我这个忙咯！”

白丽丽其实早就知道李湘花有意于王佐，于是故意说：“你们九江人哪，真是一个比一个油嘴滑舌，不可信，真不可信——如果真要介绍，远在天边，近在眼前，你没发现吗？”

王佐愣了，他只是随便说说寻开心，哪知道白丽丽似乎还当真了。他还真不知道白丽丽说的是李湘花还是韩墨，估计是李湘花。他根本没有心理准备，只好说：“哇，远在天边，近在眼前，这不有两个美女吗，两个我全要了，左搂右抱，哈哈哈……”

这时，上班铃响了，王春秋说：“我坐车去，你们去上班吧。”

王佐不由奇怪，看着王春秋：“啊，你不加班吗？去哪里？”

白丽丽解释说：“他晚上不用加班了，去大朗镇找老婆去咯。走了，我们去上班吧。”

王佐猜想，大概王春秋初来乍到，是到大朗取行李去了，今晚不加班应该是个特例，以后就会正常了。但王佐想错了，王春秋来应聘的时候就对老江说好了，晚上不加班，如果加班他就放弃这份工作。老江对成熟稳重的王春秋挺满意，说可以不加班，前提是任务要完成，没完成就得加班。事实上，金得厂出货并不频繁，船务的事情也不多。也就是说，实际上王春秋晚上不用加班。即使加班，那也是如中奖一般少得可怜。

王春秋在长安塘十字路口坐上了开往大朗的中巴车，一路上思绪纷飞，神情凝重。

如果说王佐是内地城镇户口有工作的70后那代人中来南方闯世界的一个标本的话，那么王春秋就是70后那代农村人来南方闯世界的一个标本。1991年，复读高三再次参加高考落榜的王春秋于当年9月跟着一个叔父来东莞闯荡。比较幸运的是，几经波折，他在大朗镇一家港资厂学机修，半年后技术就很不错了。可是，志向高远的他并不满足。由于他英语很不错，经人介绍跳到虎门镇宝来厂学习船务，从零开始，三个月后就颇得主管的好评。他在宝来厂做了四年。那四年，不管是在宝来厂还是在家乡，人人都竖起大拇指，夸奖他年轻有为，前途无量。也许新世纪走上社会的90后们不以为然，不就是一个船务吗？一个普通办公室的办事员而已，有那么了不起吗？但是，90后们，回家问问你们的父辈吧。在20世纪90年代初，全中国的年轻人都拥向珠三角，不要说在办公室做船务，就是找到一份普工也是难于上青天。70后那代人太多了，而当时国内中西部地区几乎没有就业的机会。那年代，多少人坐火车、赶汽车拥向珠三角，最后转了一圈还是无奈地回家去了。

张勇军是王春秋的同学，却走了不同于他的路。张勇军高考落榜后，酷好美术的他跑到景德镇陶瓷学院培训了一段时间，然后在九江市赤乌县城开了家书画店。两年下来，他的生意惨淡，连自己的基本生活都保障不了，更不用说找老婆了。张勇军比王春秋还要大两岁，在农村来说铁定是个大龄青年。王春秋见老同学如此不得志，便把他带到东莞，介绍到宝来厂学习画图。谁曾想，在家乡郁郁不得志的张勇军到了东莞后，如鱼得水，在灯饰设计开发方面一炮打响，现在已是东莞灯饰界的知名设计师了。想起自己带出来的人现在已远远超过自己，前程远大，王春秋就惭愧不已，觉得自己太不中用。

更令王春秋难过的是，当初带张勇军出来的时候，他也把自己的高中同学，也是他相好几年的恋人带出来了。哪料到，一年后，做人事文员的恋人竟然跟一个台湾人相好了，把他无情地抛弃了，他当时连死的心都有了。想想张勇军是他带出来的，一步一个台阶，越走越好，还抱得美人归。而他，相恋几年的恋人却跟人跑了，太丢脸了，简直无颜见江东父老啊！几年后，那个无情抛弃他的初恋情人被当作破抹布一样甩掉了。他得知消息后，不但没有一种痛快淋漓的报复快感，反而帮助初恋情人找工作，连续几天规劝初恋情人振作起来。可见他用情之深，深似大海。可见初恋对一个男人来说多么刻骨铭心！

初恋情人抛弃王春秋时，也是王春秋最痛苦的时候，但当初他在大朗做机修的那家工厂里的一个采购文员依然对他情意绵绵，不舍不弃。那个广西南宁的姑娘在他们相识的时候就爱上了他，几年来从不放弃，大有非他不嫁之势。那时，灰心丧气的王春秋才知道什么是真正的爱，谁才是最该娶的女人，从此决定和广西姑娘相好。

去年，王春秋在宝来厂因受人排挤，一气之下辞工，出厂后就和广西姑娘结婚了。不久，老婆身怀六甲。他之所以找工作时提出晚上不加班的条件，实在是为了照顾老婆。老婆挺着个大肚子还在上班，从不抱怨，他很过意不去。他决定，一定要照顾好老婆，照顾好未出生的孩子。所以，经张勇军提供的信息，他来金得厂面试，老江同意他晚上不用加班，他这才进了金得厂，与王佐相遇，二人才有机会成为一辈子的好朋友。

在中巴车上，王春秋想起自己是个有家室的人，不久将要成为父亲，不用说责任将更重大。而自己闯荡南方将近六年，却一事无成，连养家都困难，心中不由愧疚万分。

第十三章　东坑卖身节

在王佐眼里，不管从哪方面说，大方得体的韩墨在金得厂都是个老员工了。

其实，韩墨进金得厂才一个多月，只不过比王佐早二十多天而已。韩墨进金得厂这一个多月来，老江器重她、同事尊重她，她过得既充实又开心。老江器重她，是因为老江自从在大陆投资办厂以来，还从没遇见这么好的一个会计。韩墨不但做事速度快，而且几乎不出差错。这还不算，凡是老江吩咐的工作，韩墨加班加点也要以最快的速度完成，光这种敬业精神就让老江非常满意。而且，老江没想到的事情，如成本核算、监控仓库物料进出等，她也主动去做，并向老江提了不少物料控制的建议。这使老江更加器重她了。同事们尊重她，是因为在金得厂她是唯一的女大学生，不但工作能力强，而且极易相处。平常她也不以大学生身份自恃高人一等，与所有同事打交道都以礼相待，一视同仁。每个同事都视她为朋友，并且尊重她。有的同事还对她说，要跟她学电脑呢，她都答应了。只是金得厂只有一台电脑放在财务部和工程部的办公室，一般人基本没机会也没时间上机操作。如果不算成得厂的人，金得厂除了财务部的电脑操作员还有新来的船务王春秋，就没有人懂电脑了。这三个人中，同事们都认为韩墨电脑技术最好。因为全厂各部门凡是利用电脑出报表或制作一些临时标签贴纸的时候，有些问题连电脑操作员和王春秋都解决不了，最后还是韩墨出马搞定。

这是韩墨平生第一次在外过年，而且还是在离家千里外的广东过年。

虽然有些想念家乡和父母，但她还是挺愉快的。金得厂订单太多，春节只放三天假。那三天她天天和大弟在一起，有一次还带着大弟走到大朗找闫书进玩了一次。当然，在大朗的三个同学也到东坑长安塘看过她一次。异地过年，假期又短，外来工们互相看望，那感受和体验与以前在家乡过年委实不一样，年轻又带点文艺青年情调的韩墨感觉还很不错。

20世纪90年代中期，电脑还没普及。其普及的过程也是从沿海大厂到小厂，再从沿海向内地渗透。韩墨在一家几百人的小工厂打工，虽然只会操作办公软件，但在那个没有几个人会操作电脑、视电脑为高技术的年代，足以令人望尘莫及了。可是她自己知道，她并不比别人懂多少，只是别人没机会学习和上机操作罢了。因此，她从来就不以自己比别人懂得多一点而沾沾自喜，更没有高高在上。相反，她还会倾心向别人学习。这个她学习的人就是成得厂的生产主管陈永华。由于成得厂没有电脑，陈永华往往会在金得厂财务部用电脑制作一些生产报表。一来二去，韩墨就和陈永华很熟悉了，友情更是深于其他同事。

陈永华是江西赣州定南县人，在深圳东莞一带已经打工五年多了。虽然他只是高中毕业，但由于打工时间长，再加上工作踏实，为人勤奋好学，在一家大型港资厂从普工做起，从班长、拉长、组长到车间主管，一路升迁，也算是打工仔中的有为青年了。去年6月，陈永华成功跳槽到成得厂任生产主管，把他在港资厂学到的管理经验和几年的打工经验运用到成得厂，把成得厂管理得井井有条，生产业绩步步上升，颇得老江和中江的赏识。江西赣州地区虽为革命老区，但自中华人民共和国成立后到20世纪80年代农村改革期间，依然是全国最穷的地区之一。可是，自从深圳成为特区之后，地利之便的赣州人大量拥向深圳东莞，是全国最早外出打工谋生的一批人之一，赣州人也因此成了全国最早的市场弄潮儿之一。2008年金融危机之后，珠三角港资厂消亡殆尽，台资厂也只剩下一半。但在各行各业里，内地创业的老板老总们当中，总有赣州人的影子。我们不得不感叹一个时代改变了一代人和一个地区的人的命运，赣州人就是铁证人之一。当然，除了天时地利之外，赣州地区有一半人口说客家话也是原因之一。会说客家话，学说广东白话易如反掌，这就容易和最早到珠三角投资的香港人打交道，更易受到不会说普通话的早期到内地经商办厂的香港人的赏识，对赣州人来说这就是人和吧。

这天上午刚上班，老江一反常态，八点半就来到办公室了，这让平常以为老江九点半左右上班的写字楼里三间办公室所有的职员都惴惴不安，有的人还把早餐偷偷地塞进抽屉里去了。金得厂写字楼后墙斜对着食堂，有些起床晚的职员就相互配合，从后墙窗子把早餐接进办公室里，趁老板还没上班坐在位置上继续吃。

老江坐在老板椅上，边吃槟榔边抽烟，一会儿大叫："黎玉梅！"

黎玉梅是财务部的电脑操作员，为人老实本分，连同事们的聊天都不参与。平时，她既帮韩墨打下手，做一些力所能及的事，又为全厂各部门制作一些报表和生产车间急用的标签。

老江递给黎玉梅一张标签说："马上做出来，做出来了先给我看看，再打印500份！快点！"老实的黎玉梅明白，今天肯定要出货了，而这张标签又少了500份，只能在电脑上制作一份凑合着用。接过标签，黎玉梅心都凉了，这是一份以前没制作过的标签，想以最快的速度在电脑上做出来，绝非易事！果然，半个小时过去了，黎玉梅不但没有做出来，连操作系统都没打开。老江见黎玉梅迟迟没把标签交给他，忽地又大叫一声："黎玉梅！"黎玉梅赶紧跑到老江身边，吓得心"咚咚"直跳，冷汗直冒。

老江瞪着大眼问："怎么还没做出来？"黎玉梅说："软件还没打开——平常没这么慢的。"老江问："为什么？"黎玉梅低着头说："不知道，电脑可能中毒了吧。"

下午就要出货了，老江也急呀，他不分青红皂白地问："中毒了？是梅毒还是艾滋病？"

可怜又单纯的黎玉梅，竟然不知道梅毒和艾滋病为何方神圣，她怯怯地回答："我不知道，这得找电脑公司的人来检查，才知道是什么毒。"

老江真是又好气又好笑，但脸上没有表现出来，依然一副吃人的样子，吼道："那还不快点找人修去！快点！下午就要出货知道吗？"

脸都吓白的黎玉梅来不及向老江说好，就快步走回财务部办公室，连忙给她的老师打电话。她是在那家电脑公司参加电脑培训的，金得厂在那家电脑公司买了电脑之后，那家电脑公司的老板就把她介绍到金得厂任了电脑操作员一职。

一会儿，老江走了，办公室又活跃了。

老孙站起来，嬉皮笑脸地学着老江的口气问黎玉梅：“中毒了？是梅毒还是艾滋病？”大家哄堂大笑，黎玉梅红着脸说：“有本事你来修呀！你知道中什么毒吗？”大家笑声未断，又一次哄堂大笑起来，老孙说：“我又不是妇科医生，咋会修梅毒和艾滋病呢？”

从此后，老孙又多了一句逗黎玉梅的话，“中毒了？是梅毒还是艾滋病？”

这时，韩墨站起来说：“老孙，不要欺负人了！”接着，她对黎玉梅说：“我来看看，昨天晚上我还用过，好好的，怎么就打不开呢？奇怪！”

韩墨坐在电脑前，黎玉梅站在旁边，二人使出了浑身解数，还是没把电脑救活。半小时后，韩墨说：“也不知道电脑公司的人什么时候才过来，先打电话叫陈永华下来看看吧，说不定他能搞好呢。”黎玉梅说：“是啊，时间不等人，误了出货，肯定要被老江骂死，你打个电话吧，你跟陈永华熟点。”韩墨说：“好吧，只是不知道他有没有时间，我试试看。”

十多分钟后，陈永华下来了。

也许，所有财务部和工程部的人都认为陈永华平常来他们办公室是为了用电脑，是为了工作上的事情。其实，只有陈永华自己心里清楚，他是为了看韩墨，是为了创造和她相处的机会。自从韩墨进了金得厂，陈永华就被这个知书达理、谈吐不凡的女大学生吸引了。但是，毕竟他是高中生，她是大学生，他不敢吐露心中的炽热情感。因此，他只能借工作的机会，跑到金得厂财务部，既能看看她，又可以和她讨论有关电脑的问题，从而多了接触的机会。他发现，她对电脑特别感兴趣，但她似乎只会用办公软件，就连最起码的操作系统都是一知半解。而他，虽是高中生，却在打工的过程中花了大力气去钻研有关电脑操作系统和编程的知识，在电脑方面那是远远比韩墨强的。发现这一点后，只要工作上沾上一点有关电脑的事情，他就会跑到金得厂财务部，用电脑处理自己的工作。而这时，如果韩墨有空，往往就会跟他凑到一起，与他探讨有关电脑的问题。她兴味盎然，他乐此不疲。

果然，没过多久，陈永华就让电脑正常开机了，并且帮黎玉梅制作好了标签，打印出来与老江交代的样板相比，几乎一模一样。黎玉梅高兴地连连说："谢谢你，谢谢你，是你救了我，晚上我请你吃炒粉，好吗？——韩墨，一起去吧。"

这时，王佐也完成了手上的工作，他起身来到电脑旁边，看着打印机欢快地打印着标签，心中真是羡慕不已。他想，要是自己会用CAD，在金得厂就能光明正大地用电脑了。

王佐心中盘算，反正金得厂、成得厂都没有人会用CAD，我如果买本书来在电脑上学习，别人也不知道，更不会懂，为什么我就不能在电脑闲置的时候上机操作学习呢？

想好之后，王佐问陈永华："这台电脑有CAD吗？"

陈永华说："我看看，好像没有……哦，真的没有，你会用CAD吗？"

王佐违心地说："一年前用过，现在可能不熟了。"

陈永华说："曲不离口，拳不离手，不熟没关系，操作几天就好了。韩墨，我要上去了，等会儿电脑公司的人来了，你叫他在电脑上帮我们安装一下CAD吧，就说我们厂要用，他会安装的。他们电脑公司的人随身都会带各种软件的，以方便解决电脑问题。"

韩墨连声说好，此时陈永华已走出工程部和财务部办公室了。

电脑公司的人来了之后，见电脑没什么问题，便愉快地答应了韩墨的请求，装了一款英文版AutoCAD R12的软件，就匆匆地走了。韩墨滑动了几下鼠标说："这个东西可不是我能玩得来的，王佐，你试试？"王佐装模作样地动了几下说："我以前用的是中文版，又一年多没用了，还真不知道怎么用，看不懂的地方，你帮我翻译一下，好吗？"韩墨说："我的英文早还给老师了，三个臭皮匠，凑成个诸葛亮，我们一起慢慢翻译，相信也不是什么难事，是不是？"王佐说："那就谢谢你了。过几天我去买一本书来，先看几天书再上机，到时我可要麻烦你了。哦，做事了，我去样品组看看，今天要装好几款样品呢。"

王佐走出办公室，韩墨也坐下来做事。忽然她对老孙说："老孙，借支铅笔！"

老孙故意说："不借！你们这帮女人，借东西就想到我了，其他的时候就当我是空气！"

韩墨说："不借就不借，我拿王佐的用。"老孙忙说："还是用我的吧，不就是铅笔吗，我可不是说你。我感觉自己在你们这帮女人的办公室里备受冷落啊！"

韩墨已走到王佐桌子边上，出纳说："老孙，你在车间备受女人们欢迎啊！"

大家全笑了，韩墨也止不住笑了两声，顺便拿起了王佐桌子上的铅笔。正想离开，却见铅笔下的一张废图纸上，有一句铅笔写的宋词，显然是王佐写的："寒蝉凄切，对长亭晚，骤雨初歇。都门帐饮无绪，留恋处，兰舟催发。"韩墨怔了怔，一股热流冲上脑际，莫名之间，她在纸上写下了柳永《雨霖铃》一词的下一句："执手相看泪眼，竟无语凝噎。念去去，千里烟波，暮霭沉沉楚天阔。"

回到座位上，韩墨没有急于做事，而是斜靠在椅子上，呆呆地看着王佐的空位子。几天来有关她和他的一些支离破碎的交往活跃了起来，在脑际回放。

她想起，他刚来应聘的时候，她偷看他，就有一种电击般的感觉。在那时她心中就渴望他面试成功，渴望他能来金得厂上班。他来了之后，他们竟然在同一间办公室同排而坐，有意无意间，他们的目光在空中相撞，犹如撞在她的心坎上。老天真是奇怪，没有人安排，他们又在食堂比肩吃饭。闻着他身上独有的男子气息，她有一种异样的感觉。下班了，她又有一种想和他待在一起的欲望。而每每她在哪里，他不定期也会在。上下班中间，他们总是在一起打羽毛球或者乒乓球。就连下班后在厂外池塘边闲坐闲站聊天之时，他也每每在那里——虽然也有其他同事，但她感觉他是为她而来的。她想起那天白丽丽开的玩笑，显然是为李湘花开的，不禁笑了。怎么可能？他怎么能看得上那个胖姑娘，不管从哪方面说，也不般配嘛。再说，她也从没看见他和李湘花凑在一起啊！

韩墨呆呆地想："难道这个男人就是我生命中的男人？不可能！绝对不可能！可是，既然不可能，为什么从他一出现，我就有一种异样的感觉呢？为什么他一来我就有一种接近他的渴望呢？如果生命中不是这个男人，为什么他总出现在我的眼前呢？这到底是有意还是无意呢？难道他有和我相同的感觉？”

“不，不可能，这个男人虽然和我有相同的爱好，但不是什么好男人！”韩墨想起王佐没来几天，就和办公室的女人乱开玩笑，心里就酸酸的。“哇！你咋和七仙女似的，害得我茶饭不思！”“晚上有没有空啊！我正好没事，我们去外面压压马路吧。”“今天穿得这么漂亮，来，抱一抱！”这都是她耳闻目睹的，有事没事乱开女人玩笑，占女人便宜，这样的男人是什么好男人！可是，这样的男人，我似乎是爱上他了，好像他对我也有某种接近的意思，至少他从没有开过我的玩笑呀……想着想着，韩墨的脸止不住地红了。

突然，韩墨发现王佐从外面办公室走了进来。她想赶紧把她写的那一句宋词擦掉，但已来不及了。于是迅速坐好，正儿八经地做起事来，心中却渴望他能看到。王佐坐下来一会儿，正要画图，忽然说：“我的铅笔呢？”韩墨说：“在我这儿，来，给你。”王佐接过铅笔，猛然发现纸上多了一句宋词，他的心不由“咚咚”跳个不停。镇静了一会儿，他转过头看向韩墨，没成想韩墨也正看向他，二人目光在空中相撞、交织……只一瞬间，韩墨又低下头做事了，两人胸中却都波涛翻滚，百般滋味搅一起，像两支利箭互射入心中。

感情真是奇怪，陈永华有意于韩墨，韩墨却浑然不知，还以为他是下来用电脑的，顺便聊天而已。李湘花钟情于王佐，王佐虽有感觉，却当作不知。王佐和韩墨之间，谁也没有故意找借口凑在一起，但却像两颗星星相互吸引，无声胜有声，你心中有我，我心中有你，目光相撞，撞出了心灵的火花，一切似乎是上天安排的。

这时，办公室一片惊叫，徐经理和报关员各端着一把玩具水枪，向所有人扫射过来。细心的人会发现，他们对着老孙和王佐两个男性公民只是象征性地射了几下，却把枪口不停地对着几个姑娘上下左右扫射，惹得女同事们尖叫声此起彼伏，一片狼藉。

好一会儿，在出纳的求饶下，徐经理和报关员停下来了，大家在一起嘻嘻哈哈地聊天，王佐和韩墨这才知道今天是农历二月初二，是东坑镇当地特有的卖身节。

美丽的传说和历史足以说明，东莞市东坑镇之所以形成二月初二这个奇特的节日，是因为东坑有着“农耕年代”的辉煌。东坑，有着“卢家地、谢家田”的美称。连接寒溪江畔，一条清澈小河得天独厚地成为中华人民共和国成立前贯通省城的运输大动脉，广州、东莞、石龙、惠州等地货船经常到东坑来。那时，东坑镇麻石街卖糖墩成为农副产品、生活用品的中转码头。因此，蚕桑种养、蔗糖加工、谷米加工、榨油加工相继兴起。尤其夏收夏种之后，一河两岸斗蟋蟀的蟀寮，连绵一片。其间，赌馆、烟馆、妓馆连成一片，昌盛一时。有时，省港粤剧红伶濒临闹市，载歌载舞，灯红酒绿，东坑镇当时被人称为“小澳门”。特定的运输环境、特定的农耕需求，谱写成了一曲二月初二的颂歌。

传说，卖身节出自东坑镇塘唇村。塘唇村有一姓卢的大户，赶着清明之前开耕。农历二月初二这一天，大户家在村前贴出雇请农耕长工的启事。自此之后，形成习惯，没有田地的青壮年都在二月初二这一天，坐在塘唇村前的围篱上，头戴斗笠，身披粗布巾，以示“卖身”，出卖劳力，等待地主雇请。有田地的地主，就在这一天到塘唇村前，挑选“卖身”的青壮年、放牛仔，一雇就是一年，这就叫“卖身”。

接着，这块人杰地灵的宝地传出了很多“遇仙记”。传说这天有天上仙人下凡，到东坑观看“卖身”并行善事，普救众生云云。例如《曲磨臂》《直鱼钩》《金色的锄头》《“东仔”故事》《糖不甩》《连天阴天，天必半晴》等，都是描写这些的。因为神乎其神，所以也有人将卖身节叫作遇仙节。后来越传越神奇，于是乎，二月初二这一天，小河岸边、木桥两侧人山人海，远近商贾云集东坑。远者，省、佛、陈、龙从水路乘船以至；近者，周边乡里，步行而来。男女老少云集，希望遇到仙人，真是盛会空前。这些人走的时候，人人都要买一件物品带回去，以示遇到了仙人，将一年的好运带回家。明清以来，这种奇特的习俗一直传至今天，没想到让来自江南的王佐和韩墨也体验了一把。

几度沧桑，东坑二月初二这一天从“卖身节”改名为“遇仙节”，中华人民共和国成立后又改为“翻身节”，改革开放后又成了“欢乐节”。现在，不管是当地人还是外地游客，都爱在大街上用玩具水枪互相射水娱乐，故又名“射水节”。二月初二这一天来过欢乐节的人们，都希望在这一天让东坑之水洒一身吉祥，带回去一身好运。

第十四章　志趣相投

晚上九点半下班了，王佐心想，电脑上装了CAD软件，得赶紧买本书来自学，不然夜长梦多，一切就白费心机了。收拾好了桌子，出了办公室，他出了厂，准备去十字路口那家川菜馆边上的小书店看看，买不到CAD的书，也得买本计算机基础和五笔打字的书。他知道，学习电脑对他来说，就如瞎子摸象一样，没有一个完整的概念，他只能从打字开始。

在厂门口，王佐意外地发现韩墨正站在保安室外东张西望。他走近说："你出来得好快呀！想找你打一下球，眨眼间就不在办公室了，你等谁呀？"

这些天，韩墨和王佐之间非常默契。晚上下班后，二人不约而同地在写字楼外等对方，打上半个小时左右的羽毛球，再各回各的宿舍冲凉睡觉。韩墨像是失约了一样，颇感失礼，略带歉意地说："快下班的时候，有个同学打电话来，说来看看我，我们还是过年的时候见的面呢。我怕他们等久了，刚下班就跑出来了。没成想，他们还没来呢。"

"人家没约你，你也没约别人，凭啥言语之间似乎责怪人家失约了。"说完，王佐被自己的唐突搞得怪不好意思，又说，"哦，那，那，我走了，我去书店看看，你慢慢等吧。"

韩墨拦住正要走的王佐说："你去书店买电脑书吗？等下我同学走了，我陪你一块儿去吧，我有一本《计算机基础》，你可以少买一本呀！"

王佐惊奇地看着韩墨，愣了。一方面，说明韩墨很关注他，不用考虑，她就知道他是去买电脑书，潜意识里把他买书的事当作自己的事。而且她还反应如此之快，替他打算，她有一本书，他就可以少买一本。另一方面，也说明韩墨早就看出来，他根本就没接触过电脑，他说他一年多没上机操作全是鬼话。王佐顿觉脸红。

韩墨此时没看出王佐的心思，说："我同学来了，我得请他们吃个夜宵，你也一起去吧。吃完了，我们一起去书店。我来长安塘这么久了，还没逛过书店呢。"

王佐正想说什么，忽听有人叫："韩墨，韩墨！"他和韩墨一起转过头，只见一瘦一胖两个青年男子朝他们走过来，正是韩墨的同学闫书进和聒叔柄。

闫书进笑嘻嘻地说："怎么，有人先约吗？看来我们来晚了。"

韩墨指着王佐说："这是我们厂的同事王佐……我正在等你们呢！"然后，她又指着闫书进和聒叔柄说："我同学，从大朗过来的，一起去走走，陪陪我同学，好吗？"

王佐分别向韩墨的两位同学打了招呼，盛情难却，于是他跟着他们三个人一起走向十字路口。路上，闫书进和聒叔柄一左一右与韩墨并排走着，王佐跟在后面。没来由，王佐有一种吃醋和受冷落的感觉。到了十字路口，韩墨领头向左转，来到"蜀香园"川菜馆。

四人坐定，老板娘送上茶水，韩墨点了三菜一汤，外加四瓶珠江啤酒。大家哗啦啦倒茶水洗碗筷，韩墨说："在饭馆吃饭，我们江西可没有开吃前洗碗的习惯，在这边小店吃了几顿饭，自觉就洗了，好像成了吃饭前的一道程序，真是入乡随俗呵。"

闫书进拿起桌子上比碗小一点的茶杯说："估计只有广东这个地方才有这个习惯，我们在南昌读书的时候，去外面吃饭，从来没有这个茶杯吧，更不要说送一壶茶了。"

聒叔柄说："出了广东省，在一间大排档吃饭，如果有一桌人叫老板娘拿壶茶来，接着哗啦啦洗碗筷，那肯定是广东人，或者从广东来的。"

大家都笑了，菜还没上来，韩墨给每个人倒了一杯啤酒，同时对王佐说："这是闫书进，这是聒叔柄，都是我大学同学，没有他们，我可能就不会在东莞了。刚来东莞的时候，我就是找他们的，害得他们几个人全部跑到楼顶上睡觉去了，呵呵呵……"

王佐说："你们同学能在一个地方发展，真是好啊！很羡慕你们！来，我们先喝一杯！喝了这杯酒，韩墨，讲一讲你来东莞时的故事，每个来东莞的人都不容易！"

这时，上来了一个菜——咸鱼茄子煲，韩墨招呼大家："先吃菜，吃了再讲。这个咸鱼茄子煲，对我来说印象太深了，所以今天我点了这个菜。第一次吃这道菜，就是在前面东权厂那儿，和闫书进一起，那顿饭可是我来东莞正儿八经吃的第一餐饭，记忆犹新啊！"

大家吃菜喝酒，韩墨把她来东莞的大致经历说了一遍。四人说笑不断，其中三个同学话题特别多，从东莞讲到南昌，从打工讲到读书，王佐基本上是听众。

王佐发现，闫书进个头跟他差不多高，比他还瘦，但特别精神和帅气，一看就是个乐观大度的人。王佐还发现，闫书进不怎么会喝酒，两杯啤酒下肚脸就红了，接着就是看他们几个人吃菜喝酒，他连吃菜也很少，显得很斯文腼腆。而聒叔柄则相反，不但人高马大，喝起酒来也豪爽，四瓶啤酒基本上是他和王佐喝完的。

酒足饭饱，王佐见他们三个谈兴不减，还在喝茶聊天，于是对韩墨说："我先去隔壁书店看看，你们聊吧，等会儿你来帮我挑挑书……老板娘，买单！"

韩墨赶紧拦住王佐说："今天是我同学来，怎么能让你买单呢，你去书店吧，我们同学好久没见了，再聊聊，你在书店等我！"说着，韩墨转过头对走过来的老板娘说，"今天是我买单，你不能收他的钱！不然，下次我们不来你们店吃饭了。"

无奈之下，王佐只好对他们三个人说："你们聊，我去书店了。"

王佐走了之后，闫书进笑呵呵地问："怎么，来这里才一个多月，就有男朋友了？神速啊！看你们拉拉扯扯的，挺亲热的嘛！"

韩墨不禁笑了，说："瞎扯什么，人家才刚来十多天呢，一个办公室的，刚刚在厂门口等你们，碰在一起，就聊了几句。你可真是见风就是雨啊！"

聒叔柄说："那就好，肥水不流外人田嘛，我们可都是光棍呢！"

三个同学哈哈大笑，接着又聊别的话题去了。其实，自从那个东权厂的姑娘抛弃闫书进之后，闫书进还真有追韩墨的心思。但是，由于他在大学时和钱丽艳有那么一层暧昧关系，全班同学都知道，韩墨也是知情人，他怎么可能进一步对她表示什么呢？

又聊了一会儿，闫书进欲言又止地对韩墨说："我明天要去珠海，公司搞交流活动，没路费了，聒叔柄还没发工资，所以就跑你这里来了。"

韩墨一直对闫书进心存感激，何况他们两人的友情更胜于其他同学。她爽快地说："多少钱？我身上只有两百多块，不够的话，我找我同事借点。"

闫书进说："够了，够了，两百块就足够了。"

买单的时候，韩墨给了闫书进两百块钱，然后三人来到书店。在书店闲扯了几句，闫书进和聒叔柄就向王佐和韩墨告辞，然后二人在书店外的路上拦了一辆摩的，回大朗去了。

小书店没有 CAD 的书，韩墨建议下次休息的时候去东莞买，王佐点头同意，二人向金得厂走去。走到三角形草地的时候，有人叫韩墨，是老孙和三个穿着车间工人厂服的打工妹，正坐在草地上聊天呢。王佐和韩墨便来到草地上坐下。一会儿，老孙和三个姑娘说去吃炒粉，邀请王佐和韩墨一起去。二人都说刚刚吃了夜宵，还没消化呢，你们去吧。

老孙走后，草地上的王佐和韩墨相对而坐，一时不知说什么好。都想说点什么，又不知怎么开口。王佐一进金得厂，就对韩墨有所顾忌。从小到大的认知告诉他，学历越高的女人越难打交道。没想到，他现在竟然跟她在草地上相对而坐，刚刚她还请他吃饭，似乎对他很热情，也很友好。为了打破尴尬气氛，王佐说："我去买两瓶饮料来，刚刚喝了酒，有点渴。你想喝什么？"虽然韩墨是个大方得体的知识女性，但她爱慕的男人对她献殷勤，她还是挺开心的。这也是每个初坠情网的姑娘的普遍心态。她微笑着对王佐说："可乐吧。"

王佐跑到草地斜对面的小店，买了两瓶百事可乐和一包瓜子回来。

韩墨最喜欢吃瓜子了，心中暖暖的。她嗑着瓜子，说："等下回到宿舍，我就把那本《计算机基础》拿给你，下次去东莞再买 CAD 的书，我们一起去。我想买本有关 Windows 操作系统的书。我对这方面一知半解，趁现在清闲，一定要啃下来！"

此时的王佐对Windows和DOS这些操作系统还很陌生，可以说是两眼一抹黑，没有一个清晰的概念。20世纪80年代他读书的时候，学校根本就没开计算机的课程。

王佐说："好啊！有你一块儿去，买书就方便多了，我对电脑其实还没入门呢。你那本《计算机基础》的书，里面有打字的章节吗？我得从零开始，到时肯定会麻烦你了。"

韩墨说："有啊！除了讲一些DOS方面的内容，主要就是打字了，其中五笔打字占了很大的篇幅，可以说就是一本打字入门的书。至于DOS，不看也罢，不是做计算机专业的工作，基本用不上。我想，我们这些利用计算机进行辅助工作的人，把Windows学通就够了。"

上班的时候，王佐经常听韩墨、陈永华、黎玉梅三个人讨论字根的问题，而且有时他还会看看韩墨操作电脑，所以他也略知五笔、全拼等输入法的区别。他说："看完你这本书，能对电脑有一个基本的认识，以后学习CAD就容易上手，对我来说就够了。你知道的，我读书的时候毕竟没有接触过计算机，与CAD沾不上边的电脑知识，我想暂时不学也罢，那太费劲了，况且现在也用不上。我听人说，用CAD画图，很少打汉字，我还是练习全拼打字吧，这样上手会快点——真想早点学会CAD，时间不等人啊！"

韩墨刚来到广东时，就是电脑这个拦路虎让她吃了不少苦，也受了不少委屈，她深知王佐渴望学习电脑的迫切，更理解他的心情。不过，此前她从没接触过工程设计人员，更不知道电脑画图对一个工程设计人员的作用如此之大。王佐来到金得厂之后，跟她提起过几次CAD软件，她才知道电脑制图可以替代手工制图。虽然除了大工厂大公司，目前工程设计人员还是以手工制图为主，小厂更是如此。但是，可以预见在不久的将来，利用CAD软件进行电脑制图将是每个工程设计人员必备的技能。韩墨也为王佐着急。

韩墨知道，初学电脑的人如果图方便省事，一开始大多会用全拼打字，以后想用五笔打字将难于上青天。因为对于一般人来说，习惯最难改变。因此，她并不希望王佐急于求成，而为以后留下隐患。她想了想说："其实，五笔打字并不难，我看你还是用五笔吧，五笔可比全拼快多了。我们金得厂的电脑上装了TT和WT这两种打字学习软件，TT是用来学习英文的，还可以练习键盘，WT是用来学中文的。你明天就可以在电脑上练习TT，两三天后就差不多了。在练习TT这两三天中，你完全可以把五笔字根背熟，有空就拆拆字。三天之后，你就可以用WT来练习五笔打字了。”

王佐看着韩墨说：“几天之内就能学会五笔打字，真的吗？如果可以，那真得好好学学！不就是几天时间吗，习惯一旦养成，就很难改了，怎么说也不差这几天嘛。”

韩墨感觉王佐不大自信，鼓励他说：“你没接触过五笔打字，以为很难，接触之后你就会发现太简单了。说白了，五笔打字就是把我们的偏旁部首分成五笔，也就是字根，一个字母代表一些字根，然后把字根组合在一起，就是一个字了。字根有口诀，一个字母一句，很押韵，一个小时就可以背会。背会了就可以尝试拆字，也可以在WT上练习，简单得很。在WT上练习五笔，从易到难，练习一个星期后，基本上就可以用五笔打文稿了。”

学电脑是王佐多年来的愿望，虽然韩墨所说的字根知识他似懂非懂，但他还是非常兴奋。他说：“那好，今天晚上我就把五笔打字那一章看一遍，然后再把字根口诀背熟，明天我就可以拆字了。从明天开始，就得麻烦你了，不会拆的字我得请教你！”

韩墨笑着说：“出门在外，大家互相帮忙嘛，说什么请教不请教的，你忘了我们还是老乡吗？我看，从明天开始，背熟了字根口诀后，有空你就拆拆字。拆了五十个字，你就给我看看，我抽时间修正。也许这样，你学起来就快多了。”

王佐大为感动。他没想到平常在办公室不大说笑的韩墨如此古道热肠，于是真诚地说：“那，那，真是谢谢你了，谢谢你……是呵，我们是老乡，上次听你说，你是南昌人，出了省同省的就是老乡，我们当然是老乡。你是南昌哪里的？”

韩墨嗑着瓜子说：“钟陵县，你知道吗？”

王佐大为吃惊，但随即卖弄似的念道：“‘落絮飞花日又西，踏青无侣草萋萋。交亲书断竟不到，忍听黄昏杜鹃啼。’这首诗就是写你们钟陵县的。”

从小爱读诗词、爱好文学的韩墨当然知道这首有关她家乡的诗，她惊讶地说："这是五代南唐李中写的《钟陵禁烟寄从弟》一诗，我读高中的时候班上组织去钟陵牌坊春游，抄下了这首诗，并且熟背，没想到你也知道这首诗啊！"

王佐喝了一大口可乐，说："当然知道，因为我们是老乡嘛。我妈妈就是你们钟陵人，我们可以说是真正的老乡！"

韩墨不禁"啊"了一声："这么巧啊，我说呢，你怎么知道这首诗，《唐诗三百首》里都没有，一般人是不知道的，原来你是半个钟陵人啊，怪不得！"

两人的心理距离一下子拉近了许多，王佐说："钟陵有个名人，叫徐亮之，你知道吗？是我妈妈的大舅，包括我外婆，他们徐家兄弟姐妹全是读书人，中华人民共和国成立前钟陵的旺族。"

韩墨又一次惊讶起来，说："当然知道，我们高中语文老师就非常崇拜徐亮之，向我们介绍过，说他是中国近现代的文学大家，还曾是李宗仁的总统秘书……怪不得你这么爱好文学，原来你是书香世家出身啊！以后，我们得多多交流。我也挺喜欢写作的，我曾把我在报刊上发表的文章剪下来装订成册，以留纪念，还带出来一本呢。"

这下，令王佐大为惊讶了。虽然他从小爱看书，爱好文学，但写作对他来说就是一个难圆的梦而已，越梦越远。走上社会后，他不但从没写作过，更不要说发表文章了。现在，坐在他面前的韩墨，和他同一个办公室共事的韩墨，竟然在报刊上发表过不少文章，他简直不敢相信自己的耳朵，更对她爱慕了三分，心服、口服外加佩服。

自然而然，他们的话题聊向了文学，聊起了中外名著。他们惊喜地发现，一些中外名著他们同时都看过。顷刻间，他们的心又一次亲近了许多，相互之间都感到非常投机。他们聊《红楼梦》《子夜》《四世同堂》《青春之歌》《创业史》《平凡的世界》这些中国名著，也聊《三个火枪手》《茶花女》《悲惨世界》《红与黑》《傲慢与偏见》《飘》《巴黎圣母院》这些外国名著。心有灵犀一点通，聊着聊着，他们彼此都感觉像是几十年的老朋友一般，心理距离再次拉近了许多。

王佐说："文学梦虽然美好，但一般人没条件去实现。像我们，从国有企业、集体企业来到广东打工，也是没有办法。韩墨，以后有什么打算，文学爱好就这样放弃吗？"

韩墨看着草地上三三两两的打工仔打工妹，叹了口气说："梦想与现实相差太远了，一个人只有先生存下去，才能实现梦想。不怕你笑话，我有个'曲线从文'的计划呢。"

王佐愣了一下说："曲线从文？说说看。"

韩墨说："要想实现梦想，首先要保证生存，所以我打算这两年不但把电脑学好，而且要去考会计师，在专业上学好学精，以后就没有失业之忧，也就可以写作了。"

这句话说到王佐心坎里去了，他也一直计划学会电脑，在专业上更进一步，争取胜任南方最热门的职业——产品设计师和模具设计师等岗位。至于写作，他还真没想过，他只愿以后不为生计发愁，能有充足的时间浏览中外名著，仅此而已。

当晚，他们聊到深夜十二点，才回金得厂。几个小时的聊天，共同的爱好，使两个人的心中都装下了沉甸甸的对方，彼此的感觉可以说是志趣相投，相见恨晚。

第十五章　打工之恋

王佐睡前有看书的习惯。为了不影响别人休息，他每每在蚊帐里支个小台灯。这盏跟了他一年的干电池小台灯，又被他从企石带到东坑来了。

夜已深了，同宿舍的同事们已熟睡，呼噜声此起彼伏，王佐捧着刚刚韩墨给的《计算机基础》，却怎么也睡不着。本来，他想把书走马观花浏览一遍，然后精读“五笔打字”一章，但就是看不下去，只勉强记了一下五笔字根，因为脑中尽是韩墨的身影。

来金得厂快二十天了，这些天里，他的心思都放在能不能在金得厂稳定下来，要不要回永发厂一事上，其他全忽略了。因此，除了工作，他业余不是随着写字楼同事们打打球，在厂大门外水塘边聊聊天，就是在宿舍看书，或者考虑是否在金得厂继续做下去。

今天，当王佐发现自己无意中写在稿纸上的一句宋词后面，竟然有韩墨续写的一句宋词时，他被强烈地震动了，多年来沉寂的青春之火迅猛地燃烧了起来。晚上，他和韩墨在水塘边聊文学、聊打工、聊人生，心是那么近，话是那么投机，就像多年的老朋友一般。这不得不使他回想起这些天来，他对她的一些点点滴滴的了解和接触。

无疑，他刚来金得厂时认为学历较高的女性往往清高，难以相处，这些在韩墨身上是不成立的。他发现，她为人随和，和所有的同事都相处融洽，同事们也尊敬她，个个对她客客气气，连老孙都不会拿她开玩笑。他还发现，她为人大方得体，从不和人计较争吵，这在以女性为主的写字楼里甚为难得。不但如此，她还乐于助人。不管是工作上还是生活上，只要别人有困难，她都会尽自己的能力主动为别人解忧。他在上班的时候就发现，她为同事们解决了不少工作上的难题。他自小就敬佩这种大方得体又乐于助人的人。

他发现，她不但是个知识女性，爱好文学，而且脱俗，把前程和物质都看得很淡，有自己明确的生活目标和纯真的梦想，并且理智地去实现。这与他真是太接近了！

不想不知道，一想吓一跳。他发现她还是个才女。

第一天在金得厂上班，他就知道她写得一手好钢笔字，这在女性当中是不多见的。没过几天，他又知道她的毛笔字也不错，因为厂长或人事文员贴招工广告时，总是找她帮忙用毛笔去写，这很是令他吃惊。过了几天，他又知道她乒乓球和羽毛球也打得不错。特别是乒乓球，全厂除了厂长，就是她技术最好了，这在女性当中更是不多见。他和她打过几次乒乓球，每次都输了，不得不佩服。今天晚上，他不但知道她爱好看书，而且爱好文学，曾经还写了不少诗歌和散文作品发表在报刊上，这就更令他不得不敬佩了。

回想起在金得厂上班近二十天以来，他们白天在同一间办公室上班，吃饭时又坐在一起，业余也经常在一起，不是打球就是聊天，除了睡觉，几乎形影不离。他为他的发现大吃一惊！难道这个有文有识、多才多艺的女大学生也像他一样，钟情于自己？！这不可能！虽然多年来他希望自己的人生伴侣就是这样一位大方得体的知识女性，但他知道自己的斤两，从没往这方面想。而且，在有限的人生经历里，与他碰撞出火花的女性大多是初、高中毕业，更谈不上多才多艺，有的还是乡下姑娘，与她相差太远，她怎么可能看上他呢？

他把小台灯熄了，钻进被子里想。如果不可能，为什么只要他出现在哪里，她也总是出现在哪里呢？这难道仅仅是巧合吗？绝不是！她还热情地支持他学电脑，积极地为他出谋划策，并且邀他同去东莞买CAD的书，这难道仅仅是因为她乐于助人吗？

听写字楼里的同事们说，韩墨跳舞跳得特别好，同事们戏称她为“舞后”，与金得厂的女翻译“歌后”邬奇珍齐名。他暗暗想，明天晚上如果他们还在一起，他要请她跳舞，看看她到底是不是“舞后”。他忽然想起自己对跳舞从不感兴趣，虽然也能来两下子，但天生就不爱上舞厅。搂着女人扭来扭去，像什么！想到此，他不由自嘲地吃吃笑了起来。

王佐就这样东想西想，直到凌晨才迷迷糊糊地睡着，而且总是做梦。梦里，尽是他和韩墨在一起花前月下，卿卿我我，浓情蜜意……

韩墨当夜也没睡好觉，整晚都在想着那个和她志趣相投、相见恨晚的王佐。韩墨是个有梦想并且多才多艺的女性，决不为结婚而结婚，为恋爱而恋爱；走上社会以来，甚至从没认真考虑过恋爱和婚姻。她相信，是你的，迟早是你的，不是你的，用绳子绑着也没用。因此，她是个很随缘的人。她相信，冥冥之中一定有个他在等着她。但她没想到这一天会这么快就来到了。从见到王佐第一面起，她就有一种被射中心房的触电感觉，这种从未有过的感觉促使她有意无意地接近他，关注他。虽然她发现他也在接近她，二人几乎形影不离，但她感觉不到他对她的殷勤和爱慕。她认为，在他眼里，她似乎和其他女同事一样，二人之间的交往就像普通朋友一样；上班时偶尔聊两句，下班碰在一起打球散步，再普通不过了。但也有不普通的地方，起码，有她在的时候和地方，往往他也在，这难道不是故意的吗？还有，他经常会对写字楼的女同事开玩笑，却从不开她的玩笑，说明他心中有她嘛！想起今晚他们一起吃夜宵，一起坐在水塘边聊文学、聊人生，心是如此近，志趣是如此相投，她躺在被窝里不由自主甜蜜地笑了。可是，他有没有女朋友？应该没有！因为她从没见过他跟女人打电话，也没见他写过信。还有，他会不会像自己对他一样一见钟情，不能自已？唉！委实看不出来！还有，他会不会留在金得厂？毕竟他刚刚跳槽到金得厂，谁知道他在以前那家厂是辞工呢还是请假。如果他过几天就走了，岂不是害得自己白白相思一场，让同事们知道了岂不是丢脸丢大了。那简直不能见人了！

就这样，韩墨想东想西，在后半夜才迷迷糊糊地睡去。第二天，她还是起了个大早，洗漱完毕就跑到食堂吃早餐了。眼看快上班了，她还没看见王佐像往常一样坐在她旁边吃汤粉。她暗想，也许他和自己一样，想着对方，没睡好觉，所以起床晚了。想到这里，她心中不由甜蜜蜜的，一晚上的倦意也在无形中消失得无影无踪了。写字楼的同事们往往会为没赶上早饭的情侣或好友打好早餐，从写字楼后窗递进办公室，她也想为他打一份，但最终因不好意思而作罢。上班铃响了，她已坐在位置上和同事们闲聊，才看见他匆忙跑进办公室，刚坐好就摊开她昨夜给他的那本《计算机基础》，认真地看着。她随即挺直身子，摊开资料敲着计算器。她很想问他吃了没有，如果没吃就把抽屉里的饼干给他充饥，可她不敢。如果换了别人，她可能会寒暄几句递上饼干。可是这个人是她朝思暮想的男人，把她的心都俘虏过去了，她再大方也得体不起来。看他认真看书的样子，她暗想，果然是个爱学习、挺上进的人，不像有些男人夸夸其谈只是为了讨女人的欢心。她又想给他讲讲五笔字根方面的知识，让他早点学会打字，可最终下不了决心。她想，他把书看得差不多了，肯定会按她昨晚的说法去拆字，然后递给她一张纸，请她批改。于是，她一边做事，一边等着。

十点钟的时候，韩墨看见王佐在画一张图纸，心想，大概今天他不会把拆好的字给她批改了，又要工作又要抽时间学习，也挺不容易的，估计明天他会请她批改。可是，下午上班的时候，她惊喜地发现她的办公桌上有一张拆字的稿纸，显然是他上午下班时最后离开办公室之前放在她桌子上的。她又甜蜜又兴奋，以最快的速度批改好，并把正确的字根写在旁边，在下午下班的时候偷偷地放在他的办公桌上。

晚上刚走进办公室加班，老江没在，韩墨为了引导王佐学打字，故意在电脑上打开WT软件练习打字，并观察王佐看到批改后的作业的惊喜和兴奋。她时不时还见他边看作业边翻看《计算机基础》，那当然是在查找字根拆错的原因。

老板没在，晚上加班的时候同事们都胡乱聊着天，有的还会去仓库或车间逛逛。这时，老孙对王佐说："有事做没？没事我带你去车间泡妞去！"王佐笑着说："下次吧——韩墨劈里啪啦地打字，害得我也想打了。"老孙说："别后悔哦！"王佐笑笑没说话，站了起来，走到韩墨身边，看着韩墨打字。而老孙已走出办公室，到组装车间去了。

看了一会儿，王佐故意问韩墨："这五笔打字难不难？我们都是用全拼——从小就学拼音，不用学就会打字，何必用五笔呢？多麻烦！"

韩墨用鼠标点着电脑屏幕说："五笔打字快呀，全拼怎么能代替五笔呢！你看，这是学习软件，从练习字根开始，一步一个台阶，最后练习打文章，很简单的。要不，你来试试？”

王佐说：“算了，好久没用电脑了，连键盘都不会摸了，怎么打字！”

韩墨关掉WT，点开TT说：“这个软件是英文学习软件，既可以练习英文打字，也可以熟悉键盘，你键盘不熟的话，可以先练习这个软件，再学五笔就方便多了。”

接着，韩墨细心地给王佐讲解了TT的练习方法，并讲解了一下键盘，王佐怀着好奇和新鲜的心情开始练习打字了。有谁知道，这次上机学电脑，竟然是王佐有生以来第一次真正意义上的接触电脑，第一次打字呢！对王佐个人来说，有着划时代的意义。

晚上下班时，有的人回宿舍冲凉去了，有的人走向厂外，王佐和韩墨不约而同向厂大门走去，又一次站在水塘边。一阵清风吹来，韩墨抖了一下说：“这种天气有点像江西春寒时节，挺冷的。”王佐紧了紧厂服说：“是啊！东莞春天的天气真是怪，几天前穿衬衣，大前天还穿着厂服，今天厂服里加了一件毛衣，一周之内经历春夏秋冬，也怪有意思的。”

韩墨忽然想起什么似的，说：“你来的时候没带行李，晚上睡觉肯定冷吧，等会儿回厂我抱床被子给你，冻病了可就太不划算了。”冲出国企几年来，还从没有一个异性这样关心过他，王佐不由心里发热，鼻子都酸酸的，说：“出门打工，哪有多余的被子，你自己也要盖嘛。我来的时候带了一床毯子，盖上衣服，还对付得过去，不用麻烦你了。”

韩墨急切地说：“这么冷的天一床毯子怎么够！我来东莞后买了一床被子，后来我爸爸又送了一垫一盖两床被子来，所以多了一床被子，你拿去用吧，没关系的。”

王佐感激地瞄了一眼韩墨，说：“那，那，恭敬不如从命，真是谢谢你了！”

韩墨内心甜蜜却不动声色，说：“我们是同事，又是老乡，这有什么谢的！”

王佐看了看四周说：“好像还在变天，越来越冷，走走路，我们去吃夜宵吧。”

韩墨本没有吃夜宵的习惯，但她愿意和王佐待在一起，分分秒秒都愿意在一起，特别是单独在一起，走走路，吃吃夜宵，是最好不过了，总比站在厂大门外，周围都是厂里的同事强。于是她爽快地说："好啊！就去东权厂那里吧，东权厂前面有一排大排档，我来东莞吃的第一餐饭就是在那里，印象可深刻了，走吧，去尝尝。"

二人并排走到长安塘十字路口，左转向东坑镇方向走去。

十字路口新亚鞋厂拐向东坑镇方向是世泉电扇厂，再向前走，是一排标准厂房组成的工业区，内有几家小工厂。而大公路左手边则是一大片荒芜的空地，空地高低不平，长满了野草，直达东权厂后围墙。王佐来长安塘快二十天了，不过就是在长安塘十字路口周边转转，其他地方还真不熟悉。因此，第一次跟着他所钟情的韩墨在一个不熟悉的地方散步，而且是晚上，他感到既新鲜又拘束。他一边跟韩墨不着边际地聊着天，一边还不时东看西看，似乎是在熟识一个新地方，更像是在排遣拘束，百般滋味在心头。

走着聊着，韩墨感觉王佐走路怪怪的，不由偷偷看了一眼，又看一眼。她发现，王佐不但走得慢，而且大腿小腿几乎没有弯曲，是直着迈步的，并且步子不大。韩墨不由心想，难道他的脚有问题吗？不会这么倒霉吧，一辈子就对这个男人动情了，还是个脚有残疾的？她又一想，这不可能呀！平常跟他打球，他活蹦乱跳的，球也打得不错，怎么可能呢？！走着想着，她想试试王佐的脚到底有没有问题，于是对他说："我们走快点吧！等下东权厂的车间工人下班了，前面店里就没有位置了。"王佐答应好，二人快步向前走去。韩墨再次偷偷看着王佐的脚，见他步伐平稳，和常人没两样！她不由得偷偷地笑了："自己真是想多了，他要是知道了不会气死，也会笑死！刚才他走路不自然，也许是走得太慢，也许是初次和一个女孩子夜晚散步，双方虽有好感，但都没有表白、太过认真而造成的吧。最起码，他很注重我呢，不然就不会拘束了。"想到这儿，韩墨内心甜甜地笑了。

东权厂丁字路口正对面是一座加油站，沿大路向前走几十米右拐有一条路，可去长安塘公园和长安塘村方向。丁字路口那条路可通往东坑路口，跨过水泥路和草地，便来到东权厂对面的一排简易棚子搭成的大排档，这里就是韩墨和王佐吃夜宵的小餐馆了。

韩墨在这里吃过一顿难忘的饭，感到很亲切，她熟门熟路地带着王佐进了一家小餐馆，二人各点了一盘炒粉，外加一盘炒田螺和两瓶珠江啤酒。

一对出门在外又一见钟情的青年男女，第一次散步吃夜宵，双方都感到浪漫和甜蜜，话虽不多，却都带着浓情蜜意，吃的时间虽长但都觉得太快了。一小时后，吃完了夜宵，二人向回走，刚走到丁字路口，韩墨说她先去加油站，让他等等。王佐看着韩墨的倩影走进加油站，正纳闷呢，却看见她走进加油站的厕所里去了，这才恍然大悟，不由会心地笑了。

韩墨走出加油站后，二人又并排走向长安塘十字路口，一路说着可有可无的话，两颗挚热的心又亲近了许多。来到十字路口，对面一家舞厅闪着红光，传出醉人的音乐，王佐意犹未尽，正想说去舞厅玩玩，韩墨先说了："时间还早呢，我们去跳舞吧。"王佐说："我从不上舞厅，不会跳呀！"韩墨坚决地说："玩玩嘛，很简单的，我带着你跳！"

在小小的打工仔舞厅里，王佐算是真正见识了韩墨的舞技。交谊舞、自由舞，样样炉火纯青，还时不时赢得小小舞厅里的打工仔、打工妹们的满堂喝彩。王佐颇感脸上光彩。在舞厅尽兴了将近两个小时，不管是交谊舞还是拉手舞，都是韩墨带着王佐跳的。王佐虽然不好意思跳，但也一样兴奋和尽兴！

从这一晚起，王佐和韩墨虽然没有约会，也没有向对方表白，但都不约而同在下班后真正等着对方，自然而然在厂外一起散步聊天，逛遍了长安塘村的角角落落。二人像世间所有的恋人一样，不知疲倦，形影不离，迎来了他们人生的热恋时光。

第十六章　聊起两位老三届

星期五晚上下班后，王佐和韩墨并排走出厂大门，来到十字路口。王佐想起刚来金得厂报到那天中午，他沿着新亚鞋厂向前走了一段路，后来就再也没去过，于是问韩墨："前面走下去是什么地方？"韩墨说："不知道，我到过前面的磁带厂，再向前走真没去过。"王佐说："那就去走走吧——既然在这一带生活，就得熟悉这一带的一草一木，对吧！"

二人穿过十字路口，并排向前走去。

像20世纪90年代中后期东莞所有的工业区商业街一样，长安塘新亚鞋厂大门前这条路，白天虽然机器轰鸣，人影稀少，但晚上就热闹非凡、熙熙攘攘了。路两边长龙般摆着炒粉摊、衣服摊、日用品摊，外来工日常所需应有尽有，出来吃宵夜也有多样选择。走在摩肩接踵的人流里，穿插在年轻的外来工中，王佐对韩墨说："在这里，白天大多是找工作的，除了听到机器声，根本看不到多少人。一到晚上，不知从哪儿冒出这么多大姑娘小伙子，真是神奇啊！"韩墨笑着说："那有什么办法，这里是沿海开发开放地区，有大把的工厂，而我们内地失业的人太多了，不到这里到哪里去呢。"王佐感叹道："说得也是！上一代人永远怀念的是'上山下乡'到广阔天地去，我们这一代人却从广阔天地跑到这边来打工，真是三十年河东三十年河西啊！"韩墨笑了，说："你这人还真挺文艺青年的！这些外来工大多来自乡村，年龄又小，大概并不知道什么'上山下乡'和知识青年，你跟他们说这些，他们会把你当作外星人的。"王佐情不自禁地笑了，想想也是，于是说："社会变化真是太大了，不管是理想还是人生目标，与上代人相比，真是不可同日而语啊！”韩墨说：“岂止是变化大，就拿你刚刚说的三十年河东三十年河西来讲吧，在东莞，那可是三年河东三年河西啊！”王佐叹口气说：“那倒是，我们身边的同事，现在是打工的，或许过几个月摇身一变，就是老板了，一切皆有可能！”韩墨说：“在这里就是这样，既让我们看到了生活的无奈和辛酸，也让我们看到了希望。这才是最好的地方，生活才会丰富多彩，人生才有意义嘛！”王佐笑着说：“看来你志向还挺大的嘛！”韩墨不好意思地说：“哪里嘛，在这边见得多了，我只不过是有感而发罢了。像我这样的人，能有一份既稳定工资又高的工作就不错了，其他的还是不去多想为好。”

二人边走边聊，过了磁带厂，地摊稀零，人流渐少；再过了几家小厂，前面是一大片富有岭南特色的村庄，村前还有一个大大的池塘，韩墨说：“听他们说长安塘村就在这一带，但一直没来过，原来就是这里呀！”说着，她朝四周看了看，又看了看右手边，说：“过了前面村子，也不知是什么地方，黑灯瞎火的，又没什么人，我们就在这里坐坐吧，这里挺安静的！”右手边也是一个小水塘，四周围着铁栏杆，还被一圈榕树包围着，榕树下有一些水泥椅子。王佐也觉得这地方不错，指着小水塘说：“这是个好地方，有树有水有椅子，还清静，走累了吧？去那边找个椅子坐下来休息休息吧。”

这里非常幽静，是恋人约会的好地方，树下椅子上，还有栏杆边，相依相拥着一对对青年男女。韩墨跟着王佐沿着水塘走着，想找一个没人坐的椅子还真难。韩墨不觉脸红心跳，别有一番滋味在心头。不知是见到王佐和韩墨走来，还是别的什么原因，前面三米远一棵大榕树下的一对恋人从椅子上站了起来，姑娘“咯咯”笑着跑了，小伙子极不情愿地跟在后面。王佐说：“真好，他们学习雷锋好榜样，给我们让位置了。”

韩墨笑笑没说话，跟着王佐来到榕树下，坐了下来。

刚坐下，王佐又站了起来，说：“我去买点水和瓜子来，走了这么久，嗓子都冒烟了。”

韩墨一把拉住王佐说：“黑灯瞎火的，哪有什么小店，休息一下就回去了。”

王佐想想也是，又坐了下来。二人好一阵沉默，都不知说什么好，韩墨忽然想起王佐刚刚提起的“文化大革命”时代的事情，于是没话找话说：“‘文化大革命’离现在这么久了，你咋这么熟悉呢？好像你生活在那个时代一样，奇怪！”

王佐说：“不久啊！我们的童年就是‘文化大革命’末期，那时候正是上山下乡的时代，等我们上学了，知青回城，恢复高考，不就是我们眼前的事吗？”

韩墨说：“那时候我们还小，不懂事，怎么知道社会上的事呢！反正我觉得‘文化大革命’那年代离我们的生活太远，远得根本就扯不上边。”

王佐说：“怎么扯不上边？我们今天的一切，不管是好是坏，是幸福还是痛苦，都离不开那个时代。人不但要知道现在，还要知道现在是历史的延续，更要知道未来将怎样走下去。”

韩墨说：“说得有道理，不过，那个时代毕竟离我们远去了，生活中已经很少接触到那个时代的事情和人了。”

王佐说：“那倒是，那个年代的人大多回城了，人到中年了，是我们的父辈和叔辈，上有老下有小，是人生最担当的时候。而我们又在广东，他们当然和我们没什么交集了。可是，在我走出国企到这边讨生活的这几年里，却遇见了两个那个时代的人，交情都还不错。而且，他们的人生经历非常相似，可人生结果却大相径庭，他们还都是老三届呢！”

只要是王佐的事情，哪怕是他遇上的人，韩墨都很关注，这下她来兴趣了，问：“‘老山界’？红军长征那个老山界，不可能吧，你怎么可能遇上这些人？”

王佐笑了，说：“我说的不是红军长征的那个老山界，而是老三届，一二三的三，第几届的届。‘文化大革命’1966 年爆发，从 1966 年开始毕业的那届初高中毕业生不能高考，大部分都上山下乡了。后来不知是谁把 1966—1968 年那三年毕业的学生称为‘老三届’。我遇见的那两个老三届，可以说都是我的忘年交。我不但认识了他们，还走进了他们的内心深处并和他们成为朋友，也许会影响我一生呢。”

韩墨也笑了，越发有兴趣，说：“其实以前我也在书上看到过这个名词，只是好久没人提起过，一下子没想起来，真是笑死了——你说说，你遇见的那两个老三届，他们到底有什么不同，他们的人生到底有什么不一样呢，怎么会影响你一生？”

1995年，王佐从福建到广东谋发展，在东莞找工作一个多月，不但没找到，钱财和毕业证还先后被盗。后来他在长安某工地上混了一段时间，然后跑到广州白云学院学电工，最后在广州火车站拉客接站。在广州火车站流浪了一个多月后，王佐阴差阳错，送一个落难的重庆姑娘回家。后来他在重庆石桥铺高新区某摩配厂找了一份工作，结识了一个属于老三届的重庆人。这个老三届像王佐在东莞认识的马叔一样幸运，没有上山下乡，而是进了一家国营军工企业。王佐之所以能和重庆那个老三届遇上，是因为他和马叔一样，也在20世纪90年代中期下岗了，也在王佐打工的那家摩配厂打工。王佐和他不但性情相投，而且都有看书的爱好，二人简直可以说是无话不谈。不久，王佐知道他在重庆还是个知名的作家，就更是敬佩有加了。在重庆期间，王佐得到他的不少关心和帮助，至今难以忘怀。

王佐把两个老三届的故事对韩墨大致讲了一遍，但韩墨云里雾里，不自禁问：“他们的人生差不多嘛，都没有上山下乡，都进了国有企业，后来都下岗了，有什么区别呢？”

王佐长叹一口气说：“区别大着呢！按理说，他们的成长环境和人生经历几乎一模一样，但一个幸福一生，一个痛苦一生，这主要是他们的心态造成的。”

韩墨看着王佐，示意王佐说下去。王佐顿了一下继续说：“重庆那个老三届爱情甜蜜、家庭幸福、事业成功，还成了地方名人。而马叔呢，却爱情悲苦、婚姻受挫，事业也没成功，真是天上地下。要知道，年轻的时候，他们都是热血青年、文艺青年，是红旗下长大的那代人。最后的结果却大相径庭，不得不令我常常思考啊！”

韩墨好奇地问：“那是什么原因呢？”

王佐说：“其实很简单，马叔太放不下！他因初恋受挫，一生耿耿于怀，郁郁不得志。而我那个重庆忘年交却把世事看得很淡，面对人生和世事，随遇而安，注重现实责任。马叔一生婚姻不幸，颠沛流离，把学业也荒废了，而我那个重庆忘年交却成了名作家！”

韩墨若有所思地说：“原来是这样啊！有道理！人太纠结于过去，只会更痛苦，所以他们的人生故事引起你的深思，并引以为戒，对吗？”

王佐说：“是的！不但如此，那个重庆忘年交还对我说过一句话，让我一生铭记！”

和王佐交往这么久，韩墨没想到王佐是如此成熟的一个人，她好奇地问：“是什么话？”

王佐说：“他有一次郑重地对我说，人生在世，要想活得幸福、活得轻松，一定要拥有两种技能，一种技能是赚钱养家糊口，一种技能是娱乐人生。这样，才不会受物质和酒色财气所引诱，才能活得泰然，才能安贫乐道，活得洒脱！”

韩墨赞叹着说：“一种技能赚钱养家糊口，一种技能娱乐人生，确实有道理，有道理！马叔这个人对过去放不下，就算明白这些道理还是放不下，所以造成了他的人生悲剧啊！哦，对了，马叔还在你以前打工的那家工厂做吗？”

王佐心里一阵揪紧，堵得慌，说：“马叔他已成为历史人物了！你知道吗？我之所以跳到金得厂来，多多少少有他的原因！他年后挤火车来东莞打工，却因长途奔波而脑出血，在医院住了几天，最后还是带着遗憾离开了人世！我来金得厂报到前一两天他就去世了，留下后妻和几个儿女，真是令人伤感！他最敬佩改革开放总设计师了，但他永远也不知道他在伟人之后离开人世，因为伟人去世前他已昏迷不醒了！”

韩墨没想到马叔的人生结局是这样的，而且就发生在王佐来金得厂的前几天，心里也止不住阵阵难受，说：“你和马叔虽然不是同一个时代的人，但你们都是来自家乡国有企业，都来到南方打工，而且专业相同，爱好相同，你和他的关系很不一般，我理解你对马叔的感情，更感叹马叔的人生悲剧！出门打工能遇上马叔这样的人，也算幸运。”

王佐伤感地说：“是啊！本来，马叔前两年就在他们县城边上买了一块地，那块地还是门面房，有两间门面呢！他计划再打三五年工，然后就在自己家乡开一家机械加工店。他说，在他们家乡机械加工的活还是挺多的。

他年前就计划过年回家把房子盖好。过年期间，他把该买的材料全买回来了，该订的材料全订了，然后让家里人帮他打理，把房建起来。三五年后，他就可以回家安居乐业了。他说，到那时，他大儿子也快大学毕业了，两个小的也有大人照顾，他的下半辈子就这样安居乐业地过下去了！可惜，计划没有变化快，转眼间，一切计划都泡汤了。一个人一辈子那样一个小小的理想和目标就在无形中消失了，破碎了，还留下老的老小的小一大家子，说起来就令人难受——唉！”

韩墨也沉浸在王佐的伤感中，二人一阵沉默。忽然，韩墨想起王佐今天请假了，就更加伤感了，不安地问：“后天是星期天，我们写字楼休息，你明天请假了，是去企石吗？没什么大事就别去了，再去伤感之地岂不是更痛苦！还是不去为好！”

其实，韩墨最担心的是，明天王佐一去不复返。她知道，打工仔来来去去，全凭个人喜好和是否有前程。虽然她感觉王佐很在意她，但还是没有把握。这时只听王佐说：“我其实并不想去伤感之地，但一则我行李没拿过来，二则我在那家厂只是请假，没有辞工，我要回去向厂里正式辞工，好让他们有个底——人嘛，不管在哪里，总得有始有终嘛！”

韩墨禁不住心里大加赞叹，好一个有始有终！一个男人在小事情上能做到有始有终，明明白白，大事情就更会不含糊了。于是，她深情地看着王佐说：“星期天休息，我也没什么事，我在十字路口下车的地方等你，顺便帮你拿行李。”

王佐开心地看着韩墨，心里阵阵热流奔涌，说：“半个月才休息一天，何必呢！好好休息一天吧，你就不要等了。我回来后就去你宿舍找你，不就可以了吗？”

韩墨低着头，脸上一阵红，好一会儿才娇羞地说：“不嘛！我就是要等你！”

王佐虽然表面没什么，但心里却挺高兴的。他说：“我也不知道我什么时候在长安塘下车，时间根本不能确定，你怎么接人呢？那多烦啊！你怎么等嘛！”

韩墨说：“你忘了，我曾经常常写诗写散文，灵感要来自实践，来自亲身体会，等人这件事，不同的人在不同的时间不同的年龄不同的场合，感觉肯定不一样，我就是要尝尝等人的滋味。不然，怎么能写出东西来呢？就算写出来也是无病呻吟！”

“呵呵呵……”王佐止不住轻轻地笑了，“你这人真挺文艺青年的！”

韩墨说：“那，就这样了，后天不见不散！”

无可奈何，王佐默认了。想了一下，他说：“要么这样，星期天你在办公室等我电话，回来前我先打个电话给你，总比你在十字路口干等强多了。”

韩墨欣喜地说：“好，好，就这样，一言为定，接到电话我就去接你。”

接着，王佐跟韩墨聊了一阵他曾在重庆看过的一本叫《无法悲伤》的书。他说这本书太感人了，写了一个重庆女人从中华人民共和国成立前后到改革开放这期间的坎坷人生经历，令人悲伤，又无法悲伤。他极力劝韩墨去找这本书来看，说不看太可惜了。但可惜的是，不管是王佐还是韩墨，以后再也没见到过那本书。十多年后，有一次韩墨忽然想起这本书，在网上搜索，但怎么也查不到这本书的电子版，也没有纸质书可买，不能不说太遗憾了。

第二天早餐时间，韩墨没有看见王佐，她知道他难得请一天假，肯定在睡懒觉。她很想像上次所想的那样，为他打份早餐，但她还是不好意思。同时她又想到，他可能不会来办公室了，应该起床后就直接去坐车了，于是也就打消了为他打饭的念头。

快九点的时候，韩墨正在心神不定地敲着计算器，没成想王佐进来了。

王佐笑着和大家聊了几句，说你们忙吧，我要去赶车子了。在起身走出办公室的一刹那，王佐看了一眼韩墨，而此时韩墨也正看向王佐。二人目光在空中相遇，电光石火间，韩墨移开了目光，同时王佐抬起脚向办公室外走去。此时无声胜有声，那目光的交流碰撞，只有他们胸腔的心跳，足以证明他们彼此依依不舍的无言感受。

过了几分钟，韩墨走出办公室，来到写字楼人事文员办公桌旁边，透过写字楼大门透明的玻璃，看向已走到厂大门口的王佐。只见王佐右手提着一个塑料袋，甩着左手，脚步轻快，转眼间就走出了厂大门，消失在韩墨的视线中。她忽然想到，他来的时候就是提着一个塑料袋，现在又提着一个塑料袋，简直像串门，他还会回金得厂吗？

想到此，韩墨一阵惆怅！

第十七章　分不清谁炒谁

王佐在长安塘上了一辆开往横沥镇的中巴车，心情特别好。

那年，王佐雄心壮志，带着一个乡下姑娘冲出国企出门打工，最后人财两空，他成了那家国企的“红人”。那家国企因他自动离职这件事还专门召开了一次全厂大会，他的事迹成了那家国企教育年轻人的典范。因为这件事，他在国营工厂斯文扫地、颜面尽失，无颜再见江东父老。因为这件事，他使父母操碎了心，让他们在亲朋面前抬不起头，他一直深深自责。虽然冲出国企不到三个月就打破了他此前的美好梦想，但他还是寻找一切机会，不断变换地方，为尊严、为人生，艰难拼搏。可是，几年来，他不但没实现自己的梦想，有时甚至在流浪中度过。打工、流浪，再打工、再流浪，颠沛流离，无依无靠，形如流浪狗，走了大半个南方，依然一无所有，甚至连一份中意的工作都没找到，就更不要说前程和发展了。

几年来的流浪打工生活早已把他当初的梦想磨灭得无影无踪，他只希望有一份稳定的工作，能专业对口，甚至在专业上有所发展，有一天能拿下南方最热门的职业——设计工程师、模具工程师之类，就心满意足了。跳到金得厂来，虽然不尽如人意，但至少在做灯饰设计，而且还能接触到电脑，不久就可以买本 CAD 的书来自学电脑制图，他很知足。他知道，未来不会电脑制图，他在专业上一定会走进死胡同，因为不久的将来，电脑制图将是工程人员必备的技能。他庆幸在金得厂遇到了韩墨。正是韩墨的古道热肠，才使他有机会接触电脑，才使他有信心在职场上更上一层楼。逆水行舟，不进则退，他对未来的职场生活充满了斗志和憧憬。

一想起韩墨，王佐就心花怒放，不能自已。

从小，他就欣赏知书达理的知识女性。走上社会以来，他更希望自己的人生伴侣是富有文学爱好的女性。可是，在国企时，不知是从小看多了书，心存浪漫的原因，还是当初太单纯、太理想化了，他竟然放弃了一个准女大学生，与一个初中未毕业的乡下姑娘相好了。正是这个乡下姑娘，再加上改革的热潮，使他义无反顾地放弃了大好前程，从国企自动离职，带着乡下姑娘南下闯人生。最后，带着失望与绝望，他和乡下姑娘无果而终。从此，他流浪天涯。在打工流浪的几年里，他心如死灰，对女人再也提不起兴趣，所有的心思都花在职场发展上了。外面的世界很精彩，外面的世界也实在无奈，几年来他不但没有事业，生活也一塌糊涂，更不要说爱情了。在流浪打工的日子里，也有几个姑娘对他一见钟情，但最终阴差阳错，不是被他放弃，就是因种种误会而天各一方。事实上，他对成家立业心存畏惧。自己都不能安居乐业，又怎么能成家呢？那不是害人吗！当然，那些对他心存爱意的姑娘，也根本就不是他心目中的理想伴侣，他怎么能为了婚姻而去凑合呢？如果像其他的打工仔一样，玩一玩，始乱终弃，跳一次槽，换一个地方，人都找不到了，这不是他的人品。

可是韩墨不一样，她不但是大学生，多才多艺，而且像他一样有着文学爱好，为人还大方得体，简直就是他梦中走出的理想伴侣。一想起昨晚他们在水塘边榕树下恋恋不舍，她还担心他不回来，他就止不住笑了。他想，等他掌握了CAD制图技术后，一定要在灯饰设计方面多下功夫，争取在金得厂待长一点，这样他和韩墨的事也就顺理成章了。

中巴车在公路上飞驰，王佐看着公路两边的工业区和民居，莫名亲切起来。在他的家乡，农村就是农村，城市就是城市，有明显的区别。而在东莞，每个镇都像是一座城市，但处处又带有农村的影子，简直城乡不分。他想，还是这里好，城乡一体化，工作好找，并且还能发展，只要你今天学了某种技能，明天就可以跳槽找到更好的工作。而且假以时日，在这个连片工厂和连片工业区的地方，只要你有了一定的资本和人脉，经商办厂当老板，一展平生抱负，也不是没有可能。他身边的朋友同事中就有几个成功案例，从打工仔变成老板了。

心情好，时间过得也快。王佐在横沥镇汽车站换乘了一辆中巴车，在石排镇福隆路口下车，又在福隆路口上了一辆开往桥头镇的75路车，再在企石镇宝石酒店下车，走到永发厂时，已经上午十点多了。把塑料袋放到宿舍后，王佐走进写字楼，厂长、主管几个人正在聊着什么，见他进来，都愕然地看着他。他向他们问好，然后就坐在自己的位置上，随手翻看着他曾经绘制的图纸。对面是主管的座位，一会儿主管进来了，在抽屉里翻着什么。王佐问："主管，有什么要画的吗？"比王佐大不了几岁的主管是本地人，十多岁就在永发厂学徒，算是先富起来的东莞人中的有为青年，比永发厂的厂长、出纳、仓管那几个人强多了。厂长、出纳、仓管等几个岗位在一家小小的机械厂完全没有必要设置，之所以有这么几个人，既是东莞企业的惯例，也是照顾本地人就业，说白了就是养着他们。因此，王佐非常尊敬好学上进的主管，而鄙视厂长、出纳、仓管等几个寄生虫。

主管一边找资料一边说："没什么事，该画的我都画了。你刚回厂，先休息休息吧，我马上出门办事，可能要下午下班才能回来。"王佐说："那好，主管你忙吧，晚上有空的话出来玩玩，我请客！"主管笑笑说下次吧，就走了。主管出差，大部分事情是带着两个人去各家客户为机械做维护。如果是以前，王佐会问他人手够不够，不够我也去打下手吧。但是现在已完全没有必要了，他还得考虑该怎么急辞工呢。毕竟他只请了一天假，明天星期天是他在金得厂休息的日子，后天星期一必须要回金得厂上班。所以无论如何，他必须得在明天晚上转回金得厂，否则就是旷工，那后果就特别严重了。至于他说请主管晚上出来玩玩，那是他在车上就想好的计划。毕竟在永发厂待了半年多，就这样急辞工走了，事后谁都知道他请长假是跳槽飞走了，所以他想请几个合得来的同事吃顿饭，算是告别吧。但他知道，正直的主管一定不会来的。在永发厂上班半年多来，他从没在业余时间见过主管和同事们在一起。

王佐正翻看着图纸，下班铃响了，他走出办公室，去厨房端饭。

同事们一个个和他打着招呼，问长问短。他也向他们问好，端着饭向房间走去。

宿舍里几个人各自端着饭坐在自己床上，边吃边聊天，问着王佐回家二十天干吗去了。王佐说是为了档案的事，并说自己以前在家乡有正式工作，由于出来打工被国企开除了，所以得把档案转到劳动局去。大家都不相信，其中一个外号叫“周伯通”的广西小伙子问：“我说王佐啊，是不是相亲去了？相中了得请客呀！”王佐笑笑说：“请客可以，今天晚上就请大家去外面吃顿饭，但可不是相什么亲，请这顿客是指望大家帮我一个忙，介绍一个老婆给我嘛！”大家哈哈大笑，牛玉民跟王佐做了一个怪脸。在金得厂上班十天左右，也就是在永发厂请的假到期了，王佐特地打了一个电话给牛玉民，叫他下班后给他打电话。那次打电话，他是想了解他请假这十天里厂里对他的猜测，并把实情告诉了牛玉民。

大家正聊着，忽然有人推门进来，是牛玉民的女朋友胖妹。

胖妹夸张地说：“哦呵，我们王佐回来了，怪不得今天这么热闹！”

“周伯通”说：“王佐晚上请客，你来不来？”

胖妹说：“来，当然来，二十来天没见，我还真想他呢，能不来吗？”

王佐笑了，说：“想我？真是活见鬼了，你当我们牛玉民是透明人呀！”

牛玉民手一挥说：“你不嫌弃的话，拿去吧，我巴不得！”

胖妹走到牛玉民身边打了他一巴掌，说：“哟，你以为我是谁呀？想要就要，想丢就丢！”

大家哄堂大笑，牛玉民丢下饭碗和胖妹走出房间，忽然胖妹回过头对王佐说：“晚上我把乌鸦一起带去好吗？她想你呢，天天在我面前念叨你王佐呢。”

王佐愣了一下，但随即说：“可以呀！人多热闹嘛！”

牛玉民和胖妹走出房间后，其他几个人在下象棋。王佐看着宿舍里二十天来原封不动的床铺，想着明天就要走了，心中不由一阵难过。忽然，他想到了马叔，于是走出宿舍，来到马叔的房间。马叔房间已经换了新招进来的一个国企下岗工人，接任车工组长。王佐一边和这个车工组长寒暄，一边看着曾经经常和马叔聊天的地方，感到物是人非，心中一阵酸楚，差点流出泪来。他不忍目睹，又回到自己房间，在阳台上看着远方……

下午，王佐装模作样正常上班，依然翻看着自己曾经画出来的图纸，脑中却想着该怎么急辞工。他知道，如果递上急辞工书，厂长批了，他还可以领到一半的工资。如果不批，他只能自动离职，一分钱都拿不到。说实话，他并不在意工资，就算一分钱也拿不到，他也不在乎。能顺利跳槽进入一个新行业，而且有所发展，他还在乎什么呢？一个月的工资算什么？！他特别在意的是，这样耍小聪明离开永发厂，感觉很不地道，所以迟迟没有写急辞工书。翻看着图纸，想着这些图纸是自己一笔一线画出来的，现在走了，还真舍不得。他真后悔之前没有多复印一份图纸，为将来留个纪念。

王佐正在胡思乱想，忽然保安走进来，对他说外面有个人找他。王佐不知此时谁会找他，只好走到厂长面前说，他从家里带了一封信给老乡，出去一会儿。厂长对王佐挥了挥手，王佐就走出了办公室。走出办公室时，他想，厂长以前对他挺客气的，今天刚回来，为什么如此冷漠呢？难道他已经知道自己跳槽了？

走出厂大门，王佐惊奇地发现，在门卫室几步外，竟然站着他的老乡幸梅香。

在到永发厂之前，王佐曾在一家灯泡厂打工。这家厂就位于企石镇霞朗工业区，主要生产带有电线的各种灯泡。1995 年王佐在四川和重庆一带逛了大半年，终无所获，于 1996 年元旦再次南下，投靠他在广州学电工时的一位同学。这位同学在深圳打工，同学的表姐把王佐介绍进了灯泡厂。王佐只想安静地做几个月再说，谁料，灯泡厂竟有一大批人是他的老乡，幸梅香就是其中之一。这家厂之所以有一大批人是他的老乡，是因为老板找了一个他家乡颇有姿色的打工妹，打工妹为老板生了一个儿子，堂而皇之地做起了老板的“老婆”。灯泡厂的这些老乡就是老板的这个“老婆”陆续带出来的。但王佐并不认识这些来自他家乡农村的所谓老乡，他也不想认识和了解，因为他并不愿意在这家灯泡厂长久做下去，更不愿意自己的过去暴露在这些所谓的老乡面前。纸终究包不住火，不多久，老乡们就知道他是他们的老乡了，而且有的人还有鼻子有眼地说出了他的过去。他们说他是大学生，在家乡一家大型军工国有企业工作，由于吊儿郎当，被开除了，所以才出来打工，与他们为伍。这令他很是难为情。

灯泡厂有个河南洛阳的大学生，和王佐很是要好，对王佐说：“那个最爱说你的家伙，不是在追幸梅香吗？你去追，抢过来，我看他还有脸说不！”

王佐认为有理。虽然他那时没有追女人的心思，也看不上幸梅香，但为了尊严，也要去追，气死那个家伙。幸梅香虽然来自农村，但高中毕业，穿着时尚，长相也过得去，还是个小组长，已经有多个小伙子对她表示了好感。但她从不与男人有过多的交往，形如冰美人，谁也不知道她的心思。渐渐地，只有最爱说王佐闲话的那个小伙子还在追她了。

于是，王佐和洛阳大学生开始找借口接触幸梅香。他们三人很谈得来，特别是王佐和幸梅香，由于是老乡，话题多，业余时间总见他们在一起开心的身影。这下，可把最爱说王佐闲话的那家伙气疯了，扬言要揍王佐一顿。洛阳大学生找到那家伙，对他说，你敢动王佐一根毫毛，老子把你丢到东江喂鱼去。因为洛阳大学生有一大帮朋友，这下果然把那家伙震住了。王佐决定更进一步气死那家伙，当然也是为了自己的尊严。他计划在幸梅香生日那天，当众送给她生日礼物。他美美地想着等幸梅香接受了他的“浓情蜜意”之后，他再把她甩掉，因为这对他来说只不过是为了尊严的一场游戏罢了。

那天幸梅香生日，王佐在小店买了一个生日礼物和一把塑胶花，在上班时间看见幸梅香坐在车间办公桌边上，由于不好意思，他看了一眼她，就把东西放在了办公桌上。此后几天，那个生日礼物和塑胶花一直放在她的办公桌上，她既没收下，也没清理，俨然是向世人展示他的自作多情，也显示她的不屑一顾。事与愿违，王佐碰了一鼻子灰，那个最爱说他闲话的家伙又到处说他癞蛤蟆想吃天鹅肉，他简直气不打一处来。从此，王佐再也没有和幸梅香说过话；跳到永发厂之后，更把她忘到九霄云外去了。

现在，幸梅香来找他，而且是在他即将离开企石时来找他，王佐倍感意外。怔怔地看了幸梅香好一会儿，王佐简直不相信自己的眼睛。这个让自己无地自容的女人怎么会在这个时候来找自己呢？王佐实在搞不明白。只听幸梅香说：“我知道你今天过来了，所以来看看你，黄稀说——”王佐用手打断了讪讪甜笑的幸梅香的话，明白了肯定是金得厂的白丽丽打电话给黄稀，说他今天请假来企石取行李一事，幸梅香从黄稀那里知道了他的情况，所以特地来找他。但她来找他干吗呢？奇怪！王佐说：“去那边聊吧。”说着，他带幸梅香走到离厂大门有一丈远的地方。他并不愿意保安听见他们说话，但幸梅香却以为他不好意思让别人看见他俩呢。

王佐面无表情地问：“怪事年年有，今年特别多，你怎么会找我呢？”

幸梅香看着脚尖说：“还生我的气呀！”

王佐说：“有什么事你说嘛，我还要上班呢。”

幸梅香抬起头，看着王佐，面露歉意，说：“我知道你已离开企石了，你是来企石拿行李的，还上什么班呢？其实，我也辞工了，一个月后我就跳到凤岗去了。也许，我们以后再也见不到面了，我们找个地方聊聊，好吗？”

幸梅香的存在跟王佐的世界毫无关联，但他听说她也要跳槽了，以后再也见不到了，不舍之情瞬间充满心房。他想，反正自己明天就要走了，上不上班又有什么关系呢？于是他对幸梅香点点头说：“好吧，我们去前面找个小店坐坐。”

王佐带着幸梅香走向加油站方向，在裕华花厂对面小店外的椅子上坐下，叫了两瓶可乐，二人一时谁也不知道说什么好。

好一会儿，幸梅香说：“之前我真是对不起你，你还生我的气吗？”

王佐当然生气，但以后都见不到这个人了，还有什么好说的呢！他说：“我有什么生气的！我早就忘记了。人与人之间有缘相聚、无缘分开，很正常嘛！”

幸梅香长叹一口气，说：“当时，我的确不应该害你丢脸。不过，你想过没有，男女之间如果有情，是两个人之间的事，何必张扬呢？你当众那样做，太令我难堪了。”

王佐想想也是。当时他本来就是在玩一场闹剧，也太自信了，没成想反过来让自己下不了台，简直是无地自容。但他还是很生气，说：“你不接受我的求爱也没关系，为什么让花在那里放了几天呢？我丢脸丢大了。”

幸梅香说：“你把东西放在桌子上，又没对我说，我怎么知道你是送给谁的！我没丢掉就算好的，你还生我的气！”

王佐说：“你要是及时丢了，那就好了，就没有那么多人知道了，唉！”

二人一阵沉默，幸梅香忽然问：“当时，我们接触了一段时间，后来你又在我生日那天送礼物给我，但我总感觉你不是真心的。你是从国企出来的，有文化有技术，商品粮城镇户口，怎么可能做事那么幼稚呢？你能不能告诉我实情？”

王佐真想说，我根本就不爱你，当时完全就是想气气那个追你的家伙罢了。但他又一想，人家姑娘有这样一问，说明对自己还是感觉良好，既然以后都见不着了，何必伤别人的心呢？于是他违心地说：“我从国企出来，数年间虽然郁郁不得志，但还是瞧不上农村出来的。不过，当时我确实被你迷上了，我也确实是真心追你的，想把你娶回家做老婆。但是，你伤了我的自尊心，就像一把刀子捅向我的心，我的心都在滴血，哪怕你是富婆，或者是仙女，我也不求你了。男子汉大丈夫虽然落魄，但志在四方，何患无妻！”

幸梅香低着头，喃喃地说：“看来，我们是有缘无分了！我知道你在东坑找到了好工作，我也知道你迟早会事业有成的，怪就怪我当初太放不下面子了。我总认为女人要男人一而再再而三地追求，才会有价值！唉，现在说什么都晚了，希望你以后还记得我。”

王佐和幸梅香聊了两个多小时，幸梅香悔断了肠子。王佐虽然解了气，但总觉得对不起她。他并没有把实情告诉她，违心地说他当时爱她，完全是为了满足一个女人虚荣的心而已。

幸梅香走了之后，王佐回到永发厂写字楼，依然看着他曾经画的图纸，脑中却想着最迫切的事情，他该怎么急辞工呢？难道明天早上不辞而别？

正在此时，出纳叫他。他立即起身走到出纳办公桌前。出纳说：“你只请了十天假，但却离厂二十天，虽然你写了一封信续假，但厂里没有批准，按理说算自动离职也不为过。不过，你中途续请了假，厂里也就算了，就不算旷工吧。再说了，你今天刚回来，上班时间在外面两个多小时，也太自由了吧。所以，厂里决定不留用你了，按急辞工处理。这是工资，你签个字，点一下钱，明天就离厂吧！”

王佐张大了嘴巴看着出纳，好一会儿才签了字，不由说：“谢谢，谢谢，太感谢了！”

当他如释重负地走出办公室时，不但脚步轻快，而且一身轻松，心中却说，这到底是老板炒我呢，还是我炒老板呢？又有谁分得清楚呢？他知道，厂长对他请假的事肯定持有怀疑态度。因此，在他续假的时候，厂长就不想用他了，但找不到借口。恰巧幸梅香来找他，在上班时间他私自外出两个多小时，给了厂长一个极好的借口。他想，人与人之间，事与事之间，有时看似不关联，但往往会起一个不可或缺的作用，就像今天幸梅香来找他一样。但不管怎么说，王佐在永发厂的日子算是彻底结束了，打工生活正式翻开了新的一页。

第十八章　望眼欲穿

晚上七点左右，风轻云淡，月上柳梢。冲完凉，王佐在开确厂大门外斜对面的一家川菜馆请永发厂同宿舍的同事们吃饭，外加胖妹和乌鸦。

除了牛玉民知道实情，大家都以为王佐被炒了。这顿饭其实是王佐向大家告别的饭。酒过三巡，气氛渐渐活跃。“周伯通”说：“一个星期前，厂长还找我问王佐是不是真的请假，我没当回事，原来早就想好了要炒人呀！唉！来，王佐，我们先喝一杯！”

王佐一口喝干啤酒，说：“没事，没事，旧的不去，新的不来，也许前面有更好的工作在等着我呢！我不怪厂长，我只请了十天假，却回家二十天了，理所当然被炒嘛！”

一个外号叫“博罗仔”的同事也与王佐碰杯喝酒，喝完后把杯子向桌子上重重一搁，说：“王佐，这顿饭我买单了！大家来自天南地北，能在一家厂共事又共宿舍，这是缘分！至少我们现在还在上班，你要找工作，花钱的地方多着呢，说什么也不能让你买啊！”

王佐端起一杯酒站了起来，所有人也都端着酒站了起来。大家对他情深意重，王佐非常感动，他动情地说：“我在永发厂才半年，你们已经在厂里做了几年了，大家对我王某人像兄弟一样，我此生难忘！今天这顿饭再怎么样也是我买单，你们就不要抢了。中午我说请大家吃顿饭的时候，是因为我刚刚回厂，想和大家聚聚，热闹一下。至于被炒，是下午的事，中午还不知道呢！男人嘛，出口为金，一言既出，驷马难追！大家的好意我领了，如果找不到工作，或者说钱用完了，我可能还会来麻烦你们的！来，我敬大家一杯！”

大家一起碰杯，一起喝干，又纷纷坐下。胖妹伤感地说：“王佐啊！大家玩在一起，真没想到你走得这么突然，真是太意外了。你人好，又有技术，相信找工作对你来说不是一件难事。当然，我希望你能找到一份好工作。东莞这么大，也不知道你下一步到哪里去。但不管到了哪里，你一定要记得我们，一定要来看看我们，一定要跟我们联系，我们也可以去看看你呀！再说，这里还有人牵挂你呢。忘了我们没有关系，可不要忘了这个地方和这里的人啊！”

显然，胖妹既把自己的心里话说出来了，又顺带牵出了乌鸦，乌鸦不禁脸红，低下了头。牛玉民知道心高气傲的王佐不可能与乌鸦扯在一起，他更知道王佐跳槽的事，所以没有像其他人那样伤感和愤愤不平。但他不能表露于外，于是装模作样地说：“王佐，我们共事一场，兄弟一场，你出厂了，说实在话，我真舍不得。出门在外，就是这么无奈，这么现实。我相信你的人品和技术，也相信你能找到用武之地。当然，找工作也是需要运气的，运气来了挡都挡不住，运气没来你再怎么努力也白搭。不过，我永远是你的兄弟，当不如意的时候，你一定要记得我这个兄弟，不要怕麻烦我！”

王佐和牛玉民相视一笑，举起酒杯说：“来，我再敬大家一杯！大家把我当作亲兄弟看待，这份情意我一辈子会记在心上！我王某人何德何能，能让大家看得起，实在是感激不尽。我一定会好好混的，不负大家对我的厚爱。来，我干了，大家请随意！”

这顿饭，大家边吃边聊，都对即将离去的王佐依依不舍，不觉两个小时过去了。

吃完饭，“周伯通”建议去滑冰，胖妹想让王佐和乌鸦有单独接触的机会，于是对王佐说：“以后见面的机会少了，我们去散散步吧！”王佐当然知道胖妹一直想撮合他和乌鸦，反正明天就要走了，最后一次在一起聊聊也无所谓，便欣然同意，于是对“周伯通”说：“你们去玩吧，我跟牛玉民他们一起走走吧——估计以后在企石散步的机会不多了，不是吗？”

是夜，企石镇大街上灯明风轻，春风习习，拂在刚喝完酒的王佐的脸上，令他倍感舒适。周围的一切也让王佐倍感赏心悦目，心情非常好。四人前后两对，王佐和乌鸦走在前面，向宝石加油站方向走去。到了宝石加油站，王佐想叫牛玉民一起去宝石加油站旁边的街心公园坐坐，回头一看，却不见了牛玉民和胖妹的身影。不禁说："这两个家伙，不知跑哪儿瞎搞去了！"

乌鸦略显害羞地说："人家正在热恋中，你想做灯泡啊！"

王佐看着深情款款的乌鸦，心中不由苦笑，指着街心公园说："我们去上面坐坐，今晚真凉快。"乌鸦没有说话，默默地跟着王佐走上街心公园台阶。

那时候，东莞各个镇街都有一些雕塑，名叫镇标，位于该镇街的出入要道，如长安镇的长安门，企石镇的宝石，还有王佐后来在桥头镇石水口看见的那个巨大的转来转去的镇标，都给王佐留下了深刻的印象。进入21世纪后，当年东莞不知从哪儿学来的镇标大多因为修路而拆除了。但不得不说，这些镇标，特别是长安镇的长安门，永远刻在了一代打工仔的心中。企石镇的镇标是一座巨大的宝石，因是街心公园，至今还在华通城十字路口斜对面宝石加油站的旁边，开车从东部快速路进入企石镇就可看见。因为这座镇标，企石镇就有了宝石路、宝石酒店、宝石中学、宝石加油站等地名。

街心公园周围的大理石台阶上坐满了相依相偎的恋人。王佐走到巨大的宝石雕塑下，说："有相机就好了，在这里照几张相留念，这可是企石镇的地标啊！"

乌鸦说："我哥哥有个照相机，下次我买个胶卷，我们来照相吧。"说着，乌鸦坐在了王佐附近的台阶上。王佐也坐下来了，与乌鸦隔着一尺远。二人一时无语。

好一会儿，乌鸦说："你明天真去东坑镇吗？"

吃饭的时候，王佐曾对同事们说去东坑镇找老乡暂住、找工作，现在他不知如何回答乌鸦，因为说谎话不是他的性格，这次为跳槽说谎话实在是没办法。顿了一下，他说："是啊，东坑那边有我好多老乡，有的老乡还混得不错，在外面租了房子，可以在那里住下来，这样我就可以静下心来慢慢找工作了。不然，没个落脚点，我这点钱用不了几天呀。”

乌鸦说：“我哥那里可以住啊，在企石待了这么久，住在这里找工作多方便！”春节的时候，乌鸦也没回家。大年初一那天，她还把王佐带到她哥哥的出租房里吃了顿饭，完全把王佐当作男朋友看待了。此时王佐不知说什么好，拒绝也不是，不拒绝也不是，心中直叹：“乌鸦，你干吗对我那么好呢？你干吗那么痴情呢？我躲你都来不及呀！”

想了一下，王佐说：“住在你哥哥那里当然好。不过，我已和老乡说好了，突然变卦不大好。如果在东坑找不到合适的工作，说不定哪天我就来麻烦你了。”

乌鸦总觉得王佐这次请假被炒太蹊跷，她有一种预感，也许以后再也见不到这个她爱得死去活来的谦谦斯文又温润如玉的意中人了，心头不由七上八下、落落寞寞。看了一下王佐，又向街心公园里的对对恋人看了看，她幽幽地说：“那有什么麻烦的，我哥哥很欣赏你，他说喜欢和你这样的人在一起，还叫我带你常常去玩呢。”

王佐不由点了点头，说：“可是，我现在失业了，也许你哥就嫌了。等以后找到了工作，我再找你哥哥玩吧。这里有这么多朋友，我肯定会回来的。”

乌鸦瞄了一眼王佐，不舍之情溢于脸上，说：“你想哪儿去了！你把我哥当成什么人了！出门在外，炒老板、被老板炒，这不是很正常吗？也许以后我找不到工作的时候，也会麻烦你的！我看，你还是住在我哥那里吧！明天打个电话跟你老乡说清楚不就可以了吗？”

王佐看了一眼乌鸦，言不由衷地说：“说起找工作，在企石当然是最方便的了。毕竟，我在这里结识了那么多好朋友，还有你和那么多人关心我，在企石住下找工作当然是最好不过了。不过，我去东坑住下来，不单单是那里有老乡。据我了解，东坑大朗一带有很多电器厂和灯饰厂，而电器厂、灯饰厂需要招一些制图设计人员。我想，如能在电器厂、灯饰厂找到工作，对我的专业发展有帮助，所以我才决定在东坑住下来并且慢慢找工作的。”

乌鸦还是不相信，但再说下去也没什么意思了，她把话题转到了别的方面。就这样，乌鸦情意绵绵，有说不完的话，聊不完的情，似乎要把自己对王佐的情意全部表白出来，可又不好意思太直白了。所以聊来聊去，最后的话题还是关于王佐的去向和找工作一事。王佐感到很过意不去，自己跟她又没什么关系，而且以后也不会找她了，更不会碰面了，就算来企石找朋友玩也不会找她乌鸦了。否则，她将继续深陷下去，继续对他一片痴心，他可承受不起。他知道，对于乌鸦这种用情如此执着的姑娘来说，除非他真的爱上了她，愿意和她一辈子好下去，否则，他就得永远地消失在她的世界里。从今天晚上出来散步时起，他就是这样想的。但一想到以后再也见不到她了，他就不忍心早早地离开了。二人一直聊到深夜十二点，他才对她说回厂休息吧。

王佐把乌鸦送到开确厂侧门口，乌鸦一直看着王佐走向春城公园的背影，直到他转过一个路口，不见了身影，才眼含着热泪，恋恋不舍地慢慢走向开确厂女工宿舍。

走在回永发厂的路上，王佐心想，自己不管在哪里——不管是落魄还是有点起色，总是有那么一两个对自己痴心一片的女人，我王某人何德何能，唉——

王佐刚走到永发厂大门口，年过花甲的安徽籍门卫招呼他坐下来聊聊。

除了毕业分配的那家国营军工企业，走上社会多年了，流浪了大半个南方，王佐知道一般工厂保安都是年轻的退伍军人，他还没见过哪家工厂的保安年过花甲。这说明永发厂的老板的确与众不同。永发厂的两名门卫都已头发花白，一个是安徽人，一个是广西人。这两个心地极好的老年人都与王佐关系不错。但他们两人彼此之间好像有点隔阂，这令王佐很是费解。广西籍门卫是桂林人，已在永发厂做门卫多年了。据他说，他女儿在企石镇某小学做老师，女婿是本地人。业余无聊的时候，王佐就会和他聊天。他说话一团和气，总爱聊桂林人的骄傲——李宗仁。碰巧，王佐对李宗仁也很崇敬，并且看过《李宗仁回忆录》，所以经常和他有聊不完的话题。当然，孙中山、毛泽东、周恩来、邓小平等伟人，也是那代人最爱聊的话题。王佐对历史和这些伟人的丰功伟绩自然了如指掌。所以，晚饭后或深夜里，在永发厂大门口，经常可以看到王佐和头发花白的广西门卫聊天的画面。安徽籍门卫是安徽淮北人，心地善良，为人木讷。据同事说，本来永发厂只有广西门卫一个人，二十四小时值班，没有休息时间，也不自由，后来才招了安徽门卫，两班倒就轻松多了。由于安徽门卫不擅聊天，王佐刚进永发厂时和他并没有什么接触。后来，王佐偶尔知道，安徽门卫的儿媳在找工作，就主动把他的儿媳介绍到灯泡厂，并且还做了一个小组长。由于这件事，安徽门卫总爱帮王佐做一些力所能及的事。比如说热热饭，打打开水，业余时间王佐有朋友来也会私放进厂里去。接触多了之后，安徽门卫在王佐面前每每爱夸安徽姑娘怎么本分，怎么能吃苦，甚至说要帮王佐介绍一个对象，有几次还真带了几个颇为秀气的安徽姑娘来到永发厂，但都被王佐婉言拒绝了。

明天就要正式离开永发厂了，虽说是表面被炒，王佐还是不爽，反正睡不着，他就坐下来和安徽门卫聊天。聊着聊着，王佐感觉他欲言又止，于是问："你有什么事吗？有事直说吧，我明天就走了，以后很难有机会说了。"安徽门卫看着王佐说："其实也没什么，你明天要走了，厂长有交代，叫我们查你的行李，要仔细点，特别是图纸。明天白天是广西佬看门，如果……如果有什么不方便的东西，你先放在我这儿吧。"

王佐哈哈大笑，心中想，你所不看好的广西佬，其实和我的交情也特别好，他是不会为难我的。但他口中却说："你放心，明人不做暗事！这个厂长真是以小人之心度君子之腹。查嘛，我没有带走厂里一张图纸，一颗螺丝钉，不怕查，不怕查的。不过，我还得真心谢谢你。换了别人，那是不会透露出来的，真是不容易，叔，谢谢你！"

安徽门卫说："我们出门不容易，能帮得上就帮呗，帮不上也没办法。你明天什么时候走，我在宝石酒店门口等你，我在那里看算命。你知道的，那些算命的都是我老乡呢。"

王佐从小就知道安徽北边一带的人有算命卖药跑江湖的习惯，而且有些地方还以讨饭为职业。和安徽门卫接触多了，王佐知道，在东莞，甚至在企石，就有一大批淮河以北的安徽人在跑江湖，算命就是其中之一。星期天有时路过宝石酒店，王佐会兴致勃勃地看那些留着大胡子装模作样的算命先生，觉得非常好笑。有一次，竟然碰到安徽门卫。后来安徽门卫对王佐说，打工工资太低了，他想跟老乡学算命，只要有时间就会去看老乡算命云云。王佐不禁大为惊叹，算命这种职业需要伶牙俐齿，见人说人话，见鬼说鬼话，没想到一向老实木讷的安徽门卫竟然有意于此，真是环境改变人哪！

王佐说："不要送了吧——明天可能睡个懒觉，估计十点多出发呢。"

安徽门卫说："送，一定要送，你看得起叔我，又帮我儿媳找了一份好工作，我怎么能不送呢。这样吧，明天九点多我就在停车的地方等你，你是在宝石酒店上车吧？"

就这样，王佐又和安徽门卫聊了一个多小时，才回宿舍睡觉。

第二天，王佐睡到自然醒，直到十点多才醒来。

伸了一个懒腰，王佐斜躺在床上静坐了一会儿，想着自己就要离开这里了，也许以后再也不会回到这个宿舍了，不觉有点依恋。又眯了一会儿，他忽然想到韩墨有可能正在金得厂焦急地等他，于是迅速起床，洗漱完毕，匆匆把一些能拿走的衣物书籍放在一个黄色大皮箱里，又把一床被子叠好装进袋子里，最后把一些带不走的书籍放在牛玉民的床上。昨晚他就说好先把一些东西寄放在他那里，以后有空再来取。收拾完毕，王佐最后看了一眼宿舍，一手提着大皮箱，一手提着被子，走到厂门卫室，给广西籍门卫开箱检查。趁着这个空当，他跑到车间向几个要好的同事告别，然后又来到门卫室，提着皮箱和被子，就这样离开了永发厂。

走在开确厂大门对面的商业街上，王佐忽然看见一座电话亭，他猛然想起该给韩墨打个电话。于是他提着行李走到电话亭里，用IC卡拨响了金得厂的电话。电话接通了，他听出接电话的人是这个星期天值班的李湘花，而李湘花并没有听出是他。他说找韩墨，便听见电话里李湘花叫道："韩墨，电话！怪不得今天休息你还待在办公室，原来在等电话，是个男人，你男朋友吗？以前没听你说起过啊。"

王佐听见电话里韩墨的喂声，说："韩墨，我现在上车回东坑……什么，你现在来接我，不要那么急，等一个小时吧，我要转两次车呢……真的不用那么早，去早了也是浪费时间……你想体验等人的滋味，呵呵呵……你真挺文艺青年的，好，好，不见不散！"

王佐提着皮箱和被子，刚走到宝石酒店站台，等了一会儿，就来了一辆75路车。他赶紧上车，一只脚刚踏上75路车踏板，就听见有人叫他。他回头一看，原来是安徽门卫。安徽门卫匆匆跑过来，递给他一条羊城烟。他用手推开，安徽门卫说："拿着吧，拿着吧，一点小意思，一点小意思……"盛情难却，王佐接过了烟，安徽门卫大声说："有空一定来玩玩，一定来玩玩——"话音刚落，车门"咣当"一声合上了。

王佐站在车门边，对着安徽门卫使劲挥手，大巴车轰鸣着向石排镇方向驶去。

韩墨接到王佐的电话后，心潮起伏，无比激动，匆匆来到长安塘十字路口新亚鞋厂围墙边大榕树下。这里是从横沥镇过来的公交车下车的地方。

二十天来，韩墨和王佐天天在一起，形影不离，睁开眼是他，心中想的也是他，连吃饭也坐在一起，她的生命似乎和他的生命融合在一起了。他突然请假，虽然只有两天一夜，却令她心中空荡荡的，眼前也是空荡荡的，空虚和思念交织在一起，整个人就像病了一般，既打不起精神，也不知做什么好。她知道，她的生命，她这一辈子，已经离不开他了。心似双丝网，中有千千结。她知道，她的心里全是他了。

从东坑方向开过来一辆又一辆中巴车，韩墨明知王佐没有那么早下车，但她还是不死心，还是盯着下车的人流，直到中巴车开走。下车的人流散尽，摩的司机又聚在公交站台周围，她这才站到路边大榕树下。大榕树下有几个补鞋擦鞋的，她站在他们中间，显得格格不入。每隔几分钟，她就抬头向东坑镇方向看去，望眼欲穿。

韩墨正引颈看向公路，忽然有人叫她，原来是金得厂的同事——采购文员李秀川。李秀川手提一双皮鞋，说她站在阳台上晾衣服，看见韩墨了，想起自己有双鞋子要补，所以就下来了。李秀川是四川南充人，才十八岁。白皙清秀，小巧苗条，人如其名，简直川中最秀。韩墨听李秀川说过，她和男朋友在新亚鞋厂斜对面城市信用社旁边的楼上租了一间套房，算是外来工中的佼佼者了。她男朋友在新亚鞋厂任车间生产主管，令打工妹们羡慕不已。

第十九章　打工之恋另一个版本

韩墨与李秀川并不算很要好，也许是韩墨进金得厂时间不长的原因，也有可能是李秀川因为有男朋友并且在外租了房子的原因。但李秀川很尊敬韩墨，除了韩墨比她年龄大之外，她更欣赏韩墨这种有文化、有本事的职业女性，并希望有一天能像她一样，不但有技术，而且受人尊敬。因此，李秀川很想和韩墨深入交往，并期望能和她成为好朋友。今天能凑在一起，李秀川很高兴。

韩墨为了掩饰她在这里等王佐，说她弟弟要从黄麻岭过来看她，她在这里等她弟弟。李秀川说，坐下来等吧，站着坐着还不一样，正好我修鞋子，也没什么事。

二人在补鞋匠的小几子上坐下，李秀川把鞋子递给补鞋匠，便不着边际地与韩墨聊着天。

李秀川忽然问："江西夏天热吗？"

韩墨不假思索地说："热啊！四大火炉有南昌，能不热吗？"

李秀川说："那就麻烦了！"

韩墨问："怎么了？你要去吗？"

李秀川说："是啊！过几个月我可能要辞工了！"

韩墨说："你男朋友在新亚鞋厂做主管，两个人这么近，干吗要辞工？就算辞工你也不可能长久待在江西吧？毕竟你不是江西人，在江西待两天不就可以回东莞了吗？"

李秀川不自觉地看着自己微微隆起的小腹，韩墨全明白了，笑着说：

“呵呵呵……几个月了？你真是早啊！才是个小姑娘就要升级了！”

李秀川有点不好意思，说：“是啊！我也觉得有点稀里糊涂的，莫名其妙就决定了人生最大的事情，让你笑话了。再过几个月辞工后，我们就在江西打结婚证办酒席，我就待在江西了。不然，待在这边生产，他一个大男人什么都不懂，还要上班，我也不懂，这怎么行呢？”

韩墨虽然比李秀川大好几岁，但其实还是个大姑娘，对于男女之间的事委实了解不多，何况是生孩子，聊这方面的话题她还是挺害羞的。不过，她还是顺着话题说下去：“这可是人生的大事，你也是个小孩子，懂什么呢？还是在江西好，有大人照顾就安心多了。”

李秀川鞋子补好了，但聊兴不减，直聊到新亚鞋厂下班铃都响了。她忽然提起鞋子站起来说：“下班了，我还没做饭呢。我们星期天做饭，惯例了，他不在厂里吃饭！”韩墨正想说什么，忽然站起来的李秀川“呀”了一声：“那不是王佐吗？”韩墨回头一看，果然见王佐刚从中巴车上下来，站在路边，地上放着一个黄色大皮箱和一个装有被子、衣物的大袋子，正到处乱看呢。李秀川叫了一声“王佐”，韩墨和李秀川同时走向王佐。王佐惊奇地看着两个女同事，一下子反应不过来，他不明白李秀川为什么也在等他。

李秀川快言快语：“王佐啊，从哪里来？拿这么多东西，搬家了？”

王佐看着韩墨，又看了一眼李秀川：“你们这是？”

李秀川说：“我在这里补鞋，韩墨在这里等她弟弟，刚刚新亚鞋厂下班铃响了，我们正准备走，就看见你下车了，真是巧啊。”

王佐对韩墨小小的掩饰会心地笑了。

这时韩墨说：“都到中午了，我弟弟可能等不到了，来，我帮你提东西，回厂去吧。”

李秀川正想说我就不帮你了，我要回去做饭呢，就听王佐说：“厂里都已经吃过饭了，李秀川，一起吃个饭吧，我请客——今天可把我累死了，提着个大箱子，转了两次车啊！”

李秀川说：“这多不好意思，我男朋友也要吃饭呢，我要回去做饭。”

韩墨劝李秀川说：“王佐既然请客，就叫你男朋友一起吃吧，我们都想认识一下新亚鞋厂的大主管呢——怎么了，你不敢放出来给我们看看？”

王佐说：“没关系的，一起去吧，难得星期天，大家一起聊聊吧。”

见盛情难却，李秀川便同意了，说：“你们等一下，我去厂门口等人。”说着就快步走了。

韩墨递给王佐一张面巾纸，提了提黄色大皮箱，关心地说：“什么东西？这么重！累了吧！”

王佐擦了一下脸，兴奋地看着韩墨，说：“没什么东西，一些衣服，还有几本书，所以重了点。哦，不累，这点东西不算什么！一路上想着你在这里等我，就轻快多了。”

韩墨略带羞涩地看了一眼王佐，阳春三月的阳光照在身上，说不出的舒畅，又有点不好意思。她感觉自己幸福极了。她暗思，牵挂一个人，被一个人牵挂，真好！

一会儿，李秀川带着一个和王佐差不多大的男人走了过来。王佐看着这个微胖壮实、留着长发的同龄人，心中纳闷，真有艺术家的范儿，他怎么是做生产主管的呢？奇怪！

李秀川把她男朋友介绍给王佐和韩墨。王佐和他寒暄了几句，这才知道这个富有艺术家气质的生产主管名叫屈跃进，是江西鄱阳县人。

这时韩墨说：“都饿了吧，还是先去吃饭吧，吃饭的时候再聊，我们去对面蜀香园。”

屈跃进提起王佐的黄色大皮箱，王佐提起被子，两个男人走在前面，韩墨和李秀川跟在后面，穿过公路，来到对面小书店旁边的蜀香园川菜馆坐下。王佐想起刚来金得厂报到时，张勇军请他在蜀香园吃的饭，白丽丽点的几个菜挺有味道，于是问：“你们吃辣的吗？”屈跃进乐呵呵地说：“全都是江西人，能不吃辣吗？越辣越好！”韩墨指着李秀川调侃着说：“她不是江西人吧。”屈跃进说：“嫁到江西不就是江西人吗？她娘家是四川的。”

四人哈哈大笑。王佐一边对着走过来的老板娘说：“我点泡椒鸡杂和回锅肉。”然后让李秀川点，同时对她说：“还骗我说你是江西人，今天才知道你是四川人。我一直怀疑呢，你又会说四川话，又会说江西话，但江西话说得不地道，怎么可能是江西人呢？”

李秀川笑着用四川话说："我是江西人嘛，嫁到江西不就是江西人了吗？"

王佐连声说是，此话有理，此话果然有理，接着便和屈跃进聊了起来。同时，李秀川点了一道川菜经典菜——酸菜鱼，屈跃进点了咸鱼茄子煲，韩墨点了西红柿蛋汤，四菜一汤，有鱼有肉，有酸有辣，西红柿还养颜，这顿饭对外来工来说算是打牙祭了。

王佐和李秀川还挺熟的，比韩墨和李秀川还熟。由于李秀川是采购文员，而且负责采购玻璃件和电线类配件，她天天都要找王佐借图纸复印。所以，王佐在金得厂上班没几天就和李秀川混熟了。那时，王佐见李秀川年龄小、个子小，还长得标致，笑起来清纯，总爱逗她。后来，他发现还是个小姑娘的李秀川竟然有男朋友，还在外租了房子，不禁大感意外，更喜欢开她玩笑了，往往让她下不了台。而李秀川往往脸红红的不跟他聊了。幸好，李秀川是个大方的姑娘，她也知道王佐开她的玩笑没有恶意，所以并没有责怪他，两人还挺说得来的。后来，王佐被老江任命为工程部主管，并且兼管样品组，他经常在上班的时候去成品仓库看看样品组的工作情况，并布置新样品的组装任务。此后，他经常看到李秀川从成品仓库向写字楼匆匆走来。成品仓库靠近保安室几步远有个车间大门，迟到的员工常常进了厂便从成品仓库进来，以免被人看见，更怕被老江看见。李秀川由于在外面租房子，上班经常迟到。在她迟到经过成品仓库的时候，王佐便开心地远远迎上去，双手伸开，张开巴掌，装作拥抱的样子。而这时，李秀川也往往笑着骂"流氓"，并且避开王佐假模假样的拥抱。王佐便开心地笑了起来。

能把李秀川这样一个漂亮的少女早早地勾跑了，让王佐不免对李秀川的男朋友非常好奇。但不知为何，李秀川从不在王佐面前聊起她的男朋友，王佐在厂外也从未见过她和男朋友在一起。在王佐的潜意识里，李秀川的男朋友绝不是什么好鸟，不然，也不会勾引一个涉世未深的少女了。今天机缘凑巧，他和李秀川的男朋友竟然在小餐馆共进午餐，并且一见如故，聊得很投机，实在令他大感意外。

四人无意中聚在一起喝酒聊天，大家都很开心。自然而然，男人和男人聊，女人和女人聊，一顿饭时间，王佐对屈跃进已经有了一定的了解。

王佐没想到，屈跃进竟然是江西鄱阳人。这令王佐感到特别亲切，因为他毕业后就分在鄱阳湖畔的一家军工厂工作，任何有关鄱阳湖的人和事，他都有亲近感。他更没想到的是，屈跃进的父母也是老师，他们都是老师的子女。因此，他们的心理距离又近了一步。不出意料，有艺术家气质的屈跃进来南方前是一名美术老师。据李秀川说，屈跃进的国画和书法堪称一绝，这不禁令王佐肃然起敬。当然，令他与屈跃进产生共鸣的是，他们都来自内地，都有正式工作，都置铁饭碗于不顾而南下闯荡。这种相同的经历令他们有着聊不完的话题。只是不同的是，他离开军工厂是不辞而别，而屈跃进是停薪留职，为自己留了一条退路。

这顿饭吃了一个多小时，最后王佐买单。出小餐馆的时候，屈跃进说下午还要上班，就匆匆走了。李秀川说要帮王佐送行李，韩墨说："不必了，不就一个皮箱一个袋子嘛，我们两个一人提一件就可以了，你还是回去休息吧。"韩墨还意味深长地对李秀川说："你现在是非常时期，要有充足的时间休息，知道吗？傻姑娘！"

说着，王佐提起皮箱，韩墨提起被子，有说有笑地向金得厂方向走去。李秀川看着王佐和韩墨亲密的身影，猛然悟出来了，一拍脑袋自言自语地说："我怎么这么笨！原来他们好上了，怪不得以前总是看见他们在一起打球聊天，怪不得韩墨今天在路口等人，原来是在等他呀！她哪里是等她弟弟嘛，我今天真是做了一个大大的灯泡！"

李秀川回到出租房后，一个人无所事事，收拾起昨晚没洗的衣服，在阳台上慢慢洗起来。一边洗衣服，一边想着腹中的胎儿，同时又想着刚刚和王佐、韩墨他们一起吃饭时的情景。她不禁自叹，他们真是天生一对呀！他们都有文化，有技术，简直是金童玉女！她一边洗着衣服，一边感叹自己的身世不好！不自觉间，她想起了她南下广东以来的经历。

李秀川来自四川南充一个偏僻的山区，父母都是标准的农民，除了在土里刨食，别无所长。因此，在她童年和少年时代，家境异常贫困，吃的穿的都比同龄人差不止一个档次。另外，父母亲脾气不好，吵架是家常便饭，这令她从小就感觉不到多少家庭温暖，甚至讨厌这个家。在她小学还没毕业的时候，她唯一的哥哥就跟着大人到兰州做苦力混饭吃去了。家里没有了哥哥的身影，贫困的家庭就显得更加冰冷了，她感觉自己简直就是这个世界的弃儿。到了上初中的时候，她发现比她年龄大的女孩子纷纷跑到深圳、厦门一带打工去了。每当在集镇上看见这些从南方回来的女孩子，提着时尚的皮箱背包，穿着时髦的衣服，她就羡慕不已。同时，学校里的女生们也穿得比较鲜艳，有新潮的波鞋[①]、牛仔裤，有花花绿绿的漂亮裙子。而她还穿着堂姐的旧衣服，要多丑有多丑，与同学们比，真是相形见绌。每每上学放学，她都是匆匆来回，奔波于家与学校的十里山路上。

四川人要朋友比较早，而且思想开明，不像其他地方那样受到家长的诸多制约。在四川农村，初中毕业能考上中专、高中的少得可怜，男生女生大多耍起了朋友。由于家境贫困，由于衣服老旧，虽然也有男生写信追求她，但她从不敢尝试，更不愿意与女同学们走近，总是形单影只。到了初二下学期，她再也不愿读书了，父母亲决定让她打工赚钱。连县城也没去过几次的她，跟一个远房表姐坐汽车，赶火车，经过几天几夜来到了改革开放的前沿阵地东莞。到了东莞，表姐所在的那家位于大朗镇的毛织厂却不招工。

这下，从没出过远门的李秀川傻眼了。她还没有身份证，以她这个年龄也办不了身份证。表姐见她失魂落魄，对她说，这边很多小厂并不要身份证，有些大厂如果里面有关系的话，借张身份证就可以进厂，你就不要太着急了，找工作要慢慢来。有空的话，我帮你借张年龄小一点的身份证，一定能找到工作的，放心住下来吧。有表姐的支持，她的心才稍稍安定下来，除了吃饭睡觉之外，便会到附近工业区去转转，希望运气好，能找到一份工作。

半个月后，表姐通过老乡，老乡通过老乡，把她介绍到新亚鞋厂。李秀川能进新亚鞋厂，完全是新亚鞋厂的车间生产主管屈跃进网开一面。屈跃进明知道她的身份证是假的，但还是说服人事部主管把她招进了厂。进

---

① 指球鞋、运动鞋。因英语中的“BALL”谐音为波，是粤语中比较常见的球鞋叫法，多由香港、澳门等地传进内地。现在代指多数休闲鞋，还有一部分篮球鞋和网球鞋，但专业的足球鞋和跑鞋不能叫波鞋。

了新亚鞋厂后，她被分到屈跃进所管的车间。他对她非常照顾，安排的是车间最轻松又最有发展的岗位，还手把手教她。她非常感动。业余时间，屈跃进对她嘘寒问暖，并主动借钱给她，还给她买女孩子的日常用品。从小没有被人关心过的她，都感动得哭了，非常庆幸自己一出门就碰上了好人。何况，是一个比她大八岁的男人，一个她遥不可及的车间生产主管。因此，她把屈跃进当作亲人看待，就像对待自己的长辈一样，帮他洗衣服、打扫卫生，不分彼此。

20世纪90年代的东莞，工厂无论大小，上班时间大多都要十二小时，写字楼职员一个月休息两天，而车间员工和车间管理技术人员则只有一天休息。李秀川进厂一个多月后，工厂发了工资，第二天休息，屈跃进带李秀川去东坑镇逛街，并主动提出帮她买衣服。她并不是一个爱占便宜的女孩，所以一口拒绝。没想到，趁她休息的时候，屈跃进竟然一口气帮她买了皮鞋、裙子和牛仔裤。回到宿舍，她穿起这些屈跃进买来的衣物鞋子，竟然像量身定做一般，刚好合身，而且颜色款式也适合她，搭配效果之好更是无法形容。她问他，你怎么这么会买衣服呢？他说，我是美术老师，画画的，我都能把你画下来，你说我买的衣服能不合身吗？穿上新衣新鞋，对着镜子，她发现自己增色了不止一百倍，简直不敢相信镜中的漂亮姑娘就是她。她问他，我有这么漂亮吗？他哈哈大笑，说："你本来就是个美人胚子，身材好，五官好，缺的就是包装，正确搭配衣物就像一幅画恰当配色一样，结果当然不一样！"那一刻，她对他崇拜之至。

当天，他还为她画了一幅画。画中的她漂亮得像仙女一般，简直不食人间烟火。

日久生情，缺乏家庭温暖又没有与男人实质性耍过朋友的李秀川，对屈跃进的心思渐渐地升华了，几个小时没见就莫名其妙地想他。她有时想，这个管着几百人的主管如果是她的男朋友就好了。如果真那样，她这辈子就不会像母亲一样在土里刨食了，而且穿得漂漂亮亮，衣食无忧，那简直是神仙的日子。可是，转而一想，自己一个初中未毕业的黄毛丫头，什么都不懂，身为主管又有文化的他，怎么可能看得上她呢？况且，他还是个艺术家（自画了那张像之后，她就是这样认为的），这就更加不可能了！而且车间里、写字楼里，有大把既漂亮又比她能干的文员，再怎么说，他也不会看上她的，她只不过是一厢情愿罢了。而且，听女工私下聊天时说，他在江西老家有未婚妻，这就更加不可能了。

这些心思她也只是偶尔想想，想了之后，自己都会笑话自己。

人家把你当作小妹妹看待，对你好，关心你、爱护你，你怎么能这样想别人呢？

壮男少女交往，哪有真正纯洁的。有一天晚上发生了一件事，彻底改变了他们的一生。

那一天厂里出货，出完货都晚上十一点了。屈跃进带李秀川在厂外吃炒粉，每人一份，还叫了四瓶啤酒。啤酒李秀川根本没喝几口，大部分都是屈跃进喝掉的。吃完炒粉喝完啤酒，在回厂的路上屈跃进摇摇晃晃，李秀川怕他摔跤，一路扶着他进了宿舍。谁知刚进他的宿舍，他迅速把门反锁扑向了她。从没经过男女之事的她当然本能地反抗，但无论她如何反抗，又怎能抵挡住一个大男人的可怕爆发——完全不顾后果的爆发，而且她当时也确实害怕得不得了。她怎么也想不到一个平常文质彬彬的读书人，顷刻间就变得如此疯狂。在既害怕又有点向往的迷乱意识下，半推半就，她完成了从一个少女到一个女人的过渡，两人从此同居了。他们的故事可以说是先上车后买票的那种恋爱与婚姻，打工时代这种情况更多。这种组合往往潜伏着危机。后来，她每每对闺蜜说，她是被老屈一盘炒粉搞定的，绝不是虚言。

李秀川并不是任人宰割的羔羊。三个月后，她打了第一胎就辞工了，并要死要活地逼着屈跃进请假带她去江西，逼他成功取消了与未婚妻的婚约，她取而代之。

回东莞后，李秀川不想再进新亚鞋厂了。她不想听别人说三道四。为此，屈跃进在厂外租了房子，他们过起了打工妹向往的夫妻生活。反正有房子住，有男人养，李秀川再也不想做普工了。她想找工作就找，想睡就睡，没有中意的工作她就不进厂了。屈跃进为了让她进步，业余时间经常带一些厂里的报表讲给她听。她也非常好学，更是冰雪聪明，一点就通。懂得了一些写字楼的皮毛知识后，她就在长安塘一带工业区应聘文员。半年前，她应聘进了金得厂做文员。现在的她已是一名优秀的写字楼采购文员了。

李秀川洗着衣服，很羡慕韩墨和王佐的相爱，想着往事，总觉得自己很不幸。还没体会到爱的滋味就成了别人的老婆了，还没长大就从少女变成女人了。

第二十章　购书

从企石回来后，王佐和韩墨的关系就公开了，两个人开始真正的形影不离。在厂厨房吃饭的时候，他们不但坐在一起，而且一只手吃饭，另一只手在桌子底下拉在一起，好得像糖加蜜一样。金得厂的冲凉房在写字楼后面，一排平房十多间，紧挨着锅炉房。晚上下班后，他们一起以最快的速度跑上宿舍，拿好衣服水桶等，然后下楼。王佐负责打热水，韩墨负责占两间冲凉房。冲完凉后，他们又一起在冲凉房前的一排洗衣台上洗衣服，洗完了衣服就回宿舍把衣服晾好，然后就下楼去厂外乱逛了。他们往往逛到深夜十二点才回厂，乐此不疲。半个月来，他们逛遍了长安塘一带的每一个村庄和每一个工业区，以及每一片树林和每一块草地。在荔枝花香的每一个夜晚，风雨无阻，迎来了他们的热恋时光。

东权厂丁字路口加油站前面几十米右拐有一条路，前走几百米就是长安塘公园。公园对面是一片荔枝林和草地，挨着长安塘村。公园内有水塘，有荔枝树和桂圆树，水面走廊连接公园各处，间连亭台和小路。不但空气清新，而且幽静，是个恋人幽会的好去处。

逛遍了长安塘周围的角角落落后，他们的业余时间大多固定在长安塘公园了。

他们往往在长安塘十字路口沿新亚鞋厂向长安塘村方向散步，然后沿着长安塘村前的公路走到长安塘公园，在公园内某棵荔枝树下的石凳上坐下，聊文学、聊打工、聊人生，趣味盎然。快到晚上十二点的时候，他们走出公园，从东权厂丁字路口加油站方向走回长安塘十字路口，然后回金得厂，转了一个大圆圈。有时时间早，他们也会在十字路口的小舞厅跳舞，或者吃个夜宵，或者出了长安塘公园后走向东坑镇方向。有一次，他们竟然走到去常平镇的路口才返回。韩墨永远记得，有一次他们在小舞厅跳舞出来，虽然已经夜里十一点了，但他们余兴未尽，并排向东坑镇方向走去。一会儿下雨了，他们没有躲雨。热恋中的韩墨挽着最亲爱的人在雨中散步，既浪漫又亢奋，不禁高歌起来，连唱十多首那种激情雄壮的歌。

1997年3月底的一个星期天，又是王佐和韩墨休息的日子。他们早就说好了去东莞市区逛新华书店，王佐想买本CAD的书，韩墨想买本Windows的书。这些天里，王佐已基本能打字和操作键盘了，并且能在Excel和Word上简单操作，这都得归功于韩墨的私下指点。但是，随着对电脑的了解，王佐对安装软件和软硬件维护产生了浓厚的兴趣。韩墨说她也不懂，买本有关Windows操作系统的书，多多少少会有所帮助吧。

长安塘有一趟终点到大朗镇天桥的东坑镇内2路公交车，经东坑镇和东坑路口，起点是长安塘。在长安塘一带生活的村民和外来工，一般都坐这趟大巴车去东坑街上或者大朗镇。

星期天早上七点钟，王佐和韩墨在长安塘十字路口各吃了一碗桂林米粉，就跳上了去东坑路口的2路公交车，然后在东坑路口又上了一辆从横沥镇开往东莞汽车总站的76路公交车。东莞的公交车上永远挤满了年轻的打工仔和打工妹，尤其是星期天和节假日，更是挤得不得了。王佐和韩墨在东坑路口上车的时候，车上已经没有座位了。他们挤到车后面，一只手拉吊环，另一只手互相牵着，互相看着对方，心都融在了一起。大巴车驶到寮步镇天桥，有几个人下车了。王佐眼疾手快，抢到最后排一个座位。还没坐稳，大巴车又轰鸣着向东莞方向开去。王佐对韩墨说："你坐吧。"韩墨嘴巴一抿说："我们一起坐！"

说完，她就坐在了王佐的大腿上。王佐感觉一股电流从大腿传向全身。

就这样，两人甜甜蜜蜜，一直坐到东莞汽车总站下车。

下公交车后，没走几步，韩墨说："新华书店在哪儿？我们搭摩的去吧。"

王佐说："我出发前看了一下地图，不远，但忘记带地图了，我也不知道怎么走。"看了看四周，王佐继续说："我们上天桥去，那天桥上有很多卖地图的——搭摩的最少也要五块钱，那还不如买张地图——要想熟悉一个地方，就得看地图自己找过去。”

二人走到汽车总站十字路口的环形天桥上，王佐买了一张地图，指着地图对韩墨说：“你看，从解放路转到向阳路，也不过两里路，逛过去多好。”

韩墨惊喜地看着地图说：“人民公园在新华书店边上，买好了书我们去公园玩玩！”

一个年轻女性爱逛书店、爱上公园总比爱逛街、爱买衣服强多了，王佐很欣赏韩墨这一点，开心地说：“好，我们这就去吧！”韩墨忽然看着汽车总站所在的创业路方向感叹地说：“两年前，我在那边一家小旅馆住了两晚，最后还是回去了。”王佐奇怪地问：“你不是去年来东莞的吗？怎么前年到过这里？”韩墨说：“毕业的时候，学校把我推荐到长安镇一家大型外资厂，我带着一个大皮箱和一个大包累死累活地从南昌赶到广州，从广州赶到东莞，又从东莞到长安，谁知那家厂不要人了。我只好抱着一线希望又从长安坐车到汽车总站，希望能找到一份工作。但是，第一找工作太难了，第二身上带的钱不多，所以匆匆找了两天就回去了。”

王佐心有感触地说：“原来我们在差不多同一个时间到了同一个地方，那时如果我们碰见了也只是路人罢了。前年年后，我从福建来广东发展，也是先到长安，待了一个多月，后来也从长安来到汽车总站，在这儿待了一天，后来就去广州考电工证了。”

韩墨感叹地说：“原来我们在相同的时间，到了相同的地方，做了相同的事，差不多是相同的经历，说不定我们曾经坐在同一辆公交车上，也未可知呢。”

王佐也感叹地说：“那真有可能，这个年代来南方的人太多了！”

韩墨指着天桥下说：“是啊！这个东莞汽车总站是来南方的必经之地，这座环形天桥不知给多少来来去去的南下闯生路的人留下了痛苦的回忆。我就曾经一个晚上站在这天桥上，呆呆地看着四方路口的车流，看着匆匆而过的找工作的人，不知前路在何方，想来真是悲哀！”

这些话触动了王佐，让他想起了一些往事，他伤感地说：“从 1993 年开始，我前前后后路过这里多次了，但最终还是过客，有时就像流浪狗一样，连死的心都有了，说来令人笑话。”

听到王佐说“死”字，韩墨觉得不吉利，赶紧说：“出来闯的人，谁没有一些坎坷呢？谁没有一些波折呢？你就不要太伤感了！现在对你我来说，一切都过去了，我们已经在这块热土上站稳了脚跟。只要我们努力上进，相信一切会越来越好的！”

王佐说：“对，对，虽然我们现在不算很好，但比那些还在苦苦找工作的人强多了……走，我们买书去——在这里讨饭吃就如逆水行舟，不进则退，我真的迫切想学会CAD呢。”

韩墨应声说着好，两人手牵着手下了天桥，向解放路走去。

路上，王佐忽然想起什么似的问韩墨：“前年你来东莞找工作，来回经过广州火车站是在几月份？我想应该是在7月份吧！”韩墨不知王佐为何有这样一问，说：“是啊！是7月份，在大学里我是坚持到毕业才走的，班上的人其实大多在7月份之前就走了。”王佐呵呵笑了，说：“前年你来回广州火车站的时候，我正在广州火车站拉客接站呢，不知有没有骚扰你哦！”韩墨好奇地问：“那时你在广州火车站啊！拉客接站是做什么的？”

王佐说：“你在广州火车站下火车后，走在广州火车站广场上，是不是有很多拿着牌子的人问你要不要住招待所呢？那些拉旅客住招待所的人就是拉客接站的。”

韩墨大吃一惊，看着王佐说：“什么？你就在那里拉客呀！那天，我一辈子都记得，我一个人拿着一个大皮箱和一个大包，太不方便，在火车站广场走走停停，一路上不知道有多少人问我住招待所吗，我都要被他们烦死了，但又不敢大声说他们，只好不理他们，只想着早点甩掉那些烦人的家伙。你不知道呢，还有一个男人一直跟着我喋喋不休，我真想踹死他！”

王佐哈哈大笑，说：“也许那个男人就是我呢！”韩墨装模作样地看着王佐说：“哇！肯定是你！我想起那个人了，不是你是谁？你这下三流的家伙，原来早就心怀不轨呀！”

二人一路说笑，不久就从创业路经向阳路来到了新华书店。

在新华书店，他们直奔电脑书籍专柜。CAD的书并不多，但还是有几种版本。王佐翻完了所有的版本，沮丧地说：“怎么全是英文版的？”韩墨也跟着翻完了所有的书，接着王佐的话头说："是啊！学中文软件当然快多了！刚刚我看见公园大门另一头有家博览书店，要不，我们去博览书店看看？"王佐说好吧。二人匆匆走出新华书店，来到博览书店。在博览书店电脑书籍书柜处，他们依然发现所有的CAD书籍都是英文版的。韩墨说："附近还有个购书中心，是东莞最大的书店，应该会有中文版的，我们去看看。"王佐手拿一本CAD的书说："我想，购书中心可能也没有中文版的，因为Auto CAD的软件是美国人开发的，估计到现在还没有人翻译吧，不然怎么没有中文版的书呢？所以，就买这本吧。这本是讲解Auto CAD R12的，从基础讲起，适合我现在看，你看怎么样？"韩墨想想也是，于是她又挑了一本Windows 95的书。然后两人来到文学专柜，韩墨挑了一本《乱世佳人》，王佐挑了一本《明史演义》，便出了书店，来到人民公园大门口。

王佐指着四周说："这里有公园，有书店，还有博物馆，以后来东莞就到这里来吧，购书学习逛公园，做什么都方便。"韩墨笑了，心想，这里买衣服不知方不方便。

东莞每个镇街都像是一座城市，除了书店，镇上购物娱乐场所应有尽有，平常外来工不用出镇街，便可应付日常所需了。而市区由于工厂公司不多，大多数外来工反而不熟悉。在20世纪90年代，如果问外来工最熟悉东莞市区哪里，他们肯定说汽车总站。因为汽车总站既是来往东莞各地和外省的中转枢纽，附近还有智通和基业等大型人才市场，凡是在东莞有过找工作经历的人都再熟悉不过了。而另外一个让部分文化水平较高的外来工较熟悉的地方就是人民公园了。因为人民公园边上有书店，有博物馆，有培训机构，是购书充电的最佳场所，既可以逛公园，又可以购书，充电和游玩两不误。此后，人民公园一带也是王佐和韩墨经常来的地方。

二人进了人民公园。公园里人来人往，非常热闹。三月的阳光透过树叶的缝隙，随意地洒落在地上，一股股暖意涌入心怀。王佐在公园大门附近看了公园介绍，才知道东莞人民公园始建于1912年冬，时称"盂山公园"。1912年，东莞县（今东莞市）土匪横行，新上任的民国第二任县长岑学吕剿匪禁赌，仅半年即平定了东莞。为了改变当时东莞人的恶习，岑学吕"大破四旧"，拆除了大批淫寺旧庙。岑属于当时的南洋留学派，他希望东莞能成为学习西洋优秀文化的模范县，于是结合自己对西洋公园的认识，建造了盂山公园。公园内有钵山、盂山、元宝山、平山和晓湖、莲塘等，并有东莞第一个公共图书馆、第一个博物图书馆，是我国最早的公园之一，比北京的公园还要早建。

韩墨挽着王佐的胳膊向前逛去。不远处一片空地上人头攒动，音箱里播着华尔兹乐曲，近百位中老年人跟着音乐节奏翩翩起舞，附近的木凳子上还坐着欣赏舞蹈的人。王佐发现，来这里跳舞的大部分是退休老人，有老莞人，也有外来工，还有老师免费教学，想跳就来，来了就能跳。他们逛到公园湖边，看见一棵大树下有二十多个大妈大伯正在合唱歌曲，自娱自乐。他们还看见在湖边周围大大小小的空地上聚集着不少人，有的自拉二胡、自唱粤剧，有的踢毽子，有的唱歌，有的跳舞，有的下棋……不管是现代舞或是民族舞，流行歌还是老歌，舞剑还是打太极，你总能找到一拨你喜欢的小小队伍。王佐见湖里有小船，建议去划船，韩墨欣然同意。于是，王佐交了钱，二人上了一艘脚踏船，兴致勃勃地划了一个多小时才弃船上岸。出了公园，他们在南城路附近一家大排档吃了一顿快餐，然后牵着手慢慢走回汽车总站，又坐76路公交车在东坑路口下车。

他们在东坑路口等待开往长安塘的东坑镇内2路公交车时，公交车迟迟不来。韩墨说："要不，我们去黄麻岭吧，我想找勤安厂的财务主管聊聊，请教他有关成本的问题。"

王佐也等车等烦了，说："好啊！我们叫一辆摩的就可以了。"韩墨抬起手腕看着表说："现在才三点多钟，勤安厂还没下班，我们走过去吧，也就两三里路，半个小时就到了。"王佐笑了，说："跟你在一起，到哪里都是走，你挺喜欢走的嘛。"说着，两人向黄麻岭方向走去。韩墨也呵呵笑了，说："走走玩玩，这还不好吗？去年我找工作的时候，一天走了几十里，东坑大朗这一带被我走遍了，有时还走到黄江和寮步，那才叫累呀！又累又饿，还着急呀！找不到工作又没钱，你说急不急呢？"王佐说："那倒是，我以前也经历过这些，我们来南方闯的这代人可真不容易啊！话说回来，去年你找工作的时候怎么不找我呢？我可以帮你找份不错的工作，也可以借钱给你嘛！"韩墨嘴一撇说："去年谁认识你呀！"

走到一个路口，看见路牌上写着“初坑正坑”，王佐说：“这地方以前肯定高低不平不长草木，或者说路上到处都是坑，东坑、初坑、正坑，你看名字都是坑。”韩墨又笑了，说：“你这人真会联想，不就是个地名嘛，想那么多干吗！”王佐说：“地名都是有来历的，都是有意义的，研究研究可有意思了。”他们走过路口，忽然王佐指着前面说：“那棵榕树真大，都遮住半边路了。”韩墨说：“你看，树下还有凳子，去年我找工作的时候，走到那里，我就会在那棵大树下休息休息。我对这棵树可有感情了。”王佐说：“那我们过去坐坐，感受一下你去年的劳累与无奈，也感受一下你的体温。”二人来到初坑大榕树下，王佐抽了一根烟，韩墨在小店买了两瓶可乐。坐了一会儿，二人又向大榕树对面走去，这个路口过去就是黄麻岭了。

韩墨的大弟韩砚在勤安厂做仓管员，由于勤安厂仓库就在路边，不需要经过厂大门和保安，韩墨和王佐很容易就找到了韩砚。韩砚看见姐姐过来了，还带着一个男人，又惊又喜。当韩墨说明来意之后，韩砚就拨通了会计部的电话，让韩墨接。韩墨在电话里对财务主管说，来看看他，下班的时候在厂大门口等他，就挂上了电话。韩砚请了两个小时假，刚好可以到下班时间。于是王佐跟在姐弟俩后面，来到了勤安厂附近的黄麻岭公园。

韩墨、韩砚两姐弟多日不见，走在一起不停地说着，王佐很羡慕。他出门闯荡多年，从没有和任何亲人在一起，他太需要亲人的慰藉了。逛了大半个公园，韩墨虽然与大弟有说不完的话，但还是感觉冷落了王佐。她很想把王佐介绍给大弟，但又不好意思，更不知道怎样介绍。她只能一心二用，一边和大弟聊着，一边观察后面的王佐。这时，三人走到了公园照相点，韩砚说照张相吧，说着就领着照相的人在附近找景点。三人兴致高涨。选好了景点，王佐先让他们姐弟俩合了一张影，接着他和韩砚合了一张影。自然而然，接下来他和韩墨也合了一张影。最后，他们三人又站在一起合影。韩砚抢先付钱，结束了照相。

晚六点多，韩墨请勤安厂的财务主管吃饭。饭桌上，基本上都是韩墨和财务主管在说话。他们聊着有关成本核算和勤安厂财务部门人事变动的话题，时时感叹。

王佐和韩砚几乎在做陪客，偶尔在他们话题卡住的时候敬敬酒，不觉一个多小时过去了。

晚八点左右，韩墨、王佐二人跟财务主管和韩砚告辞。他们从黄麻岭经大片荔枝林和草地走小路向长安塘方向而去。路上，王佐问韩墨："怎么样，有没有收获？你的什么成本问题解决没有？"韩墨说："解决个鬼，越说我越糊涂了——也不知他是不说呢，还是答不上来，反正听完他的解答后，感觉还不如用我自己的方法核算成本更有效。"王佐说："以前听你说过这个财务主管，他在勤安厂从仓管做起，一步一步做到财务主管，从没跳槽，真是不容易！我想，他并不是在会计上有什么本事，而是特别能忍辱负重。能在勤安厂那个香港财务经理手下做那么多年，其实是他的本事，也是他的无奈。我是这样认为的！"韩墨长叹一口气说："也许吧！谁愿意低声下气地混饭吃呢！其实，这个财务主管也挺可怜的。意气用事吧，出了勤安厂只能从头做起了；忍辱负重吧，简直不是人过的日子！今天晚上一个多小时，有关我的成本核算问题并没有聊什么，他一直在说他怎么怎么不容易呢。"

王佐说："人生在世，哪能事事按自己的意愿去做呢！自由是有限的，正所谓有所得必有所失，有所失必有所得。他好不容易在勤安厂做到财务主管的位置，离开吧，又怎能找到这么好的职位和待遇；不离开吧，他又忍受不了上级的管束，难啊难，两难！"

第二十一章　该来的来，该去的去

星期二上午，王佐没什么图纸可画，在样品组检查了一下样品组装情况，并布置了新的样品组装任务，就回到办公室看CAD的书，并不时记一些笔记，把一些很难理解的内容和一些命令记在专门买的笔记本上。只不过看了两天书，王佐就发现，其实英文版的软件并不可怕，因为CAD软件是人机对话形式操作，一些常用命令有快捷方式，键盘和鼠标配合起来应用非常方便。他还发现，CAD软件只不过是电脑代替手工制图而已，会手工制图就会电脑制图。而且CAD制图更方便，因为CAD具有辅助设计功能，不需要繁杂的手工计算和手工绘图技巧，这大大提高了制图速度和设计效率，也精确多了。只不过，因为CAD是人机对话形式，虽然常用命令简单，但一个命令有多种功能，电脑提示你选择下一步操作时是英文显示，这对多年没碰过英文的王佐来说，实在是太难了。他只能按书上的解释去慢慢熟悉。如果书上没有解释，那就只能求助韩墨了。韩墨大学毕业刚两年，基本上还能看得懂英文，但一些机械类专业术语就只得借助英文字典了。

王佐正在专注地看书，忽然白丽丽走了进来，对王佐说："你老乡今天晚上要过来呢。"王佐抬头看着一脸精致、仿若桃花的白丽丽纳闷地问："我老乡？我老乡多着呢，你认识的就有你老公和黄稀，到底是谁嘛？"白丽丽微抬着头，眼睛不知看向哪里，一副我老公天下第一、本小姐色冠天下的样子说："当然是我先生咯！黄稀有没有来，那要问李湘花才知道嘛！"王佐知道金得厂和黄稀打工的那家工厂有业务往来，金得厂部分带线的小灯泡就采购自黄稀那家工厂，由李湘花负责。因此，李湘花和黄稀在电话里很熟，往往在电话中说完了业务上的事，就开始聊天，一聊就是一个小时左右。大家都说李湘花倒追黄稀。其实，李湘花也确有此意。虽然她没见过黄稀，但白丽丽和王佐对黄稀极尽赞美之词，不禁令她春心萌动。李湘花人胖，五官长得也不怎么样，可电话中的声音却好听极了。电话中的她温温柔柔，甜甜润润，哪个男人不动心？不管怎么说，看着李湘花在打电话时陶醉的样子，金得厂的同事都以为李湘花走桃花运了。但白丽丽却私下跟王佐说，黄稀那么帅的小伙子，有文化有能力，怎么看得上李湘花呢？我只是不好打破她的美梦罢了。

这时，王佐对白丽丽说："晚上下班了，我请你老公吃宵夜，你做陪客好吗？"白丽丽说："那你算找对人了，我不陪谁陪？不过，我也要为你找个陪客——韩墨，你愿意吗？"王佐哈哈大笑："那你也找对人了！"虽然王佐和韩墨的关系公开了，全厂皆知，但韩墨还是不大自然。她斜眼看了下王佐，被白丽丽看见了，白丽丽随口说："韩墨，难道你要我请黎玉梅作陪？那不大好吧！好了，不跟你们聊了。王佐，晚上不见不散！"

随着一阵高跟鞋声，像啄木鸟在啄树，白丽丽走出了这间办公室。老孙这时说："王佐啊，张勇军可是我的老同事，现在我们又是工程部的左右手，不请我你太不够意思了吧？"王佐说："请啊！你们大家谁愿意去吃夜宵都行，张勇军是你们的老同事，又不是外人！"老孙似是开玩笑又似是认真地说："那太谢谢你了！对了，那我也得请个人作陪，黎玉梅，帮帮忙，我请你做陪客好吗？"黎玉梅正坐在电脑前制什么表格，听见老孙不怀好意的话，涨红了脸，白了一眼老孙，没有说话。老孙见黎玉梅没有反应，更来劲了，说："去就去，不去就不去嘛，不吭声谁知道你是什么意思呢？哦，俺知道了，沉默是金，那就是去了。好，王佐，晚上下班了，我和黎玉梅在厂门口水塘边等你，你可不要放我鸽子啊！"

"啪——"

大家回头一看，只见黎玉梅站了起来，把一叠A4纸砸在地上，红着脸流着泪，指着老孙大声说："我天天忍着你，让着你，你还得寸进尺了！你是个什么东西？也不照照自己，跟个猴子似的，你有没有自知之明！我惹不起还躲不起吗？我辞工总行吧，我离开金得总行吧！我倒了八辈子老霉了，怎么碰到你这种死不要脸的下三滥！”

说完，黎玉梅“嘤嘤”地哭着跑出了办公室。出纳说：“死老孙，你是真打她主意还是开玩笑呀？有这样的吗？搞得办公室鸡飞狗跳的，像什么话！”

老孙不屑一顾地说：“切！什么女人！也不撒泡尿照照自己，还当自己是金枝玉叶了，开个玩笑而已，有必要这样吗？要撒泼回家去撒，这里是撒泼的地方吗？”

金得厂就数韩墨和黎玉梅最要好了。韩墨说：“老孙，有的人开得起玩笑，有的人开不起玩笑。你开黎玉梅的玩笑，她认为你是欺负她呀。你就积积德吧，以后不要开她玩笑了。”

一时间，大家纷纷指责老孙，老孙感觉很没面子。他站起来说：“我忙着呢，哪有时间开她玩笑？就她那个丫鬟样，眉不是眉，眼不是眼，值得我开玩笑吗？我只不过想让办公室的气氛活跃点，没成想倒有人自作多情了！我要去车间了，徐经理还在等着我呢。”

晚上快下班的时候，白丽丽过来对王佐说：“不知怎么回事，张勇军还没到，打电话也没人接，呼机又没回，急死人了！”王佐说：“那就在办公室等等吧。也许张勇军正在车上，那他怎么接得到电话呢？”白丽丽想想也是，就去外间办公室等人了。

下班了，同事们都走了，王佐拿着书坐在电脑前学CAD，韩墨坐在旁边看着。王佐说：“老孙就是那种老顽童似的人，黎玉梅干吗发那么大的火？这不大好吧。”

韩墨说：“你以为老孙真是开玩笑？我看未必。你没发现他每每开黎玉梅的玩笑都是半真半假！如果黎玉梅有意了，那就是真的；如果黎玉梅不理他，那就是玩笑了。”

王佐说：“半真半假才好，就当作开玩笑好了，黎玉梅何必太认真呢？”

韩墨说：“人与人不一样，有人想得开，有人想不开，这跟性格有很大关系。黎玉梅这个人老实忠厚，再加上脸皮薄，她当然受不了老孙的骚扰了！”

王佐说：“你说得也对！你看她平常根本很少说话，更不会跟人聊天，今天发了这么大的火，真是出乎意料。我看她是忍了很久了，今天实在忍不住了才失态的。”

韩墨说：“是的，黎玉梅确实憋了很久。老孙去年年底就开始骚扰她了，最近半个月特别厉害，简直有点过分了。前几天黎玉梅就对我说过，她受不了老孙的骚扰，想辞工另找工作。我劝她不理老孙就是了，他说他的，你做你的，他还能把你抢过去成亲不成，你管那么多干吗！没想到她今天还是火山爆发了，唉——”

王佐说：“真是性格使然！忠厚老实的人，遇到事情既不能自己化解，也不跟别人诉说，只能压在心里。可是，面对压力，每个人心里都是有底线的，如果超过了底线，肯定会爆发，那可是火山爆发啊！你发现没有，社会上很多重大案件都发生在这些老实忠厚的人身上。这些人一旦承受不了压力，就会失去理智，那就太可怕了。”

韩墨说：“是的。我上大学时有个男生太老实了，也是不爱说话，独来独往，老受别人欺负。最后你猜怎么着？有一天晚上趁别人睡着了，他用刀去砍别人。幸好，砍第一个人时就被别人发现了，被砍的人伤也不重，大家制服了他，不然后果可严重了。”

王佐说：“所以中国人有一句老话，老实人不可开玩笑，否则就会出大事。对了，黎玉梅除了和你关系好点，好像没什么朋友，你要好好劝导她！”

韩墨说：“我也是这样想的，今天睡觉前我就找她聊聊，但愿能让她想开点。”

两个人边学CAD边聊着黎玉梅，不知不觉就到了十点半。这时白丽丽又过来了，对他们说：“都这么晚了张勇军还没过来，真是奇怪！要不，你们就不要等了，我也想睡觉了，你们也早点下班休息吧。”王佐和韩墨也觉得不正常，但又不好说什么。韩墨说：“也行，如果张勇军来了，我们不在办公室就在宿舍，你叫一声就是了。”

当晚，王佐和韩墨在办公室学电脑快到十二点，也不见张勇军的音讯，二人都觉得太异常了，这根本不符合张勇军的性格。他们都认为张勇军属于那种比较稳重的人，言出必行，行必有果，不可能是个冒失鬼。那，又是什么事呢？王佐隐隐有些担忧。

第二天上午上班没多久，白丽丽过来跟王佐说，昨天是4月1日，西方的愚人节，张勇军跟我们开了一个大大的玩笑。大家听了不禁哄堂大笑。出纳对白丽丽说："你老公够浪漫的哟，追你的时候送玫瑰花，现在又来个愚人节，我看他是跟老外接触多了，都变成半个洋鬼子了——白丽丽，我说你要当心点，老外喜欢过情人节，说不定明年他又找个情人哦！"

大家笑个不停，白丽丽柳眉倒竖，说："他敢！借他个熊胆他也不敢！"

几天后的中午，韩墨的大弟韩砚把他们在黄麻岭照的相片送过来了。

王佐把永发厂安徽籍保安送的那条羊城烟顺便转送给韩砚，因为他不大习惯太浓的烟。

下午，韩墨坐在位置上情不自禁地把相片又拿出来看，不料被出纳发现，一把抢了过去，边看边叫："哇哈哈哈……都抱在一起照相了，什么时候吃喜糖啊？"一时间，办公室所有的人纷纷离座，拥在一起看相片。韩墨既开心又羞涩，不知如何回应同事们善意的玩笑。老孙拿着他们合影的相片说："金童玉女，天生一对呀！怪不得后来者居上！"出纳说："死老孙，你又乱说什么？"老孙说："没说什么，没说什么，总而言之还是我们王佐厉害啊！先下手为强，可为我们工程部争光了。"韩墨正在做事，她习惯了老孙的贫嘴，没想那么多，而且她也确实不知陈永华有意于她。但是王佐一听老孙这话，就知道他是在说陈永华了。

刚进金得厂没几天，王佐就发现三楼成得厂的生产主管陈永华经常下来用电脑，和韩墨坐在电脑前讨论这个讨论那个，叽里咕噜，一下来不是半小时就是一小时。那时，王佐还以为陈永华在下面用电脑是为了工作上的事，时间长了他才明白，根本就不是那么回事。他猜想电脑只不过是媒介，他们完全就是以电脑为掩护，谈情说爱罢了。后来，他和韩墨交往多了之后才明白，陈永华完全是一厢情愿，借在工程部用电脑的机会接触韩墨而已。明白了这层之后，他有点吃醋，并且看陈永华很不顺眼。有一天，陈永华趁老江没在写字楼又在工程部用电脑，没多久老江突然回来了。老江那天也许是心情不好，也许是有人跟他说陈永华经常到金得厂工程部来，因此他指着陈永华大声说："有事没事跑下来，干吗呢？以后没事不要下来了，用电脑的话叫你们文员下来就好了。"

自此之后，陈永华果然很少下来了，偶尔下来也是匆匆在电脑上制表，很快就走了。而在这段时间，王佐和韩墨真正相恋了，王佐也差不多忘记陈永华有意于韩墨一事。今天听老孙冷不丁一说，王佐不由心里一激灵，难道之前他们互相真有那么一点好感？

事隔多年之后，陈永华已成为王佐和韩墨一直保持联系的好朋友。有一次，王佐和韩墨聊天，王佐忽然想起他们在金得厂的往事，他问韩墨："那时候陈永华追你，你怎么没答应啊？他其实是一个好男人！"韩墨莫名其妙地说："他追我，不可能吧！"王佐说："他有事没事跑下来用电脑，跟你聊个没完，不是追你是干吗？"韩墨一拍脑袋说："是哦，我怎么当时想不到这点呢，我那时也感到奇怪呢，他为什么老是跑下来用电脑，而且一待就是半小时一小时的！"王佐说："你们女人对男人特别敏感，怎么就想不到这一层呢？连老孙都看出来了，说什么后来者居上，你难道感觉不到？"韩墨说："我还真不知道！那时，我就是想学电脑，他电脑方面的技术又比我强多了，我可以免费提高自己，何乐而不为呢？我们在一起就是聊些电脑的问题，又没说别的，谁知道他有这个意思呢？"

又过了几天，已到4月10日左右，正是一年当中最好的日子，天气不炎热，也不太凉，穿一件长袖衬衣刚好。有一天下午，老江开车刚走，写字楼里又聊开了，特别是工程部和会计部这间办公室，有男有女，更有老孙这个活宝，总是充满了笑声，令其他部门好不羡慕。一会儿，陈永华下来了，对王佐说："你帮我开一下样品室的门吧，我要找一种灯头。"王佐管钥匙的那间样品室是金得厂的展览厅，陈永华为什么要去那里看灯头，王佐不免奇怪。但金得厂和成得厂是同一个老板，两家厂的员工就像一家人一样，王佐不好拒绝，再说他也不是喜欢刁难人的人。对他来说，只要自己能办到的，不管是公事还是私事，都乐于助人。

王佐和陈永华来到样品室，关上门后，陈永华拿出一个照相机来，说："我买了一个胶卷，我们来照相吧，你打电话给韩墨，一起来照几张。"这下王佐为难了。样品室是一家工厂的机密，怎么能随便照相呢？他想，如果只是照几张人物像，留个纪念，还说得过去。如果陈永华另有目的，单独照样品室里的样品，那他就得阻止了。这是原则问题。不然，他陈永华就陷他王佐于不义了，更害了老板。对王佐来说，哪怕给他金山银山，他做人也要有底线。想好之后，他用样品室里的内线电话给韩墨打了过去，几分钟之后，韩墨就过来了。

韩墨过来后，知道是照相，很高兴。他们互相为另两人照单人照和合影，一卷胶卷不过三十多张，不到半小时就照完了，照得最多的当然是韩墨了。直到离开样品室，陈永华也没有任何对样品室的展品有兴趣的举动，事实证明王佐多虑了。几天后，陈永华送相片给王佐和韩墨，大家又在办公室里传看。老孙说：“男人的脸都被他丢光了，被别人横刀夺爱还要帮别人照相，真傻！”多年后，为了写这本《70后之南方驿站》，笔者专门开车去长安塘看了看。那时，金得厂已不存在了，连厂房都重新修建过，他几乎认不出原来的样子。原金得厂大门前的池塘也不是原来的样子了，如同人工修造的游泳池。池塘周围的荔枝树也不见了，十字路口的三角形草地也变成了水泥地。王佐不禁感叹物非人也非。但那些在金得厂样品室照的以各种灯饰为背景的相片，一直存放在他的相册里，证明了他曾在长安塘打过工，证明了他和韩墨在那里相识相恋，并以那里为起点，相依为命，艰辛打拼。

几天后，陈永华急辞工，王佐和韩墨都倍感意外，这才知道陈永华前几天照相是专门为留个纪念的。两家工厂的管理人员和技术人员只有王佐和韩墨与陈永华走得最近，陈永华走的那一天，他们送陈永华于长安塘十字路口。看着陈永华拖着行李上了公交车，王佐感觉很对不起他。虽然陈永华离开长安塘是不是他王佐横刀夺爱造成的，这他不清楚，但陈永华把痛苦埋在心底，不计前嫌，临走前还专门买胶卷一起照相留念，这份大度，这份从容，这份光明磊落，足够让王佐欣赏和佩服了。王佐认为陈永华有古时君子之风。

因此，王佐后来主动和陈永华联系，两人竟然很投缘。虽然见面不多，但他们很聊得来，可以说是知无不言，言无不尽。南方驿站的岁月里，他们成了好朋友，一辈子的好朋友。

又过了几天，黎玉梅也急辞工走了。王佐和韩墨又送黎玉梅于长安塘十字路口。

韩墨再三叮嘱黎玉梅以后一定要保持联系，有空一定要过来玩玩。

看着韩墨失落的神态，王佐说：“一个人一生中最好的朋友无非四种，发小、同学、战友和一起下过乡的，我们这一代人没下乡，就只有前三种了。出门打工，大家来自五湖四海，来来去去，擦肩而过。如果没有建立起真正的友谊，以后就很难再遇得上了。”

韩墨冒出一句颇有哲理的话：“该来的来，该去的去！”

第二十二章　五一小聚会

外来工难得休息一天，五一劳动节员工全体放假，是外来工最向往的一天。

五一前几天，闫书进打电话给韩墨，说几个同学说好了，去他那里聚一聚，其中还有她大学时最好的同学小蔡。十点钟碰面，让她一定按时赶到，不得迟到。韩墨连声说好。

五一劳动节这一天，王佐和韩墨起了一个大早，在长安塘十字路口附近一家早餐店各吃了一碟肠粉，然后就在十字路口等中巴车去大朗。这趟中巴车就是王佐从企石镇到东坑镇长安塘在横沥镇转车时，从横沥镇到大朗镇的公交车。眼看着一辆中巴车从东坑镇方向开过来，王佐赶紧挥手拦车。可是，中巴车像是没长眼睛一样，任凭王佐怎么挥手，就是不停车。但见中巴车从二人身边飞驰而过，冒着尾气向大朗方向绝尘而去，消失在远处的荔枝林里。

不到半小时，一连来了三趟中巴车，但似乎没长眼睛，都没有停下。

王佐对韩墨说："你看，车上挤满了人，没有人在这里下车的话，车子是不会停的。2路车是起点站，有座位，我们不如坐2路车去东坑路口吧。"

韩墨说："2路车绕东坑镇转了一个大圈，太浪费时间了。再说，我们已坐过多次，没什么新鲜的。我就是想从这条路过去，不但近多了，而且我们还从没一起走过这条路呢。"

王佐说："也好，那我们搭摩的过去。"

韩墨说："不如我们走过去！"

王佐大吃一惊："走过去？有多远？你走过吗？"

韩墨就是想和王佐边走边聊天，比在公交车上与别人挤在一起强多了。她轻轻一笑说："不远，也就走一个多小时吧——去年我找工作的时候走过好多次呢。"

长安塘十字路口东坑镇方向的反方向是一大片荔枝林，也就是金得厂宿舍后的方向。过了荔枝林就是大朗镇大井头村了。王佐来长安塘村已有两个多月了，可就是没有从长安塘向大朗镇大井头村方向走过。有时晚上下班后，王佐和韩墨也会从长安塘向大朗镇方向散步。但是才走一里多路，水泥路就断了，前面是砂石路，路两边是一大片荔枝林，望不见头，也望不见两边，看不到人烟，更没有路灯，他们就不敢走了。

王佐欣然同意，说："跟你在一起真有意思，到哪儿都是'11路公交车'。"

韩墨呵呵笑了，说："走路不好吗？既可以锻炼身体，又可以沿途观赏美景，多好！"

王佐点点头表示赞同。他也像韩墨一样，跟心爱的人在一起，不管走多远的路，都不觉得累和苦。于是，韩墨挽着王佐的胳膊向荔枝林方向走去，不一会儿就走过了水泥路，接着是砂石路。砂石路上高低不平，有的地方还有小水坑，路两边的荔枝林密密扎扎，就如绿色的海洋。除了中巴车和偶尔路过的摩托车，路上没有一个行人。走在空气清新、荔枝花飘香的荔枝林里，二人的心贴得更近了，漫无边际地乱聊，说说笑笑。

王佐问："你那个最好的同学小蔡，毕业后就没见过吗？"

韩墨说："她没毕业就到惠州去了。她有个表姐在那家工厂做采购经理，安排她在那家厂财务部做出纳，我们可羡慕了。刚毕业时我们通过几封信，后来由于我东奔西走，又把一个电话本弄丢了，所以最近一年多了都没有联系。她这次能来我真是太高兴了。"

王佐不由自主地点点头说："闫书进和她应该有联系，你怎么不知道她的联系方式呢？"

韩墨说："闫书进说跟她也没有联系，这次她到大朗来，是跟她男朋友一起来的。她男朋友在深圳，也是我们班同学，叫宋家根，他们是我们班同学中唯一成功的一对呢。”

王佐说：“能在读书时相恋，走上社会后还没分开，可见他们都很优秀，对吗？”

韩墨说：“对，你说得太对了，他们可谓天生一对、地设一双。宋家根是我们班最高的，身材高大结实，而小蔡是我们女同学中最高的，他们走在一起，真是绝配！这还不算，宋家根现在又是我们同学当中混得最好的，小蔡又在财务部，我们同学都很羡慕他们。”

王佐问：“宋家根在做什么？在开厂吗？”

韩墨说：“开厂倒没有，他在深圳一家外资厂做人事经理，你说好不好？”

去年上半年在灯泡厂打工的时候，王佐就知道那家灯泡厂的人事经理，除了老板，简直就数他最大了。人事经理不但有招工、炒人的权力，而且主管全厂行政后勤事务，全厂员工都尊称人事经理为某某先生。在 20 世纪 90 年代沿海工厂里，人事经理绝对是第一肥缺，绝不逊色于采购经理或采购员等拿回扣的岗位。

王佐听了韩墨的话后，赞叹不已，说：“以后我们想跳槽了，可以找你这位同学了！”

韩墨不以为然地说：“得，你可不要这样想！我来广东找工作时，也给他打过几次电话，每次他都说在开会，事后也不回电话，不理不睬，他把自己看得太高了！”

王佐点点头说：“那当然，这种人实权在握，只有别人求他的份儿，没有他求别人的时候，在我们这些外来工眼里，他就是皇帝，当然目空一切了。你放心，我不会求他找工作的。我们有技术，还是要凭技术吃饭，到哪里找不到工作呢？干吗去求别人！”

韩墨赞许地点点头。王佐忽然想起什么，说：“你这个叫宋家根的同学是人事经理，混得又这么好，你最好的同学小蔡既然是他的女朋友，为什么不去他厂里做事呢？他们完全有条件在一起嘛！干吗一个在惠州一个在深圳，两地分居呢？”

韩墨说：“我也奇怪呢，等会儿见了面我可要问问小蔡。”

二人一路散步一路聊天，不知不觉就把荔枝林砂石路走了一大半，正走到东坑大朗交界处，也就是荔枝林最深的地方，忽然，王佐发现砂石路两边堆满了各种加工好的木材，大部分是各种规格的长条形木棍，也有木板，码得整整齐齐。木材后面，是一排排简易铁皮房，房内房外有人用电锯加工，刺耳的电锯声从周围传来，空气中弥漫着浓浓的木屑气味，走在其间很不舒服。王佐说："没想到这荔枝林深处竟是木材加工基地，真是有损这一方美景，太可惜了！"韩墨捂着鼻子，用手扇了扇，说："走快点吧，这里气味太难闻了。"

王佐和韩墨迈开双腿一路急走，直走出荔枝林，来到大朗镇大井头村转盘处，才没有了那种刺鼻的木屑气味。二人坐在转盘上休息，回望荔枝林，韩墨说，回去的时候，我们从东坑路口回去吧，这气味太难闻了！王佐说好，我就不喜欢走回头路。

2013年10月的一天，王佐听说大朗某一汽奔腾4S店有重出不久的红旗新车——红旗H7，特地和韩墨开车去看看，因为王佐是个汽车迷，更对红旗车情有独钟。那天，他们是从东坑路口开车去位于大朗和常平交界处的奔腾4S店的，并且是从改道后的莞樟路过去的。从奔腾4S店回来时，车行至大井头，韩墨看到路旁有大朗碧桂园的房产广告，说去看看。他们便从大井头高架桥右拐到大朗碧桂园。在碧桂园销售处，看着大朗碧桂园位置图，王佐惊奇地发现，这处高档花园小区就是当年他们用脚一步一步走过的从东坑长安塘到大朗大井头路上的荔枝林深处。他们还记得那条砂石路上布满了木材加工店。感叹之余，他们决定重走当年的砂石路去长安塘看看。小车行驶在宽敞的双向六车道柏油路上，木材加工店已不知去向，大片的荔枝林也无处寻觅，公路两旁不是高档小区，就是花园式的工厂和超市，完全就是一处时尚的新型社区。二人感叹不已，大有沧海桑田之感。

读者朋友如果知道大朗碧桂园，就知道王佐和韩墨当年步行的荔枝林了。大朗碧桂园前面的那条路，大朗方向叫朗东路，东坑方向叫东安路，但1997年的五一劳动节时，还没有这么好的柏油路，在王佐和韩墨的印象中，只有荔枝林和没有路名的砂石路。

大井头转盘是个五条路的路口，王佐跟着韩墨过了转盘走向富安路，不过两里路向右拐就是莞樟路，也就是大朗镇最繁华的镇中心了。莞樟路上车水马龙，一辆接一辆的公交车上更是挤满了外来工，路两旁人行道上的行人摩肩接踵，全是年轻的打工仔、打工妹。韩墨挽着王佐的胳膊，二人沿着莞樟路向巷头村方向走去。王佐看着车流人流和一间连着一间的店铺，感叹地说：“这地方宁静和繁华只是一步之遥，城乡一体，坐车的话永远钻不出钢筋水泥的怪圈，只有步行才能感受到这种巨大的反差，看来我们以后还是要多走路！”韩墨看了一眼王佐，得意地说：“现在知道走路的好处了吧，跟着我，就得走路，走路的好处除了欣赏风景、感受反差外，还可以熟悉一个地方，坐车你永远也不能熟悉一个地方，对不对？我就是因为去年在这一带找工作，大朗、东坑、寮步这三个镇再熟悉不过了，比当地人还熟悉！”王佐说：“那是，这个沿海开放的热点地区日新月异，当地人除了家门口，估计离家十里就分不清东南西北了。”这时，韩墨看见一家杂货店，说渴了，掏钱买了两瓶瓶装百事可乐。二人一边喝可乐，一边聊天，慢慢向前走去。过了豪华大酒店，前面不远处就是巷头电影院了。

走到闫书进位于巷头工业区巷子里出租房的楼上门前，门虚掩着，王佐和韩墨已听到屋里正有几个人在开心地聊天。韩墨推开门，屋里的人不约而同停止了说话，齐刷刷看向站在门口的王佐和韩墨。突然，不知是谁鼓起了掌，接着全部鼓掌，有人说：“欢迎！欢迎！”王佐竟然有点儿不好意思。这时，一个高个子姑娘一边说着“想死我了”，一边张开双手与韩墨拥抱在一起。王佐知道，这姑娘就是小蔡了。闫书进拉着王佐坐下，并递给王佐一支烟，顺便把王佐和宋家根互相做了介绍。王佐这才看清，屋里除了闫书进、宋家根、小蔡，还有他认识的聒叔柄、彦小明。聒叔柄身边还坐着一个他不认识的姑娘，看情形是聒叔柄的女朋友了。

韩墨和小蔡兴奋地拥抱一会儿，坐下来了。宋家根说：“韩墨，你是最近的，但来得最晚，我还在想是什么原因呢？原来一路上谈情说爱，看来我是没希望了！但是，不能不顾我们千等万等吧！太不把我们同学当回事了！彦小明，你说是吗？”韩墨笑着说：“你当然没希望了，有我们小蔡在，你还希望什么？”彦小明笑着说：“我可是光棍啊！正做美梦呢，没成想名花有主了。”大家哈哈大笑，韩墨对小蔡说：“这家伙油嘴滑舌，我们彦小明早就有女朋友了，他们在同一家厂呢。哎，彦小明，怎么不把女朋友带来，这里好几个人没见过她呢。”彦小明推了推眼镜，一本正经地说：“哪有嘛？都老大难了，我还想着你们这帮同学介绍一个给我呢！各位同学可怜可怜我吧，帮我一把吧。”笑声未停，大家又笑了。小蔡指着彦小明说：“你们这帮臭男人，有也是没有，没有更是没有，吃着碗里看着锅里，女人多多益善，是吧！”闫书进指着宋家根说：“他是帅哥，他才多多益善，我想多都多不了，我可是真正的光棍！”

就这样，王佐没说什么话，韩墨他们几个同学相聚，有的毕业后两年多了都没见过，大家非常兴奋，开完了玩笑就聊起了上大学时的趣事，并互相打听其他同学的联系方式，一个小时很快就过去了。这时，小蔡说去逛逛，大家一致赞成。彦小明说，边逛边照相吧，我顺路去拿相机。于是大家下楼，出了出租房，走到莞樟路，向东坑路口方向走去。

很自然，彦小明和闫书进走在一起，其他三对恋人自成三对，都是女的挽着男的胳膊，前后慢慢逛着。走着走着，队形乱了。彦小明和宋家根在一起，不知在讨论着什么；王佐和聒叔柄走在一起，聊着各自厂里的情况；小蔡和聒叔柄的女朋友走在一起，没说什么话；而韩墨和闫书进走在一起，正聊着闫书进的堂妹闫书梅。

原来黎玉梅走了之后，金得厂不再招电脑操作员了。但黎玉梅除了是电脑操作员之外，大部分工作是帮韩墨打下手，她这一走，财务部就忙不过来了。经韩墨申请，老江同意为财务部招一个文员。正好，闫书进的堂妹闫书梅从深圳辞工来东莞找工作，韩墨就把闫书梅招进厂了。闫书梅进厂没几天，韩墨就发现她太马大哈了，出错频率太高，不但帮不上忙，反而给韩墨工作添乱。因此，韩墨认为闫书梅并不适合做细心认真的会计工作，做采购倒是个好人选。尺有所短，寸有所长，就是这个道理。

现在，韩墨和闫书进聊的就是有关闫书梅的话题。王佐走在他们后面，明知他们聊的是闫书梅的事，但他们挨得那么近，说得那么投入，他还是有点醋意。听着他们聊闫书梅，王佐想起一件事来。有一次下班时，闫书梅和一个以前在深圳打工的同事打电话聊天，被王佐一下把话筒抢过去了。王佐和闫书梅的同事没聊几句，竟然发现对方是他在国营厂时最好的朋友唐华的侄女。打完电话，他不禁感叹这世界太小了。

一行人走到彦小明打工的港兴厂，彦小明进厂去拿照相机了，其余人在厂门口等。宋家根走到港兴厂大门口不远处一棵大树下买了两根甘蔗，切成好几段，每人分了一段。大家聚在一起吃甘蔗，嘻嘻哈哈聊着天。王佐啃着甘蔗，向莞樟路对面看去，发现对面厂房顶上写着“俊俊”二字，大概是厂名吧。甘蔗还没吃上一半，彦小明出来了，身后还跟着女朋友。闫书进见状，把甘蔗一丢，说：“你们都成双成对，我孤家寡人一个，我来照相吧。”彦小明接过宋家根递过来的甘蔗，同时把相机递给闫书进，说：“谁叫你三天两天换呢，新的没换上来，旧的又换掉了，你不照相谁照？来，相机！”大家全都笑了，于是四对恋人前后排开，向巷头电影院走去。闫书进一会儿跑到前面，一会儿跑到后面，时不时抢拍一张。

快到巷头电影院的时候，男人们聚在一起抽烟，女人们聚在一起聊天，还吃着摊子上买来的一元一块儿的菠萝。不久，不知是谁提的建议，说去滑冰场玩玩，大伙儿又一窝蜂地跟着彦小明走了。从这时起，韩墨和小蔡一直走在一起聊天，聊着毕业后各自的经历，似乎三天三夜都说不完。在巷头工业区滑冰场随便走了走，闫书进把余下的胶卷照得差不多了，最后他还请路人帮忙照了两张全体合影，然后大家坐在滑冰场外的栏杆上随便聊着。

忽然，宋家根抬起手腕看了看表，然后看着闫书进半认真半开玩笑地说：“中午有没有饭吃啊？”王佐发现闫书进的脸色瞬间变得很不自然，但马上就正常了，只见他讪笑着说：“有，有，当然有！”韩墨听出了闫书进的难堪，赶紧说：“我来广东这么久了，还是第一次见到这么多同学呢，今天真开心，中午我请大家，你们别抢了。彦小明，你带路，在附近找家餐馆坐坐，大家都累了，我也想和小蔡边吃边聊呢。”

中国人最讲究避讳，哪壶不开提哪壶，那是欺负人，或者是讥笑人。闫书进当时在做传销，基本上没有任何收入，还借了很多同学老乡的钱，可以说是小聚会几人中最落魄的。宋家根说这种话明显是不把闫书进放在眼里，甚至有抬高自己的意思。不管怎么说，不是厚道人所为。当时，王佐并不知道闫书进在做传销，但知道他在跑业务，业绩并不理想，有时还找韩墨借钱。因此，听了宋家根的那句话，王佐很为闫书进愤愤不平。自此，他对宋家根印象很不好，并且一直转变不过来。

吃完了饭，小蔡和宋家根向大家告别。韩墨和小蔡拉着手，依依不舍，对小蔡说以后一定要多联系，一定再来玩。小蔡不断说好，含着泪上了公交车。不一会儿，王佐和韩墨也向其他人告辞。韩墨带着王佐穿过莞樟路，经竹山路和黄麻岭，走向长安塘。

路上，王佐说："你这个叫宋家根的同学怎么能那样说闫书进呀，那不是埋汰人吗？！"

韩墨说："他读书时就很骄傲，现在混得最好，当然神气活现了。不过还好，他嘲笑的是闫书进，换了别人，那就麻烦了，可能鸡犬之声相闻，老死不相往来了。闫书进这个人我最了解，为人大度，不记仇，相信过不了几天，他就忘记了。"

王佐说："那就最好不过了！你问了小蔡没有，她怎么不去深圳呢？"

韩墨说："我问了她，她说她和宋家根之间有点儿貌合神离，总觉得有什么不对的地方，不像别人热恋时那样痴迷。所以，她说他们还是先不在一起为好，因为一旦在一起了，再分开就难了，就互相伤害了。她还说，不管谁对谁错，爱情和婚姻岂能儿戏！"

听了韩墨的话，王佐不由想到他和韩墨。二人相好得太快了，才两个多月时间，就形同夫妻一般，简直一见钟情、二见倾心，也不知韩墨心里对他是怎么想的？

第二十三章　台湾省来的经理和台流

5月底的一天上午刚上班，王佐正在办公室制图，忽然进来一个中年胖子，一边走向厕所，一边看向老孙说："娶太太没有？"王佐不由看了一眼老孙，只见老孙的脸上说不出来是什么表情，尴尬地挤出笑容，略不好意思地说："娶了，娶了！"这个中年胖子就是金得厂的大老板老许。据同事们说，他每次来都会问老孙娶太太没有，而老孙每次都说娶了。

王佐早就知道老许的发家史，那是金得厂和成得厂的元老凡勤、凡俭说的。

据凡勤、凡俭说，老许年轻时在台湾也属工薪阶层，家境实在不怎么样。老许的太太在一家大公司打工，负责外贸业务。不知是老许的太太长得娇美，还是有意勾引，竟然和老板勾搭上了。至于其中的曲折历程，老许又充当了什么角色，凡勤也说不上来。反正老许的太太就此捞了一大笔钱，后来在台湾开了一家灯饰厂。老许实际上是太太的打工仔，财政大权完全掌握在太太手上。在东莞时间长了，王佐知道来大陆的台湾人一般来说大多是女人有钱。有的是因为父亲没有儿子招一个女婿上门，名义上是男人主管全厂，抛头露面，背后其实是女人在掌管着财务和业务大权。所以，在东莞经商办厂的台湾人有相当一部分是由太太负责海外业务开发的，男人主要负责生产出货而已。老许的太太既能接业务，还捞了一大笔启动资金，发展起来就更快了。也许老许的太太不放心老许，所以在东莞设厂时选择了与老江合伙，所以老许不必天天待在大陆。这一天，是王佐第一次看见大老板老许。

办公室很安静，王佐一边制图，一边用眼角余光偶尔扫向老江那间办公室。在老江的大办公桌后面，还有一个大办公桌，平常堆放着一些杂乱的零件，今天却收拾得一尘不染。此时，老许正坐在大班椅上，一会儿打电话，一会儿叫着外面大办公室里的某个采购文员，忙得不亦乐乎。而那个娇小精致、略微发福的许太太，正站在老许后面，不时为老许拿这个文件，拿那个零件，活脱脱是老许的秘书，或者更像是老许的贴身丫头。

一会儿，老许用闽南话叫一个人。王佐这才发现徐经理的位子上坐着一个精瘦矮小的男人，年龄比老孙还要大，估计三十好几了。王佐知道，那位就是老孙经常挂在嘴上的黄经理。

黄经理听见老许叫他，赶紧起身，三步并作两步从外面大办公室小跑到老许身边。老许说了一大堆闽南话，黄经理点头哈腰，连连说好。说完，老许和老江前后走出了写字楼，所有办公室里的职员顿时舒了一口气。出纳学着老许的口气说："老孙，娶太太没有？"大家全笑了。老孙也笑了，说："这个老许，每次来都要问，没娶太太他也不知道，娶了太太他也不知道，问了就忘脑后去了，呵呵呵……"老孙正要借题发挥，聊上几句，忽然发现黄经理在外面大办公室里斜躺在大班椅上朝他招手。他起身正要过去，黄经理朝王佐指了指，老孙也朝王佐指了指，黄经理点了两下头。老孙对王佐说，黄经理叫你过去。王佐站起来朝黄经理看去，黄经理朝他招了招手，王佐便朝外面大办公室走去。

王佐一边走一边想，这个黄经理是台湾总公司的经理，他找我干吗呢？纳闷！

看着黄经理斜靠在徐经理的大班椅上，王佐感觉怪怪的。这个精瘦的小个子男人怎么能坐在徐经理的位置上呢？徐经理可是金得厂的生产经理，你算什么？最多只是从台湾来大陆出差的罢了！论长相，徐经理魁梧伟岸，一看就是个好人，是个正人君子。而你黄经理精瘦矮小，贼眉鼠眼，不是汉奸就是小人。跟徐经理比，根本就不是一个档次嘛！也难怪王佐有这种感觉，全厂除了老江，就算徐经理是老大了，对大陆的外来工来说，徐经理简直就是在天上。何况，徐经理对写字楼里的所有职员都很客气，从不轻易批评人，也不因自己是经理而高高在上。这在20世纪90年代的东莞，绝对太难得了。因此，全厂员工，包括生产车间的工人，都对徐经理非常尊敬。

王佐走到黄经理身边，看着他说："黄经理，你找我？"黄经理从上到下又从下到上看了王佐两遍，然后懒洋洋地靠在大班椅上问："你是新来的画图的？"王佐心想这不是废话吗？但点头说："是的，我年后才进厂的。"黄经理指着桌上的一款吸顶灯说："那好，这是美国波曼公司的一款样灯，要下单给我们厂，你把图画出来，所有的图，包括零件图和装配图，画好了就打样开模，你明白我的意思吗？"王佐知道，除了徐经理之外，金得厂、成得厂所有台湾人对大陆人说话都是这样高高在上，不可一世。心中虽然不痛快，但他还是客气地说："明白，我以最快的速度画出来吧，争取不误出样品。"

黄经理直看着王佐说："什么叫争取，是一定！全部画出来要多长时间？"时间怎么能保证，王佐一时答不上来，说："这，我尽力吧，时间难说，这款灯挺复杂的，零件又多，三天差不多吧。"黄经理不容置疑地说："三天，三天绕地球都三圈了！效率，你知道吗？我们要的是效率！两天时间，你把图纸交到我手上！"王佐拿起桌上的灯，心想，这些人就知道瞎指挥，两天时间你画给我看看！但他还是客气地对黄经理说："两天就两天吧，加加班应该可以的。"黄经理挥挥手说："那行，你去吧，马上画！"

回到自己的位子上，王佐把吸顶灯全部拆散，桌上桌下散乱地放着零件。然后，他铺开 A4 纸一边用卡尺量尺寸，一边画出每个零件的草图。他知道，如果手工制图，两天时间无论如何也画不出几十个零件的正规图纸。他计划画出所有零件的草图后，再在电脑上用 CAD 画出标准图纸，也许一天多时间就够了，因为用 CAD 平面制图他已经很熟练了。

快下班的时候，老江的助理章新月到每个办公室通知大家说："大老板老许刚从台湾过来，请写字楼所有职员吃中饭，下班后可直接去卢记农家菜。"大家一阵阵欢呼。

章新月，江西临川人，父亲是包工头，她可以说是在改革开放后第一批富裕起来的家庭中长大的人。而且，父亲还托关系让她上了一所成人中专，毕业后被父亲安排在省城南昌就业。这对于 20 世纪 70 年代初出生的内地女子来说，已经是人上人了。上班没多久，她与父亲的一个同为包工头的老朋友的儿子结婚了。女方有正式工作，男方会赚钱，在省城还有一套三居室的房子，这种小家庭占尽了天时地利人和，她很知足。可是，儿子出生不到一年，她发现丈夫经常在外应酬，有时还夜不归宿，不免怀疑。其实，像她这种在包工头家庭中长大的人，很清楚也很了解生意场上和关系场上必要的应酬。但是，凭着女性的敏感以及对丈夫的察言观色，她明白丈夫肯定在外没做好事，八成是有外遇了。于是，她暗中跟踪，果然在一家夜总会把丈夫捉奸在床。当时丈夫对她说，这是生意场上的应酬，他得陪客，不然生意就做不成了。她当时也相信了丈夫，原谅了丈夫。可是，在不到半年的时间里，她又多次抓到丈夫寻花问柳，心终于凉了，最后离婚。

就这样，带着痛苦和失落，带着对人生的绝望——或许是想出门散散心，或许是想换一种活法，章新月选择停薪留职，南下来到了东莞，经人介绍进了金得厂，与王佐和韩墨相识。章新月的家乡临川县（今临川区）和韩墨的家乡钟陵县山水相连，话音相近，只隔着一条抚江，算是真正的老乡。虽然章新月进金得厂才一个多月，但她们俩已经好得如同亲姐妹一般。工作上互相配合，业余无话不说。所以，王佐也间接知道了章新月的过去。

中午下班后，写字楼所有职员三三两两向厂外走去，王佐跟在章新月和韩墨后面，听着她们用家乡话聊着天。过了十字路口，来到了长安塘最高档的饭店——卢记农家菜。卢记农家菜是当地一户卢姓人家开的本地菜馆，口味清淡，菜色富有岭南特色，与台湾人的口味接近。是故，老许每次来大陆，都会在卢记农家菜用餐。这一次，由于与美国波曼公司正式合作，并签了一个大单，老许很高兴，等不及晚上，中午就请写字楼职员吃饭。老孙说这从来没有过。

到了卢记二楼，好家伙，摆了两桌，而且菜都已端上桌了。王佐、韩墨、章新月都被安排在老许、老江这一桌。老许、老江正中而坐，老许说会喝酒的放开喝，下午可以不上班了。老江招呼大家吃，放量吃。然后，两个老板你一杯我一杯地喝起白酒来。虽说大老板让大家喝酒，但也没几个人真正地去喝，大多只是喝一小口啤酒，象征性地敬了两位老板一杯。也有例外的，那就是厂长和报关员。这两位同事都是本地人，又都是自由的岗位，与外来工岂能相提并论。王佐发现，他们前后都恭恭敬敬地用白酒敬了两位老板三杯。席上，还有一个说闽南话的大胖子，活像个大猩猩，和老许、老江谈笑风生，并不时碰杯喝酒，时时把气氛推向高潮。王佐发现，这个大胖子偶尔会劝章新月吃菜，还偶尔和章新月碰杯喝酒。章新月被敬得很不好意思，脸都红红的。这个人是谁？难道是台湾来的？王佐猜测。

下午上班的时候，老孙聊起了那个大胖子。王佐才知道那个大胖子姓林，大家叫他林胖子，是老江姐姐的儿子。他没老婆也不做工，每每在台湾混一些时日，便跑到大陆来玩，到处喝酒唱歌，会朋见友，或半个月，或二十多天，就又回台湾去了。

王佐想，这个林胖子，实际上就是台湾人口中所说的台流，也相当于大陆的烂仔吧。

老孙正聊得唾沫横飞，没成想黄经理又进来了，在老孙的肩上拍了一下，说："死老孙，又在吹什么？娶太太没有？"老孙做了一个鬼脸说："是黄经理呀，吓死我了！"黄经理拉了一把椅子坐在老孙办公桌边上，面对着大家说："好久没来东莞了，我来看看大家，现在可以聊天了，随便聊，随便说，我很随和的。"出纳说："黄经理真是辛苦了，既管台湾那边，又管东莞这边，你一来，全厂所有人都紧张了！"黄经理说："不管不行呀！许老板重任以托，岂敢懈怠！"老孙说："黄经理是钦差大臣，一来大陆我大气都不敢出！"黄经理哈哈笑了起来，说："死老孙，还是这么油腔滑调，赶快娶个太太回来！"老孙说："不急，不急，工作第一，私事第二，金得红火壮大了，再娶不迟！"出纳说："老孙，娶太太妨碍工作了吗？"全办公室的同事都笑了，黄经理也笑了。黄经理说："老孙，今年我给你的任务是，一定要娶太太，听见没有？"老孙说："放心，黄经理，女人一大把，先玩两年再说呗！"

笑声未止，大家又忍不住笑了。黄经理又说："你这个死老孙，老不正经！"出纳说："老孙就那德行，成天跟车间的女工拉拉扯扯，玩多了会遭报应的！”黄经理说：“老孙，以后再也不能去车间勾引女工了，抓到了罚款一百！”老孙说：“你听她瞎说，我厂外的女朋友多着呢，谁在乎车间的，我这不是闹着玩嘛。”黄经理说：“闹着玩也不行，徐经理太纵容你们了。我来了，不但要管你们，还得管徐经理。徐经理本来就是我的手下，在台湾是，在这边也是。这边的事他都要上报给我的，我间接也是你们的上司，你们可不要让我难堪了！工作上要好好做，私下开开玩笑无所谓的。各位，不管工作上还是生活上，有什么困难，都可以向我提。合理的，我一定解决，不合理的，也一定给予答复。”

王佐和韩墨正在做事，此时听了黄经理的话，都不约而同抬起头看了一眼黄经理。因为他们一直都非常尊敬徐经理，更不曾想到徐经理是黄经理的手下，凭长相、论气质都不像嘛！更何况，徐经理常年驻在东莞，而黄经理只是偶尔来东莞出差，就算徐经理是你黄经理的手下，那也没必要众目睽睽之下说出来嘛。特别是王佐，感觉大大的不爽。

黄经理发觉王佐和韩墨在看他，对王佐说：“你们工程部可是我管的！我在东莞的时候，你可以随时与我沟通，不要顾虑……对了，这款灯要抓紧点！”王佐点点头说：“放心，下午我就在电脑上一张张地画出标准图纸来，如果急的话，可以把先画出来的零件图纸拿去打样。”黄经理说：“那不行，图纸一定要看整体，如果开错模了，损失就大了。我们既要效率，又得节省成本，全部画好了你再给我检查检查。”王佐说好的。黄经理又对韩墨说：“你们财务部可真不是我管的，不过有什么困难，你们也可以向我提出来，我会向公司报告的。毕竟，我是金得厂的经理嘛，分内之事，能办得到的，一定帮你们办！”

韩墨优雅一笑，说：“谢谢黄经理，到时可要麻烦你咯！”

黄经理说：“不要说麻烦不麻烦的，大家都是同事嘛……好了，我去车间看看，这几天就要出货了，我得跟紧点——三个货柜，一定不能出错！我去车间了，你们忙！”

下午下班吃了晚饭，王佐跟着韩墨和章新月去厂外散步。刚走出厂门，他就发现水塘边有几个人在钓鱼。三人兴致勃勃地走到水塘边离钓鱼处十米远的一棵大树下。韩墨和章新月坐在水泥凳子上，一边看钓鱼一边聊着天，王佐靠在树上好奇地看着钓鱼。

钓鱼的人是老许。只见他吸着烟眯着眼，舒适地坐在一个小几子上，看着水面。草地上放着两根钓竿，右边蹲着黄经理，左边站着林胖子，宛如财主老爷带着一个兄弟和一个跟班帮闲的，既不自然又煞风景。一会儿，水面有响动，老许提起一根钓竿，一条小鲫鱼在草地上活蹦乱跳。黄经理赶紧抓起小鱼丢到篓子里去，然后又拿起鱼钩细心钩上鱼饵，递给老许。老许把鱼钩远远地抛向了水面，水面一阵涟漪，向四周散去……

想着下午黄经理故意吹捧自己，贬低徐经理，仿佛向全世界宣布他不可一世的身份地位。而现在，他却蹲在老许旁边，奴颜媚骨，上蹿下跳，王佐不由心中厌恶。王佐心想，这个黄经理虽然得到老许重用，可谓心腹，但付出了尊严和人格，那又有什么意思呢？相反，他比较欣赏站在旁边观看的林胖子。林胖子虽然是台流，但不管在酒桌上，还是陪着老许钓鱼，都谈笑风生，言行自如，不卑不亢，就如老许多年的老朋友一般。王佐心中赞叹不已，这样的人才有志气，有骨气。因为王佐也曾流浪过，知道流浪生活的艰辛和困苦，更知道没有工作的悲哀。虽然他不知道林胖子为什么会沦为台流，但他一接触到“流浪”或“盲流”这些词，就有一种天然的亲近感。黄经理的小人得志相比林胖子，不可同日而语。

第二十四章　林胖子和中江

三天后，三个货柜出货，黄经理和老许两口子回台湾去了，而林胖子留了下来。此后林胖子在成得厂任经理，主要负责生产管理，兼管老板中江所不能及时处理的其他事务。陈永华走了之后，成得厂一直没有招到合适的生产主管，这次是中江主动把林胖子请到成得厂来的。中江的主要精力放在泡妞和赌博上，他需要一个既能干又精通业务的人帮他打理工厂，而且这个人一定得让他特别放心。林胖子和中江是表兄弟，自小跟着老江打下手、做灯头，这个人当然非他莫属了。林胖子天性无拘无束，在台湾当地也算是个小有名气的烂仔，这次能安下心来为中江做事，实在是老江做的思想工作。自从老江把工厂从台湾迁到大陆后，林胖子就没有跟着老江，而是留在台湾开挖土机，收入也不错。但林胖子脱离了老江的管束，如脱缰的野马，三天打鱼两天晒网，最后竟然没有人请他开挖土机了，不得不沦为台流。没有工作后，林胖子这个月在台湾，下个月在大陆，有时还会去东南亚转转，可谓逍遥自在。反正他朋友多，又遍布各地，每到一处都好吃好喝，还夜夜笙歌，算是台流中的极品了。这些朋友基本上是林胖子的发小和战友，他们能真诚招待林胖子，说明林胖子是个以朋友为重、以义气为重的男人。这种人交朋结友最为拿手。

老江既是为了成得厂的发展着想，又想把林胖子拉到正路上来，所以极力劝说林胖子帮中江一把，先期负责生产管理等事宜。同时，老江还对林胖子说："你也老大不小了，该成家了，何不在大陆发展事业又顺带找一个漂亮大陆妹成个家呢？"林胖子往返大陆多次，对漂亮性感又温柔的大陆妹可谓流连不已。在台湾，像他这样的没钱没权没事业的男人基本上得打光棍，或者娶个越南、菲律宾的姑娘。可他对瘦黑的东南亚女人委实提不起兴趣。为此，已经三十岁的林胖子听了老江劝说，不禁正中下怀。他本来就想收心，于是满口答应，怀着找个漂亮大陆妹成个家的想法，兴致勃勃地在成得厂上任了。

从小跟着老江打拼，林胖子颇有老江的风格，脾气暴躁，声大如雷，处理事情雷厉风行。不到半个月，成得厂的风气焕然一新，生产效率逐日提高。中江看在眼里，喜在心头，把成得厂的人事任免权和薪水奖金的管理权也交给林胖子了。一句话，只要能把工厂管好，你林胖子尽可把你的聪明才智全部发挥出来，一切皆可先斩后奏。这给林胖子找到了用武之地，各种潜力简直是超常发挥，同时也圆了他做老大的梦。他喜欢这种感觉。

林胖子到任三天内，什么事都不做，一天到晚背着手，嚼着槟榔，虎着脸，在车间踱着方步，一边仔细观察每个员工做事，一边观察不同工种之间、不同流水线之间的配合，还有物料的跟进，哪个地方该配置人手，哪个地方人手偏多，都在他的考虑之中。一个虎背熊腰的经理在车间里不停地走动，而且像个土匪一般眼露凶光，不怒自威，这让车间里的员工大气都不敢出，唯有紧张、认真地做事。那三天，林胖子既没有安排任何人任何事务，也没有找管理人员、技术人员谈话，更没找大小组长问事，甚至在车间发现了员工的不良操作习惯也没纠正，更没对组长做任何指示，仿佛视若无睹一般。有的人私下议论，这个林胖子吃喝嫖赌行，管工厂真是难为他了。

三天后的上午，林胖子安排办公室文员贴出一张通告。这张通告是针对计件工人的。成得厂的车间工人除了搬运工，全部实行计件工资制。林胖子的通告规定，凡是月计件工资达到五百元，月奖金可得五十元；月计件工资达到一千元，月奖金可得一百元。以此类推。通告一贴出，不过一上午，就传遍了全厂。全厂计件工人像是吃了兴奋剂，干起活来你追我赶，红火而热闹，连车间各个组长也大吃一惊。此后没多久，车间工人有的人吃了饭就上班，像不要命似的。老江得知后，也不禁连连点头赞许。几个月后，计件工人最高工资竟有拿到三千多的，震惊了金得、成得两家厂所有员工。要知道，那一年，车间工人的工资还维持在三四百元，三千块一个月，不要说普通工人，像王佐这样的技术人员，也感觉是个天文数字。

就在贴出计件工人奖励通告的第二天晚上，林胖子又召开了全厂所有管理人员、技术员的会议，各小组长和仓管也被列名参加。这是成得厂建厂以来从未有过的事。

人到齐后，林胖子虎眼左右扫视，全场鸦雀无声，大家不寒而栗。

林胖子说："各位在成得厂效劳，没有功劳也有苦劳，辛苦了！"

大家看着林胖子，有的人还对看一眼，不知这个台流经理要说什么，更不知道要开什么会。还有人心里直打鼓，以为工作上的失误被新来的经理发现了，坐立不安。

只见林胖子说："我来了三天，也在厂里观察了三天，特别是在车间，足足转了三天。大家对工厂的生产效率和产品品质满意吗？也许你们满意，但我告诉你们，我一点也不满意！我可以不客气地告诉你们，工厂生产一团糟！急着出货的，没有配件生产，不急着出货的，生产一大堆；或者一个工序做好了，另一个并行的工序还没安排下去。这怎么得了！这样下去，工厂不倒闭才怪！有生意、有订单却做不出来，迟迟交不出货，别人会说我们是猪！"

大家你看着我，我看着你，特别是采购看着仓管，仓管看着车间主管，那意思似乎都不是自己的错，而是对方没有把工作做好。林胖子喝了一口水说："你们都不要看了，以前不管是谁，不管做得好还是做得不好，都不关你们的事，因为不是我做经理。但是，从明天开始，要有奖有罚，不管哪个环节出错了，相关人员一起罚，罚款一百。当然，我们也有奖金，一个月下来没有出错，在座的每位奖金两百。但是，你们要记清了，出错了，双方当事人不但没有月奖金，而且要罚款一百！你们认为怎么样？"

有人点头，有人无可奈何。林胖子又说："我看在座的相当一部分人没有信心！我告诉你们，只要你们每天认真负责地做好本职工作，整个工厂一定会配合得当，运作通畅！等会儿散会以后，在座的全部去仓库盘点，仓管下班后把盘点报表交给我。从明天开始，车间组长下班前把生产报表交到车间文员手上，车间文员再统计出全天生产报表交给我。另外，采购员和仓库主管也要在每天下班前把采购报表和仓库报表交到我手上，不再交给经理助理。从明天开始，车间主管根据订单下生产单，生产单要下到各班组长、各采购和仓管手上去，采购要根据生产单和每天的仓库报表再决定采购数量和交货日期。当然了，车间主管也要根据订单和仓库报表下生产单，一切以生产单和仓库的物料、成品为中心，大家明白了吗？”

“明白——”所有人异口同声，还挺响亮和整齐的。

林胖子又说：“明白了就好，以后在座的每位在工作中遇到特别的困难，都可以找我直接沟通，没有时间沟通的，也可以写书面报告。我一定及时处理，为大家解决困难！”

不知是谁先鼓的掌，所有人都跟着鼓起了掌，林胖子笑了笑，伸出一双大手掌向下压了压，掌声停了。林胖子又说：“不单是工作上的困难，你们生活中的困难，包括家庭困难，都可以跟我说，我一定会尽力解决。我个人能帮得上的，个人解决；个人没有能力的，也会向公司申请解决。总之一句话，你们在我手下做事，我就是你们的老大，有困难找老大，明白吗？”

又有人鼓起掌，会场的气氛一下子活跃起来，兼职金得、成得两家工厂的电工凡勤说：“林先生，我有一个小小的困难，那就是暂住证。我们在外面租房子，治安队老查房，问有没有暂住证，没有的得罚款两百，厂里能不能办个暂住证？有了证在厂外就不用担惊受怕了。”

林胖子说：“这算什么困难，明天文员统计出在厂外租房的人员名单，全部办暂住证！其他人，还有什么困难吗？没人说吗？没人说就算了，下次想起来了再跟我说。今天的会就开到这里，等生产通畅了，效率上去了，工厂走上了正轨，我们再开一个产品品质的会。这个会，品质部的当仁不让，在坐所有的人也要留心，都要写一份有关提高产品品质的意见。这个意见可针对成品，也可以针对某个配件和某个工序——大家明白了吗？明白了，那就好！今天的会就开到这里，大家全部去仓库盘点！”

果然如老江、中江所期待的那样，成得厂犹如脱胎换骨，产量不但上去了，品质也一天一个样，连车间工人的士气也一百八十度大转弯，不得不令人拍案叫绝。我们不得不说，一个人有一个人的潜能，只要给他足够的平台，他的能力一定会成倍地爆发出来。我们也不得不承认，林胖子恩威并施，言而有信，实在是管理一家几百人小厂不可多得的人才。

林胖子把成得厂治理得路不拾遗、夜不闭户，彻底解放了中江。中江原本就是个花花公子，花钱如流水，哪知创业之艰难、钱财来之不易。之前，父亲老江和老许合伙办金得厂的时候，安排中江管理成得厂，他还暗自庆幸。因为父亲不但把成得厂给他打理，而且还明确表示，此后成得厂就是他的了。年纪轻轻就拥有一家经营稳定、资金充足、订单不缺的工厂，换了谁都高兴，那就表示此后钱财滚滚而来，能不兴奋吗？！令中江更兴奋的是，他将像他父亲一样，是几百人的衣食父母，可以对几百人发号施令，威风八面，简直就是君临天下。在苦水中泡大的老江对中江管教甚严，从小对他非打即骂，希望管教出一个能屈能伸、忍辱负重的英才，好继承江家的事业。因此，中江服完兵役进成得厂工作时，老江就计划在三年之内让中江从基层开始做，把全厂所有的工种做熟做透，再一级一级提升，直到管理全工厂。哪成想，中江在生产车间不到一年，还没做熟各工种，老许就找到老江合伙办金得厂了。因此，中江也就脱离了苦海，一跃成了成得厂的老板。

在生产车间锻炼时，中江很不服气。他认为天纵英才，不要说一个几百人的成得厂，就是十个成得厂，他也能管理得风生水起，红红火火。可是，父亲却安排他做普工，实在令人气恼。他觉得父亲小看了自己，也觉得自己太委屈了，颇有怀才不遇之感。他曾想，如果有一天让他管理一家工厂，他一定让父亲另眼相看，以证明他是个天生的经营人才，台商中的佼佼者。漫长的近一年过去了，这一天终于来了，他成了成得厂的当家人。可是，半年之后，他就心灰意冷了。他原以为做老板不过是指手画脚，高高在上，签签字、动动嘴、打打电话罢了。因为他看见父亲就是这样做的。哪成想，接订单、下生产单、外发加工、采购、生产、出货，查货、验货、物控，无论大事小事都马虎不得，稍不小心，就会酿成大错。他简直就像高速运转的发动机，一刻也不能停下，神经高度紧张，哪还有君临天下的感觉！此后，来了一个叫陈永华的人，任生产主管，颇有生产管理经验，让他轻松了许多。陈永华在的时候，他只需查收客户打过来的货款，按时付供应商的货款，另外还管着两个采购员和一个出纳员，算是过上了正常的日子，并可以到娱乐场所鬼混了。

中江天性风流多情，不但娶了一个漂亮性感的西安姑娘做太太，而且还同时和几个姑娘谈情说爱，婚外总是有几个女朋友，还不停地换，如同换衣服一样。这还不必说，隔三差五，他还在娱乐场所找小姐偷食，实在是快活极了。这不是说中江多么有风度，多么有气质！那些姑娘投怀送抱，完全是为了钱，与其说跟他谈情说爱，还不如说是跟钱谈情说爱。那年代，大陆、台湾物价相差将近十倍，一个在台湾娶不到老婆的男人，他的薪水却可以在大陆花天酒地，不得不令后人感叹。2008 年金融危机后，两地物价薪水已接近，台商在大陆的生意也一落千丈，有的台商还在大陆沦为台流，大陆姑娘崇拜台湾男人的年代也就一去不复返了。

中江的太太据说就是中江在娱乐场所勾搭上的，本来只是玩玩而已，谁知竟然有了孽果。老江知道是个儿子后，非常高兴。江家有后是大事，老江强硬地决定了中江的婚姻大事。同时提了个条件，给女方家二十万，女方从此不准回娘家，与娘家断绝一切联系。女方和女方家里同意了。这种畸形的婚嫁以及屈辱的嫁人条件，还有什么尊严可言，中江的太太完全就是江家传宗接代的工具，完全就是中江打骂发泄的对象。至于中江在外寻花问柳，风流快活，中江的太太不是不知道。但她稍给脸色，就会引来中江的暴打，有时还得跪着认错。刚嫁给中江的时候，因中江玩女人，他太太也曾抗争过，结果是引来暴打。中江还说，你随时可以走，儿子留下就可以了，那二十万我也不要你还了。这怎么行呢？好不容易嫁给一个有钱人，帮别人生一个儿子就走，这也太不值了。因此，中江的太太只能认命，寄希望于儿子长大，她的苦日子就到头了。至于中江在外玩女人，她也就不理不睬了。

陈永华走了之后，成得厂又陷入混乱之中，中江又没时间和精力去外面鬼混了。幸好，没过多久，林胖子来成得厂帮他打理了。林胖子来了之后，由于中江的授权和林胖子的成功管理，成得厂进入了前所未有的“太平盛世”，一片红火。中江又只需查收客户打过来的货款，按时付给供应商货款就可以了，其他的事务林胖子全部搞定，中江彻底解放。

从此，有钱有闲又爱玩男女感情的中江，更是肆无忌惮地享受，不分日夜地花天酒地，醉生梦死，比神仙还逍遥。

就在中江纵情纵欲的时候，不到一个月的时间，林胖子也俘虏了一个女人的心，成功抱得美人归。使王佐大跌眼镜的是，这个漂亮女人竟然是章新月。

章新月虽然是个离了婚的少妇，但那身段，那脸蛋，那举手投足，完全就看不出少妇的影子，不知情的人一定会认为她还是个大姑娘。也许是自小家境良好的原因，也许是在南昌读书工作的原因，章新月的韵味气质非常好，给人的感觉就是介于大家闺秀和小家碧玉之间的那种都市小姐。再加上那秋月般的漂亮脸形，秋水深眸，分明就是故纸堆里走出来的西施。就是这样一个漂亮的女人，竟然委身于林胖子，这令王佐很纳闷。王佐知道，论家境，林胖子家比章新月家差远了。论长相，林胖子又胖又高，那五官都胖得变形了，走路的姿势都不像正常人，跟章新月站在一起，太不般配了。何况，林胖子的口碑并不好。进成得厂做经理之前，林胖子经常往来于大陆与台湾，金得和成得两家厂的员工都在风传，他每次来大陆必定要找小姐，有人都说他中了梅毒。林胖子脾气暴躁，说一不二，章新月为什么要委身于他呢？王佐百思不得其解。

第二十五章　为了结婚而结婚

林胖子刚到成得厂上班时，就开始追章新月，而且还是老江牵的线。章新月长相甜美，性情温和，工作上有条有理，是老江的秘书兼助理，很受老江赏识。大老板老许请大家吃饭的那天，林胖子就对章新月心生爱意，老江看在眼里，喜在心里。为此，老江私下鼓励林胖子去追，大胆地追，并说会在适当的时候以老板的身份点一把火，做个红娘。果然，在接下来的半个月当中，林胖子每天都会打几个电话给章新月。男女交往，除非是两情相悦，否则追求的一方一定要找借口接近另一方。林胖子是成得厂的经理，而成得厂虽然是独立的厂家，但从生产和业务上来说，就像金得厂的灯头车间一样，生产上、业务上紧密不分。而章新月又是金得厂老板的助理，她和林胖子在工作上有许多事情需要沟通查询。自然而然，林胖子就以工作为借口，无事找事，有空就打电话给章新月。两人就此慢慢熟识了。渐渐的，在打电话时，工作上的事情处理好了之后，林胖子并不挂电话，而是找话题和章新月瞎聊。章新月在上班的时候有一半时间就是打电话，有时是帮老江联系人，有时是替老江处理事情，打电话的时候顺便聊天。起初，章新月还不知道林胖子有意于她。但时间长了，电话多了，已经有过一次婚恋经历的章新月岂能不知。

因此，再接到林胖子的电话时，如果不是工作之故，章新月就随便找个借口不聊了。

林胖子知道章新月明白自己的心思之后，干脆主动约会章新月。

王佐的办公室与章新月的办公室只隔一堵墙，有门相通，墙中间是块大大的玻璃。由于王佐的座位正好在章新月座位的斜后面，他不但能听得清她说话的声音，而且还可以透过玻璃看见她的一举一动。章新月和韩墨最要好，王佐当然也就知道林胖子在追章新月了。因此，有意无意，王佐在不忙的时候，就会透过玻璃窗看看章新月讲电话的情形。在那十多天里，特别是在下午的时候，王佐每每会看到这样的场景：电话响了，埋头正清理什么的章新月拿起电话说："你好！金得……"可能林胖子在电话那头说，下班了我们去喝咖啡，好吗？或者说，我有个朋友请我吃夜宵，一起去吧！这时的章新月往往咯咯浅笑着说："我没空，今天好累，想早点冲凉洗衣服睡觉。"或者说："我跟韩墨约好了，下班去买点日用品，下次吧，不好意思。"听那声音，听那口气，王佐觉得章新月完全不是拒绝对方的约会，而是一种欲拒还迎，或者说是故意让男人花心思去追，以示自重自爱。不然，男人一约，女人即应，岂不是太掉价了。因此，王佐有时看见章新月接电话的样子，就觉得好笑。

林胖子不知玩过多少女人，章新月是个离了婚的少妇，两人电话中的情形像是清纯的少男少女一样。一个爱得发狂，穷追猛打；一个眉目含笑，羞涩矜持。那明显是假装的。但这种场景半个月后王佐就看不到了，因为林胖子和章新月已正式交往了。至于老江在中间做了什么，说了什么，章新月为何会同意林胖子的追求，王佐委实不知。章新月虽说把林胖子追她的事告诉了韩墨，但并没有说她是为何同意林胖子的追求的。

一天晚上下班后，王佐和韩墨冲完凉洗完衣服，又一次走到长安塘公园，在一棵荔枝树下的石凳子上坐着。韩墨嗑着瓜子，王佐抽着烟，石凳子上放着两瓶百事可乐。

二人聊着天，不知怎么，话题转到章新月的事情上来了。

王佐喝了一口可乐，说："这章新月真是怪，真的跟林胖子好上了？"

韩墨说："是啊，缘分吧，人生很多事情都是天意！"

王佐说："什么天意？人为的好不好！章新月跟不跟林胖子好，是由她自己决定的，又没有人逼她，怎么能是天意呢？连王春秋都觉得不可思议！"

韩墨说："连我都没想到，何况是王春秋！王春秋怎么说？"

王佐说："他说章新月家境那么好，长得又有气质，怎么会跟林胖子好上了呢？打死他都不相信。林胖子有钱还差不多，那是看在钱的份上。可林胖子是个穷鬼啊！这还不说，单单林胖子那胖得像个大猩猩一样的身材，就算有钱又怎么样呢？他还叫我跟你说，叫你跟章新月说，不要上当了！”

韩墨说：“我也暗示过章新月，但她说这都是命，我也就不好多说了。”

王佐说：“什么命不命的！命掌握在自己手中！”

韩墨说：“王春秋不知道章新月是离了婚的，当然会那样想。一个女人离了婚，心如死灰，不愿回家乡，在外面又没有亲朋，也不想见亲朋，章新月跟林胖子好上了，我能理解。只不过，太委屈她了。我想，也许其中有些事情我们不知道，可能老江起了很大的作用吧。人是说不清楚的，林胖子表面给人感觉不好，胖不说，脾气还不好，但可能会疼爱女人。”

王佐不知看着公园什么地方，说：“但愿章新月能遇上个好男人！”

接着，二人转移了话题，不着边际地乱聊，想到什么就说什么。热恋中的男女都是这样，没话找话，不嫌烦，也不嫌啰唆，完全沉浸在二人世界里。

忽然，韩墨说：“我今天收到钱丽艳的来信了。她说，她要跟她老公离婚，已买好了火车票，过几天就来我们这里。我们得尽快租间房子，她来了好有个地方住。”

王佐大为奇怪，说：“怎么又是离婚呀？在家里能安居乐业，多好！我们是在家里没办法，才出来打工的。这年头怎么了？到处都是离婚的！如果说章新月是个悲剧，钱丽艳就又是一个悲剧了！”韩墨零零碎碎地讲出了钱丽艳的故事，王佐算是了解了一个大概。

钱丽艳的父母是南昌钟陵县水利局的干部职工，她自小就在县城长大，在城乡差别巨大的年代算是城里人了。在小学和初中时，钱丽艳和韩墨一直是同学，但并不要好。因为钱丽艳好动，性格活泼开朗，而韩墨好静，爱看书，自然就玩不到一块儿了。读高中的时候，她们都在县一中就读，同级不同班，路上遇见也只是点点头而已。在读高中的时候，钱丽艳女大十八变，青春阳光漂亮，像一朵盛开的玫瑰花，是众多男生的梦中情人。由于钱丽艳成绩不大好，自上高中起就立志高考时要报考体校。因此，钱丽艳参加了校体育队，这在以男生为主的体育队里，自然鹤立鸡群，声名鹊起。校体育队的男生个个阳光帅气，生龙活虎，又天天在学校操场上跑步打球，一个个都是女生偷看的对象，学校里的明星。万绿丛中一点红，钱丽艳混在体育队男生堆里一起锻炼，更成了知名人物，再加上人长得漂亮，被全校男生誉为校花。体育队有个男生叫赵大伟，个高帅气，爱打篮球，喜欢跑步，这与同样喜欢跑步的钱丽艳每每遇在一起。钱丽艳在学校女生中是跑得最快的，有好事的男生给她取了个外号——兔子。真是名如其人，人如其名。少男少女在一起运动锻炼，最容易碰撞出火花，赵大伟和钱丽艳也一样。到了高三的时候，两人都从对方的眼神中读出了别样的情愫，但到毕业时都没有进一步发展。赵大伟是县城郊区的，不是城市户口，所以有点自卑。他心中虽把钱丽艳当成女神，但却没勇气示爱。

高中毕业后，二人双双落榜，赵大伟南下广州打工，钱丽艳则上了成人大学，与韩墨又一次成为同学。在省城南昌再次相遇，韩墨和钱丽艳都感到意外和惊喜。他乡遇故知，人生一大快事，这令她们的友情迅速升华，成为一辈子最好的朋友。

一个人盲目地跑到广州后，像大多数年轻人一样，赵大伟根本就找不到工作。20世纪90年代初期，东南西北中，发财在广东，千千万万个内地没有考上大中专也参不了军的年轻人跑到改革开放的前沿阵地，希冀找份工作，赚点钱糊口。可是，广东的工厂再多，也容不下内地数以亿计的求职大军。特别是男青年，在以女工为主的珠三角，找到一份糊口的工作对他们来说真是难于上青天。多少男青年来了又走了，走了又来了，他们的身影挤满了南下东去的火车。但赵大伟没有打道回府，而是坚强地留了下来。赵大伟知道，如果两手空空回去了，他就只能在家里种田，那将永远得不到钱丽艳的爱，因为一个城里姑娘不可能跟着他种田挑粪。为了能得到钱丽艳的爱，确切地说，为了能把钱丽艳娶回家，赵大伟唯有在外发展，混出个人样来，才有资格娶他心目中的女神。为此，赵大伟在找不到工作的情况下，卖过报纸，做过苦工，修过自行车，硬是在广州撑下来了。在类似于流浪的日子里，赵大伟也会去找工作。可是次次都失败了，英雄跑白路。冷静下来分析，赵大伟明白，自己一没技术，二没学历，空有一副好身板和一腔热情，根本就找不到合适的、有发展前途的工作。

工作找多了，失败的次数多了，在找工作中跟人聊天多了，赵大伟清楚，他唯有去跑业务，才有可能在广州扎下根来，才有可能改变命运，才有可能娶钱丽艳。跑业务的工作好找，人才市场和街头广告一大把，大多数是没有底薪、没有住处，单单拿提成的那种，相当于兼职。这种业务可不好跑，没跑出来连路费、生活费都没有。赵大伟希望找一份有底薪能保证基本生活并且有住处的销售业务工作。但没有经验，不懂市场，不会讲白话，这何其难哉！尽管如此，他还是必须向前冲，去碰，一定要闯出一番事业来，别无选择。因此，就算找不到好的业务可跑，没有底薪纯拿提成的业务那也得跑。迟不如早，只要感兴趣的，他就得去碰碰运气。他知道，只有实打实地去做，老天才会给你机会。天上不可能掉馅饼！

这时，赵大伟已得知钱丽艳在南昌上大学了，他在没有工作、没有稳定住处且近乎流浪的情况下，就给钱丽艳写了封信。这封信大意是这样的：我已在广州找到了工作，虽然不如意，但总算稳定下来了。改革开放的南方热火朝天，遍地工厂，是年轻人最佳的发展地。以前没有好好读书，我现在感到书到用时方恨少。希望你珍惜目前的读书机会，学有所成，毕业后在南方大展宏图。我对未来充满信心，并且在业余时间开始学习业务销售的知识，未来的职场方向就是业务销售那块了。其他职业再好，工资再高，也有上限，而业务销售是提成工资，业绩没有上限，工资就没有上限。请给我支持，你的支持和鼓励是我前进的动力。云云。

钱丽艳收到信后，被赵大伟远大的抱负所震撼，当夜就回了信。

信来信往，早就两情相悦的一对有情人正式恋爱了，大有非郎不嫁、非卿不娶之势。

上大学第二个学期，班上有一个男同学爱上了钱丽艳，这个人就是闫书进。

闫书进阳光帅气，性情温和，谨小慎微，很受女生欢迎。跟闫书进在一起，钱丽艳很轻松、很自然。不管是聊天还是一起玩耍，两人都觉得很融洽，很投机。闫书进虽然爱上了钱丽艳，但从没表白过，这大概是他的性格使然吧。钱丽艳是个姑娘家，自然更不会示爱了。钱丽艳和韩墨是最好的朋友，闫书进爱上了钱丽艳，因此，他跟她们两个女生经常玩在一起。

也因此，在大学校园里，在赣江畔，在南昌的公交车上，经常看到闫书进、钱丽艳和韩墨三个人的身影。两个姑娘在前面聊天嗑瓜子，一个小伙子在后面提东西，很令一些不知情的同学费解，也成了三人永久的回忆。

赵大伟果然跑上了业务，虽然不理想，业绩上不去，不是被炒，就是炒老板，隔几个月就会换一份工作，但他还是信心百倍。因为他看到了前程，获得了爱情。爱情的力量是伟大的，可以促使一个男人成功，也可以让一个男人变为魔鬼。大部分男人都会因为爱情而奋发向上，不惧艰难，勇往直前，赵大伟也一样。在钱丽艳上学那三年，赵大伟再忙，再没钱，也会抽空从广州到南昌去看看钱丽艳，并买一些东西给她。每次去看钱丽艳的时候，赵大伟发现，一个叫闫书进的男生老是跟钱丽艳、韩墨在一起。高中时赵大伟就认识韩墨。起初他以为闫书进是韩墨的男朋友，但渐渐发现不对劲。恋爱中的男女是最敏感的，何况是热衷于跑业务的赵大伟。几次试探和察言观色，赵大伟终于知道，闫书进爱上了钱丽艳。因此，赵大伟暗自决定先下手为强，早早地把钱丽艳忽悠到广州去。

成人大学是不包分配的，在内地找一份正式工作完全靠自己。大学最后一个学期，几个同学都离校高高兴兴地上班去了，而钱丽艳的工作却没有着落。她非常着急。这个时候，赵大伟频频写信、打电话给钱丽艳，说你一个大学生在广州找工作易如反掌，发展前景不可估量，千万不要回家乡工作。家乡工厂不多，大部分还倒闭了，进机关事业单位和国企又太难了。于是钱丽艳决定去广州，和赵大伟一起打拼，共闯未来。但钱丽艳的父亲不答应，劝她回家去，一年半载后就可以搞一个水利局的工作指标，再找一个有工作的男朋友。但钱丽艳哪里听得进去！放弃繁华的大都市，放弃前程，任何刚毕业的女大学生都做不到。况且，钱丽艳也知道，父亲说的工作指标百分之九十是空中楼阁。她在水利局院子里长大，岂不知就业情形，那只不过是骗她回家嫁人的借口罢了。

韩墨说到这里，王佐好奇地问："既然这样，钱丽艳怎么最终没去广州呢？"

韩墨说："去了，谁说她没去，去了又回了嘛。"

王佐更奇怪了，问："既然她去广州了，怎么没跟赵大伟在一起？怎么没嫁给赵大伟呢？怎么又回家嫁给另一个男人，而现在又要离婚呢？”

韩墨说：“说来话长，但归结为一点，她是为了结婚而结婚。”

王佐说：“章新月如果嫁给了林胖子，不也是为了结婚而结婚吗？”

韩墨说：“也许吧。人生有时很无奈，特别是离了婚的女人！林胖子再怎么不尽如人意，毕竟是成得厂的经理，月薪两万多，比我们一年的收入还高，这才是硬道理。只要林胖子真正喜欢章新月，章新月嫁给他有什么不好呢？”

王佐说：“经济决定上层，决定爱情，真是硬道理。哦，对了，钱丽艳真是个有故事的人，她最终没嫁给赵大伟，这到底是怎么回事？难道阴差阳错……”

韩墨轻轻一笑，说：“好，好，我讲，我讲，口渴了，我先喝口水总可以吧！”

王佐为自己的心急有点不好意思，忙说：“好，好，你先喝口水吧！这么好的故事没有结尾，我急呀！听故事总得有头有尾嘛，钱丽艳的故事比小说都精彩！”

第二十六章　计划经济最后的爱情悲剧

钱丽艳大学毕业前两个月，怀揣着甜蜜的爱情和美好的梦想，独自一人坐上了南下广州的火车，飞向了她的白马王子。在南下广州的前一个月里，闫书进终于受不了爱情的煎熬，鼓起勇气，单独把钱丽艳约到校外赣江边，表明了心意。因为闫书进知道，再不表白，他就没有机会了，毕业后那肯定是各奔东西。同时他也知道，钱丽艳有一个从高中开始就恋上的男朋友在广州发展，她不可能选择还没毕业以及没有未来的他。但是，一个人爱过一回，就得勇敢地向对方求爱，哪怕被拒绝也无遗憾，不然就是白白爱了一回。闫书进也是这样想的。那天钱丽艳对闫书进说，我们很聊得来，但我只是把你当作一个好朋友看待而已，甚至是知己般的好朋友，我并没有爱上你，你可能是误会了。你也知道，我早就有了男朋友，谢谢你爱上了我。闫书进虽然很失落，但因为有心理准备，并且痛快地说出了心中的爱，非但不痛苦，反而释然多了。钱丽艳提前离开的时候没有说去广州，只说家里已帮她找好了工作，她提前离校是去实习。因此，毕业后，多情的闫书进抱着一丝幻想，特地到钟陵县城去找钱丽艳。可惜的是，他不但没找到钱丽艳，就连韩墨也没找到。那天韩墨正好去乡下亲戚家了。落寞的闫书进独自一人在钟陵县城转了几个小时，最后忧伤地打道回府了。

从南昌到广州的火车，走浙赣线经江西萍乡市转到湖南，然后走京广线到广州。出了南昌，特别是在湖南，火车每次在火车站停下来，就被四面八方的人流包围了。钱丽艳知道，这些人像她一样，也是到南方找工作的。因此，每每快到火车站了，钱丽艳就会早早把车窗打下来，以免挤不上火车的人从车窗爬进来。车厢里挤满了人，连厕所和货架上都是人，根本就走不动。一天一夜的火车，钱丽艳不敢喝水也不敢吃饭，只是饶有兴致地看着窗外。从小到大，钱丽艳从没出过省，也没坐过长途火车，虽然劳累，但她还是很兴奋，兴奋于从江西到湖南，又从湖南到广东的山山水水之中。因美好的生活即将到来，繁花似锦的花城广州在向她招手，相爱多年的白马王子在广州等着她，她能不开心兴奋吗？

赵大伟在广州火车站顺利地接到了钱丽艳，而且叫了一辆的士向天河区方向驶去。几乎没坐过的士的钱丽艳新奇地坐着，看着路两边充满现代化气息的高楼大厦，以及路上川流不息的车辆，感觉广州真是太繁华了，太有现代大都市的气息了，与南昌比，简直一个天上一个地下。想着以后就要在这座南方最繁华、最美丽的城市安家乐业，钱丽艳止不住心花怒放。的士驶到天河石牌，从大路转到小街，又转了几个路口，进入了广州颇负盛名的城中村。城中村杂乱无章，各个年代破旧的房子拥挤在一起，钱丽艳的心不禁凉了一小截。到了赵大伟的出租房里，钱丽艳看着这个不足二十平方米的单间，吃喝拉撒睡全在一起，心不禁又凉了一小截。钱丽艳当时不知道，二十年后，分布在广州各地的大小老板，都是从城中村起步的，天河区石牌城中村就是老板的生产制造基地。虽然心凉了半截，当晚，钱丽艳还是献出了处女之身，开始和赵大伟同居了。钱丽艳明白，自己来广州就是打算和赵大伟过一辈子的，在相恋几年的情况下如果不以身相许，也太不近人情了。因此，在天河区石牌城中村的一个破旧出租房里，钱丽艳半推半就，少女时代从此结束。

只待了几天，钱丽艳就开始找工作。她知道，赵大伟的收入并不高。况且，她也不想被男人养着。可是，找了几天工作，她就灰心丧气了。她发现，在广州根本就找不到财会相关的工作。招工的企业应聘会计人员都需要有经验，有的还要求会电脑和广东话，刚毕业的她哪有这个本事！有些招会计助理和会计员的，并不需要经验，但招工时会考试。钱丽艳读书时就没学好理论，往往考得一塌糊涂，再加上不会说广东话，也不会电脑，根本就应聘不上。赵大伟鼓励她先学会电脑，再找工作。可是，就算会电脑了，没有做会计的经验，也不会说广东话，希望也非常渺茫。因此，钱丽艳不顾赵大伟的劝说，毅然找了一家工厂流水线普工的工作。身为大学生的女友在广州做普工，赵大伟感到很对不起她，就更加拼命地跑业务了。

几个月下来，钱丽艳发现赵大伟每个月不但余不下钱来，而且把她打工的薪水也挪去开发业务了，她的心又凉了一小截。打工非常辛苦，每天工作十二小时，还没有星期天，这种日子怎么过？怎么能养儿育女，成立家庭？！钱丽艳渐渐失望了，很后悔一来广州就以身相许，没有了退路。由于心情不好，工作起来老出错，工厂就把她炒了。此后，钱丽艳一两个月就换一家工厂，不是被炒，就是炒老板，反反复复，在广州待了一年多时间。最后一次被炒之后，钱丽艳实在没有心情再去找工作了，完全对生活失去了信心，每天在出租房里不是看电视，就是蒙头大睡，不言不语。赵大伟见她心情不好，每每劝她，让她给他一年时间，他保证业绩一定会冲上去，一切都会好转。可让她怎么相信他呢？他都跑了几年的业务，还是这样不死不活，再跑一年就能财源滚滚？打死她都不相信！

这时，家里又是写信又是打电话，说他们都已同居了，夜长梦多，那就结婚吧。钱丽艳知道，按目前的情况，不要说结婚的房子，就是结婚的费用、养小孩的费用，赵大伟都拿不出来，他们怎么结婚？她只能偷偷打电话跟父亲说，他们目前以事业为重，暂时还不想结婚，等以后条件好了，事业有成了，再结婚不迟。父亲可听不进去，每每在电话里把她骂得狗血淋头。她真是有苦无处说，泪往心中流。最后，她决定回家一趟，做父亲的思想工作，然后再回广州。再怎么失望，她也只能这样了，毕竟她已是赵大伟的人了。嫁鸡随鸡，嫁狗随狗，虽然她没有嫁给赵大伟，但她认为，她这一辈子就是他的女人了。

钱丽艳回家前一天晚上，赵大伟对她说，业务销售这种职业，厚积薄发，现在的汗水在将来一定会得到回报，并且是十倍百倍的回报。“请你相信我，我不会让你受苦的！”赵大伟还对钱丽艳说，“每个人跑业务，前几年都不会有好业绩，因为那几年是在积累经验，积累人脉。只要有了经验，有了人脉，再碰上好产品，就一定会做出一番大事。我现在有经验，有人脉，也碰上了好产品，业务网络也已铺开，明年订单就会爆发式增长，钞票就会哗哗地流进口袋。到了那时，我们在广州按揭一套房子，正式结婚。我要风风光光地娶你，让你做世界上最幸福的新娘。”赵大伟描绘的美好蓝图，对钱丽艳来说无异于天方夜谭。钱丽艳虽然心中苦笑，但还是对赵大伟说：“出来一年多了，我只是回家看看父母罢了。你放心，我都是你的人了，还能飞掉不成？你喝粥我也喝粥，你讨饭，我帮你拿打狗棍，你放一百个心好了。”

回到家里，钱丽艳才知道父亲是骗她回家的。父亲找人帮她介绍了一个男朋友，对方是一家国企的正式工，父母也是国企的正式工，在小县城里，这算是比较好的家庭了。对方父母承诺，如果女方同意亲事，婚后就可把钱丽艳安排到国企上班，而且是正式工。相亲那天，钱丽艳看着温文尔雅、谈吐不凡的小伙子，心想，如果没有赵大伟，她就同意这门亲事了。女人总是要嫁人的，迟嫁不如早嫁。相亲时第一印象不反感、条件又不错的男人，总是秒杀了姑娘们的下一次相亲。相亲后，父亲问怎么样，钱丽艳说她已经有了男朋友，相了也白相。父亲说，那你让他娶你，还得有房子！钱丽艳说，他现在正是事业初创阶段，没有那个条件！父亲说，拉倒吧，骗你不商量，他一个高中生能在广州做出什么大事来！抢银行吗？

就这样，那几天，父亲逼着钱丽艳同意亲事，不然，就与她断绝父女关系，永远不认她这个女儿！钱丽艳死活不同意，父亲简直拿她没办法，都气得想把她赶出家门了。后来，父亲把所有的亲戚请来劝她。只要她在家里，七大姑八大姨轮番轰炸，把天下所有的道理反反复复地讲，她都能背出来了。这些七大姑八大姨对她说，女人嫁人就得嫁个保障，总要穿衣吃饭嘛！没有正式工作，你怎么生活？打工那只是临时的，今天有活干就有饭吃，明天没活干就断炊了，乡下人为赚点钱补贴家用才去打工，你是城里人，打工怎么活？

那些日子里，父亲母亲的以死相逼，七大姑八大姨的轮番轰炸，钱丽艳连死的心都有了。她想，算了，算了，因为自己的婚事，害得一家人不得安宁，害得亲朋耻笑，还不如答应算了，就当死过一回了，人死了还有什么好想的呢？因此，钱丽艳最后还是答应了亲事，还给赵大伟写了一封信，说她对不起他，不能因为她让一家人痛苦，他们只有来生再做夫妻了。

赵大伟接到信后，当即坐火车赶到钱丽艳家，事情发生了戏剧性的一幕。

那天，在钱丽艳家中，两男一女坐在客厅里，谁也说服不了谁。最后，赵大伟对钱丽艳说，你现在就表态，你要跟谁，就坐在谁的边上。钱丽艳几乎没考虑，就坐在了国企正式工的身边。赵大伟悲愤地站起来说："你跟他没感情，还是愿意嫁给他，你嫁的是钱吗？是房子吗？我告诉你，这个社会在变，他一个正式工算什么！总有一天，我会把你抢过来！我相信会有那么一天，你等着吧！我说到做到，我不能容忍因为我没钱，你嫁给了别人！"

说完，赵大伟抬脚离开了钱丽艳家，直奔火车站，无限伤心和屈辱地回广州去了。

韩墨说到这里，王佐问："不会吧，钱丽艳就那样嫁人了？"

韩墨感慨地说："是啊，这就是我最好的朋友的爱情悲剧！去年来广东的时候，我还特地邀请她一起来。她拍着肚子说，你看，都几个月了，我怎么去？"

王佐也不无感慨地说："悲剧！如果是我离开国企的时候，也就是四年前的时候，钱丽艳的家人所做的一切还可理解。可是，现在国企都在一片倒了，她的家人还把国企当作铁饭碗，真是太不可思议了！"

韩墨说："也不能这样说，我们在这里打工，朝不保夕，老板说炒你就炒你，有一份固定又有保障的工作多好！谁不愿意呢？所以我能理解钱丽艳的父母！"

王佐说："那倒是，国企只要不倒，吃喝拉撒睡都包了，但我还是不愿意过那种吃不饱饿不死的生活。我们在外面虽然没保障，但只要上进，与时俱进地学习，不断进步，我想就是被老板炒了，也能随时找到工作，又有什么不好呢？"

韩墨说："说是那样说，但背井离乡终究不是长久之计。唉，不说了，过几天钱丽艳就要来了，我们去租间房子吧。不然，临时租房子总归不好，走吧！"

二人出了长安塘公园，向长安塘村方向走去，边走边寻找出租房的招租广告。最后，他们在磁带厂对面的一栋民房里看中了一间套间。套间有窗，有阳台，有卫生间，王佐和韩墨都比较满意。王佐当即就掏钱交了一个月的押金和一个月的租金，把房子租了下来。

过了几天，上午十一点多，保安打电话给韩墨，说外面有人找。放下电话，韩墨来到保安室，果然如心中所想，是钱丽艳。她对钱丽艳说："我十二点下班，你在外面等会儿，一下班我就出来，带你到出租房去。"钱丽艳笑着说："不急，不急，你上班吧，我就在水塘边大树下看看风景。"下班铃刚响，韩墨就对王佐说："钱丽艳来了，一起去，你不是想认识她嘛。"钱丽艳并不知道韩墨有了男朋友，这说明韩墨一点儿也不避开她与他的关系，王佐心里挺高兴的。

在厂外水塘边的大树下，王佐看见一个衣着朴素、一身疲倦的少妇，不长不短的头发用一根黑色皮筋扎着，完全就是个小媳妇的形象。在韩墨礼节性地介绍他们的时候，王佐心想，这哪像个校花，韩墨说她怎么怎么漂亮，是不是有点夸张啊！钱丽艳听了韩墨对王佐的介绍，马上就明白了，心想韩墨来广东才半年多就有了男朋友，真快！三人互相寒暄了一下，王佐提起钱丽艳的行李，韩墨说："先把行李放到出租房去，我们再出来吃饭。"

到了出租房，韩墨对钱丽艳说："我什么都准备好了，吃完饭下午你好好睡一觉吧。既来之，则安之。现在我们去吃饭吧，下午我要上班，晚上我们好好聊聊！"说着，三人离开出租房，韩墨锁好了门，把钥匙交给了钱丽艳。钱丽艳很是感激韩墨的安排，但因王佐在就没说什么。来到蜀香园川菜馆，韩墨点了三菜一汤，三人边吃边聊。钱丽艳和王佐初次见面，两个人都是礼貌性地敬了对方一杯啤酒，然后就是韩墨和钱丽艳这对最好的姐妹聊个没完了。王佐虽然听不大懂南昌话，但也能大致猜测她们在聊各自别后的情况。特别是韩墨，几乎把她所知道的在广东的同学，都对钱丽艳说了个大概。

快上班的时候，韩墨才匆匆买单，对钱丽艳说："我上班了，你去睡吧，下班我再来看你。"钱丽艳却说："你晚上还要加班，中间才一个小时，太麻烦了，就不用来找我了，晚上九点半我在你们厂的大门口等你。睡足了有精神聊，我有好多话想和你说呢。"

韩墨想想也是，说："那好，刚刚吃饭那点时间聊得不尽兴，晚上我们接着聊。”

晚上下班，韩墨和王佐走出厂大门，王佐意外地发现闫书进和钱丽艳坐在大树下的石凳子上，看着他们走出来。原来，闫书进早就听韩墨说过钱丽艳哪一天过来，今天下午他特地打了一个电话给韩墨，打听钱丽艳到了没有，所以晚上八点钟就赶到了金得厂门口。钱丽艳九点左右也来到金得厂大门口，闫书进正好遇见坐在石凳子上的钱丽艳。

闫书进呵呵笑着对韩墨和王佐说：“丽艳来了，我请客，我们找家餐馆好好聚聚。”

钱丽艳中午听韩墨说过闫书进混得并不怎么样，不想让他花钱，于是抢着说：“我八点钟才吃完饭，不饿，我们回出租房里坐坐吧。”

王佐说：“要不，去夜摊上吃点夜宵，喝点啤酒，天气热，在外面凉快点。”

韩墨说：“那就去吃点夜宵吧，我们三个人毕业后就没在一起了，回味回味大学时代。”

钱丽艳不好再说什么，四人走过十字路口，不到一百米，找了个夜宵摊，点了炒粉、田螺和啤酒，在并不凉爽的夜风中聊着天。当然，王佐一直是听众，听着他们同学三人聊着大学时代的各种趣事，也颇有趣。同时，王佐想着自己离开国营厂南下以来，就从来没有遇见过之前的同学朋友，不，不要说遇见，连联系也没有过，看着他们三人开心的样子，颇觉悲哀！

大概过了一个小时，吃完了夜宵，喝完了啤酒，四人又来到出租房里。

在出租房又聊了好一会儿，忽然闫书进对钱丽艳说：“我们出去走走？”

钱丽艳瞟了一眼王佐，颇觉不好意思，对闫书进说：“不用了，你该回大朗了，这么晚了！”

闫书进没说什么，韩墨赶紧找了个话题岔开了这个小插曲，四人又聊别的去了。

四人正聊着，忽然下面看电视的人群在欢呼。王佐猛然醒悟过来，说：“今天是6月30日，明天是7月1日，是香港回归的日子。今晚零点举行回归仪式，电视正在直播，我们下去看看，见证这伟大的时刻，也为百年中国的振兴欢呼一把吧！”

一楼是个小餐馆，里面坐满了人，电视中正现场直播，所有人都在聚精会神地看着香港回归仪式现场。四人下楼来，坐在后面，也兴致勃勃地看着电视屏幕。

二十三点四十二分，交接仪式正式开始。

二十三点五十六分，中英双方护旗手入场，象征两国政府香港政权交接的降旗、升旗仪式开始。出席仪式的中外来宾全体起立。全场的目光都集中到竖立在主席台主礼台前东西两侧的旗杆上。

二十三点五十九分，英国国旗和香港旗在英国国歌乐曲声中缓缓降落。随着“米字旗”的徐徐降下，英国在香港一个世纪的殖民统治宣告结束。

1997 年 7 月 1 日零点整，激动人心的神圣时刻到来了：中国人民解放军军乐队奏起雄壮的中华人民共和国国歌，中华人民共和国国旗和香港特区区旗一起徐徐升起！

全场沸腾了，许多人眼睛里噙满激动的泪花，雷鸣般的掌声经久不息……

照相机、摄像机的镜头不停地闪动，记录下这一庄严的历史时刻！

接着，中华人民共和国国家主席走到镶嵌着中华人民共和国国徽的讲台前发表讲话。他说，中华人民共和国香港特别行政区正式成立！这是中华民族的盛事，也是世界和平与正义事业的胜利。1997 年 7 月 1 日这一天，将作为值得人们永远纪念的日子载入史册！

看完了电视直播，四人走出小餐馆，闫书进叫了辆摩的回大朗去了。

韩墨对王佐说：“你一个人回厂吧，今晚我要和丽艳睡，我们要聊个通宵！”

王佐说：“好吧！我知道你们好姐妹在他乡重逢特别开心，但也首先得睡个好觉！”

说着，王佐就走了。钱丽艳看着王佐远去的背影，对韩墨说：“真有你的，才半年多时间，你就找了个如意郎君，而我却要离婚了，真是一场梦啊！现在香港回归了，你找到了你的另一半，我也解脱了，生活翻开了新的一页，新的生活开始了！”

第二十七章　曾经沧海难为水

韩墨和钱丽艳果然聊了一个通宵。看着韩墨上班时直打瞌睡，王佐感觉不可思议，女人聊天的兴致之高，简直不是他所能想象的。爱情悲剧、婚姻失败，才一年多时间，钱丽艳感觉自己就像做了一场梦，人生彻底失败了，今后该往哪里去？通宵聊天，基本上是钱丽艳在说，韩墨在听。韩墨也就大概知道了钱丽艳为什么要离婚。

钱丽艳婚后半年左右就生了个儿子。在新婚和孕期，她惊奇地发现老公身上竟然没有几块钱，工资全部上交给她婆婆了。她并不是贪吃贪玩的人，没钱就没钱吧，反正婆婆会把日常用品全部买好，她也懒得操持家务，图个轻快。儿子出生后，钱丽艳认为婆婆为宝宝买的衣物、婴儿用品和食品的质量实在太差，就跟老公说以后只上交伙食费给婆婆，其余的留下来给儿子买些必需品，儿子病了也不必向婆婆伸手。可老公一百个不同意，口气强硬地说，不管家不知柴米油盐贵，你去管管家看看，我看全家人下半个月都得喝西北风了。钱丽艳说，我们成家了，有儿子了，总得花钱吧，不然买个尿布都要向你妈妈伸手，那多不好！老公说，什么都买好了，你操心个啥嘛！什么都不用管，有吃有喝，还不好吗？

钱丽艳真是又好气又好笑。她真不知道老公是个大孝子呢，还是婆婆太强势？她跟老公说了几次，老公不同意，她也就算了。她有自己的小算盘。她想，等儿子过了喂奶期，她就去上班，反正婆婆刚退休，儿子有人带。上班后，她的工资才不上交给婆婆呢。她要为自己和儿子留些钱买基本的生活用品。不然，自己买个卫生巾、儿子买个玩具，都得向婆婆伸手，那活得多没意思！几个月后，她向老公提出去上班，老公却说现在有变，国企一刀切，工作指标没有了，以后再说吧。钱丽艳顿时傻眼了。她这才知道，她被骗了！她牺牲了爱情，竟然换来了这样的婚姻，这样的日子，心中的怒火彻底爆发，当即就跟老公吵了一架。

吵完架后，钱丽艳也很后悔，认为自己太冲动了。既然生米煮成了熟饭，那就好好过日子吧，总不能因为被骗婚了就离婚吧，毕竟儿子都有了。如果老公的工资只上交生活费，她也就跟他过下去了。过了几天，待老公心情有所好转，钱丽艳再次向老公提出，他的工资每个月只交生活费，其余的留下来。可是，老公还是死活不同意，说他家里的习惯就是这样，不可能因为你的私心而改变一个家庭的传统吧，这可是大逆不道！钱丽艳当时就来火了，又跟老公大吵一架，两人几天都没说话，关系颇为紧张。到了后来，他们三天一小吵，五天一大吵，闹得不可开交，鸡犬不宁，周围邻居都对她侧目相看，说她不是个好媳妇、好女人。她终于明白，这种日子过不下去了。她得离婚，她得寻求新的生活。

想清楚了，两天后，钱丽艳郑重地向老公提出离婚。老公以为她以此威胁，对她说："你想离就离吧，随便你！没有你，我还图个清静！"钱丽艳什么都没说，决定先到外面打工，以后再抽时间回来办离婚手续。因为她知道，如果老公不签字，没那么容易离婚的。

就这样，钱丽艳写信给韩墨，说要出来打工，并买好了火车票，再次南下广东。

整个上午，韩墨虽然想睡得紧，但还是睡不着。一来在办公室趴着睡不大好，二来好姐妹钱丽艳的婚姻悲剧一直在她脑海里回放。有时，她会偷偷看一眼正在聚精会神画图的王佐，心想，我们是自由恋爱，以后肯定是相依为命、同甘共苦了，这辈子婚姻应该会幸福的吧，至少不会出现钱丽艳那样的悲剧！但愿老天厚爱我，不要让我爱错了人。

为了帮钱丽艳找工作，韩墨发动了所有在广东的同学朋友，以及金得厂和成得厂的管理人员、技术人员。不到一个星期，章新月就联系到一个办公室文员的工作，工厂也在东坑镇，距金得厂不到五里路，是金得厂的供应商，钱丽艳非常满意。

上班后，钱丽艳由于和厂里人不熟悉，每天晚上都会来金得厂门口等韩墨，和韩墨聊上一个小时左右。然后，韩墨和王佐又把钱丽艳送回工厂，每天几乎雷打不动。

一天晚上，钱丽艳对韩墨说："我老公过几天要来，那间出租房退了没有？"

韩墨说："你去上班的第三天，我正想退掉，王佐的一个初中同学过来了，住了十天左右，昨天刚好找到工作，今天想退还没来得及呢。"

钱丽艳说："那就好，我老公来找我，也不知要住几天，正好我们接着住吧。"

王佐和钱丽艳已很熟了，打趣说："都要离婚了，还能住一起吗？"

钱丽艳也笑了，说："不是还没离婚吗？感情不在名分还在嘛，做人要有始有终！"

王佐竖起大拇指说："有始有终，有侠女之风！"

钱丽艳不好意思了，说："一个婚姻的失败者，人生的失败者，还侠女？你真是笑掉我大牙了！唉……我去年上半年如果不回家，也许就像你们一样了，一起打拼，多好！"

韩墨安慰说："你放心，你这么一个大美女，老天会厚爱你的，人生路上多转了一个弯，不算什么！有所失必有所得，上帝会公平地对待人世间的每一个人的！"

钱丽艳笑着说："那就好，我这个少妇，在东莞也钓一个大款吧，呵呵呵……"

过了几天，钱丽艳的老公果然过来了。来的那天晚上，钱丽艳带着她即将离婚的老公来金得厂找韩墨玩。王佐跟着韩墨和他们两口子到出租房坐了两个小时。钱丽艳的老公说着普通话，斯文英俊，彬彬有礼，具有国企职工的明显标志。看着钱丽艳的老公，王佐想着曾经的自己，总觉得钱丽艳老公的身上有着自己曾经的影子。王佐想，如果自己不离开国企，是不是也这样？怀着复杂的心情，王佐跟钱丽艳的老公聊了起来。

二人竟然一见如故，越聊越投机。两个小时里，男人跟男人聊，女人跟女人聊。

钱丽艳的老公在东莞住了三个晚上就走了。这三天里，白天一个人没事，他就到处乱转。他发现沿海开放地区果然热火朝天，如火如荼，同内地比，同国企比，完全是两个不同的世界。但他并不羡慕。在国企上班，职工是主人，可以安居乐业。而在资本家的工厂里打工，打工仔做牛做马，无根无系。

晚上钱丽艳回到出租房的时候，他反复跟钱丽艳讲这个道理，但钱丽艳就是不听。最后一个晚上，他对钱丽艳说："我不会再来东莞接你了，你明天不跟我回去，不是你不要我，而是我不要你了，你考虑清楚！"钱丽艳说："我在上火车来南方的时候，就想清楚了！我既然上了火车，来到了南方，就不会走回头路了！明天我请半天假，送你上火车。我们有始有终，直到打离婚证那天，我才不是你老婆！"钱丽艳的老公冷冷地哼了一句："有名无实，你还是找你的初恋去吧！"

这对夫妻最后一晚的谈话就此结束，此后就是背对着背睡了一夜。这一夜，两个人都没睡好，都听着对方不规则的呼吸声和换着睡姿的滚动，不约而同失眠了整整一夜。

钱丽艳的老公上火车离开东莞的那天晚上，钱丽艳又来找韩墨了。

在金得厂前面的水塘边石凳子上，钱丽艳对韩墨说："下午我老公临上火车前，跟我说了一句诗，'曾经沧海难为水，除却巫山不是云'。这是他对我说的最后一句话，什么意思呀？"

韩墨点了一下钱丽艳的鼻子说："你呀！光知道打扮得漂漂亮亮，跟男人谈情说爱，卿卿我我，整出了一本书的故事还要多，也不去读读诗词！"钱丽艳做了一个鬼脸，韩墨指着前面说："这地方本来是沧海，现在是山林、田野和工厂，再也不可能变成沧海了。巫山的云是世界上最漂亮的云，看了巫山的云，其他地方的云就不是云了！你老公的意思是说，你们的婚姻和爱情就像曾经的沧海一样，再也回不到从前了。这个世界上只有你是他最心爱的女人，是巫山的云，你走了，他再也找不到像你这样的巫山的云了！"

钱丽艳吐了一下舌头说："原来他还这么有文采呀！以前我怎么不知道呢？"

王佐听见钱丽艳冒出这么一句，扑哧一声笑了，说：“你老公真是个不错的男人，从他身上，我看到了我曾经的影子。不过，我没他长得好，也没他那么好的文采。”

钱丽艳看着王佐，不明白他的意思。韩墨说：“他以前也在国企工作，后来下海了。”

钱丽艳说：“那晚你们聊天那么投机，怪不得哟。”

在东莞待了一个多月，钱丽艳就到广州投奔赵大伟去了。钱丽艳一直和高中时代体育队的同学有联系，赵大伟自然就知道钱丽艳到东莞来了。这一个多月，赵大伟不但多次写信给钱丽艳，而且经常打电话给她，请求她到广州去。赵大伟对钱丽艳说，他的业绩已经上去了，马上要自己单干，店面都租好了。“你来帮我守店，我在外面跑业务送货，我们重新开始。”赵大伟不计较钱丽艳当初的绝情，也不计较她和别的男人结婚并且生了孩子，令钱丽艳非常感动。考虑了几天，钱丽艳就辞工了，到广州和赵大伟一起拼搏，终点又回到起点。

钱丽艳去广州的前十多天，有一天晚上，王春秋破天荒没去大朗，晚上还加了班。下班后，王春秋请王佐和韩墨去吃夜宵。吃夜宵的时候，王春秋对王佐说：“我已经辞工了，一个星期后就离开金得厂。”王佐大为吃惊，不禁问：“好好的为什么辞工？”

王春秋在金得厂的薪水算是最高的，晚上还不用加班，他辞工令王佐纳闷，太奇怪了。

王春秋意味深长地说：“怎么说呢，目前有一个机遇，能不能成功，我没有把握。但我得抓住这个机遇！人生的机遇并不多，你不去闯，前怕狼后怕虎，好运就永远不可能光临你。这次，不管成功还是失败，我总得试试，总要去闯一把！即使失败也不后悔！”

王佐问：“是跳槽吗？你是说跳过去能不能站住脚跟，能不能待下去，还没把握吗？”

王春秋说：“不是跳槽那么简单！如果是跳槽我也一定能站得住脚！这我相信我自己！”

王佐更加纳闷了，说：“不是跳槽，难道是做生意？或者是开店？该不会是传销吧！去年在企石就有个老乡约我去做传销，我听了一节课就知道是骗人的，你可千万小心！”

王春秋哈哈大笑说：“我怎么可能去做传销呢？像你一样，前年我也听了一节传销课，就知道传销这东西是骗人的，就再也没去上课了。”

韩墨说：“那你是去开厂吗？还是开贸易公司？”

王春秋说：“我们这些打工仔一个月才多少钱，养家糊口还可以，要说去开厂开公司，就算有业务，哪来的资金？贷款都不够格，怎么能开厂开公司呢？”

韩墨说：“那去干什么？真想不出来！”

王春秋说：“到时候你们就明白了。虽说这次辞工不是开厂开公司，但也跟开厂开公司差不多，我是当作自己的事业去做的。成功失败暂且不管，至少人生要敢于冒险！”

王佐说：“我被你越说越糊涂了，世界上能有不用资金又跟开厂开公司差不多的事吗？”

王春秋再次意味深长地说：“有，当然有，关键是你要具备条件。另外，我再透露一点，我走了之后，金得厂还有两个人要走，其中一个还是厂里重量级的人物呢。”

说了这句话，王春秋便不再说了，最后叮嘱王佐和韩墨两人不要透露出去，说以后自然会明白的。过了几天，王春秋果然结工资走了。在这几天里，王佐一直不明白王春秋是去做什么，也猜不出厂里是哪两个人要辞工离厂。他把全厂管理人员和技术人员想了一个遍，还是想不出来那个重量级人物是谁。他问韩墨，韩墨说：“我哪知道，你那么好奇干吗？”王佐说：“我出门打工以来，还是第一次遇到老乡和我在同一家厂打工，就是王春秋，我和他还挺投缘的。但是，没想到只共事几个月，他就辞工了，我甚感可惜啊！可惜之外，我就是好奇了。一个人走了不说，还有两个人将要走，谁不好奇呢？”

几天之后，又一个人急辞工走了，王佐万万没想到，这个人竟是老孙。据出纳说，老孙已经三进三出金得厂，写字楼的人都已习惯了。但王佐明白，老孙的辞工绝不是偶然，一定跟王春秋有关。老孙走了之后的第三天，金得厂风传着一个爆炸性新闻，徐经理失踪了。这个消息最初是从生产车间传出来的，因为没人安排车间主管的工作了。之后一整天，徐经理管辖的各部门都没人安排工作，全厂乱成一团。全厂员工这才确信徐经理不辞而别了。幸好，小江是副经理，算是徐经理的助手，老江及时任命小江为经理，工厂才正常运转。同时，老江命章新月写了一份致全体客户和供应商的通知，说徐经理已从金得厂离职，今后徐经理的一切活动与金得厂无关，等等，并传真给所有客户和供应商，风波就此平息。

老江的雷厉风行，处变不惊，给王佐留下了深刻印象。王佐想，老江绝不是小作坊成长起来的那种小老板那么简单，一定有个人的独特能力和个性，才有了今天的辉煌。同时他也知道，王春秋所说的重量级人物就是徐经理了。但他想不明白，徐经理月薪高达两万八，一年有三十多万的收入，对大陆员工来说，简直就是天文数字，为什么要不辞而别呢？难道真如王春秋所说，他们三个人是去开厂或者开公司？至少，他们三个人先后出厂，一定是一伙的，这不容置疑。也许连老江都看出来了，何况是提前得到信息的王佐呢。

但是，王春秋他们三人到底去了哪里？实际上干什么去了？与金得厂的产品有没有关系？王佐一时无从知道。因为王春秋走了之后，王佐就没有他的联系方式了，可以说是音讯皆无。也许，只有联系上王春秋之后，一切谜团才能解开。

王佐忽然想起一件事来，这件事足以证明徐经理早就计划好了不辞而别。

二十多天前，韩墨的小弟韩斌从家乡过来，说读到高中毕业也就混个高中毕业证，不想读了，还是出来打工。但韩墨早就从父亲的信中知道韩斌是被学校开除了，因为韩斌带着几十个高中生到另一所学校打群架，震动了全县。韩墨知道，从小就好惹是生非的小弟确实不是读书的料，出来打工就出来打工吧，也没说什么。于是，韩墨抽了个机会，找到徐经理，问厂里要不要招男工，徐经理就叫韩墨把韩斌带进厂面试。面试时没问几句，徐经理就安排韩斌到组装车间任主管助理，这很令韩墨意外。因为她知道，组装车间从她进厂以来就没有主管助理这个职务。何况，还没高中毕业的韩斌只是个毛头小伙子，没有任何车间管理经验，也没有任何组装技术和打工经历，为什么徐经理大笔一挥，任命韩斌为主管助理呢？当时，韩墨还认为徐经理是看得起她，再加上小弟的机灵活泼，所以才有了一个好岗位。

王佐回想起韩斌进厂一事，越想越觉得不对劲。很明显，当时徐经理已经准备好不辞而别、自立门户了。在这种情况下，有权不用，等于作废。徐经理随便给韩斌安排了一个那么好的工作岗位，既是故意留个人情给韩墨，也是充分及时地利用手上的权力。

想明白了之后，王佐希望老乡王春秋从此飞黄腾达，吉星高照。虽然徐经理、王春秋和老孙他们三人的做法有失情义，颇有小人之嫌。但是，你不利用手上的资源和技术去创造机会，你所尽忠的那个资本家永远也不会给你机会！

第二十八章　罢工

徐经理失踪后没几天，金得厂又发生了一件大事。这种事是所有老板们最头痛的事，那就是罢工。据出纳说，这是老江在大陆投资设厂以来从未有过的事，王佐有幸目睹和了解了全过程。通过这件事，王佐发现，老江确实是个硬汉。在巨大的危机和困难面前绝不低头，不但坚强果断，雷厉风行，而且可以说是泰山崩于前而面不改色，真乃将才也！

那天吃完早餐刚上班，王佐就专心致志地画起图。因为要组装新产品，有几个零件急需打样。在画图的时候，办公室所有的人都在议论纷纷，说组装车间全体员工都在聊天，罢工了，小江和车间主管正在大发脾气，还是无济于事。组装车间全体员工罢工是为了加工资，连条条框框都列出来了，写在一张纸上，交给了小江。小江汗都冒出来了。

小江对全体员工说："工厂会答应员工合理的要求，待研究后公布实施，大家先开工吧，请大家相信我！"但众口一词，大家都说答应条件才能复工，没有任何可谈的余地！过两天就要出三个货柜了，小江急啊！他先做各组长的思想工作，组长们不为所动，接着又一个一个地劝说员工，也没用。他简直都快哭了。

小江自认为高人一等，平常言行颇瞧不起大陆人，车间员工非常讨厌他。有一次，一个车间员工在上班时间把产品表面弄花了，正好被小江看见。小江大怒，指着那个员工的鼻子吼道："不会小心点吗？"那个员工气不过，轻轻嘟囔了一句："你凭什么吼人？"小江说："吼你算什么！没打你炒你就是你家祖坟冒烟了！"员工说："那你把我炒掉吧！"小江说：

“想走是吧，我偏不炒你，你要走算自动离职，现在就走……主管，叫两个保安过来，监督收拾行李，马上走！”员工一听急了，说：“这还有没有王法？不结工钱炒人，我要去告你！”小江指着员工大叫：“你去告啊！我有的是钱，用钱就可以砸死你！你去告啊！”说完，小江就走了。那个可怜的员工还真没结一分工钱就被炒了。

小江就是这样一个飞扬跋扈、蛮横无理的富二代。自那件事后，组装车间员工就更讨厌他了。他的三言两语，怎么可能让车间全体员工复工呢？

不久，老江冲进了写字楼，坐在他的大班椅上，怒气冲冲，虎目四顾。

写字楼所有办公室的职员大气都不敢出，空气似乎凝固了。老江嚼着槟榔，抽着烟，刚抽两口，又把烟头掐灭在大大的玻璃烟灰缸里。这时，厂长走到老江的大办公桌前，身体向前微倾，非常恭敬地说：“江老板，你看，要不要叫治安队过来？我马上打电话？”老江抬眼看了厂长足足有三十秒，说：“你想把事情越弄越大，唯恐天下不乱吗？”厂长了解老江的脾气，虽然被斥责，但并不生气，依然客气地说：“这些外来工，就是吃硬不吃软，叫治安队过来抓几个领头的，事情就会平息。”老江说：“没必要！这是我们工厂内部的事情，干吗要叫治安队！这不是仗势欺人吗？我自有主张，你走吧！”厂长脸上显得很不自然，说：“那好，需要我出力就叫我，我在外面等着。”

说完，厂长悻悻地走回外间大办公室自己的位置上坐下，心中骂道：“好心好意帮你叫治安队，却不识抬举，真是狗咬吕洞宾，不识好人心！”厂长三十多岁，就是东坑镇东坑村人。东坑镇二十多年前还是个不注重教育的农村地区，厂长读了高中，能唱能跳，还能打一手漂亮的乒乓球，在本地算是不错的，也是全厂最活跃的人之一。后来王佐才知道，此人为人奸猾，贪财好色。在东莞打过工的人都知道，数以万计的大小工厂里，都设了一个厂长的职位。这种厂长全由本地人担任，并不经营工厂，也不是高层管理，而是处理工厂与当地政府各部门之间的一些乱七八糟的事情。这样设置，既解决了本地人的就业，也方便工厂处理各种纠纷，以及遇到的疑难问题。金得厂的厂长就是当时东莞大地上所谓的厂长之一，说白了就是一个跑腿的后勤人员。

忽然，老江冷不丁响雷般大叫："章新月，把小江叫过来！"

章新月不禁一颤，答声"好"，就出写字楼到车间去了。

一会儿，小江过来了，章新月坐到自己的位置上，忐忑不安。

老江、小江父子俩用闽南话叽里咕噜商量了好一会儿，老江对着小江大手一挥，说："就这样办吧！"小江对着出纳说："走，我带你去取钱！"小江和出纳刚走，老江又大叫着，命令章新月打电话，让车间主管带着所有组长和QC（质量控制）下来。

王佐虽然装模作样地画着图，但他怎么能画得下去？他时不时透过大玻璃窗看向老江办公室。不久，车间主管带着所有组长和QC来到了写字楼。十多个人，乱七八糟地站在老江的大办公桌前。老江对车间主管说："你到车间去，通知所有员工，不愿做下去的等待通知结工钱，愿意留下来的继续上班，如果继续罢工串岗，罚款一百，开除出厂！"

车间主管走了，老江又对所有组长和QC说："你们都是我金得的基层干部，为金得的发展壮大流血流汗，我感谢你们！今天罢工，你们是受到某些别有用心的人的欺骗和蛊惑，你们上当了！你们的待遇跟普工比起来高多了，随着工厂的发展和工龄的增长，工资会水涨船高，职务也有上升的空间。你们现在就可以决定是否留下来，但我不会强行留你们！愿意留下来的回车间上班去，不愿意留下来的去外间大办公室等着，马上结钱走人！"

十多个组长和QC显然没想到会这样，互相之间窃窃私语。老江又说："不准商量，自己决定！"约三分钟，有个女QC说："我愿意留下来！"说完，她就离开写字楼回车间上班去了！接着，一个，两个……陆陆续续，有一半的人都回车间去了。老江横扫了余下的人一眼，不怒自威，说："你们都不在这里做了是吗？"一个人怯怯地说："我们只是罢工，不是辞工……"老江说："工厂不接受你们的罢工条件，那你们就走吧。到外间大办公室等着！"几个人犹犹豫豫，到了这个地步，也没办法收回，都慢慢地走到外间大办公室去了。此时此刻，即将离厂的每个人心中都是五味杂陈，心潮起伏。他们不明白，他们全车间的罢工，怎么顷刻间就土崩瓦解了！最令他们意外的是，那个策划罢工的人，却不知跑到哪里去了。

小江和出纳从银行回来了，老江吩咐章新月负责结算工资，出纳负责发放。章新月算好了一个人的工资，就叫一个人进来。

第一个进来的是个组长，老江问："你是从深圳跟着我来东莞的，为什么要跟着起哄罢工？"这个组长说："牺牲自己，幸福别人，不罢工你会给大家涨工资吗？"老江说："我们台商跑到大陆来投资办厂，给你们解决了就业问题，你不心存感激，还罢工！真是无情无义！你走吧！结工资！"章新月把这个组长领到出纳办公桌前，领钱签字，随即一个保安跟着他上宿舍收拾行李去了。

第二个进来的是个QC组长。老江说："厂里暂时没有品质主管，我准备过几个月成立品质部，你就是品质主管了。你这么年轻，大好前程不要，跟着罢工，你脑袋进水了！"QC组长嗫嚅地说："都，都，都是他们挑拨的，我，我，我还真不想罢工！"老江骂道："你没长脑袋吗？自己没有主见吗？"QC组长说："我，我，我一时糊涂，老板，我愿意留下来！"老江说："晚了！你以为金得厂是你家菜园吗？想进就进，想出就出，想罢工就罢工！结工资走吧！我不需要你这种没骨气也没主见的人！去结工钱！"

第三个进来的是个女QC，老江问："你一个女孩子，还没结婚就做了QC，很不错了！你是被他们拉下水罢工的，我原谅你年幼无知，不炒你，你留下来吧！"女QC说："你结工钱吧，我不愿意留下来！"老江问："为什么？"女QC指着正在出纳那里领工资的QC组长说："谁叫我是他女朋友呢？"老江怔了怔，手一挥说："你走吧！"

就这样，那些在外间大办公室等着的组长和QC一个个被老江询问一番，没有一个人留下来，全部结工资走人了。接着，老江亲自打电话给车间主管，叫他把不愿意留下来的车间员工带过来，并给出纳一份名单，以结算工资。同时，保安队长带着几个保安在员工宿舍监督离厂员工收拾行李。行李收拾好了，离厂员工带着行李在写字楼外的空地上等着出纳结工资。不多时，但见空地上三个一伙，五个一堆，行李乱七八糟，这在金得厂历史上从未有过。一个员工在出纳那里领了工资，另一个员工接着到出纳那里领，已领工资的则扛着行李走到保安室，值班保安检查一下行李，离职的员工就算正式出厂了。

直到快下班的时候，所有离职的员工才结清工资，全部走了。老江把组装车间的主管叫了过来，骂道："车间里的人串通罢工好几天了，你竟然不知道，你这个主管是怎么做的？我要你有什么用！你给我滚！"当即，车间主管被炒，领工资走人，中饭都没吃。

在吃中饭的时候，王佐心想，一个车间的组长和 QC 都走了一半，连主管都被炒了，这个最重要的组装车间该怎么运作？老江是不是老糊涂了？也许老江这是杀鸡给猴看，给全厂员工看。一个车间的人走了一半，还包括主管和一半的组长，都不放在心上，还有什么人、什么事能威胁到老江呢？想到这一层，王佐不禁对老江暗自赞叹。

真霸气，有王者气概！

中午，那些被炒的或者离职的员工竟然在蜀香园川菜馆聚餐，像庆祝胜利一样。消息传到金得厂，传到王佐的耳朵里，王佐实在是费解。要知道，出了金得厂，几十个人没住的地方，还得找工作，能撑几天呢？这些人是疯了，还是神经有问题？

下午上班没多久，老江带着小江来到组装车间，召集留下来的员工开了一个简短的会，并宣布了新的计件工人工资制度，车间拿月薪的管理人员和技术人员每人每月加一百块。所有留下来的员工暗自高兴，心想自己运气真是太好了。会议快结束时，老江根据小江的提议，提韩墨的弟弟韩斌为车间主管，空缺出来的组长和 QC 也从员工里挑选出来了，一个新的车间领导班子正式组成，散会后正式开始运作。同时，人事部紧急招工，韩墨用毛笔写的招工广告又一次贴在保安室的外墙上。一连几天，金得厂保安室外都挤满了来应聘的人，人事部也挤满了人。一个星期后，组装车间所缺的员工迅速得到补充。

小江把只做了不到一个月的主管助理韩斌提为车间主管，并不是看韩墨的面子，而是韩斌这个机灵聪明的小伙子令他印象太深了。韩斌在做主管助理这段时间，车间主管根本就不让他接触车间的管理和生产安排，而是让他做一些杂事，哪里缺人手，就安排在哪里。有时没什么事，韩斌在车间里就是个闲人。这引起了小江的注意。小江一见韩斌闲着，就会叫韩斌做这做那。韩斌不但做得快，而且做得好，一张嘴巴更会说话，小江非常喜欢。于是，小江强行命令车间主管让韩斌接触车间生产管理上的事务，车间主管也没办法。本来，老江是不愿提韩斌为车间主管的，因为他认为韩斌太年轻了，进厂时间也不长，根本不是车间主管的合适人选。但是，一则小江极力推荐，二则组装车间实在找不出一个合格的车间主管来，死马当作活马医，韩斌就走马上任，成了组装车间的新任车间主管了。

几天后，黄经理从台湾赶了过来，负责金得厂生产上的全部事务。

金得厂没乱上几天，生产就走上了正轨，出货也及时，罢工风潮渐渐平息。

可是，韩斌做了一个月左右的车间主管就被老江炒了，被炒的原因竟然跟上次罢工有关。王佐和韩墨都是事后才知道的，韩斌竟然是罢工的主要策划人和活动人之一。

那天下午四点左右，王佐和韩墨都在办公室做事，忽然写字楼外传来吵闹声。写字楼所有的人都出来看热闹，包括老江和小江。只见出纳的老公——金得厂的电工，他长得高高大大，平常却不说不闹，正带着一帮老乡追打韩斌。韩墨和出纳对看了一眼，脸色都变了。老江见了大怒，叫道："停下，都停下，再不停下全部开除！"韩斌听见老江的叫声，又看见写字楼的人都出来了，便向写字楼的大门口跑来。那帮人也跟着追了过来。老江见此，气不打一处来，大叫："停，停下，再不停下统统开除！"那帮人停下来，你看着我，我看着你。跑到写字楼大门口的韩斌也停了下来，转身叫道："打呀！打呀！你们打呀！"气急败坏的韩墨赶紧跑上去，一把拉开韩斌说："好了！别叫了！"

所有的人都停下来了，老江指着那帮人说："光天化日之下，在工厂打架闹事，你们想干吗？不想做了吗？"人群一阵静寂，出纳的老公犹豫了一下，走上前递给老江一张 A4 纸，说："江老板，这是上次罢工的联名信，你看看，都是这小子策划的。这种人不打，该打谁？"老江接过纸稍稍看了一眼，脸色都变了，说："你这张纸从哪里来的？"出纳的老公说："这小子策划罢工，在罢工的时候，他却不参与，被炒的那些员工气愤不过，就把这张纸交给我了。江老板，这种卑鄙无耻的小人，你还升他做车间主管，哪一天金得厂被他卖了都有可能！不要说打他，今天我就是杀了他都不解气！”

出纳的老公和他的老乡们为什么如此气愤，并追打韩斌？原来，在那张罢工的联名信上竟然有一个条件，那就是开除出纳。联名信上说出纳仗势欺人，在厂里一手遮天，还拉了一帮老乡在厂里位居各部门要职，欺上瞒下，不开除不足以平民愤。

老江当时就找到那天罢工的多个当事人询问取证，人证物证俱在。老江大怒，不但把韩斌炒了，还把小江痛骂一顿。没想到发生了这样一件事，韩墨倍觉丢脸，真是恨铁不成钢。小弟真是太不懂事了，成事不足，败事有余，出了金得厂，这么好的工作到哪里去找啊。

没有办法，韩斌出厂了，住在出租房里。韩墨对韩斌说：“你没有技术，又没有文凭，到哪里去找工作！现在也快开学了，你还是回去想办法读书吧。不想读高中也行，找个技术类学校读一读，以后再出来就好找工作了。”韩斌说：“我哪读得进去书，还是慢慢找工作吧，命运谁说得清楚呢？”王佐说：“读技术学校还不如找家工厂学技术，岂不是更好。”韩墨也认为王佐说得有道理。于是接连几天，韩墨和王佐分别给所有认识的同事与朋友打电话，咨询有没有学徒的机会。几天后，牛玉民回电话给王佐，说可以进永发厂当学徒。王佐第一时间把韩斌送到永发厂学钳工去了。

第二十九章　日记本风波

韩斌去永发厂学钳工半个月后，韩墨的大弟韩砚又从勤安厂辞工出来了，住进了出租房里。那间出租房自从租下来后，先是钱丽艳住了几天，还没退租，又有个王佐的初中同学住了几天，没多久钱丽艳将要离婚的老公又住进来了，后来韩斌又住了几天，现在又是韩砚住下来，就一直租了下来。韩墨对王佐说："这个房租一个月交一次钱，没到期退房的话，退不到钱，太可惜了，等到期了又有人住进来了，干脆，我们一直租下去吧，省得麻烦。"王佐说："你上次不是报考了会计师吗，就一直租下去吧，没人住的时候我们就在出租房里学习，你备考会计师，我看看机械技术方面的书，多好！"韩墨说："我也是这样想的，有个安静的地方复习，争取明年一次性通过会计师考试！你说，我行吗？"王佐说："行，当然行，你不行谁行。如果房子一直租下去，我也可以帮你看看会计师考试的书，还可以和你一起探讨，也许对你考会计师能起点作用呢！"韩墨说："那好，有你这句话，我明年一定一次性通过！"

在这段时间，王佐和韩墨还闹了个不愉快。那是韩砚从勤安厂辞工住在出租房时。有一天，由于治安队查房，头天晚上抓了不少的人。为了韩砚的安全，王佐就找人借了个厂牌，约了几个人，让韩砚混进了金得厂。当晚，韩砚在王佐宿舍的床铺上睡了一晚。

第二天早上，金得厂所有员工都上班了，韩砚还没有起床。韩墨担心老江起床上班后发现韩砚，便把准备开车送货的司机偷偷叫到一边，说昨晚查出租房，她弟弟混进来住了一晚，现在出去不方便，想跟司机的货车混出厂。都是在外打工的人，能帮得上就帮，司机一口就答应了。韩墨把司机愿意送弟弟出去的事跟王佐说了下，然后高兴得三步并作两步跑上了三楼，进了王佐宿舍，叫醒了弟弟。韩砚进卫生间洗脸去了，韩墨整理着床铺。突然，韩墨发现王佐枕头下的垫被里有个硬硬的东西，她用手一摸，就知道是日记本。强烈的好奇心促使韩墨掀开了被子，被子下果然是一本红皮封面的小日记本。

韩墨拿起日记本，随手翻开一页，纸上胡乱写着这样一句话："张子含，总有一天，我会报复你，让你生不如死，死又死不了，比死还痛苦！"

韩墨呆了，正想翻开下一页，这时韩砚洗漱好了，走到床边。韩墨来不及细想，就把日记本放回了原处，还拍了拍已叠好的被子，对韩砚说："也不起早点，现在上班了，怎么能出去！"韩砚嘿嘿笑了两声说："昨晚在看小说，快看到天亮了，怎么起得来？"韩墨说："好了，跟我下去吧！我跟厂里的司机说了，你跟着他的货车混出去，走吧，不要让别人等久了！"韩砚跟着韩墨下了楼，来到仓库，司机的车子早就装好了货物。韩墨对司机点了点头，司机把韩砚让上了车，车上还坐着两个搬运工，把韩砚挤在中间。司机发动货车，五十铃双排座小货车出了厂，韩墨心神不定地走回办公室开始工作。

韩墨装模作样地拿起一叠送货单，敲着计算器，计算一家供应商的月结应付货款。可是，平常运指如飞、不出一点差错的她，此刻怎么也敲不出一个正确的数字来，一颗心狂跳不已。为了能镇定下来，她索性停下工作，用手拍了拍胸口，微闭着双眼，趴在了办公桌上。

她的大脑在飞快运转着。张子含是谁？他的前妻？还是他的女朋友？他为什么那么恨她？"总有一天，我会报复你，让你生不如死，死又死不了，比死还痛苦！"天啊！这是一种什么样的恨？恨一个人，恨一个女人，竟然恨到那种不可思议的地步，他到底有一个什么样的过去？那个女人如果是他的女朋友，那么，他们分手了吗？是那个女的水性杨花把他甩了吗？不然，他怎么那么恨她！如果不是他女朋友，那就是他妻子了！那么，他们离婚了吗？他的妻子又做错了什么？跟人跑了？还是出轨了？再怎么样，也没必要那么恨吧！

一想到那个女人是王佐的妻子，韩墨就止不住流下眼泪来，她恨恨地想："他都二十六七的人了，我怎么就那么天真，还以为他是一张白纸呢！还自以为找到了真爱！哪知，人家都是结了婚的男人！天啊，这可怎么办？天啊，我怎么这么倒霉！"

严格意义上来说，王佐还是韩墨的初恋，韩墨也自认为找到了初恋，并打算死心塌地地跟王佐过一辈子，哪怕是讨饭，也心甘情愿！可是，转眼间，王佐竟然有了女人，甚至有了妻子，这能不令韩墨伤心吗？！韩墨越想越不对劲，越想越坐不住。

她想，她不能这样稀里糊涂地上当受骗，一定要把事情弄清楚。因为她实在太爱他了。

唯一能把事情的真相弄清楚的，就是那本红皮日记本了，韩墨决定去王佐的宿舍偷偷看完。可是，现在是上班时间，也许等会儿老江就会下来，没看见她在办公室怎么办呢？老江每天上午上班的时候，不是叫出纳，就是叫助理，或者叫韩墨，韩墨在这个时间段一般是不敢离开岗位的。不过今天，她再怎么想压下怦怦狂跳的心，也平静不下来。她一定要弄清楚王佐为什么那么恨那个女人，一定要弄清楚那个女人和王佐到底是什么关系。否则，她没办法上班，也没办法面对以后的人生。毕竟，她已经把王佐当作她一辈子相守的男人了，她不相信自己金子般的爱就这样无影无踪，更不愿失去心爱的人。

想好之后，韩墨拿起一张纸一支笔，像平常一样对出纳说，我去仓库对对账，老江如果找我，你就打电话到仓库吧。说完，韩墨就走出了写字楼，走到了仓库，找仓管对账。对了一会儿，韩墨略不好意思地对仓管说，你先看看账，我去趟卫生间……肚子不舒服。

说完，韩墨就出了仓库，向员工宿舍走去。

每天早上一上班，王佐和韩墨都会对看几眼，用目光去交流、去传情，然后双方都会精神百倍地投入到工作中去。可是今天，王佐发现韩墨送走了韩砚之后，不但没看他，还坐在那里魂不守舍。奇怪！他真想问问她哪里不舒服，还是工作上遇到了什么难题。或者说韩砚混在金得厂睡一晚被人发现了？可他转念一想，如果她遇到这些问题，一定会找他商量的。那就说明是其他问题了。是什么问题呢？王佐实在想不明白。看着韩墨心不在焉地敲着计算器，一会儿还趴在桌上思考着什么，脸上显出痛苦的神情，王佐的心也随之一沉。

不久，王佐发现韩墨趴在桌子上抬起了头，坐直了身子，还有意无意地抹了一把眼睛，然后就跟出纳说去仓库对账。虽然韩墨每天都会去仓库对账，但今天在王佐看来，韩墨一定不是去仓库对账了！那她去哪里了？她去做什么了？到底发生了什么事？王佐左思右想也想不出个所以然来，于是心不在焉地拿着一支铅笔对着图纸发呆，脑中却在高速运转……

韩墨进了王佐的宿舍，宿舍里空无一人，空气中弥漫着臭袜子和脏衣服的气息，令人窒息。她皱了皱眉，快步走到王佐床前，掀起蚊帐坐进了床里面，拿出了枕头下垫被里的日记本，紧张地看了起来。这本日记是1995年下半年王佐在重庆进某摩配厂打工那晚开始写的，基本上记录了他在重庆打工生活的点点滴滴。韩墨以前就听王佐说过，前年他在重庆打了半年工，原本想在重庆待下去，并利用业余时间充电学习，后来由于一桩偷窃公司图纸事件，离开了重庆，日记本上记录得清清楚楚，看来王佐所言不假。

由于是偷看，又是上班时间，韩墨可以说是一目十行，不过二十分钟，就看了日记本的一大半。令她失望的是，日记本中并没有写出那个王佐恨到极点的女人的身份，只是每隔几页，就会出现一两句痛骂痛恨那个叫张子含的女人的话，而且占了整整一页。差不多看完了，聪明的韩墨清楚，这个叫张子含的女人绝对不是王佐的妻子，最多只是他的前女友而已。至于他为什么那么恨她，肯定是女方做了对不起他的事，伤了他的自尊心，也可能是抛弃了他。想到这些，韩墨紧张的心稍稍平静了一些，但她还是特别吃醋。虽然她知道他这么大年龄的男人不可能没有过去，但她没发现就当什么都不存在，就当他是一张白纸。现在发现了，她还是感觉他的过去有很多污点，她的真爱也打折了，并且觉得自己很委屈。

日记本的后面，竟然是王佐到金得厂的事，这不禁提起了韩墨的兴趣，更吊起了她的胃口。她很想看看他是怎么写她的。他到底是爱她，还是玩弄她？如果是爱她，又爱到什么程度？可惜的是，他进了金得厂没多久，就没写日记了，这不免令她十分失望。

王佐进金得厂没多久，就和韩墨好上了。两个人白天在一起上班，浓情蜜意，吃饭的时候还手拉着手，下班的时候更是逛遍了长安塘的角角落落，直到深夜才回厂，当然就没有时间写日记了。韩墨想不到这一层，看完了日记之后，长叹一口气，心想，认命吧，哪个男人没有过去，只要他从今往后对我一心一意就够了。想到此，她把日记本小心翼翼地放回了原处，尽量保持原样，因为她不想让王佐知道她偷看了他的日记。她想，一切痛苦自己承受吧，我一定要装作什么都没发生，什么都不知道，这样也许会更好……

怀着这样的心思，韩墨心情沉重地下了宿舍楼，到仓库接着对账，然后就回办公室了。坐在自己的位置上，她尽量保持着平静，像平常一样按程序做事。可是，此时此刻，她怎么能平静得下来呢？她不是敲错数字，就是拿着对账单发呆。

韩墨的这些异常行为和表情，全被王佐看在眼里，焦在心里。他还是心不在焉地画着图，脑子里却在苦苦思索！她怎么会这样？到底发生了什么事？这不符合她的性格嘛！

突然，灵光一现！“日记本！难道是日记本？！”王佐想到韩砚昨晚跟自己睡在一张床上，今天上班没多久韩墨就去他的宿舍叫韩砚起床跟司机的货车出去，肯定叠了被子，难道她看到了自己压在垫被底下的日记本？天啊！那本日记真实地记录了自己在重庆半年多的经历，不但记录了自己曾经在广州火车站流浪时送一个重庆姑娘回家，还写了自己痛恨痛骂前女友的话语，这该怎么办？一想到韩墨看了日记，知道了自己的过去，王佐就没心思画图了，更坐不下去了，因为他真的不想失去流浪多年后找到的真爱！

就这样，王佐心神不定、坐立不安地画着图，还不时偷偷看着面露痛苦表情的韩墨，心中也十分痛苦，简直悔青了肠子。千不该万不该，不该把日记本放在床上。为了验证韩墨有没有看过日记，王佐决定回宿舍看看，不然他根本没办法做事。看看老江还没下来，王佐离开了座位，对办公室同事们说去样品组看看，就走出了写字楼。在样品组待了几分钟，跟样品组工人聊了几句，他就出了样品组，左右看看没有人发现，就去宿舍了。

到了宿舍，看着叠得整整齐齐的被子，铺得平平整整的床单，王佐就知道，韩墨一定看过日记本了。拿开枕头，掀开垫被，看着静静躺在那里的红皮日记本，那个方位不是自己特意放的方位，王佐懊悔不已。他想，自己真是太粗心大意了，好好的，为什么把不合适的日记本放在床上呢？真是没事找事，吃饱撑的！

拿起日记本，王佐走到宿舍后的阳台上，一目十行地看了一遍，然后又合上，心情复杂地看着远方。目光所及之处，是一片望不到尽头的荔枝林，一座渡槽在荔枝林中若隐若现。王佐心中十分清楚，自己不光彩的过去被韩墨知道了，韩墨很有可能不理他。如果真是那样，他在金得厂待下去也就没什么意思了。此时此刻，他更恨那个叫张子含的女人了。几年来，他一直恨着那个女人，几近疯狂。今年，因为遇到了韩墨，遇到了理想的人生伴侣，找到了真爱，他算是淡忘了过去。可今天，因为日记，因为过去，他很有可能失去韩墨。面对荔枝林，他又一次恨起了那个不知在世界上哪个角落的女人。

自然而然，王佐又想起了1993年。那一年，对他来说太深刻了。因为那一年是他人生的转折点。那一年，他从安稳的国企自动离职，出门打工，郁郁不得志。那年后，他在人世间飘荡，走到哪儿算哪儿，像一只流浪的狗，无颜见江东父老！

那几年，他踏遍了大半个南方，却找不到一份安稳合适的工作。之后，他才明白，冲出国企的他，其实在这个世间几乎没有任何安身立命的本事和技术，甚至不如一个农民工。农民工至少能干力气活，没活做的时候可以回家去种那一亩三分地。而他呢，天下之大，上无片瓦，下无寸地，这个世界的一切似乎都与他无关。他简直快绝望了。而这一切都是那个叫张子含的女人造成的。

为了那个女人，王佐离开了国企，带着她去温州闯世界，最后却发现她的心在别的男人身上。于是，一怒之下，他不辞而别，独自跑到东莞、深圳。在东莞、深圳不能立足，他又在厦门、上海、杭州、南京、广州、重庆等地流浪，踏遍了大半个中国南方。

那几年，王佐从一座城市扒火车到另一座城市，却始终找不到自己的位置，更别谈发展了。现在，有了在东莞的两年制图设计经验，更因为韩墨的帮助会用电脑制图了，王佐在东莞总算立下了足，未来也明朗化了。可是现在，韩墨看了日记本，有可能会离开他。王佐不禁长叹一声，为自己感到悲哀。一想到韩墨可能会离开自己，不知为何，他想起了钱丽艳的老公临走前对钱丽艳说的那句话：曾经沧海难为水，除却巫山不是云。

是啊！在国企那几年里，王佐真是太单纯了。那时，他认为一切都是美好的，包括事业和爱情。可是转眼间，一切如过眼烟云，不堪回首。在他最困惑的时候，1992 年南方谈话吹响了新一轮改革开放的号角，他也随着大潮下海了。虽然几年来流浪奔波，但他并不后悔。因为他站在了时代的潮头上，目睹了新旧两个时代的更替，并且躲过了国企的下岗潮。

此刻，王佐站在阳台上，呆呆地看着远处的荔枝林和宿舍楼下右边的一片草地，感叹了好一会儿，最后长叹一声，把日记本远远抛向空中。看着日记本在空中划过一条美妙的抛物线，最后落在草丛里，他的眼睛湿润了。那本跟了他一年左右的红皮日记本，记录了他在重庆的往事，也真实记录了他当时每一天的心情。看着草丛里的日记本，跟告别旧情人一样，还真有些舍不得。像是跟过去告别似的，也像迎接新生活似的，他跺了跺脚，最后看了一眼草丛中若隐若现的红皮日记本，心情沉重地走出了宿舍，下楼到办公室去了。

当韩墨发现王佐走出办公室的时候，她心里不由一惊。难道他发现了自己的异常？她知道，他每天上午都会抽出时间到样品组看看，有时是了解样品的组装进度，有时是安排新样品的组装任务。可是今天，韩墨总觉得王佐不是去样品组，而是发现了自己的异常。

虽然韩墨发现了日记本，并且看了日记的内容，但她不想让王佐知道，也不想离开他，因为她实在是太爱他了。她也知道，那个女人肯定不是他的妻子，最多只是他的前女友而已。一个人不可能没有过去，既然她发现了他的过去，虽然吃醋，但她只想把痛苦压在心底，不想让他知道。如果他知道了，肯定会影响他的心情，她不想让他心情不好。

为了证实王佐是否去了样品组，韩墨还特地到样品组去看了一下。如她所担心的，他果然不在。韩墨心都凉了。样品组的工人告诉她，王佐来过样品组，一会儿就走了。她知道，平常他不在办公室，就是在样品组，今天他显然发现了自己的异常。她真后悔自己情绪失控，没有装作什么事都没发生一样。她真想去他的宿舍看看，可她又觉得尴尬，更不好意思。左右不是，最后她还是慢慢走回了办公室，坐在椅子上乱想一气。

当韩墨正坐在椅子上不知如何是好时，忽然从外面办公室传来脚步声。不用问，她就知道是王佐来了。她对他的脚步声太熟悉了。不由自主地，她抬起头看向那扇进出办公室的门。没成想，王佐此时刚好踏进办公室，也不由自主地看向了她。两个人的目光在空中相遇，交织在一起，彼此的心都是一颤。她感觉到了他目光中的内疚和不安，他感觉到了她目光中的深情与埋怨。她收回了目光，装模作样地做事。他也走回自己的位置，开始画图。办公室里不时有电话声、交谈声、走路声，但对他们来说，空气好像冻结了，他们彼此都听到了对方的心跳声。此时无声胜有声，有声也似无声，真正爱到深处的人，才能彼此感受得到。

第三十章　无奈之下开小店

吃中饭的时候，王佐和韩墨虽然坐在一起，却破天荒没有在桌子底下手牵手。两个人都静静地吃着饭，根本听不见同桌一起吃饭的同事的聊天和笑闹声，但彼此却能感受到对方的呼吸声。韩墨小口小口地吃着饭，一小碗饭还没吃完，就离开桌子去洗碗了。王佐知道韩墨是被自己气的，才吃不下饭，心中颇为自责。吃了两口，他也不想吃了，端起饭碗离开了饭桌。李湘花指着王佐走出去的背影，对同桌的同事说："这一对今天怎么了？不说话也吃不下饭，闹别扭了？"白丽丽说："谈恋爱不就那样，没事找事，浪漫嘛！"全桌人都笑了。

王佐走进办公室，见韩墨坐在她的办公椅子上，靠着办公桌，左手撑着头，呆呆地不知看着前面什么地方，也许根本什么都没看。感觉王佐进来了，韩墨别开头，看向墙。王佐走到韩墨桌子对面，看了韩墨好一会儿，轻轻地说："你真不该看我的日记！"

一瞬间，韩墨所有的委屈都涌向胸膛，涌向脑际，眼眶中迅速涌满了泪水。但她强忍着没让泪水流出来，既没理王佐，也没转过头来看他。王佐又轻轻地说："我知道，我的过去不大纯洁，我自己都鄙视我的过去。我那时年轻，不了解社会，所以走了很多弯路。但话又说回来，如果不是我年轻单纯，我就不会离开国企，就不会下海打工，也就不会认识你了。你想想，这就是缘分啊！这都是上天注定的！请你理解，我一定会好好珍惜我们的缘分的！"王佐的这些话都说到韩墨的心坎里去了，她何尝不知道，他们能在异乡相识相恋，完全就是冥冥之中注定的。她明白，他们双方在各自的人生路上，任何一次小小的选择，包括跳槽，彼此之间都会失之交臂，擦肩而过。

想明白了这些，韩墨终于松开了紧紧咬着的嘴巴，随之眼泪夺眶而出，上身也随之抖动，无声地哭了起来，泪流满面。王佐的心也是一紧，心堵得难受，酸酸楚楚的。

他绕过桌子，走到韩墨身边，轻拍了一下她的肩膀，说："别哭了，别哭了，千错万错都是我的错，我不该保留那个日记本，你受委屈了，当作没看见，我不能没有你！"

韩墨抹了一把泪水，强忍着停止抽泣，坐正身子，拿起桌子上的铅笔，在一张废纸上飞快地写着："对不起！是我太敏感了。我不该表露在外，让你也不好受，可我也不想啊！"

见韩墨写完了，王佐也拿起铅笔，正准备在废纸上写字，韩墨移了一下身体，椅子有一半空位。王佐心头一热，坐了下来，两个人的手臂无意中轻碰在了一起，彼此全身都是一颤，不自觉双方的心"咚咚"跳快，韩墨随即移开了手臂。紧挨着韩墨，半个屁股坐在椅子上，感受着韩墨的体温，一股热流从椅子上传遍全身，王佐此刻心中五味杂陈。

王佐定了定心神，用铅笔在废纸上写着："我们重新开始，请你相信我！"

写完，王佐把铅笔递给了韩墨，韩墨不用思索，在废纸上写道："我们本来就没有结束，哪来的重新开始？！我们像以前一样，什么都没发生，什么都没发生……"

王佐接过铅笔，深情地看了一眼眼含泪花的韩墨，写道："我爱你！"

韩墨接过铅笔，也深情地看了一眼王佐，写道："但愿君心似我心！"

一股电流冲击着王佐的心房，他一把抱住了韩墨。韩墨躲闪不及，随即贴在王佐的怀里，两人紧紧拥抱在一起，彼此都能感觉到对方的心跳声。韩墨泪如泉涌，不能自已，在王佐的怀里抽泣良久……

晚上九点半下班后，韩墨出了写字楼就向厂外走去，王佐跟在后面。二人一前一后出了厂大门。过了十字路口，王佐加快脚步走到韩墨的身边，顺手就牵韩墨的手，韩墨把手一甩。王佐看着韩墨说："心情还不好吗？"韩墨没有回答，只是加快了脚步。没有办法，王佐也只能加快脚步。韩墨快走，他也快走，韩墨慢走，他也慢走，二人始终保持并排，向前走去。

就这样，二人并排着，一会儿快一会儿慢，一路上不言不语，来到了长安塘公园，找到一棵荔枝树下的石凳子坐了下来。王佐直视着韩墨的眼睛，韩墨把头偏向一边。

王佐嘻嘻笑着说："你吃醋了？真吃醋了那就说明你爱我嘛。"

韩墨转过头来，点了一下王佐的鼻子说："谁吃醋了？吃你的醋？你以为你是谁呀！真没想到，平常看起来老实巴交的人，还有那么多风流故事。你啊！你啊！唉——"

王佐知道这个话题再说下去，双方都尴尬，于是转移话题。想了一下，他说："今天下午王春秋打了一个电话来，你知道吗？"

王春秋离开金得厂后，韩墨就不知道他的情况，她当然急切地想知道他的消息，于是马上接口问："他到哪里去了？还好吗？"

王佐说："我也不知道他出了金得去了哪里，但他现在在大朗开小店。"

"开小店！这怎么可能？"韩墨不觉大为惊诧，睁大眼睛透过眼镜的镜片看着王佐说，"这到底是怎么回事？"徐经理、王春秋和老孙相继走了之后，种种迹象表明，他们三人一定是商量好的，不是办厂，就是开公司，这也难怪韩墨吃惊不小。

王佐摆了摆手说："我也不知道，我们只能等到跟王春秋见面之后，才能明白。"

韩墨问："你打算去看他吗？"

王佐说："那当然，就算他不找我借钱，我也要去看他，打工在外难得有同厂打工的老乡嘛！说心里话，我很珍惜，也挺想他的。"

韩墨问："他要干吗？他打电话说找你借钱吗？"

王佐说："他不是在大朗开小店吗！说资金不够，问我有没有余钱，有就借一点给他，没有也没关系，并且叫我们休息的时候去他那里玩玩，聊聊天。"

韩墨若有所思地说："原来是这样，那我们是得借一点给他，不管什么情况，都得帮帮他。"

王佐说："我也是这样想的，一定得借他，谁没有个难处呢！不过，你说，我们借给他多少合适呢？多了没那个能力，少了又不好意思。”

这两个月来，王佐和韩墨的钱实际上用到一块也存到一起了，就像夫妻一样。王春秋找王佐借钱，实际上就是找王佐和韩墨两个人借钱，所以王佐得和韩墨商量。

韩墨说：“他没说借多少吗？”

王佐说：“没有！我刚刚不是说了吗，他在电话中跟我说得很清楚，有就借一点，没有也没关系。人家都张口了，你说，我们借多少呢？这真是为难啊！”

韩墨和王佐相恋以来，到现在为止二人存折里也有一万多块。她的计划是这样的，等快过年时，二人就有近两万的存款了，到时就用这笔钱结婚，就不需要麻烦两边的大人了。可是，现在冒出一个借钱的，她还真不知道怎么处理。想了好一会儿，韩墨说：“这个王春秋借钱没有一个数目，借多了我们承担不起，借少了又拿不出手，我看就借给他两千五百元吧，不多不少，哪方面都说得过去！”

王佐说：“两千五百元，二百五，不好听，就借给他两千八吧。”

韩墨说：“两千八就两千八，这个数字挺吉利的，我同意。”

王佐说：“国庆节就快到了，到时我们也有休息时间，那时过去给他吧。”

韩墨说：“那怎么行，国庆节还早着呢！对于用钱的人来说，早一天有钱，就早一天救急，下个星期天我们休息时把钱送过去吧，出门在外，做生意难啊。”

王佐说：“好吧，听你的，我们星期天准备好钱，一起去大朗玩玩。”

星期天，王佐和韩墨睡到自然醒，洗漱完毕，来到长安塘十字路口，各吃了一碗桂林米粉，就上了一辆开往东坑路口的公交车。

在东坑路口下了车，王佐和韩墨按照王春秋交代的位置，沿莞樟路向大朗镇方向走去。这条路对韩墨来讲可以说是跑断了腿，王佐也跟着她走过多次，所以他们对车来车往、人来人往的大公路一点儿也不好奇，只是边走边看边认路，还聊着天。走了三四里路、一个多小时，韩墨指着路旁的厂房顶上说：“那不是俊俊厂吗？”王佐抬头一看，果然看见厂房顶上有两个大大的红色繁体“俊俊”二字，于是转身指着公路对面惊喜地说：“就是那里了，我估计那个小店就是。”韩墨也看向公路对面说：“应该是那里了，你看，那不是我同学彦小明打工的港兴厂吗？才几十米远，我来之前就跟你说了在港兴厂附近呢，果然不错。”

王佐高兴地说：“对，对，你说对了，那我们过去吧。”

说着，王佐牵起韩墨的手，小心翼翼地横穿车水马龙的公路，走进小店里。

店里一个中年妇女用不标准的普通话热情地招呼着：“老板，买什么？”

王佐一愣，马上面带微笑地说：“我找王春秋，我是他的朋友。”

中年妇女脸上笑开了花，说：“是春秋的朋友啊，坐，坐，我叫他！”说着，中年妇女走到小店靠墙的梯子边，大声叫着：“春秋，春秋，有人找！”连叫了几声，楼上有人应着：“听到了，听到了，马上下来！”王佐听出来了，正是王春秋的声音。

王佐和韩墨在柜台边的小椅子上坐了下来，中年妇女对王佐说：“这几天春秋累坏了，在睡觉呢，他马上下来……来，来，你们喝可乐！”说着，中年妇女递了两瓶冰镇百事可乐给王佐和韩墨。走了几里路，王佐确实渴了，于是不客气地开了一瓶可乐，递给韩墨，自己又开了另一瓶，喝了一大口，然后对中年妇女说：“你是王春秋的妈妈吧，我从东坑来，是他的同事，也是老乡，今天休息，我们俩特地来看看他的。”

中年妇女笑呵呵地说：“我是，我是春秋的妈妈，刚来一个月……谢谢，谢谢，谢谢你们。春秋这孩子重情义，朋友多，我高兴呢！”这时，有人来买东西了，春秋的妈妈对王佐说：“你们坐，春秋马上下来了！”说着，她就去招呼来买东西的人了。

趁这机会，王佐左看右看，观察了一会儿小店。小店只有十多平方米的面积，丁字形隔了一个柜台，柜台里和后墙柜子上摆满了各种小商品，靠墙角搭了一个小阁楼，大概就是一家人睡觉的地方了。看过之后，王佐不由纳闷，王春秋出金得厂时豪气万丈，不是去闯大事业了吗？现在怎么开起小杂货店来了？这到底是怎么回事？

这时，王春秋下来了，边走边对王佐和韩墨打招呼：“今天早上我就听见喜鹊叫了，猜想着有客人来了，原来是你们俩，我真是太高兴了！”

说着，王春秋拉过一把小椅子坐了下来。韩墨笑着说：“这地方都城市化了，哪来的鸟叫？你真是搞笑。再说，广东好像也没有喜鹊吧！”

王佐和王春秋都笑了，王春秋说：“你们是贵人嘛，贵人来了，喜鹊就从老家来给我报信，也不是不可能嘛！”三人都笑了，王佐从口袋里掏出一叠钱，递给王春秋说：“这是两千八，多的我们也没有，杯水车薪，你先用着吧！”

王春秋接过钱，感慨地说：“自开小店以来，我向所有自认为有交情的朋友、老乡、同事借钱，到今天为止，你们是第三个借钱给我的！唉，什么朋友兄弟，开口借钱一说便知！你们帮助我王春秋，把我当作你们的真正朋友，我一定记在心里！”

长这么大，王佐和韩墨还真没找人借过大笔钱，最多身上没带钱找别人挪用几十块一两百的，第二天就还了。因此，听了王春秋的话，他们一时不知怎么回答。王佐为了避免话题卡住，说：“这有什么谢的，我们也是尽力而已，帮不上什么大忙……那个，王春秋，你怎么开起小店来了？离开金得厂的时候，你不是说去经商办厂吗？”

“这个，说来话长！”王春秋顿了顿说，“我们去外面坐坐，外面有风，有太阳，不冷不热，正好聊天！”说着，王春秋站了起来，拿起小椅子向外面走去，王佐和韩墨也站了起来，提起小椅子跟在后面。王春秋的妈妈朝他们说：“中午在这儿吃饭哟！”王春秋转过头说：“当然要吃饭，等会儿我打个电话给周梅，叫她下班顺便带点菜来。”

周梅是王春秋的老婆，广西人，王佐和韩墨都见过，她在附近一家工厂做采购。

三人在小店外离店门几米远靠墙坐了下来，王春秋长叹一声说：“成事在人，谋事在天！其实你们也猜到了，我、徐经理、老孙三人前后出厂，不可能那么凑巧。我们三人早就商量好了，做与金得厂相同的产品，徐经理负责开发业务，老孙负责做样品，我负责船务海关事务。先从贸易做起，业务多了，再开工厂大干一场。唉——可惜人算不如天算！”

王佐说：“徐经理在金得厂多年，接触了金得厂所有的客户，老孙对金得厂的产品如数家珍，你又是做船务报关的，徐经理又有资金，你们怎么可能失败呢？奇怪！”

王春秋说：“是啊！按理说，我们三个人合作，无论从哪方面说，都占尽了天时地利人和，可惜最终还是失败了。可惜啊！我们计划出金得厂的时候，徐经理已经接触了金得厂的几家客户，那些客户都同意打样下订单。可是，样品做了几个月，质量证书都齐全，也成立了公司，就是没有订单，最后没有办法才解散，叹惜啊！”

王佐从没经商创业过，对这些没有经验，但他还是有兴趣，更好奇，于是不解地问：“天时地利人和，最后却失败了，是不是你们资金跟不上？”

王春秋说：“资金充足得很！你想想，徐经理虽是个打工的，但在大陆也做了十年吧。他在大陆工资高，也不用消费什么，最少也有几百万的资金了。所以，这次失败，绝对不是资金的问题！”

王佐更不解了，问：“有资金、有订单、有人才，却没办起来，这是怎么回事呢？”

王春秋说：“事后我分析了一下，这次失败应该是徐经理没有魄力。当然，我也是事后诸葛亮，如果事前我想到了，一定会提出来的。当时，我们成立了贸易公司，公司租在寮步镇灯饰广场隔壁的东方新城，是一间三居室的公寓房。你想想，就一个三居室的房子成立的公司，客户一看就知道是做贸易的。做贸易都能赚钱，他们为什么不把订单直接下给生产工厂呢？生产工厂的单价岂不是更低！”

王佐点点头说：“有道理！徐经理当时可能太保守了。”

王春秋说：“所以我说徐经理没有魄力！既然有资金、有业务、有人才，当时就该直接租厂房成立工厂，自产自销，何必要先成立贸易公司，待做大了再成立工厂呢？后来，我去过灯饰广场，发现灯饰广场的灯饰公司不但在灯饰广场设立展厅开展营销，而且也在其他地方租了厂房自己生产。相对于我们，客户肯定把订单下给灯饰广场的那些灯饰公司了！”

王佐听了王春秋的一番话，不自觉频频点头，认为王春秋说得很有道理。就这样，聊完了王春秋他们三人办公司的事后，三个人又聊起了金得厂的情况和同事，一聊就到中午了。下班的时候，王春秋的老婆周梅挺着大肚子走了过来，笑着跟王佐和韩墨打招呼：“前几天春秋就说你们这个礼拜天会过来，果然过来了，春秋还是很了解你们呀。”

王佐和韩墨都笑了，韩墨说：“我们三人当时在一间写字楼，今天又是我们休息的日子，今天来看你们是最好的，打工时间不自由啊。”

周梅说：“那是，那是，我今天还在上班呢！我下班买了菜，你们中午在这里吃饭，尝尝我的手艺……你们坐，你们聊，我去做菜。”

韩墨看着走进小店的周梅说：“好啊，我还没吃过广西菜呢。”

王春秋说：“周梅的手艺挺好的，虽然跟我们江西菜口味不一样，但我还是喜欢吃。”

韩墨说：“你真有口福！”

王佐忽然说：“春秋，以后有什么打算？不可能守着这个小店吧！”

王春秋想了想说：“我老婆都快生了，暂时也只能这样了。我开这个小店，就是为了照顾她。她这么大的肚子了，还坚持上班，我怎么能离开她呢！”

王佐和韩墨都不自禁地点了点头，三人一阵沉默，王春秋问韩墨：“你小弟还好吗？”

韩墨说：“他呀！说来话长，成事不足，败事有余。上次他牵头罢工被炒了，现在在企石镇一家机械厂学技术，就是王佐来金得厂之前的那家机械厂。”

王春秋说：“说起金得厂罢工一事，其实我并不清楚，但我知道迟早会发生的，这都是徐经理临走前安排好的，我也是后来听徐经理说的。”

王佐和韩墨不禁张大了嘴巴，王春秋对韩墨继续说：“你把你小弟安排到金得厂的时候，正是徐经理计划离开金得厂去外面单干的时候。徐经理给你小弟安排那么好的职位，排除不了给你面子，但其实还有更深的一层意思，那就是利用你小弟搞垮金得厂！”

王佐和韩墨更奇怪了，韩墨问：“那他是怎么利用我小弟的呢？”

王春秋说：“徐经理临走前几天特地找你小弟做思想工作，叫他利用金得厂的各种弊病，特别是员工工资偏低、员工之间的矛盾去发动罢工。罢工成功了，以你小弟的职务，可以升到主管；罢工失败了，徐经理叫你小弟去他的公司做主管去！”

王佐和韩墨又一次张大了嘴巴，韩墨说："原来是这样啊！怪不得！"

王春秋说："还有你们不知道的呢，徐经理不愧是个人才。他对金得厂的车间主管和组长、QC 们说，愿到他新成立的公司上班的，随时欢迎，并且高出金得厂工资三百块。你们说，这么诱人的条件，那些组长和 QC 能不心动吗？"

王佐恍然大悟地说："怪不得罢工的时候，那些组长和 QC 毫不顾忌，以离开金得厂为快呢。原来他们自以为有退路，有更高工资的地方可去啊！可惜的是，徐经理失败了，那些组长和 QC 不但没找到好工作，而且失业了。金得厂不但没垮，而且更兴旺了。"

第三十一章　爱情的力量是伟大的

韩墨的大弟韩砚在出租房里住了几天后，就在出租房对面的磁带厂找了一份普工的工作，出租房又一次空了出来。王佐和韩墨果然按照此前商量的，没有退掉出租房，把出租房当作业余学习的场所来用。他们每天晚上下班后，再也不必在外面乱逛，也不必在厂里匆匆抢热水、抢冲凉房洗澡了。他们把衣服带到出租房，晚上下班后就到出租房里，洗完澡后，一块洗衣服，又一块晾衣服，然后就开始充电学习了。快到十二点的时候，他们就迅速收拾书本练习题，快步走回工厂，各回各的宿舍睡觉，迎接新的一天的到来。

韩墨充电学习是为了考会计师，有必学的教材。她每天必须看每本教材，做每本教材相对应的练习题。书上的练习题不够做了，他们还特地去市区买了几本练习题的书。那段时间，韩墨全身心都放在学习上，立志一年考过。因为明年5月份考试，时间太短太急。为了能看透书本知识，白天做完了手上的工作，韩墨就会偷偷拿出教材来看看。次数多了，还被老江发现过一次，把她骂了一通。但骂归骂，当老江知道韩墨的工作完成得既及时又没出差错后，不但没怪她，反而鼓励她。老江说，只要你完成了工作，上班时间可以看书。我不是不讲理的人，你好学上进，我支持，你们这些人也要向韩墨学习。

有了老江的默许，韩墨把每天看书的时间全部安排在上班的时候，而做题则放在晚上，每天业余时间的分分秒秒都用在了学习上。除了偶尔跟王佐说两句话，韩墨简直做到了两耳不闻窗外事，一心只读圣贤书。虽说每天没有跟王佐说上几句话，但代表说韩墨的心中就没有王佐。相反，不管是在办公室，还是在出租房里，只要眼睛所及能看到王佐，韩墨就能静下心来看书做题。有时候，王佐长时间不在办公室，或者晚上有特别的事情没有去出租房，韩墨就感到心神不定，烦躁不安，看书做题完全进入不了状态。

对于大多数人来说，看书学习的时候，肯定是一个人静静地不受干扰为好。可是，韩墨却反过来了。没有王佐在身边，她就无法安静学习下去。在这里，我们不得不说，爱情的力量是伟大的！一对青年男女相爱，不但生活充实，身心愉悦，有了甜蜜的新生活，而且相互之间是最好的励志剂，这在古今中外无数爱情故事中都能得到证明，王佐和韩墨也是其中之一。相反，爱也会让一个人走火入魔，给无数人带来悲剧。

其实，王佐为了韩墨能安静学习，开始的时候，有一点点小事，他就借故离开出租房。后来，当他发现他不在的时候，韩墨看书做题的效率更低，才知道自己弄巧成拙。此后的学习时间，他就不轻易离开韩墨左右了。特别是晚上，如果不是非要加班或者接待朋友的话，他一律陪韩墨到出租房去。韩墨专心致志地做应考会计师的题目，他则在另一张桌子上温习他的专业书。为了陪韩墨学习，他还特地在书店买了一些有关机械制图、机械制造、模具设计之类的技术书籍。因此，在 1997 年的秋季和冬季里，王佐和韩墨在南方根本感受不到秋天和冬天的气息，他们确实也忘记了时令已到秋冬。他们一门心思都放在学习充电上，连星期天都没有出去玩过。

深秋的一天晚上，王佐和韩墨照例在出租房里紧张地学习，忘记了一切。

十一点半的时候，突然响起几声惊天动地的炸雷，接着就是狂风暴雨，似乎天崩地陷了。王佐和韩墨都站了起来，走到阳台上，看着天翻地滚的屋外，王佐说："怪哉，都快到冬天了，还有台风吗？突然之间就下这么大的雨，还刮这么大的风，这怎么回厂呢？"自从利用业余时间学习以来，王佐和韩墨只是把出租房当作安静的读书做题的场所，还在出租房里洗澡洗衣服，并没有用作睡觉场所。他们每晚十二点左右准时回厂，并且准备了一把特大的雨伞。可今晚这么大的风雨，别说雨伞，就是穿着雨衣回厂，估计也得成个落汤鸡。这怎么办呢？

韩墨说："这季节哪有台风！台风是很少打雷的。又打雷又狂风暴雨的，说明冬天快到了。不过，暴雨一般来说时间不久，我们再等等，我还想做两道题呢。财务管理太难了，应用了很多高等数学的知识，我高等数学早就还给了老师，真是个拦路虎！"

王佐故意吓唬韩墨说："秋雨绵绵，秋高气爽，在我印象中，秋天哪有这么大的雨！还刮风打雷的，怪吓人，该不是地震的前奏吧！"

韩墨扑哧一声笑了，说："真是杞人忧天！乱说！雨小了我们再回厂吧，晚点也没关系，保安又不会刁难我们！我做题，你帮我看看《财务管理》的书，别说话，开始学习！"

王佐说："考会计师有四本书，两年通过成绩有效，你何必一年通过呢！我看，把精力用在三本书上，冲三保二，后年再考一次，岂不是轻松多了！"

韩墨说："我说过，一年通过，要不考就不考，要考就一年通过，时不我待！"说着，韩墨把右手食指伸直，挨着嘴唇，"嘘"了一下，又说："看书吧，王先生，帮我看懂看透《财务管理》，明年5月份就考试了，留给我的时间不多，我做题了，别说话！"

王佐无可奈何地摇摇头说："好吧！"就拿起《财务管理》的书，认真看着。

屋外风狂雨暴，炸雷不断，屋内悄无声息，看书做题。此时正是深夜十二点，一对热恋中的青年男女，不是抱着谈情说爱，不是被雷雨吓得心神不定，而是学习，忘记了天地中的一切，一门心思地学习。这是多么值得赞叹的场景啊！不得不说，爱情的力量是伟大的！正因为他们有了彼此深深的爱，并且憧憬着美好的未来，他们才如此坚强，意志力超常，因此才有了一往无前的动力。当然，环境也是因素之一。他们从内地来到改革开放的桥头堡打工，没有任何关系和背景，唯有靠他们自己。逆水行舟，不进则退。

深夜一点多了，狂风还在怒号，暴雨还在倾泻，炸雷依然时不时惊天动地，王佐没心情看书了，说："这怎么办？没办法回厂了！"韩墨头都没抬，说："我先把这道题做完，做完了，说不定雨就停了。"过了几分钟，韩墨放下了笔，看了看手腕上的表，说："啊！这么晚了，看这阵势，一时半会儿还真停不下来！要不，我再做几道题，等雨停下来？"

王佐说："不要太晚了，要保证正常的睡眠时间。不然，物极必反，身体垮了就划不来了。老人家说了，身体是革命的本钱，正常作息时间是最重要的。"

韩墨看着屋外说："又不是天天这么晚，是老天要留我嘛！"

王佐也看着屋外说："不如，我们冒雨冲回厂吧？就算淋湿了也没什么。到了宿舍擦干雨水，换件干净衣服就马上睡觉，应该没多大关系的！"

韩墨摇摇头说："那不行！淋成落汤鸡不说，淋病了更不好，今天还挺冷的！"

王佐看着韩墨说："那怎么办？这雨如果天亮才停，难道我们还要等到天亮？"

出租房的床上有一床毯子，那还是钱丽艳刚来东莞暂住的时候，韩墨带到出租房的。韩墨指着毯子说："你先盖着毯子睡会儿，雨停了我叫你，我继续做题！"

王佐站起来把桌子上的书本合起来，说："别做了，一口吃不成胖子！你盖着毯子睡吧，我看小说。前几天我不是在书摊上买了一本贾平凹的《废都》吗，一直没看，现在没地方睡，正好看小说嘛。雨停了我叫你，反正我没什么睡意！"

韩墨犹豫着说："你也得睡啊！明天上班没精神多不好！"

王佐说："我再没精神，也只是一天的工作，强打精神也可应付！而你就不同了，你是在学习，学习就要有正常的作息时间，良性的生物钟，那才会事半功倍！"

韩墨甜甜地笑了，说："那好，我先睡了，你想睡了就叫醒我，我们轮流睡。"

说着，韩墨起身上床，和衣盖着毯子睡下来。王佐则拿着《废都》看了起来。没过几分钟，韩墨转过身，把毯子展开，说："你坐床上看吧，盖着脚，靠着床舒服点。"王佐答应一声好吧，就和衣坐在床上，用毯子盖着脚，靠床继续看书。韩墨转过身，背对着王佐。

深秋时节，天凉正好睡觉。平常，韩墨一天工作学习下来，太累，倒床上就睡着了。可今晚，她怎么努力睡觉都睡不着。屋外依然刮风下雨，听着王佐有节奏的呼吸声，她有一种异样的感觉，甚至浑身燥热。跟王佐相恋以来，他们几乎形影不离，只是睡觉的时候看不到对方。可深夜在一张床上，还是第一次，也难怪韩墨睡不着。

韩墨想，他难道就这样静静地看书，对她无动于衷？一个正常的男人，在深夜里，跟热恋中的女人独处一室，在一张床上，能一直看小说，看得下去吗？如果他有非分的举动，那该怎么办？想到这一层，韩墨更睡不着了。自从在出租房里学习以来，金得厂女同事们就笑话韩墨，先上车后买票。韩墨只是对同事们笑笑，没有做更多的解释。她知道，她再怎么解释，同事们也不会相信，就干脆不解释了。而此刻她才明白，他们没有结婚，有些时候有些事情，委实不方便。假如他们结婚了，今天晚上也就可以早早地上床睡觉了。

韩墨心想，假如他们结婚了，那就没必要天天回宿舍，至少可以多一个小时的学习时间，还不必担心刮风下雨回不去。既然两个人真正地喜欢对方，爱着对方，而且走到一起了，迟结婚不如早结婚，马拉松式的恋爱有什么好的呢？再说了，她现在在学习，他们根本就没有时间谈情说爱，与其说是恋人，倒不如说是一对相依为命的夫妻在异乡互相激励对方，共闯美好的未来。对，结婚，让激情平淡下去，一门心思学习，才是最好的。

一个多小时过去了，韩墨一直在乱七八糟地想着，根本睡不着。她想假装睡着，看看王佐有什么举动。可因为睡不着，躺着保持一动不动的姿势特难受，难免轻轻地换着睡姿。虽然只是偶尔伸伸脚，但还是被王佐觉察到了，问道："深更半夜的，怎么还没睡着呀？"

韩墨索性坐了起来，和王佐并排坐着，说："不知道怎么搞的，开始还迷迷糊糊，越睡越睡不着，还不如聊会儿……你精神真好，看了多少？还不困吗？"

王佐呵呵笑了，说："再聊就天亮了！哦，看了五十多页呢，这本书以前在家里看过，现在重新看特别有意思，过了入眠点，当然越看越兴奋。

每个人都有个习惯性的生物钟，过了入眠点，就会兴奋，你也一样，所以以后得正常作息，不得随意而为！”

韩墨拢了下头发说：“这不是没条件吗！老天爷的事谁说得清楚？”

王佐放下书说：“其实，你可以把被子带过来，就在这里睡。第二天早上我早点起床，来接你，就没必要像今天晚上这样了。”

韩墨摇摇头说：“那不行，我一个人怕，外面治安差，我哪有那个胆呀！”

王佐叹口气说：“那真没办法，除非厂里配一间宿舍给你，但那是不可能的。”

好一会儿，像是做出重大决定似的，韩墨红着脸说：“我倒是有一个办法……”

见韩墨没有说出具体办法，王佐急着说：“有办法你就说呀，吞吞吐吐干吗？”

韩墨含情脉脉地看了王佐好一会儿，低下头红着脸说：“我们结婚吧！”

王佐没想到韩墨会说出这句话，一股热流涌进胸腔，激情之下真想把她揽在怀里，但他还是冷静地说：“我们在外打工，没房没钱也没时间，怎么结婚？”

韩墨说：“就是因为我们在外打工，所有的程序都可免了，回去打个结婚证就可以了！”

女人一生最看重的就是结婚，就是做新娘子。只要是女人，谁都希望自己穿上漂亮的婚纱，来场浪漫的婚礼，美美地嫁出去，并且还要有房子，还要新婚旅行。可是，韩墨只提打个结婚证，真令王佐意外。意外之余，那就是感动莫名了。

王佐感动地看着韩墨说：“那不是太委屈你了吗？！”

韩墨轻描淡写地说：“那些俗套，我从不在意，有什么委屈不委屈的。”

王佐想了一下说：“那也不知道你爸爸同不同意呀！”

韩墨说：“我小弟上次回去的时候，已经跟我爸爸说了，我相信他不会阻拦的。不过，我还是要提前写信回去，事先告诉他，让他做好准备，我们再请假回去。”

王佐点点头说：“那是，总得让父母亲有个思想准备，也是尊重嘛。”

韩墨说："那就这样决定了，我明天就写信回去，你也写信回去，让双方家里都有个准备。"

王佐忽然想到请假的问题，说："行是行，我们俩都在厂里较重要的岗位，回去打结婚证，两边跑来跑去的，十天半个月才够，这么长的时间，估计很难请到假。"

"这倒是个问题！"韩墨想了一下，继续说，"我想，一个星期的假是可以请的。"

王佐抢着说："一个星期根本不够，光来回的路程就得两三天，余下时间再两边跑，哪够呀！当然，如果双方家里不办酒席，只是打个结婚证，我想是够的。但前提是，我们要弄清楚打结婚证的程序，需要什么证件，提前准备好。去年我听人说，有两个人打结婚证，他们是两个省的，跑来跑去，花了一个月时间都没打成，最后分开了。"

韩墨大为惊讶，说："还有这样的事啊？"

王佐说："多得是！什么身份证名字错了，日期跟户口本不一致呀，未婚证明呀，这个证明那个证明的，如果是两个省的，跑来跑去，还真是挺麻烦的。还好，我们两家离得不算远，直通火车，还是一个省，有什么问题跑起来也不算麻烦，只是时间太紧张。"

韩墨说："那不行，我们一定要提前搞清楚，一次搞定。为了张结婚证跑来跑去，人累不说，还特别煞风景。我看这样吧，接下来的时间里，我还是学习备考，你负责跟两边家里沟通，搞清楚了，准备好了，我们再请假。凡事预则立，不预则废。"

王佐说："行，那就这样决定了！"

……

这一晚，王佐和韩墨聊到凌晨四点多钟，最后才小睡一会儿，第二天正常上班。

第三十二章　全力备考会计师

接下来一个月里，果如韩墨所说的，王佐业余时间不是写信就是打电话，基本上弄清楚了打结婚证的程序，该防范的也防范了。由于韩墨的父亲坚决要求办结婚酒席，而他们只能请一个星期的假，时间上根本来不及，他们决定只去韩墨家，打结婚证顺便办酒席。至于王佐一方所需的户口本等证件，提前寄过来，他们再带到韩墨家。寄过来的证件中，还有一本毕业证，那是王佐托父亲去学校补办的。他的毕业证在前两年被盗。

他们就这样结婚了，现在的男青年一定很羡慕。进入21世纪后的结婚条件，不管乡下城里，男方一定得在城里有房，还要有车，才有资格娶老婆。而在20世纪90年代中后期，在沿海发达地区打工创业的70后那代人，大多数就像王佐和韩墨一样，打张结婚证，办几桌酒席，没房没车也没婚礼，甚至连新被子、新衣服也没买几套，之后又回南方打工，相依为命。

王佐和韩墨打结婚证回厂后，又在长安塘请了四桌酒席，宴请同事朋友。两桌厂里的同事，一桌韩墨的同学朋友，一桌王佐的朋友。老江喝了几杯酒说，我来大陆办厂以来，手下的员工你们还是第一对结为夫妻的，我私人送条项链，以示庆贺！大家纷纷鼓掌。老江能如此大方，除了高兴，主要是满意韩墨的工作能力和个人品德，第三则是借此笼络人心。此举让金得厂的管理技术人员感到老江很有人情味，跟着老江干是不会吃亏的。

另外，此次喝酒还有一个小插曲，那就是李湘花和黄稀的“见面死”。在网络时代，由于网恋之故，“见面死”一大把，可在写信年代也有“见面死”。李湘花和黄稀由于采购业务经常联系，在电话里聊得热火朝天，两个小时不聊，双方都觉得少了什么。这次意外见面，帅小伙子黄稀没想到有着银铃般嗓音的李湘花，胖不说，还长得难看，言行也不甚优雅，远不是他心目中知书达理的淑女。因此，黄稀此后公事公办，再也不在电话里和李湘花聊天了。李湘花也有自知之明，不久就跟食堂的厨师要起了朋友，广东话叫“拍拖”。

来回坐火车，在韩墨的家乡打结婚证、办酒席，再在长安塘请同事朋友们吃餐饭，这就算完成了人生最大的事——结婚。一切如韩墨所愿，她现在终于可以安静地学习、做题了。与以前不同的是，他们再也不必在每晚的十二点左右回到厂宿舍了，而是过起了新鲜甜蜜的新婚生活，新房就是出租房。每天晚上下班后，王佐和韩墨就以最快的速度回到出租房，韩墨先洗澡，洗完后看会儿教材，就开始伏案做题目。王佐洗完澡、洗完衣服后就捧起《财务管理》一书，认真研读，争取为韩墨多讲解一些她看不懂、想不透的地方。

当时会计师考试通过率极低，每年只有百分之十左右，这还包括两年合并成绩通过的。韩墨发现，试卷题量极大，要以最快的速度答卷，遇到不会做的就得放弃。稍微考虑，或者写字慢的人，根本做不完。自从买到教材后，韩墨已看了三遍，看通看懂了之后，才开始大量刷题，而且是做试卷，严格按照考试的要求答题。每次答题的成绩都在六十分左右，韩墨感觉压力山大。王佐说，你已经做了几本书的试卷，现在反过来再从头到尾看一遍书，也许才能真正看透，再来大量做题，或许效果更好。韩墨想想也是，决定在过年前再看一遍书，年后再大量做试卷。

一个月下来，效果果然很好。韩墨发现，她弄透了很多此前容易出错的概念和多选题。

结婚前，韩墨还会主动洗衣服，结婚后，基本上就是王佐洗衣服了。王佐对韩墨自嘲地说，这娶个老婆回家还要自己洗衣服，我迟早会变成妇男的。韩墨劝慰王佐说，离考试越来越近了，这不是在非常时期吗？等我考完试后，家务事我全包了，你想学什么就学什么，只要是有利于将来发展，我都支持你。其实，他们吃在厂里，除了洗衣服，还真没什么家务事。为了考上会计师，王佐和韩墨决定，在明年考试之前，他们杜绝一切厂里的业余活动，每天除了上班、睡觉、吃饭，就是在出租房里看书做题目。有时王佐无聊，也会看看小说。

韩墨对一次通过会计师考试志在必得，每每看书做题目快到深夜一点时才睡。而这时，王佐往往已睡着了。韩墨每次上床的时候，看着熟睡中的亲爱的人，总觉得对不起他。新婚夫妻应该沉浸在男欢女爱中，而他们却像苦行僧一样，除了学习还是学习，男欢女爱并不多。韩墨真的感觉很对不起王佐。每天韩墨睡觉前，都会深情爱怜地看着熟睡中的王佐，在王佐的脸上轻吻几下，才疲惫不堪地睡去。

为了考会计师，韩墨基本拒绝外出，就算星期天同学们约她在大朗小聚，她也一律拒绝。有时，同学想来看看她，如果不是借钱之类重大的事，她都一律说没时间。至于王佐的朋友来玩，她只是象征性地寒暄几句，然后说你们聊，我有点事不陪了。

一天上午，王佐发现韩墨在工作时没精神，有时还趴桌子上小睡，不觉心疼。吃完中饭去宿舍午睡的时候，走在楼梯上，王佐说："你晚上要早点睡，最好十二点前就睡，身体可是你的。你看你上班都打瞌睡，考会计师再重要，也不能把身体搞垮了！"

韩墨说："这几天上班的时候都想睡，提不起精神，好怪哟！以前不会这样啊！"

王佐关心地说："不管怎么样，还是早点睡吧，实在不行考两年也是可以的。"

这时到了楼梯口，分开的时候韩墨说："我知道，去午睡吧，我要抓紧睡！"

其实，除了打瞌睡没精神，韩墨还发现她的胸部有点痛，奶头都有点变大变硬。她很担心自己怀孕了。如果有身孕，那怎么考会计师，她不敢想象，也很后悔。刚结婚的时候，她就和王佐说暂时不能要孩子，起码也要等到通过会计师考试再说。王佐认为他们现在没有经济实力，更没有事业，有孩子也不大好，便欣然同意。当时，韩墨是想提出采取避孕措施的，但最终没说出来。第一她不知道怎么避孕，第二她也不好意思说。还有，一个男人刚刚新婚，就让他避孕，她总觉得有失人道。她认为新婚对男人来说，应该留下甜蜜回忆。

韩墨暗自决定，晚饭后问问章新月。章新月有过一次婚姻，还做了母亲，她肯定知道。这期间，章新月和林胖子也同居了，并且计划春节后去台湾结婚。海峡两岸的婚姻更麻烦，章新月和林胖子这段时间也在办理各种手续，为结婚做准备。韩墨和章新月好得像姐妹，虽然这段时间她们都在忙着各自的婚姻大事，韩墨还要学习，业余时间没在一起，但上班时间她们总是在一起。除了工作上必要的沟通外，因为她俩玩得好，有空必会凑在一起聊聊。按理说，韩墨可以在上班时间把她的怀疑说给章新月听，但她毕竟刚结婚，很是不好意思在办公室讨论女人的秘密。因此，韩墨决定晚饭后在厂外水塘边散步时，问问章新月。

晚饭后，韩墨把王佐支开，说跟章新月聊聊女人的话题。

厂外水塘边人少的地方，韩墨和章新月正坐在一棵大榕树下的石凳子上。

一番乱聊后，韩墨引出话题，说："我可能怀孕了！"

章新月说："这几天见你精神不好，还打瞌睡，我正想问你呢！多久没来大姨妈了？"

韩墨说："大概是超过一个星期没来了吧。"

章新月说："那还好，可以用试纸检测。如果试纸显示出两条红线的话，就说明已经怀孕了，没显示就没怀孕。下班后你就买几张试纸检测一下。我估计，八九不离十是有了。还有，你有没有低烧？胸部痛吗？这都是怀孕的反应呢。"

韩墨说："痛哦，碰到衣服都痛，还有些隐隐胀痛。"

章新月笑着说："恭喜，恭喜，恭喜升级了！"

韩墨苦笑着说："恭喜个鬼哟！我现在又不想生！你知道的，我正在备考会计师，如果怀孕了，整天想睡觉，我还怎么考呢！唉，这个生命来得真不是时候！"

章新月说："那怎么办？难道要打掉？不过，刚刚怀上打掉是没问题的。"

韩墨叹了口气说："不打掉又能怎么办！留下来，别说考会计师，单说我们俩这样打工，连自己休息的时间都没有，这个样子哪有条件和精力养儿育女啊！"

章新月说："说得也是，那，王佐同意吗？"

韩墨说："他还不知道呢！我想他是同意的，他还是比较有事业心的一个人。"

章新月说："王佐同意就好。不过，人流不能打多了，也不能打勤了！如果打多了，打勤了，人受罪不说，还有可能终身不育。因为打多了，打勤了，子宫壁就会变薄，容易流产。如果有一次流产，就可能造成习惯性流产，也就等于不育了。所以，你们得做好避孕措施！"

韩墨微微叹气说："这么严重啊！那以后是得小心点！本来，我以为结婚了就能更好地看书备考，没想到反而给自己带来了这么大的麻烦！早知如此，还不如不结婚，唉！"

章新月点了一下韩墨的鼻子说："你啊，还是个大学生呢，咋那么单纯呢？做女人本来就麻烦嘛！你以为结婚后还能花前月下那么浪漫，太天真了，呵呵呵……"

韩墨也自嘲地笑了，说："是啊，我咋这么笨呢！"

晚上下班后，韩墨在路上顺便买了早孕试纸，到了出租房，洗澡前便迫不及待地用试纸测试。试纸隐隐约约显出两条红线，看得韩墨懊悔不已，心情为之一沉。

在王佐洗澡、洗衣服的时候，韩墨竟然一反常态，没心情看书做题目了。虽然韩墨没有做母亲的经验，也没有母子连心之感，但得知自己有喜了，一瞬间她的母爱无形爆发，这种感觉是之前没有过的。况且，这是她和王佐的爱情结晶，他应该是舍不得打掉的。人心是肉长的，她在考虑，该怎么劝说他放弃他们的爱情结晶呢？

等王佐洗好了衣服，坐在床上看书的时候，韩墨放下了笔，说："有件事跟你商量一下！"

王佐奇怪地看着韩墨说："什么事啊？这么神秘。"

韩墨说："你升级了！"

王佐一下子没反应过来，说："什么升级不升级的，老江提我做经理？"

韩墨笑了，说："想得美！就你这个打工仔的样子还能做经理？知道这几天我为什么没精神，还打瞌睡吗？不是什么睡晚了，而是我怀上了，你升级了！”

王佐愣了，看了韩墨好一会儿，忽然丢下书，跳下床，拥抱着韩墨，又亲又啃，语无伦次地说：“我升级了，我要做爸爸了，谢谢你，谢谢你……我要做爸爸了……”

韩墨被王佐拥抱得都喘不过气来，感觉天地间都是满满的幸福。但她还是推开了王佐，眼含泪花，说：“这个生命来得太不是时候了，我们不能要！”

王佐张大了嘴巴，马上明白了，说：“那多可惜啊！还没体验到升级的幸福，就消失了，不大好吧！我知道我们暂时没时间、没精力，但可以生下来送到家里给我妈妈带啊！”

韩墨拿纸巾拭去泪花，说：“不是因为这个，而是我现在要考试！我一个女人，生命在我肚子里，我更舍不得。母子连心，我现在虽然感受不到生命的存在，但潜意识里，我感觉到了。前两天我每天晚上都做梦，梦见蛇咬我，吓死我了！现在才知道，那是怀上了。梦见蛇咬，那肯定是儿子。刚刚我还在想，这个儿子如果生下来，肯定是个文武双全的男子汉，我真希望能看到他。可是，真的不能生下来！如果生下来，我的人生就毁了，也是害了他！”

王佐莫名其妙地看着韩墨说：“没那么严重吧！”

韩墨说：“怀孕期间一天到晚想睡觉，还没精神，根本没办法看书做题目，我还考得上会计师吗？女人的心是最软的。如果生下来了，我会天天担心他挂念他，还得照顾他培养他，那就更没有时间和精力去学习了，也就永远考不了会计师了！”

王佐点点头说：“原来是这样啊！那，那，打就打掉吧。这个生命跟我们有缘无分！”

韩墨说：“你也不要太难过了。等我考完会计师，如果再怀上了，无论如何，天大的困难摆在面前，我也要生下来，你放心！”

王佐无奈地说：“那好吧！”

韩墨说：“过两天就是星期天，是我们休息的日子，你陪我去医院做手术吧。”

王佐点点头。由于幸福来得太突然，又消失得太快，他心情很不好，就不想说话了。

韩墨接着说："考会计师之前，我们必须采取避孕措施，再怀上了那就得生下来了。"

王佐看着韩墨，问："为什么？"

韩墨说："我问了章新月，她说不能打多了、打勤了，如果打多了、打勤了，子宫壁就会变薄，容易流产。如果形成习惯性流产，也就等于不育了。所以，以后我们得做好避孕措施！另外，人流就相当于小产，人受罪不说，还伤身体！"

王佐睁大了眼，说："原来那么麻烦啊！那，你说了算，该怎么办就怎么办！"

韩墨说："那好，我明天再问问章新月，该怎样避孕。我估计有多种方法，到时我们再商量决定吧。还有，你去书摊上买本优生优育方面的书吧，业余你有时间，多看一看。我们不能瞎子过河，要多了解一些生育方面的知识，以后一定要生个聪明的宝宝！"

星期天，王佐陪韩墨去做人流。从手术室出来，看着韩墨走路摇晃，脸色苍白，额头冒汗，王佐心疼地说："做个小手术咋这么严重呢？看你像虚脱了一样！"

在王佐的搀扶下，韩墨有气无力地说："你以为做女人容易吗？你们男人就知道快活，完事了蒙头大睡，受罪的可是我们女人……唉，我咋那么傻呢！如果一开始就采取避孕措施，也不会遭这个罪！女人啊，满足了男人，给男人带来了快感，却给自己带来了痛苦！"

王佐被逗笑了，说："来医院做个人流，你这个才女还大发感慨了，果然与众不同！这样吧，我们路过菜市场的时候，买只鸡，回去煲汤，帮你补一补。"

韩墨自顾自地说："源自欢爱，带来剧痛，这就是爱情！"

王佐竖起大拇指说："你说的不是爱情，而是婚姻！"

第三十三章　业务天才

1998年元旦前的某一天，韩墨接到钱丽艳的电话，说："想死你了，找个时间见面聊聊。"韩墨说："元旦大家都会放假，你来我这儿吧，几个月了，我也想看看你变啥样了。"钱丽艳在东莞短暂打工后就去了广州，虽然有时会打电话给韩墨，但韩墨不大清楚她去广州后的一切。

钱丽艳到广州的第一天，心情忽好忽坏，有上当受骗的感觉。

本来，赵大伟准备到东莞接钱丽艳到广州去的，但钱丽艳说跑来跑去的，浪费时间浪费钱："广州我又不是不熟，自己去就行了。"赵大伟说："那好吧，我还住在原来的出租房里，来之前给个电话，我等你。"那天，离开东莞东坑镇，钱丽艳几经转车，早上七点钟出发，上午十一点钟才到。再次走在广州天河区石牌城中村的小街小巷里——这处后来久负盛名的老板生产制造基地，虽然相隔只有一年多，但钱丽艳还是感觉恍若隔世。命运真是跟她开了个天大的玩笑。两年前，第一次走在城中村的小巷里，她还是个风华正茂的女大学生，对人生充满了憧憬。两年后，再次走在这小巷里，她已是个容颜尽失的少妇，如同流浪狗一般无处安身。虽然不是她主动投奔赵大伟的，但她还是感到自己像条流浪狗。毕竟，是她抛掉了他，他能再次接受她，也许只是为了争一口气，时间久了，会不会嫌弃她呢？

怀着复杂的心情，钱丽艳提着个大包，走在城中村的小巷子里，越走心里越没什么底气。虽然来广州前她下了最大的决心，但此时此刻走在似曾相识的城中村里，还是高兴不起来。一桩失败的婚姻，不但让她对不起赵大伟，更降低了她的身价。如果第一次不是给了赵大伟，如果赵大伟不是她的初恋，她还真不会再次投奔他了！既来之，则安之，不如意的话再离开吧，她想。再怎么样，也不是她主动来的，好歹也是他求她来的。

“丽艳——”忽然有人叫她。钱丽艳抬头一看，前面走来一个成熟的男人，高大结实，阳光帅气，不是赵大伟是谁！除了脸色有点黑，赵大伟还是一年前的样子。她站在原地，看着走来的他，万般滋味涌上心头。想哭，哭不出；想笑，笑不出来。当初离开他另嫁他人，虽然源自父母的压力，但还是她意志不坚定造成的。不过，那时也看不出他的未来和前程嘛。不管怎么说，她都对不起他。现今，婚姻不如意，她又出现在他面前，真不知该如何面对他！

赵大伟面带笑容，热情地提起钱丽艳的大包说：“等了一上午，现在才到，急死我了，还以为你不来了呢……累了吧，走，走，回屋休息去。”

钱丽艳勉强笑笑，跟在赵大伟的后面进了出租房。不足二十平方米的单间，吃喝拉撒睡全在一起，这就是钱丽艳曾经的“新房”。屋子里干干净净，整整齐齐，显然赵大伟为了迎接她，精心收拾了一番。之前她住在这间屋子里的时候，只要她几小时不在，屋子里总是乱糟糟的。物是人非，钱丽艳正看着屋内发呆，赵大伟猛然抱住她，紧紧地抱着，说：“你还是回来了，你终于回来了，我想死你了，我以为再也看不到你了！”

从学生时代的好感，到朦胧的初恋，再到大学时的热恋，再到同居时的男欢女爱，对钱丽艳来说，一个女人所经历的感情之路，全部集中在赵大伟一人身上。可此刻，面对赵大伟似火的拥抱，钱丽艳却感到很不自然。她使劲推他，却推不开，最后无力地贴在他的身上，“嘤嘤”地抽泣着。赵大伟放开钱丽艳，说：“你我破镜重圆，本是开心的事，你哭什么？”

钱丽艳说：“我来就是和你过下半辈子的，以前是我少不更事，伤害了你，也伤害了自己。我现在还有个拖油瓶，你如果嫌弃我，我现在就走，绝不缠着你！”

赵大伟拍拍钱丽艳的肩膀真诚地说：“如果我真的嫌弃你，就不会求你来了！你是我的初恋，我们也算是结发夫妻，中间有点波折，也有我的原因，那时我不能养家糊口！从现在开始，我们同舟共济，劲儿往一块儿使，心往一块儿想，我们一定会成功的，请相信我！”

钱丽艳低着头说：“你曾经发誓说，总有一天，你会把我抢过来。我总觉得是句气话，是为了一口气，是说给别人听的。真等你把我抢过来了，你会后悔的！”

赵大伟笑了，宠溺地道：“女人真是多疑！是的，我说过那句话。那句话是在激励我百折不挠向前冲，男人没钱总是悲哀的……好了，一切都过去了，我们现在去吃饭吧。吃完饭，我带你去店里，以后你守店，我在外面跑业务，你我从此不分离！”

赵大伟这半年来在跑石膏业务。正如钱丽艳当初离开时他曾经对她说的那样：“每个人跑业务，开始都不会有好业绩，因为开始是在积累经验，积累人脉。有了经验和人脉，只要碰上了好产品，就一定会做出一番大事。”确实，业务销售这种职业，厚积薄发，现在的汗水和拼搏在将来一定会得到回报的，并且是十倍百倍的回报。此时，赵大伟正如他此前说的，不但有了经验，有了人脉，也碰上了好产品。同时，他的业务网络也已铺开。不久的将来，订单将会爆发式增长，钞票也就会哗哗地流进口袋。

在珠三角，有很多小产品、小配件正流行吸塑包装。透明精美的塑胶包装既提升了产品的档次，又吸引了消费者的眼球，正是朝阳产业。吸塑是由吸塑机生产的，是将加热塑化的热塑性塑料卷材吸制成各种形状的装潢盒、框等高级包装产品。原理是利用真空泵产生的真空吸力，将加热软化后的PVC、PET等热可塑性塑料片材经过模具吸塑成各种形状的真空罩、吸塑托盘、泡壳等。生产吸塑包装制品，除了吸塑机之外，主要就是吸塑石膏模，用在吸塑厂除了塑胶材料，就是石膏粉了。赵大伟正是开了一家石膏粉经销店，销售主要对象就是需要石膏模的吸塑厂。在一家石膏粉销售公司跑了大半年业务，他就决定自己单干。除了拥有客户群之外，最重要的是他有进货渠道，单干投资并不大，利润还算丰厚。

吃完了中饭，赵大伟带着钱丽艳来到石牌一条小街上的经销店里。经销店约四十平方米，前面是办公室，后面是仓库。钱丽艳心想，这哪里是个店铺，分明是间办公室嘛。赵大伟解释说：“我们不能把它当作小店来看，而应该当作公司来看。经销店虽小，但不是临街卖东西，而是靠跑业务把产品销往工厂。”钱丽艳说：“不是临街卖东西，我怎么卖啊？”

赵大伟说：“别急，别急，我们先泡茶喝，边喝我边跟你讲。”说着，二人坐到茶几边，赵大伟熟练地烧水、洗杯、泡茶、冲茶、倒茶，只一会儿，几小杯茶便呈现在钱丽艳面前。看着淡绿清香、冒着热气的香茗，钱丽艳说：“不就是喝个茶吗？搞得那么麻烦！”

二人边喝茶边聊，赵大伟侃侃而谈：“喝茶出老板，喝酒成朋友，麻将变仇人。潮汕人和闽南人，还有温州人，坐在一起就是喝茶，喝的就是这功夫茶，聊的是生意经，所以那些地方富甲天下。我们在南方做事业，当然不能把身上的坏习惯带给身边的客户和朋友，而是要入乡随俗。我们也要习惯功夫茶，并且喜欢它，爱上它，生意才会蒸蒸日上，事业才会欣欣向荣。”

一番聊天喝茶下来，不到半小时，赵大伟在钱丽艳心中的形象莫名高大起来。她感觉在他面前自己就是个小学生，以后得好好学习、天天向上了。奇怪的是，之前他在她心中并没有高大的形象，不然她也不会离开他一年之久。接着，赵大伟把所有的客户名单给了钱丽艳，钱丽艳的工作相当于公司文员性质，接待客户、跟单出货、对账月结，她一个人包了。

二人正聊着，电话响了，赵大伟拿起电话叽里呱啦地讲了好一会儿，钱丽艳一句都听不懂，分明是广东白话。赵大伟放下电话，对钱丽艳说：“我要出门了，去见一个重要客户，你正式工作吧。晚上八点前我会回来，有事可以呼我，这 BB 机还是挺方便的！”

钱丽艳说：“好吧。”又说，“你刚刚接电话讲的是白话吧，我不会说白话怎么办？”

赵大伟说：“你在广东这么久还不会白话？语言是沟通的工具，人家广东人、香港人说普通话不流利，你用普通话跟他们沟通，生意都跑光了！所以，人得适应环境，而不能让环境适应你。从今天晚上开始，我就教你白话。女人对感性的东西接受快，你不用担心！”

钱丽艳苦着脸说：“那好吧，早点回来，我一个人多无聊！”

赵大伟正要走，忽然转回头，说：“把你身上的钱给我，我在路上顺便进些货。”

钱丽艳说："你要多少？"

赵大伟说："你辞工出来正好有笔钱，留下五十，其余的全给我！"

看着赵大伟走出店门，快步而去，钱丽艳的心一沉，有种受骗的感觉："他是要我的人呢，还是我的钱？"到了晚上，赵大伟回来时把钱又还给她了，她一时的不快也就烟消云散了。

就这样，钱丽艳在广州和赵大伟经营石膏粉，业务越做越大，令同乡们羡慕不已。

元旦的时候，钱丽艳果然带着赵大伟来韩墨这儿玩。其他同学听说钱丽艳来东莞了，都说要见见，因为有的同学毕业后就没见过她。大家都说，韩墨结婚摆酒席时钱丽艳没来，这次可不要错过了，校花看一次是一次。传来传去，在东莞的同学于元旦这一天全部到齐。

韩墨在卢记农家菜招待了同学们。席间，钱丽艳自然成了明星人物。前几个月还是小媳妇形象的钱丽艳，如今珠光宝气，一身富贵。毕业后就没见过她的同学自然对昔日的校花无比好奇，问这问那。钱丽艳自我感觉良好，兴奋地和同学们聊着读书时的往事。开始，是大家乱聊，打听着毕业后各自的情况。接着，就是女同学和女同学聊，男同学和男同学聊了。正常情况，王佐和赵大伟不属于他们的同学，应该聊在一起才对。可是，赵大伟却和宋家根聊得热乎。王佐在这顿饭局中只能算是陪客，听得多说得少。

话说回来，王佐也不愿意跟赵大伟聊。自赵大伟出现，他就大谈特谈生意上的事情，什么做人就是做生意，做生意就是做人，业务、人才、资金、管理等，这都是王佐所不熟悉的话题。在聊天中，赵大伟每一句话的最后一个字，总带个拖音，啦，啊，哇，明显是广东人的说话方式。不知道为什么，王佐一听这样的说话方式就特别反感，总觉得对方盛气凌人，不把别人放在眼里。所以，王佐不愿意跟赵大伟聊天，只是礼节性地敬酒。赵大伟和宋家根倒是一见如故，甚是投缘。二人一番大聊特聊之后，赵大伟对在座的所有人说："宋家根的见识和人品，我看是你们同学中最好的，我看好他，假以时日，前程不可估量！"王佐本来就对宋家根印象不好，赵大伟的这句话，他听了极不舒服。

不过，不舒服也没用，人家赵大伟是公司老板，手机拿着，皮卡开着。宋家根可是腰间挎着一个显眼的中文呼机呢，赵大伟当然看得起他。而此时的王佐别说手机和呼机，连大哥大他都没摸过。一个人一夜之间怎么有这些先进的东西了？奇怪。

1998年的春节特别早，是1月28日。过了元旦，外来工的话题就是回家，忙于打听火车票、汽车票，而小老板则忙于收货款。春节前十多天，一次收货款时，赵大伟机缘巧合，成了汕头某机械厂的吸塑机珠三角总代理，一时在江西乡亲中被誉为业务天才。

那次在一家吸塑厂收货款，赵大伟遇到了一个生产吸塑机的老板，姓易。易老板的业务主要分布在潮汕和闽南地区，多年来一直想把业务打进珠三角，但找不到营销对策，因为珠三角吸塑厂采购的是国外知名品牌。当赵大伟无意中得知易老板是卖吸塑机的，而且难以把吸塑机销往珠三角时，他知道，他的机会来了。珠三角所有吸塑厂都有他的石膏粉业务，这些吸塑厂的老板有的还是他在广州流浪时的难兄难弟，他就是最适合销售吸塑机的人选。

赵大伟和易老板一拍即合，相见恨晚。还没聊上几句，也没收到货款，赵大伟就建议到外面找个咖啡厅详谈。在咖啡厅，赵大伟提出帮易老板卖吸塑机，但前提是得做珠三角总代理。易老板说，你如果能在年前卖出一台，总代理非你莫属。赵大伟哈哈大笑说："不要说一台，两台我都能卖。"易老板半信半疑，赵大伟志在必得。赵大伟清楚，易老板的吸塑机之所以难卖，是因为珠三角的厂家不相信国内产品。但他早就做过研究，吸塑机生产技术不算高科技，国内厂家的产品并不比国外差。最重要的是，他有个最要好的朋友就是开吸塑厂的，他完全可以先销两台吸塑机到朋友的厂里。就在前不久，这个朋友还向他打听哪里可以买到国内吸塑机呢。毕竟，国内吸塑机比国外吸塑机便宜了十万元左右，这才是最大的优势。

吸塑机对于厂家来说，不但投资大，还关系到生产的产品品质和机械售后服务问题，所以吸塑厂的老板买吸塑机特别谨慎，而香港老板和台湾老板更迷信于国外机器。赵大伟清楚，只要能把机器销到他朋友的厂里，他就有信心销往所有的吸塑厂家。因为，他的朋友买了吸塑机之后，就可以让其他厂家来现场参观了解，这是最好的销售方式。

最后易老板说："代理前，你就当是我的业务员好了。如果春节前后你能销售一台机器，我就把珠三角的总代理给你，代理合同到时再细谈，这次卖的机器给你提成，怎么样？"

赵大伟一口答应，年前就成功把两台机器卖到了朋友的吸塑厂。在签订代理合同时，易老板还答应配一辆长城皮卡给赵大伟，这是赵大伟所没想到的。年后，赵大伟换了一个更大的地方办公，正式成立公司，主要精力放在销售吸塑机上，而石膏粉则成了他的次要业务。为了更好地开发业务，赵大伟还从家乡带来两个小伙子，到易老板的厂里培训了几个月，学习吸塑机的修理技术，以便于安装和售后服务。1998 年，当大多数打工仔还在为找工作焦头烂额时，赵大伟就拥有了自己的公司，做得风生水起，可以说是当时名副其实的成功人士。

因此，1998 年春节是钱丽艳过得最风光的一个春节。年前，她就联系韩墨一起回江西钟陵县过年。韩墨出来打工快两年了，又结了婚，也特别想回家过年，就一口答应了。正当韩墨期待带着王佐回乡拜访亲朋好友时，金得厂却接到一个特别急的业务，需画图打样，王佐春节期间得加班。韩墨不无沮丧，只好一个人回家过年了。

王佐永远记得 1998 年春节前送韩墨上火车的场景。香港回归时京九铁路开通，江西人再也不必绕道湖南坐火车了。由于火车站设施还没全部完工，春运人流量太大，东莞东站简陋的火车站广场挤满了回家的民工……

目送着韩墨随着人流向候车厅走去，王佐发现"东莞东站"四个大字在夕阳的照耀下熠熠生辉。他站着看了好一会儿，直到看不见韩墨的身影，才坐公交车回厂。

第三十四章　生日晚会

转眼到了 1998 年的 3 月份，王佐和韩墨依然住在出租房里，韩墨全力备考会计师。因为考试时间在 5 月底，还有不到两个月的时间，韩墨感到压力山大。除了完成本职工作，她全身心都在复习和做题目上，像结婚前一样，真正做到了两耳不闻窗外事，一心只读圣贤书。

这天下午上班的时候，老江、小江都不在写字楼里，翻译邬奇珍跑到工程部和财务部这间办公室聊天。被金得厂员工誉为“歌后”的邬奇珍，是湖南某民办大学英语专业毕业的，毕业后就进了金得厂，已打工两年。老江招她进来是做外贸兼口语翻译的，可她的口语实在是差到极点，无法与老外沟通，实际工作就是翻译工厂涉及进出口的各种纸质文件。

此时，韩墨在看备考会计师的书，王佐在制图，实际聊天的是邬奇珍和出纳，老孙时不时也插上几句。老孙上次跟着徐经理辞工出了金得厂，像王春秋一样，梦想大干一场，成为有钱人。后来徐经理创业失败，几个月来老孙没找到好工作，又进了金得厂。对于老江、老许为什么如此钟爱反复无常的老孙，王佐实在搞不明白。

老孙见邬奇珍不大理他，故意逗她说：“翻译啊，今天晚上我正好有空，你晚上有没有空啊，我们去浪漫浪漫，不负这大好春光嘛！”

邬奇珍狠狠瞪了一眼老孙说：“男女之间的事，特别是爱情，是高贵的，不容亵渎的，调戏女人有意思吗？到厂外水塘边照照你自己吧！”

说着，邬奇珍站起来向大办公室走去，高跟鞋声急促又响亮，如同受了奇耻大辱。

老孙挤眉弄眼，阴阳怪气地说："什么人嘛！都做了别人二奶了，倒贴给老子，老子都不要！"

出纳说："死老孙，以后别说了，被别人听到了，办公室又要鸡飞狗跳了！"

王佐抬起头看向老孙，被邬奇珍和老孙的话逗笑了。他觉得邬奇珍有点小题大做，也认为老孙的话太损，不给人留任何情面，于是对老孙说："做事吧，你的图还没画完呢！"

老孙余气未消，为自己找台阶说："逗她是看得起她，什么人嘛！我去车间了。"

男女同事开开玩笑，大家都是一笑了之，打工无聊互相找乐子，没必要去计较。王佐认为，老孙的玩笑话又没什么恶意，邬奇珍确实太小题大做了。至于老孙骂邬奇珍是个二奶，还真是实事。由于邬奇珍是别人的二奶，全厂皆知，王佐对她印象并不好。今天，邬奇珍竟然说出爱情是高贵的，不容亵渎的，这不得不令王佐感到好笑。

玩弄邬奇珍的那个男人就是金得厂的厂长。邬奇珍爱唱歌，特别是女高音，那可是金得厂的一绝，尤其擅长唱苏联歌曲。厂长也爱唱歌，粤语流行歌曲随手拈来。因此，凡是金得厂有唱歌的活动，不管是厂外KTV，还是厂内自娱，邬奇珍和厂长总是前前后后，一人歌罢，另一人上台。他们有时还对唱，一个暗送秋波，一个情意绵绵，真乃天生一对。

久而久之，厂长和司机便单独邀请邬奇珍去厂外唱歌，唱完歌吃夜宵，生活丰富多彩。邬奇珍进金得厂不到两个月，厂长就成功俘虏了她，两人租房子同居。厂长的老婆是个当地的农村女人，没读几天书，是个标本式的贤妻良母。得知老公有外遇后，厂长的老婆也曾到厂里闹过几次，吵过几次，但起不到任何作用。厂长和邬奇珍依然像热恋中的情人一样，夜夜春宵，快活之至。特别是厂长，自从老婆来吵闹之后，就不大回家了。厂长有四个小孩，在当地算是穷人，除了工资，没有任何其他收入。一个大男人不顾老婆子女的死活，只顾自己风流快活，也难怪全厂女人都反感他。同时，大家也顺带反感邬奇珍了。

别人说邬奇珍是个二奶，是个不正经的女人，但她不那样认为。她认为她和厂长珠联璧合，两情相悦，有共同爱好，郎有情，妹有意，他们的爱情是圣洁、高贵的。金得厂跟她玩得好的女同事，像李秀川，就曾提醒过她。李秀川对她说：“厂长没钱，也不能给你名分，你图他什么？他是玩你的，趁早离开他。”她说：“我不图钱，也不图名分，我只要爱情。”

邬奇珍正坐在位子上生闷气，李秀川走过来问：“怎么了？谁欺负大小姐了？”过完春节，李秀川就跟着屈跃进回了东莞，又进了金得厂，把几个月大的儿子丢给婆婆带。

邬奇珍气愤地说：“还不是那个死老孙！话里有话，刺耳，难听。”

李秀川安慰说：“那个老孙是个老顽童，二百五样的人，连老婆都娶不到，脸皮厚得像牛皮，有事没事就调戏女人，你生他什么气？太不值了！”

邬奇珍不屑地说：“侏儒一样的人，我生他什么气！只是说话太难听了，话里带刺！”

李秀川说：“不提老孙了。对了，你今天生日，不请工程部和财务部他们几个吗？”

邬奇珍说：“刚才本来是想说的，被老孙弄得心情不好，忘了说。”

李秀川站起来说：“那我去帮你说，跳舞唱歌，人多热闹才好嘛。”

其实，今天为邬奇珍生日助兴，厂长把长安塘一家小舞厅包场了。邬奇珍不好意思亲自开口请同事们去，都是司机和李秀川在传话。李秀川来到工程部财务部办公室，站在门口大声用四川话说：“大家听好了，晚上九点半下班后，所有人都到‘外来工之家’去，邬奇珍邬大小姐今天生日，舞厅包场，谁也不能缺席！缺席的明天请吃肠粉！”

出纳鼓起掌来，说：“都去，都去！”

韩墨抬起头，微笑着看向李秀川，李秀川指着韩墨说：“任何人都可以缺席，但韩墨你是舞后，你不可以缺席。结婚了，天天陪着老公，也不出去玩玩！”

大家哄堂大笑，韩墨和王佐也笑了。李秀川笑着走向大办公室。

韩墨本来不想去的，她要争分夺秒地学习。可经不住章新月不停邀请，韩墨还是决定去捧捧场。她对章新月说，去就去吧，玩一个小时我就走。说来也怪，章新月跟谁跳舞跳得都不自然，就是跟韩墨能跳得来。因此，不管在哪儿跳舞，她都要拉上韩墨。

快下班的时候，小江回厂了，找章新月结算一家供应商的月结单。韩墨和王佐本来就不想去，就在办公室里等章新月。十点的时候，章新月把月结单整理出来给了小江，同时说：“邬奇珍今天生日，写字楼的职员全去跳舞唱歌了，江经理你也去吧。”小江愉快地答应了。

四人走出办公室，出了金得厂，走向十字路口的“外来工之家”。

进了舞厅，主持人李秀川正手拿麦克风说：“下面，有请寿星为我们演唱一首苏经典歌曲:《莫斯科郊外的晚上》，这是歌后邬奇珍邬大小姐最拿手的歌，大家欢迎！”

厂长带头鼓起了掌，所有人都跟着鼓掌，还有人尖叫。

邬奇珍上了台，手拿麦克风，兴奋地说：“谢谢各位同事莅临本人生日舞会，谢谢江经理于百忙之中赶来与民同乐，谢谢大家，掌声响起来……”

全场响起了爆雨般的掌声，有人回头看向章新月他们四人，才知道小江也来助兴了。接着，明快流畅的乐曲响起，邬奇珍载歌载舞，唱道：

深夜花园里四处静悄悄
只有风儿在轻轻唱
夜色多么好　心儿多爽朗
在这迷人的晚上
夜色多么好　心儿多爽朗
在这迷人的晚上
……

邬奇珍歌声响亮，音质圆润，一首《莫斯科郊外的晚上》，唱出了圣洁的爱情，唱出了美好的生活，唱出了美好的夜晚。乐曲缓缓落下，全场又响起爆雨般的掌声，邬奇珍特别兴奋，手拿麦克风说：“谢谢大家，谢谢大家来助兴，谢谢大家为小女子的生日浪费宝贵时光。下面，下面，再说一次，下面，有请金得厂的大帅哥，二公子江经理为我们演唱一首《爱拼才会赢》，大家欢迎，掌声响起来……”

全场响起热烈的掌声，小江笑了，说：“一来就拿我寻开心！”

音乐响起，小江上了台，手拿麦克风说：“没想到我们金得厂的员工多才多艺啊！工作上一个顶仨，还个个是唱歌跳舞高手，我自豪，我骄傲！在此，我祝邬奇珍生日快乐，年年十八！也祝厂长和邬奇珍这对红颜鸳鸯，一生浪漫，一生开心，一生恩爱。”

接着，小江中气十足地唱起闽南语歌曲《爱拼才会赢》：

一时失志毋免怨叹
一时落魄毋免胆寒
那通失去希望
每日醉茫茫
无魂有体亲像稻草人
人生可比是海上的波浪
有时起　有时落
好运　歹运
总嘛要照起工来行
三分天注定
七分靠打拼
爱拼才会赢
……

在小江唱歌的时候，王佐看向厂长和邬奇珍，发现他们不但不知羞耻，反而一脸开心幸福。他想，这社会真是变了，不以为耻，反以为荣，真是人心不古啊！小江也是怪怪的，二奶的爱情，也可以在大庭广众之下祝福，这不是宣扬二奶，败坏人伦道德吗？

接着，交谊舞联跳。厂长搂着邬奇珍翩翩起舞，大家纷纷入场，把厂长和邬奇珍围在舞厅中心，每个人脸上都洋溢着兴奋和开心。小江搂着李秀川，韩墨带着章新月，也步入舞池。跳着跳着，换成快三的乐曲，大部分人不会跳，搂抱着的男男女女一时散开，站在四周看着。一会儿，场中只剩下韩墨和章新月，其他几对由于不合拍，或者跳不大好，全撤下来了。

韩墨带着章新月，和着节拍旋转，再旋转，如行云流水一般，全舞厅的人都看呆了，不断响起雷鸣般的掌声。交谊舞联跳结束，章新月气喘吁吁，脸上冒出汗珠，笑着对韩墨说："过瘾，过瘾，太过瘾了！"韩墨说："好久没这么开心过，我先回去了。"

忽然，台上的李秀川大声说："下面，是的士高时间，大家尽情地跳，尽情地蹦！有请我们的舞后韩墨韩大小姐为我们演唱一首《潇洒走一回》，为大家蹦的助兴！"

章新月推着韩墨说："先去唱歌，蹦这一曲再走！"

韩墨走到台上，接过麦克风说："祝邬奇珍小姐生日快乐！祝全厂同事生活愉快！我建议，所有的人跟着我跳，摇起来！蹦起来！开始……"

灯光闪烁，强劲的音乐响起，震耳惊心，明快潇洒，全场人兴奋莫名。台上韩墨边跳边唱，台下狂歌乱舞，有的人还声嘶力竭地吼着，全场都是《潇洒走一回》的激情歌声：

天地悠悠过客匆匆潮起又潮落
恩恩怨怨生死白头几人能看透
红尘啊滚滚痴痴啊情深
聚散终有时
留一半清醒留一半醉
至少梦里有你追随
我拿青春赌明天
你用真情换此生
岁月不知人间多少的忧伤
何不潇洒走一回
……

唱完了《潇洒走一回》，韩墨和王佐就离开了舞厅，回出租房去了。其他人则继续蹦，一直蹦到将近十二点，又放了几首慢三慢四的曲子，舞会才算结束。

小江蹦出一身汗，特别开心。散场的时候，他余兴未尽，提出吃夜宵，他请客。走到金得厂，小江发动子弹头商务车，带着厂长、邬奇珍、李秀川、司机、报关员等几个人，来到东坑镇小吃街上，吃砂锅粥。小江点了两斤虾粥、两碟卤鸭、两碟海鲜、两碟蔬菜，还有两箱啤酒。大家嘻嘻哈哈，吃完了粥，你一杯，我一杯，喝酒聊天，不知不觉喝到两点左右。

李秀川平常不大在外面玩，特别是晚上，就算玩也不会太晚。毕竟她是一个结了婚的女人，不能让人说闲话。再说，她老公屈跃进是个醋坛子，不乐意她晚上有活动。屈跃进比李秀川大了八岁，李秀川虽然结婚了，但其实年龄不大。因此，屈跃进对年轻漂亮的老婆极不放心，既担心有人勾引，也担心老婆少不更事有外遇。有几次，李秀川跟朋友们在外面玩晚了，屈跃进跟她大吵特吵，她觉得特烦。因此，不是特别重要的事情，她一般不会参加朋友、同事的夜生活。今天舞会散场的时候已经很晚了，按理说她应该回出租房的。可是不知为什么，她特别兴奋，还是跟着大伙儿一块儿去吃夜宵了。

李秀川也不大喝酒，就算喝也是意思一下。吃夜宵时，不知是开心还是经不住同事们起哄，一杯又一杯，她竞然喝了两瓶啤酒。其实，连她自己都不知道，潜意识里她特别喜欢小江。小江高大英俊，就算不是台商，只是一个打工仔，也一定会令打工妹们心动。何况，他不但是富二代，而且是金得厂的经理。

吃完了夜宵，司机开车向金得厂驶去。小江和李秀川坐在商务车第三排。随着车子前进，二人时不时有身体接触。小江心猿意马，李秀川昏昏沉沉。车子没走一半路，李秀川竟靠在小江的怀里睡着了。感受着李秀川特有的女人气息和丰满的胸部，小江终于按捺不住，在李秀川身上激情地乱摸着。李秀川微微扭动一下，接着微微呻吟，紧紧贴在小江怀里。小江一把揽住李秀川的蛮腰，二人缠绵在一起……

车上的人见怪不怪，都装作没看见，有的还装着睡着了。子弹头商务车在夜风中慢慢向金得厂方向驶去。司机也真会成全好事，平常六十码的车速开成三十码。邬奇珍担心闹出事情来，车子开到长安塘十字路口的时候，她对司机急切地说：“停车，停车，快停车，李秀川喝醉了，我得把她送回家，她老公天天晚上要等她回家的！”

第三十五章　又一个业务天才

接连几天，金得厂的员工都在风传李秀川都结婚了，还投怀送抱，勾引小江。说实在话，那晚在车上的情景，李秀川有那么一点点印象，但又似乎是发生在梦中，她不敢相信自己会当众做出那么出格的事情。有时走在路上，都有人在后面指指点点，李秀川简直气不打一处来。有一天，邬奇珍偷偷告诉她："那晚的事情是真的，我亲眼所见。小江趁你醉了，占你便宜，在车后排摸你，还把你抱在怀里。"李秀川羞愧难当，不愿见金得厂任何人。她知道，她在金得厂打工的日子结束了，再不离开，她都有可能疯掉。何况，屈跃进因那晚她回来太晚，骂了她一顿，此后几天一直耿耿于怀，对她没个好脸色。从邬奇珍口中得知那晚的实情后，李秀川当即急辞工，在一段时间内远离了金得厂所有的人。

辞工后的几天里，李秀川整天在出租房里睡大觉，不言不语，闷闷不乐。屈跃进劝她再进新亚鞋厂上班，说是可以安排她到仓库做仓管员，她不理也不睬。屈跃进不知道，他老婆虽然年纪小，但早已不是刚出门打工时的无知少女了。李秀川在金得厂打了一年工，简直就是上了一次大学，也可以说是正式走上社会了，她的心志早已不是屈跃进所能想象的。

在这一年中，李秀川不但熟悉了工厂的采购工作，还熟悉了办公室诸多事务的处理，并且了解了一家工厂正常运转的必要流程。这都不是最重要的，最重要的是，李秀川所接触的人和事完全提高了不止一个档次。从工厂内部来说，跟她打交道的或玩在一起的，都是工厂管理人员，甚至还有台商，她与这些人有了近距离的接触，眼界和见识水涨船高。从工厂外部来说，由于李秀川是采购，打交道的不是小老板，就是大小工厂公司的业务人员。单纯得像一张白纸的她慢慢地成熟了，再也不是此前在屈跃进面前哭鼻子的小姑娘了。

李秀川进金得厂不到半年，变化之大，屈跃进明显感觉得到。从言行上看，此前，李秀川的话题少，聊来聊去，就是聊她的成长，她的家乡，她的初中生活，她的出门经历，没话说的时候，则一脸仰慕地看屈跃进写字画画；后来就不同了，她聊的都是那些工厂写字楼的事情，或者写字楼那些人的钩心斗角等，甚至还聊一些台商、小老板的故事。眼见李秀川好学上进，屈跃进打心眼里高兴。谁不希望自己老婆有出息呢？谁都希望！在这个社会，赚钱是王道，屈跃进当然也像其他打工仔一样，希望自己的老婆好学上进，找份好工作，夫妻比翼齐飞。如果这样，既生活充实，又可以减轻男人的压力。

但是，高兴归高兴，屈跃进心里隐隐也有些担忧，因为李秀川的业余活动越来越多了，每周总有那么一两次。有时是同事们互请吃饭，有时是唱歌跳舞什么的，但更多的是跟台商以及小老板们去夜总会。屈跃进知道，那些请采购人员去娱乐的人，大部分都是供应商，有的是小老板，也有的是大工厂、大公司的业务员，他们最需要跟采购人员搞好关系，建立感情。屈跃进也知道，像他老婆这样的漂亮少妇，最容易被那些有钱的男人所勾引，何况他老婆看起来根本就不像结过婚的，那更容易让人误会。屈跃进更知道，他老婆年纪还小，没有多少社会经验，很容易上当，也很容易被引诱。男人有个年轻漂亮的老婆，总是活得很累很累。有人调查过，老婆漂亮的男人一般不长寿，屈跃进算是感同身受。

因此，屈跃进总是劝李秀川不要去应酬，说那些请你们去玩的人都不怀好意，个个都是色鬼，你按采购正规流程采购，不必收红包，何必去应酬呢？李秀川说："好，好，能推的我尽量推掉，不能推的尽量早点回来。"话虽如此，但那些小老板不但请采购人员，还请采购人员的上司，老板或者上司发话了，采购员能不去吗？而去那些夜总会都是开车去的，不可能有人提前专程把某个人送回去，所以李秀川说早点回来每每都是空话，屈跃进当然更不放心了。只要是李秀川晚上出去了，屈跃进总是站在阳台上，看着她回来的方向，每每望眼欲穿。还好，李秀川总是能安全回来，屈跃进也没听说过她有什么桃色新闻。他们打工两年多来，平平淡淡，夫妻恩爱，在厂外租着房过着小日子，这对于出门在外的外来工来说，非常不容易。其间，李秀川还生了个儿子，有些打工仔、打工妹对他们羡慕不已。在老家生完儿子待了几个月后，李秀川还是回到东莞又进了金得厂，继续做采购。不过，令屈跃进略略宽慰的是，李秀川不大参加夜生活了，似乎成熟长大了许多。

就在屈跃进对李秀川比较放心的时候，没想到前几天李秀川玩到凌晨两点多才回出租房，一身酒气不说，还衣衫不整。屈跃进非常恼火。李秀川的同事邬奇珍一再说："今天是我的生日，跳完舞后是我叫她去吃夜宵的，你不要责怪她了。"第二天，屈跃进还是恼火，还是怀疑，看李秀川一百二十个不顺眼，动不动就找碴儿骂她。李秀川整天情绪不好，没过几天就辞工了。当时李秀川对屈跃进说工资太低了，要另找一份高工资的工作，找不到高工资的工作就去跑业务。这令屈跃进半信半疑，好端端的为什么要辞工？而且是急辞工！在这之前，屈跃进从没听李秀川说过她要另找工作。自打搞定李秀川，直到结婚，再到现在，屈跃进都对李秀川不放心。过了几天，李秀川忙于找工作，屈跃进的怀疑也就随风淡忘了。

多年之后，屈跃进和李秀川吵得不可开交，分分合合，一个李秀川当年的同事无意中聊起了李秀川当年离开金得厂一事，但是那位同事也只是道听途说，他也不知道当时是李秀川醉后失态还是有意勾引？一切都是个谜。屈跃进后来猜测的是，也许是老板的儿子没理她，也许还有其他的事情，总之李秀川自觉丢脸惭愧，就辞工走了。事隔近二十年屈跃进才知道真相，虽然他很生气，也很吃醋，但近二十年后的李秀川的确跟他没多大关系了，因为那时他们已经离婚了。

李秀川休息了几天，就开始找工作。除了采购，李秀川还真不知道找什么工作。她对屈跃进说，你们厂我是坚决不进了，就是给我经理做我都不进，我自己去找工作，我还是要做采购。在金得厂做采购没收红包，没拿回扣，走的时候还落个坏名声，李秀川想想都来气。她决定还是要找采购的事做，找机会收红包拿回扣，狠狠赚一笔，以解金得厂之气。

虽说采购的职位应酬多，令屈跃进不放心，但他也没办法阻止。一个大活人你怎么阻止？阻止不了，屈跃进就一再对李秀川说，找采购做可以，你得找在我旁边。任何事都有机遇性，可遇不可求，找工作哪有那么巧，正好天随人意呢！所以，屈跃进也只是说说而已。

李秀川找了两个多月也没找到中意的采购职务。其实，也有那么一两次应聘上了，她完全可以去上班。但由于工资低，下单权又在采购经理那儿，李秀川一点兴趣都没有。找不到合适的采购工作，屈跃进劝李秀川条件放宽一点，只要是文员类岗位，工资待遇过得去，离他这里近，就去做吧。屈跃进还说："反正我的职务还可以，收入在打工阶层还算高的，我并不在乎你的工作有没有前途，收入高不高，只要离我近一点，上班轻松就好。"

但令屈跃进没想到的是，李秀川最后找了一家电线厂跑业务。虽然屈跃进曾经听李秀川在找工作时说过多次，找不到合适的采购工作就去跑业务。如果业务跑出来了，那可不是打工所能比的，但屈跃进只当作耳边风。还是个大孩子的他老婆，娇小温柔，坐车都不知东南西北，连地图都看不懂，怎么可能去跑业务？她能吃那份苦吗？她能受那份委屈吗？她有那个口才吗？她可是一点社交经验都没有啊！她怎么跟人打交道？屈跃进劝李秀川不要去跑业务，另找份不受累、没压力的工作就好了。但李秀川不听，说想赚钱就得跑业务，这个工作上不封顶拿提成，跑得好比小老板还强，不试一下怎么知道呢？她还对屈跃进说："失败了我再找份安稳的工作吧，哪怕是流水线上的普工，我也心甘情愿了。"

就这样，李秀川开始了跑业务的生涯，既改变了她自己的人生，也改变了屈跃进的人生。

由于那家电线厂在东坑镇上，离屈跃进上班的地方只有五六里路，所以李秀川还是跟屈跃进住在出租房里。但不同的是，由于跑业务这种工作时间不定，屈跃进除了和李秀川睡在一张床上以外，清醒的时候几乎看不到李秀川的身影。早上屈跃进醒来的时候，李秀川早已出门了；中午，屈跃进午睡的时候，李秀川也许还在外面顶着烈日坐公交车，或者在电线厂整理总结业务信息；晚上，屈跃进一边等李秀川一边画画写字，直到迷迷糊糊睡着了。半夜醒来，屈跃进在迷迷糊糊中发现李秀川躺在身边，才知道老婆回来了。往往这时，他激情难耐，如饥似渴，在李秀川半梦半醒之际云雨一番，然后才沉沉睡去。

这种日子，除了星期天，持续了约有三个月之久。直到三个月后的一个星期六晚上，李秀川早早就回到出租房，屈跃进也没加班。李秀川一见屈跃进回来，就关上了所有的门窗说："给你看一样东西。"屈跃进见李秀川神神秘秘的样子，不禁好笑。难道买了什么礼物给我？比如说皮带、手表什么的。同时他心里想，女人就是女人，都老夫老妻了，买个东西还搞得如此浪漫，如此见不得人，有那个必要吗？！过日子还是实实在在为好。

可是，等到李秀川把一个报纸包着的东西摊在桌上，并打开报纸时，屈跃进惊呆了！原来是一大堆钱，十元的票子一扎，足有十多扎。虽然屈跃进的存折里有两万多块钱，但那是他每月一点一点存进去的。他还从没见过这么一大堆现金堆在眼前。屈跃进眼睛都直了，直问李秀川是怎么回事。李秀川开心得合不拢嘴地说："这是我一个月的业务提成工资，一万多块呢！老公啊，我全给你了，你存起来，我们将来修个大大的房子！"

那一刻，屈跃进和李秀川两口子拥抱在一起，又亲又啃，感觉是世界上最幸福的人。晚上银行不开门，没办法存钱，他们把钱放好后，就去外面吃饭购物，逛到深夜十二点才回来。李秀川看着一大堆衣服鞋子，算了算钱，才花去不到五百元，笑着对屈跃进说："这钱怎么花都花不完嘛，今晚买了这么多东西，以后几个月都不用买东西了——吃点夜宵能花多少钱呢？"屈跃进说："不少了，一个晚上五百，那是一个流水线工人加班加点一个月的工资啊！"李秀川想想也是，说："这也是我的血汗钱，我们不能乱花出去，明天就把钱存起来吧，存到一定数量的时候，就可以去修房子了，修一栋大大的房子。有我的化妆室，也有你的书画室，老公啊，你看怎么样？"一个男人，谁不愿意成家立业后有一栋属于自己的房子，屈跃进当然同意老婆的建议。接着，屈跃进就和李秀川说，先在他老家县城买块地皮，合适的时候就回家修房子。当晚，两口子聊着他们的房子的结构是怎么样的，该怎么装修，买些什么家具，兴奋地聊了一个晚上。

此后，李秀川每个月的业务工资都能达到了二至四万，半年后屈跃进和李秀川就在屈跃进的老家盖了一栋四层楼的房子，一切可以说是天随人意。当时李秀川的收入对屈跃进来说简直就是天文数字，他那点打工工资只能算是毛毛雨了。随着房子修好了，身边的存款越来越多，屈跃进对打工也慢慢失去了兴趣，三天打鱼两天晒网。李秀川由于收入高，对此并不在意。两年后，当大多数打工仔还在为一千块钱的工资而费尽心机时，屈跃进和李秀川已经有了百万存款了。这在20世纪90年代中后期绝对是一笔巨款，不要说打工仔，就是后来扬名立万的人，在当时也是东借西凑几万块钱才开始艰辛创业的。他们可以说比那一代在南方打工创业的人早成功了整整十年。当然，这不是从时间上来说，而是从资金上来说。

李秀川自从跑业务功成名就以来，不管是同乡还是同事，也不管是男女老少，人人都夸她又年轻，又漂亮，又能干，她也自我感觉良好，觉得自己是个人上人。有时候，连她自己都不知道，她的言行举止多多少少伤害了屈跃进——嫌他这嫌他那。当然，这是潜意识的，她自己未意识到。

那么，年纪轻轻又没有多少文化和业界经验的李秀川，为什么一夜之间成为业务天才了呢？王佐不知道，韩墨不知道，邬奇珍不知道，业界也没多少人知道，就连屈跃进也不知道。多年之后，屈跃进无意之中认识了一个朋友，才知道了真相。原来，李秀川在玩暧昧，跟一个大工厂的采购经理玩暧昧，造就了她业务天才的神话。

黄江镇有一家台商创办的大型灯饰厂，年近半百的老板包了一个四川妹子做二奶。二奶为他生了一个孩子，便俨然以“正宫”自居，带了大批家乡人进厂工作。其中就有她的小弟弟，在厂里任采购经理，人称“小舅子”。小舅子年仅二十余岁就掌握着几千人大厂的采购大权，要风得风，要雨得雨，不但红包回扣滚滚进腰包，而且夜夜笙歌，倚翠偎红。那家灯饰厂的电线用量极大，李秀川刚跑业务时，去那家厂推销了好几次，认识了小舅子。

谁也没想到，平常“阅女无数”的小舅子对李秀川一见钟情，不可救药地爱上了她。小舅子平常倚翠偎红的都是各种娱乐场所的小姐，完全就是生理发泄，女人对他来说不神秘也不稀奇，这种男人很难爱上某个女人。但是，一见到清纯秀丽的李秀川，小舅子如见天人，如少年般情窦初开，久违的青春之火熊熊燃烧，一发不可收拾。

李秀川知道小舅子的心思后，暗自惊喜。她知道，自己赚钱的机会来了。于是，李秀川跟小舅子玩起了暧昧。她既不说明自己已结婚了，也不接受他的爱，二人的交往就像少男少女的初恋一样。小舅子非常喜欢这种感觉。为了向李秀川示爱，他开始下单给她。时间长了，小舅子一步一步把相关电线的供应商全砍了，订单大多下给了李秀川。有了这样一家大客户，李秀川才开始向中小客户进军，也有了不小的进展，一时成为东莞灯饰界的名人。

第三十六章　勾引有夫之妇

在李秀川开始跑业务的时候，韩墨顺利地参加了1998年5月底的会计师全国考试。韩墨走出考场后，王佐问："考得怎么样啊？我陪读了大半年，可不要让我失望啊。"韩墨自信地说："一次通过，我保证，你就等着好消息吧！"韩墨如此自信不是没有理由的。会计师考试的题量太大，难易适中，主要是考全面应用知识。就算理解能力再强，对教材倒背如流，如果写字计算动作慢，敲计算器不熟练，也根本做不完。韩墨吃透了教材，做了大量题目，敲计算器更是运指如飞，也才刚刚做完试卷。所以，每年一次性通过会计师考试的，都是不可多得的会计人才。当然，这里指的是应用型人才，而不是研究型人才。王佐虽然知道韩墨的实力，但他知道每年一次性通过会计师考试的人凤毛麟角，于是说："你别吹了，能通过两门就不辜负我陪读大半年了！"韩墨说："牛皮不是吹的，火车不是推的，两个月后见分晓！"

考完了会计师，韩墨一身轻松，像刚来金得厂一样，白天抓紧完成工作，业余打球、散步、看小说，有时也会参加同事们的活动，不想天不想地，生活充实，身心愉快。由于财务部工程部直属于老江管，而老江大部分时间不在写字楼，所以这间办公室总是充满了欢声笑语。外面大办公室的职员有时候想偷懒，或者做完了事情想聊天，就会跑到这间办公室来。

6月初的一天下午，老江又不知跑到哪里去了，大家一边做事一边聊天。

忽然，出纳冒出一句："老孙啊，什么时候买拖糖[1]吃啊！"

老孙对出纳眨眨眼说："买什么拖糖啊！什么时候帮我介绍个太太？"

出纳向来快言快语，才不管老孙眨不眨眼呢，说："那个车间里的QC，高高的，白白胖胖的，你们抱在一起，还在外面散步，我都看到好几次了，还不买拖糖！"

韩墨猛然想起，晚上下班的时候，她也好几次看到老孙和一个车间里的QC坐在十字路口附近的草地上搂搂抱抱，亲热得不得了。于是她说："老孙，我都看到好几次了，草地上来来往往那么多人，谁不知道，有什么好隐瞒的，拖糖我们可是吃定了。"

老孙有技术、有文化，在南方也找到了自己的位置，但就是在女多男少的金得厂找不到中意的女朋友，面对办公室的同事们很是抬不起头。按理，像他这样在办公室上班的工程技术人员，至少也可以找个各部门的文员的。可是两年来，不要说知书达理的才女，就连姿质平平的李湘花和黎玉梅之流，也没把他放在眼里，他实在不爽到极点。时间长了，老孙明白，女人也像男人一样，以貌取人，而不会以才取人。就因为他个子太矮，精干如孙猴子，那些坐在办公室的文员就瞧不起他，视他为无物，想想就气愤。特别是黎玉梅，因他的半认真半玩笑的搭讪，还在办公室闹得天翻地覆，让他丢脸丢到外婆家了。可以说，在追女人一事上，他屡败屡战。时间长了，脸皮也厚到极点，在办公室以说荤玩笑为乐。

最近，老孙泡到一个车间里的QC，叫茶花，是个云南姑娘。不到一个月时间，老孙就成功把茶花弄上床，此后二人形影不离，如胶似漆。茶花虽然小学没毕业，但个高丰满，长相还周正，这对于找不到办公室文员做女朋友的老孙来说，也算知足了。不过，茶花跟办公室的文员们相比，还是差了一大截。所以，当出纳和韩墨找老孙要拖糖吃时，他还是不想承认。

老孙说："什么拖糖？我只是玩玩而已，又不是娶回家，不买！"

出纳说："你个死老孙！总有一天老天会收你的，玩弄感情，天打雷劈！"

---

① 广东说法，拍拖（谈恋爱）后要给周围的未婚男女发拖糖（类似于喜糖），属于高调承认恋情的一种方式。

老孙说："怪我吗？怪就怪你们这帮女人，见异思迁，水性杨花，老天收你们才对！"

出纳正想说什么，韩墨对老孙说："经理叫你呢！"老孙转回头透过大玻璃看向大办公室，只见顾丽英坐在原来徐经理的位置，正朝他招手。老孙转回头，拿起铅笔，说："她算什么！拿着鸡毛当令箭！我忙着呢，她来找我还差不多！"

出纳说："老孙，惹恼了'武则天'，你没好日子过咯！"

老孙说："切！老江我都不放在眼里，她也不掂量掂量自己多少斤两！"

出纳说："你还是不要得罪她为好！"

顾丽英跟出纳和老孙他们同时进的金得厂，以前是采购组长，年后被提为经理，坐在了原来徐经理那个位置。被提为经理之前，顾丽英跟出纳、章新月、韩墨等几个受老江重用的女人走得非常近，有事没事会凑在一起聊聊。被提为经理之后，就跟她们疏远了。由于工程部和财务部顾丽英管不了，大家相安无事。可是最近，不知为什么，顾丽英频频找工程部和财务部职员的碴儿，财务部和工程部的职员非常讨厌她，讨厌得不得了。

顾丽英是个权欲极重的女人，升为经理后，把工程部和财务部以外的职员管理得服服帖帖，唯她马首是瞻。得意忘形之外，她发现，工程部和财务部的职员并没有把她放在眼里，这极大地伤害了她的自尊心。她知道，工程部和财务部不在她管辖范围内，要想制服这两个部门的职员，比登天还难。唯一的办法就是赶走他们，制服新招进来的人员。

老孙是金得厂最油的油条，几进几出，最不把顾丽英放在眼里。顾丽英还在车间做员工的时候，老孙就在办公室做美工了，这也是她要赶走老孙最重要的原因之一。怎么赶，她暂时没有可行的办法。她决定，用她经理的身份在某些事情上试试工程部和财务部的职员，尽量找碴儿，尽量找出赶走他们的理由，合适的时候上报给老江。

老孙正想说什么，章新月站在办公室门口，手拿话筒，对韩墨说："有个女孩子找王佐呢，韩墨，你来接接，说不定是他前女友呢，呵呵呵……"王佐正想起身去接电话，韩墨已经站起来了，接过话筒："喂，你找谁啊？找王佐啊，好，好，我叫他接电话……我是他什么人？我是他老婆啊，你呢……是他朋友啊，那好，我叫他接电话。”

王佐接起电话，原来是柳珍。王佐和柳珍友情极好，多年来一直通信。后来韩墨和王佐建立了恋爱关系，有一次王佐收到柳珍的信，韩墨非常吃醋，不但把信撕了，还把王佐多年来带在身边的一张柳珍的相片也撕了。自此，王佐就没有回信给柳珍，二人中断了联系。

这次接到柳珍的电话，王佐非常意外。原来，柳珍又一次出外打工，到了深圳。半年多没有收到王佐的信，柳珍还以为王佐又跳槽了，或者又流浪去了。刚到深圳，她就迫不及待打电话给他，她总觉得他还在金得厂。电话打通了，一个女人接电话，又一个女人接电话，其中还有个女人是他老婆，柳珍失望到极点。王佐接电话时，柳珍满腔的热情和一肚子的话瞬间消失，只是和王佐寒暄着，干巴巴的，尴尬之至。放下电话后，柳珍无声地哭了。多年的等待和希望竟是一场空，怪就怪自己太痴情，没影儿的事放在心里最珍贵的地方，最后等到的却是伤害。柳珍把痛苦压在心底，开始在深圳闯天下，此后再也没有和王佐联系。

接完电话，王佐心里很不痛快。办公室的人都一起开韩墨的玩笑，章新月笑着对韩墨说：“当心啊，男人没一个好东西，结婚了还跟前女友藕断丝连，你得拿出威风来！”韩墨心里吃醋，表面却说：“不稀罕，谁要谁拿去，这世上三条腿的蛤蟆没有，两条腿的男人一大把！”大家一阵哄笑。正热闹时，章新月又手拿电话，叫道：“老孙，电话！”

老孙接过电话：“哪位……哦，林总啊！林总，你好，你好……我现在没空，下班后我再回电话给你吧……好的，好的，你放心，老孙办事，林总放心！”

老孙接完电话，大家还在嘻嘻哈哈地逗韩墨玩。正热闹着，顾丽英出现在办公室门口，大叫着：“刚刚江老板打电话打不进来，都骂人了，你们不要打私人电话了！”

老孙斜着眼说：“谁打私人电话了？！写字楼有个八婆，一打起私人电话来，没一小时也有半小时！只许州官放火，不许百姓点灯，这什么世道啊！”

这明显是说顾丽英，大家都知道。顾丽英气歪了眼，指着老孙说：“我打电话是为了公事，你刚刚的电话是公事吗？等江老板回来，我们论理去！”

老孙阴阳怪气地说：“得！天知地知，有些八婆也知，群众的眼睛是雪亮的！”

顾丽英恨恨地瞪了一眼老孙，转头走了。出纳说：“老孙，你摊上大事了！”

吃完晚饭后，韩墨和章新月在厂外水塘边散步。

章新月说：“今天中午真晦气！快上班的时候，我见李湘花没起床，就叫她上班，掀开她蚊帐，你猜我看到什么了？她跟那个厨师抱在一起，光着身子，真晦气！”

韩墨想起李湘花曾对王佐有意，“咯咯”笑了，说：“这个李湘花，真是等不及呀。”

聊着聊着，章新月又想起下午顾丽英跟老孙吵架一事，忽然说：“这个顾丽英真是怪怪的，当上经理后，就变了个人似的，你得小心，不要得罪她。”

韩墨说：“是哦，她的权欲太重，以前怎么就看不出来呢？”

章新月说：“以前跟我们是平级，当然看不出来。现在做经理了，自觉高人一等，我觉得她看我们几个人如眼中钉，肉中刺，我们几个走了，她才能在厂里不可一世嘛。”

韩墨说：“我也有这个感觉。今天下午，她跑来说打电话的事，我认为是针对王佐的，那时候王佐不是正接一个电话吗？碰巧的是，老孙刚接完电话，所以她跟老孙吵起来了。”

章新月说：“这个老孙鬼头鬼脑，不是个好东西，你叫王佐不要跟他扯在一起。最近老孙在外面租房子，跟那个叫茶花的QC同居了。同居不关我们的事，需要我们关注的是，他在复印图纸，这几天更是变本加厉。说是编工艺要用，我觉得有问题。”

韩墨颇为惊讶，说：“你不说我还没在意，你一说我就想起来了。老孙大量复印图纸，确实有问题，太反常了。难道他又要跳槽，或者卖图纸给别人？”

章新月说：“那就不知道了，总之有问题。另外，顾丽英也在关注老孙复印图纸的事。她还向我打听老孙的出租房在哪里，王佐跟他有没有来往。”

一听顾丽英怀疑王佐，韩墨不由来气，骂道：“八婆！这个女人真是莫名其妙！经理又怎么样？经理不还是打工的吗？她还把这经理当成国营厂的经理厂长了。无知！卑鄙！”

章新月说：“你还能指望这种人有什么出息！不管怎么样，我们还是小心为上。现在那个八婆正当红，老江宠着她，小江当她是左右手，我们得罪不起啊！”

韩墨说：“人不犯我，我不犯人；人若犯我，我必犯人！”

章新月说：“小心为上！你和王佐都是有技术的人，我相信，出了金得厂，你们找工作一定不成问题，但找在同一家厂可没那么容易。再说，我们姐妹也得在一起啊。”

晚上睡觉的时候，韩墨跟王佐聊起了老孙，并郑重其事地对他说：“老孙这个人不是个好鸟，几进几出金得厂，阴阳怪气，鬼头鬼脑，你不要跟他扯在一起了。”

王佐笑了，说：“他不正常地复印图纸，我早就发现了，我怎么会跟他扯在一起呢！”

过了几天，全厂都在风传老孙勾引别人的老婆，说那个茶花是有夫之妇，老公在家里。还有人说，茶花的老公已经知道有人勾引他的老婆，正带人过来准备打残老孙。这时，茶花已经辞工，住在了老孙给她租的出租房里。他们的出租房不在东坑镇长安塘，而在寮步镇。老孙是何等精明之人，当他发现顾丽英和小江对他有怀疑时，果断把出租房转到了寮步镇。同时，图纸也随着茶花转移到了寮步镇。这几天，老孙住在厂宿舍里。

老孙复印图纸绝不是空穴来风。原来，寮步镇一家名叫“台灯”的台资灯饰厂的林老板，多年来计划生产利润丰厚的道轨灯，却苦于没有技术，没有图纸。经过多方打听，他发现金得厂的老孙反复无常，唯利是图，决定利用此人开发道轨灯。今年年后，林老板安排人手在长安塘一带贴招工广告，目的就是引诱老孙上钩。果不其然，一次老孙看了路边广告后，利用休息时间到台灯厂应聘。老孙和林老板一拍即合。林老板的条件是，老孙人过来，所有图纸也得过来，并负责打样开发。老孙的条件就简单了，无非是高出金得厂一倍的工资。

几经接洽，林老板答应了老孙的条件，还在厂里单独安排了一间宿舍给老孙。在老孙没跳槽到台灯厂之前，他随时都可以进出台灯厂，并在台灯厂领取一半的工资。精明的老孙也留了个心眼儿，自己在外面租了间出租房，每天从金得厂复印一些图纸，悄悄带到出租房里，以免林老板得到图纸后翻脸不认人。与此同时，老孙勾引了车间 QC 茶花。

茶花果如传言所说，年纪轻轻就有了老公。但因为她老公好吃懒做，还爱打人，她才跟着老乡跑到东莞来打工。

寂寞的茶花不在乎男人帅不帅，个子高不高，也不在乎男人娶不娶她，她只需要有钱花，有人供养。老孙和她可谓一个愿打一个愿挨。茶花不但有钱花，还解决了生理需要，一举两得。老孙本来只是想玩一把就走的，后来发现茶花甩不掉，就利用茶花带出图纸，二人在出租房里过起了同居生活。对老孙来说，娶不娶茶花是他一句话的事，至少暂时解决了下半身所需。另外，还能利用茶花大量带出图纸，这是他勾引茶花时所没想到的。不久，全厂风传茶花的老公要来东莞报复老孙，并带走茶花。茶花哭着对老孙说，你得想办法把我带走，我这辈子跟定你了。你不带我走的话，我们一起死。茶花所说绝不是虚言。为了自身安全，也为了图纸安全，老孙迅速做出决定，在台灯厂附近租了一间出租房，把茶花和图纸神不知鬼不觉地转移了。

第三十七章　权欲极重的女人

还有几套图纸没搞到手，老孙本来想找机会复印并拿出厂的。可是，由于顾丽英盯得紧，再加上厂里风传茶花的老公要报复他，老孙决定急辞工走人。但急辞工要扣一大笔工资，太划不来了，那还不如被炒，他决定找顾丽英闹一场。

这天上午十点左右，老孙又在办公室里说着下流的话："好紧！好紧！"这种下流的话，脸皮薄的当作没听见，脸皮厚快言快悟的就会反过来骂老孙。出纳年纪不大，但结过婚生过孩子，就爱跟老孙对着骂，办公室的气氛因二人总是很活跃。只听出纳说："老孙，茶花都结婚了，你就别在这儿吹牛了！勾引别人的老婆，我看你是找死！听说茶花的老公来了，你走在路上小心点，说不定后面就有人砸砖头！"

老孙站了起来，摇头晃脑地说："那个茶花我只是玩玩而已。我告诉你，昨天晚上可真是个处女哟，乱弹乱跳的，那可是第一次。"

出纳说："得！泡个少妇还得花钱，小命说不定还要搭上！老孙，有意思吗？"

办公室有的人呵呵笑了，老孙说："人不可貌相，海水不可斗量！你以为我老孙个子矮，长得不帅，女人就不喜欢我吗？我告诉你，女人还真喜欢我呢！"

全办公室的人哄堂大笑，外面大办公室的职员们全都转过头来，好奇地看着这边。笑声未停，出纳说："你厉害吗？看不出来嘛！"

"哈哈哈……"又一阵哄堂大笑，有的人都笑得喘不过气来了。

忽然，顾丽英站在这间办公室门口，大叫道："这里是写字楼，是金得厂的办公室，不是菜市场，也不是你们家的菜园！你们有没有素质？有没有职业道德？"

顾丽英抬脚正要走，老孙反唇相讥："哪来的臭婆娘！"

顾丽英脸都气歪了，指着老孙说："你还骂人？"

老孙仰着脸，故意不看顾丽英："说谁呢？没大没小的！看看那边的采购部吧，整天用工厂的电话打情骂俏，勾勾搭搭，还有资格来这里说三道四吗？"

"你……你……"顾丽英指着老孙，气得说不出话来，脸都白了。

老孙坐了下来，拿起笔在纸上画着，同时装模作样地说："我们这里是工程部和财务部的办公室，闲杂人等，非请勿进！有事没事跑进来，有没有素质？有没有职业道德？"

顾丽英恨恨地看了一眼老孙，说："等会儿江老板会主持公道的！"

老孙直视顾丽英，说："老子随时奉陪！"

顾丽英回到外面大办公室经理位子上坐下，呆呆地看着门外，眼含泪花，心还在"咚咚"狂跳，热血止不住上涌，都气糊涂了。忽然，听到外面熟悉的脚步声，她知道是老江来了，便趴在桌子上失声痛哭。所有的人都偷偷地看着她，也扫了一眼老江。

老江刚走进办公室，猛然间听见顾丽英的哭声，愣了，停住脚步，叫道："顾丽英，大白天的，哭什么哭！"顾丽英哭声更大了，还一抽一泣的，似乎痛苦到极点，委屈到天边。老江走进老板办公室坐下，叫道："章新月，过来，发生什么事了？"

章新月站在老江身边，把事情经过简略地说了一下。

老江大怒，吼道："老孙——"老孙一摇一摆走到老江身边，老江吼道："你不想做了吗？"老孙慢条斯理地说："顾丽英这个女人欺上瞒下，飞扬跋扈，跟她共事，是我老孙的耻辱！有我就没她，有她就没我，请江老板明断！"

近些天，不断有人在老江耳边说老孙复印图纸，图谋不轨。老江虽然也对老孙起疑，但他就是喜欢油腔滑调又唯唯诺诺的老孙，因此不想炒掉他。而此刻，一向低眉顺眼的老孙像换了个人似的，竟然敢要挟老江，这犯了老江的大忌。老江简直头冒青烟，大叫道："反复无常的小人！你走吧！出纳，结算工资，现在就走！厂长，带保安严查行李！"

老孙暗自高兴。出纳在结算工资时，厂长带着一个保安跟着老孙来到宿舍。老孙简单收拾了几件衣服，提着个塑料袋对厂长说："好了，检查吧！"厂长问："其他东西都不要了？"老孙说："不要了！那个顾丽英不是说我偷图纸吗？我什么都不要了，厂长，你叫保安把余下的东西检查一遍，再丢掉吧！"厂长眯笑着说："老孙啊，我只不过是受命检查，大家都是混碗饭吃，请你理解！不过，不要说没发现什么，就是发现什么，我也会为你着想的。既然收拾好了，东西又不要了，就不检查了，我们下去吧。保安，把不要的东西带下去丢掉！"

就这样，老孙领了工资，如愿被炒。大办公室的职员们看着老孙提着个塑料袋，晃晃悠悠地出了金得厂，消失在厂大门处，人人心中五味杂陈。顾丽英看着老孙走出厂，心底无声地笑了。把最难啃的刺头成功搞走，她心中有一种说不出的快感。老孙在厂外红绿灯附近找了个大排档，点了两个小菜，慢悠悠地吃完，然后上公交车奔赴寮步镇台灯厂而去。

老孙走了之后，办公室里失去了往日的欢声笑语，大家总觉得少了点什么。顾丽英有事没事总跑到工程部和财务部的办公室来看一眼，更是令人反感。有一次出纳一边做事一边情不自禁地说："老孙这个人虽然爱说下流的话，不讨人喜欢，但他走了，还真没意思！"特别是王佐，没意思的感觉尤为强烈。他发现，老孙一走，顾丽英更加趾高气扬、不可一世了。而外面大办公室的采购文员们表面对顾丽英恭恭敬敬，内心却极度讨厌她，敢怒不敢言。

有一个女上司已经够倒霉了，这个女上司还是个权欲极重的人，那简直就没法活了。顾丽英任经理不到半年，大办公室的文员已走了一半多，可见一斑。徐经理在金得厂的时候，从来不管工程部和财务部的事。不但如此，身为台干的徐经理还与工程部和财务部的所有职员相处融洽，从不摆架子。而现在，以前还是同事和姐妹的顾丽英一上任，不但摆架子，还暗示工程部和财务部也听命于她，两个部门的职员尤为气愤。

按照金得厂的惯例，工程部和财务部直属老板管辖，这两个部门之外的才属经理管辖。现在顾丽英对工程部和财务部的人指指点点，谁也承受不了，王佐尤其低不下头。其他人跟顾丽英没有工作上的来往，眼不见心不烦，但工程部不可避免。顾丽英兼任采购组长，采购部总是要找王佐复印图纸。正常情况下，找王佐复印图纸，以及针对零件工艺进行讨论的，应该是采购部的文员。但有那么几次，顾丽英打电话给王佐，叫他过去有事，王佐没理她。顾丽英感到很没面子，自然而然，王佐成为顾丽英急需赶走的下一个目标了。但是，王佐和韩墨都是主管，在厂里是重要职位，顾丽英想赶走二人，还真得花一番心思。

顾丽英知道，她只有借助于小江，才能赶走王佐，因为小江对王佐的印象不大好。在金得厂，所有的人都对老板的儿子小江毕恭毕敬，马屁拍尽，王佐却没有。从进金得厂第一天起，王佐就公事公办，不但没有拍小江的马屁，有时还让小江下不了台。因此，小江早就有炒掉王佐的心思，但是老江不答应。老江说不上中意王佐，也不怎么讨厌，但韩墨却是个难得的会计人才。

老孙走了之后，小江曾对顾丽英说过，多费点心思，盯紧写字楼所有的人，有什么异常，及时上报。顾丽英趁机说，别人都无所谓，关键是图纸，王佐住在厂外，不可不防。一语惊醒梦中人，小江也开始紧盯王佐了，有事没事爱叫他，问这问那的。有时什么都不问，说一句工作认真点，不要混日子，就挥手让王佐走了。一系列的反常现象，足以证明小江他们对王佐有所怀疑了，这令王佐很不开心，工作也没那么积极认真了。

老孙走后一星期左右，有一天，小江叫王佐画个零件图。等王佐画好后小江已不在位子上了。不久，小江从车间里回到办公室，大叫王佐。王佐拿起复印好的图纸走到小江桌子边，递给他。小江接过图纸，说道："画好了不会放在我桌子上吗？"

顿时，王佐血向上涌，真想抓起桌子上的一根灯饰铜管砸向小江的脑袋。但他还是压下了怒火说："我刚准备放在你桌子上，你就去车间了！"

小江装模作样地看了一会儿图纸，还给王佐，说："画得那么慢，这里是工厂，不是收容所！"王佐脸都气白了，正想说什么，小江又说："站那儿干吗？图纸给经理！”

王佐又一次压下怒火，转身走到顾丽英身边。顾丽英正在打电话，看都没看一眼王佐。王佐把图纸放在她的桌子上，转身离开。还没走几步，小江叫道：“王佐，交接图纸，要经理亲自接在手上！”王佐停住，看着小江说：“她在打电话！”小江沉着脸说：“那也得等！”王佐语气加重地说：“可她打电话不是十分钟就是半小时的，我也等吗？”小江说：“乱说，我就在边上，还不知道！”王佐平静地说：“江总经理，你不在办公室就不一样了，办公室谁都知道！”说着，王佐抬脚走向工程部。顾丽英恨恨地看着王佐的背影，恨不得吃掉他。

晚上睡觉前，王佐对韩墨说：“老孙偷图纸出去，现在小江疑神疑鬼，也怀疑我了。”

韩墨说：“人正不怕影子歪，这有什么好担心的！”

王佐说：“不是担心不担心的事，大不了辞工另找工作嘛，又不是很困难的事。你没发现吗？小江和顾丽英像防贼一样防我，被人盯着真不好受啊！特别是顾丽英，这个女人权欲太重，她一定正在处心积虑地赶走我们几个老的，只剩下她之后，她就是真正的老大了。”

韩墨说：“前几天章新月还提到她，这个顾丽英真不可理喻！”

王佐说：“夹着尾巴做人，不是我的个性，哪一天受不了，我辞工拉倒！”

韩墨说：“辞工不算什么，但离开金得厂，我们就很难在一起了。”

王佐说：“那倒也是，我还是先忍忍吧，忍不下去再说。”

几天后的一个上午，王佐接到老孙的电话。老孙说他在长安塘玩，中午一起吃个便饭，聊聊天。王佐电话里说，我在食堂吃完饭再出去吧，你在草地上等我。匆匆吃完饭，王佐和韩墨走出厂大门，远远看见老孙正坐在草地上，地上还有可乐、瓜子等零食。

老孙笑眯眯地招呼二人坐下，热情地递上可乐。韩墨寒暄几句，说：“我中午有午睡的习惯，我去休息了，你们聊吧。”说着，韩墨拿着可乐，边喝边走向出租房。

王佐和老孙坐在草地上聊着天。老孙说他在台灯厂任开发部主管，老板非常重视他，也非常支持他，现正大力开发金得厂那种道轨灯，每天打样组装，忙死了。今天，他就是在东坑一家五金厂打样铁线道轨，顺便来看看王佐的。得知老孙的薪水是金得厂的两倍，平常出差报销还能赚点烟酒钱，王佐很是羡慕。王佐开玩笑说："如果我出了金得厂，就投靠你老孙了。"老孙眯眯笑着说："我就等着兄弟你来呢！我已经把你介绍给我们老板了。说心里话，我还真怀念我们同事的日子，将来我们一起打江山，闯出一番事业来！"

老孙还说，他出金得厂的时候，还有几款灯的图纸没有复印出来，他希望王佐帮帮忙，趁还在金得厂的时候搞出来，他一定不会亏待他。王佐心里一沉，原来死老孙是有目的而来呀！偷图纸、做内奸不是王佐能做出来的，但表面上他还是对老孙说："行，我尽力而为！不过，现在偷图纸出来有点困难，你走了之后，小江、顾丽英就盯紧了我，一时恐怕难以下手。"

老孙拍拍王佐的肩膀说："不急，慢慢来，安全第一，图纸第二，没机会就算了。"接着，老孙给了王佐一张名片，说："这是我的名片，地址、电话、BB机都有，随时欢迎你来玩，也随时欢迎你来台灯厂与我一起打拼。我出差的时候，你可以呼我。"拥有BB机，那可是财富、权力、地位、身份的象征，王佐仔细看了一下名片上的BB机号码，内心不禁感叹，对老孙说："士别三日，当刮目相看。老孙，你现在是高端人士那个级别的了！"

二人正聊着天，韩墨过来了，说快上班了，下次再聊。

忽然，不知哪里传来短促刺耳的声音。老孙站了起来，王佐这才注意到老孙的腰间别着一个四方形的小黑匣子，黑匣子中间是块显示屏，显示屏下侧是些按钮，那就是对王佐来说可望而不可即的寻呼机，也叫BB机。只见老孙慢吞吞地低下头，撩起衣衫摘下BB机，看一眼数字，说："是一家工厂的电话，肯定是他们的采购在呼我，大概样品做好了，我去对面小店里回个电话，就此别过。下次我再来找你们玩，请你们吃饭！"

目送着老孙走向小店，王佐对韩墨说："没想到老孙都配上BB机了，真牛！"

韩墨说："此一时，彼一时也，永远不要小看任何一个人！走吧，上班去了。"

二人正走向厂大门口，王佐忽然发现顾丽英也在后面走着，心头一惊，小声对韩墨说："顾丽英看见我跟老孙在一起了，她肯定会打小报告，我有一种不好的预感。"

韩墨边走边说："私人交往厂里也管吗？那也太霸道了！"

王佐一边走一边小声说："这怎么说呢？顾丽英为了自己的权势，什么都做得出来，就是个小人。老孙偷图纸走了，杯弓蛇影，正是她怀疑我的极好借口。小江对我印象不好，对顾丽英言听计从，而顾丽英又煽风点火，小江就更讨厌我了，这就是恶其余胥的道理！"

韩墨问："什么恶其余胥？什么意思啊？"

王佐解释说："这是'爱屋及乌'的反义词，出自汉朝刘向的《说苑·贵法》中的一句话：爱其人者，兼屋上之乌；憎其人者，恶其余胥。意思就是说，如果喜爱那个人，就连带喜爱他屋上的乌鸦；喜爱的那个人所憎恨的，就连带着也憎恨之。"

第三十八章　牵连被炒

一天过去了，两天过去了，一切风平浪静。

王佐暗想，也许自己太敏感了，有点风声鹤唳。内心来讲，王佐并不想离开金得厂，因为他认为自己的能力还有待提高，出金得厂不见得就能找到更好的工作。其次，自从冲出国企南下以来，他也只在这两年才安定下来，其余时间都在不停地流浪，不停地找工作。他实在不想再次无休止地流浪，无休止地找工作。再说，他现在结婚了，是个有责任的人，也不能像前几年那样瞎混了。他发现，自己虽然会用 CAD 了，但在职场上，已出现三维设计软件 Proe/E。三维设计软件功能强大，直接通过三维空间进行产品设计和模具设计，还可以通过三维零件转换 CNC 加工程序，这大大减轻了复杂的 CNC 加工程序的编写。前两个月，他就想买些 Proe/E 的入门教材来学习。可惜，他找遍了东莞所有的书店，竟然找不到一本有关 Proe/E 的书。后来他才知道，当时大陆根本就没出版过这方面的书籍。因此，他跟章新月说好了，如果章新月去台湾了，就顺便帮他带两本 Proe/E 的入门教材。

第三天中午，王佐和韩墨吃完了中饭，走向出租房，准备午休。

刚走出厂大门，就碰见了厂长，王佐问："厂长，中午不回家吗？"

厂长笑着说："刚刚在食堂里吃了饭，懒得回去了，一个人在外面随便走走也好。"

厂长是本地人，很少在厂食堂就餐，王佐不免奇怪，但也不好意思问他。金得厂和成得厂共用一个食堂，每天的菜都是厂长买的。全体员工都说伙食太差，说厂长捞钱太多。特别是车间员工，他们是被扣了伙食费的，更是气愤，常常有人大骂他不是人。干部餐每隔几天就会吃一次猪肝，好几个人都说是牛肝，也对厂长颇有微词。王佐不挑食，有什么吃什么，从没说过伙食差。再说，干部餐是不扣伙食费的，王佐就更不会在乎了。通过眼线，厂长知道王佐和韩墨二人从没说过伙食差的问题，因此对他们非常友好。

三人走到十字路口，王佐礼节性地邀请："厂长，去我们出租房坐坐？"没想到厂长说："我一个人没什么事，去就去吧，我也想跟你们聊聊。"

快到出租房的时候，韩墨在小店里买了三瓶可乐，三人喝着可乐，便来到了出租房里。

厂长在前后阳台看了看说："套房，前后阳台，空气对流，后面是荔枝林，真不错！"

韩墨说："我们打工的，租间房子就是个临时窝，拿不出手，所以我们从没叫厂里的同事来坐坐。厂长你第一个光临我们的临时窝，我太高兴了，坐，坐，坐下聊。"

三人坐了下来，王佐和韩墨坐在床上，厂长坐在椅子上，漫无边际地聊着。

忽然，厂长有意无意地问："前几天，老孙来长安塘了，你们见到了吗？"

王佐心里一惊，明白厂长是有意而来，于是说："是的，老孙是来长安塘了，说是出差到这儿，还打电话叫我一起吃饭，我说不必了。我吃完饭出来跟他见过面，厂长你看到了？"

厂长说："我倒是没看到，厂里有人看到了，我只是随便问问。"

韩墨说："厂长，有什么你就说吧，我知道顾丽英在后面说三道四。"

厂长顿了一下，说："你们都是有文化的人，我在全厂最看重的就是你们俩。别人在后面怀疑你们，我是很反感的！老孙偷图纸出去，影响很大，我能理解老江他们。现在老孙来找王佐，确实令人怀疑，而且有人看到了，希望你俩能理解。你们俩都是我最看重的人，我就打开天窗说亮话吧。老江、小江已经对你们起疑心了，他们安排我这两天带着保安来你们出租房突击搜查。当然，我是不愿意的，但没办法。我今天来你们出租房就是提醒你们，我不希望你们成了老孙的替罪羊。希望你们能理解我的一片苦心！”

韩墨气愤地说：“真是以小人之心度君子之腹！厂长，既然你今天来了，我们又没提前做准备，那现在就查吧！不管别人怀不怀疑，我要让厂长你知道，我们是清白的！”

厂长摆着手说：“韩墨你说哪里去了！我怎么会查你们呢？就算过几天小江真的叫我来查你们，我也只是例行公事而已。这种事情，不合理也不合法，我才不会替小江跑腿呢！最重要的是，我们是同事，也是好朋友，查任何人，我也不会查你们的！”

又聊了几句，厂长觉得该告辞了，于是说：“你们既然问心无愧，就当作什么事都没发生过，正常上班下班，不要有什么思想包袱。顾丽英那种女人，欺上瞒下，得意忘形，我看没什么好结果的……你们是读书人，中午有休息的习惯，我就不打扰了。”

厂长走了后，王佐和韩墨破天荒没有午睡，韩墨一个劲儿地劝王佐要冷静，不要和顾丽英发生冲突。由于还不知道会计师考得怎么样，韩墨也不想离开金得厂而去盲目地找工作。整个下午和晚上，王佐和韩墨都没心情做事，有点度日如年的感觉。好不容易熬到晚上下班，他们早早回到出租房，洗了澡之后，衣服都没洗，二人便坐在床上聊了起来。

王佐说：“中国有一句话，叫‘牝鸡司晨’。母鸡在清晨打鸣，这个家庭就要破败。这是比喻女性掌权，颠倒阴阳，会导致国破家亡。古时候比比皆是，慈禧就是这类女人的代表，所以古人非常忌讳母鸡打鸣的现象。顾丽英就是这样一个特别强势的人，为了一己之利，为了权势，排除异己，提拔亲信，完全不顾工厂的死活。这种女人出现在哪里，就是哪里的祸根。牝鸡司晨的女人相当少，只有万分之一，顾丽英就是其中之一！”

韩墨说：“你这不是歧视女性吗？女性就不能施展才能去管事吗？”

王佐说：“当然可以！大多数女性都能安分守己，做好自己的本职工作，一切就太平了。可顾丽英不是！她需要权势，需要全厂的人对她唯命是从！我们没把她放在眼里，就是她的眼中钉、肉中刺。可以肯定的是，她不把我们赶出金得厂，决不罢休！”

韩墨说：“没那么严重吧！话说回来，虽然她现在是经理，但是我们部门不属于她管，井水不犯河水，各自把工作做好就可以了，她为什么要赶我们？”

王佐说：“这你就不知道了。因为你不是她，你也没有权欲，你更不是个没见识的人。像她这种没什么文化的女人，又在乡下长大，有强烈的自卑感。突然有一天，由于马屁拍得好，受老板赏识，升为经理了，这极大地满足了她的虚荣心。为了虚荣心，为了权势的快感，也为了保住她的地位，她必须赶走对她有威胁的人。老孙出厂后，我们就是她的下一个目标。”

韩墨说：“我觉得你有点危言耸听！过几天厂长不是查我们吗，查了之后，没问题了，怀疑就不存在了，此后我们就安心上班吧，什么事、什么人都不管，等我拿到会计师证再说。”

王佐被韩墨逗笑了，说：“你真是天真！暂且不说你能不能拿到会计师证，就说厂长查我们一事吧，首先，由于老孙的原因，老江他们对我起疑心，再加上顾丽英的煽风点火，才有了厂长查我们出租房一事。这其实是顾丽英的借口，这次没成功，下次她还会找其他的借口，一个人想找另一个人的碴儿还不容易吗？”

韩墨叹口气说：“那怎么办？难道等着她找碴儿来炒我们？”

王佐说：“正常来说，我们可以跟她斗，斗个你死我活，乌烟瘴气，让全厂甚至东莞的台商们看个笑话。可是静心想想，没多大意思。一个没文化、虚荣心极强的女人，你跟她闹得不可开交，除了让人看扁之外，还徒增不必要的烦恼，可以说是得不偿失。所以，惹不起还躲得起嘛。我看，我们辞工算了，远离这个不知天高地厚的女人，重新找工作吧。”

韩墨颇不情愿地说：“找工作说起来容易找起来难啊！一个人找工作，除了自身的文化和技术等条件外，还有诸多的运气成分。我的意思是，不要轻易辞工，就算辞工，也要等到找好了工作再辞；就像你从企石跳到金得厂一样，哪怕丢一个月工资，也有备而无患。”

王佐说：“我看你是找工作找怕了。找工作就像打仗一样，置之死地而后生！”

当晚，二人聊到深夜十二点多，虽然韩墨很是不情愿，但拗不过王佐的坚决，还是同意了他提出的双双辞工的想法，并且于睡觉前写好了辞工书。第二天早上，走在上班的路上，王佐和韩墨讨论着辞工书交给谁为好。韩墨提议交给黄经理，讨论了几句，王佐同意了。黄经理虽然偶尔从台湾来东莞出差，但韩墨感觉他不像小江和顾丽英那样有事没事刁难人。前几天，黄经理刚好从台湾过来，有一天还在工程部和财务部的办公室里开玩笑，并且很奇怪地问老孙怎么走了。韩墨明显感觉到，黄经理不大喜欢顾丽英，和小江也是貌合神离。

老孙离开金得厂，已令黄经理很不开心，王佐和韩墨这两个金得厂的骨干的辞工，简直令他肺都气炸了。他是大老板老许的心腹，来东莞出差其实可来可不来，来的目的就是监督老江父子几个。他不在金得厂还好，而现在他人就在金得厂里，不经他的同意，老江他们就逼着厂里的骨干辞工，这简直就是没把他放在眼里。

黄经理把王佐和韩墨叫到样品室，一番详谈后，知道了事情的原委。他情绪激动地说："我收下了你们的辞工书，但我不会批的，也没有人敢炒你们！别说顾丽英，就是老江、小江父子俩，没有我的同意，也不会炒你们的！金得厂的大老板是谁？是许老板！没有许老板就没有老江，更没有小江那个花花公子！小江算什么？在我面前什么都不是！"

也许感觉自己失态了，黄经理最后和颜悦色地说："你们放心上班吧。只要有我姓黄的在，只要你们兢兢业业地做事，没有人会拿你们怎么样的。就当什么都没发生。老江那边，我会去跟他沟通的。至于顾丽英，你们不要理她。她也不想想她是个什么货色！"

此后几天，小江在忙着出货，没有人找王佐的麻烦，连顾丽英也很少光顾工程部和财务部的办公室了。王佐像以往一样，每天以最快的速度做好自己的本职工作。韩墨感觉最近风平浪静，还以为在金得厂能继续做下去呢。其间，老孙又一次来找王佐，还是叫他帮忙偷图纸出去。

还是在三角形草地上，王佐对老孙说："现在小江和顾丽英对我疑心太重，像防贼一样防着我，我根本没办法偷图纸出去。我看这样吧，我把你需要的几款灯的图纸多看几次，只要有样品，我随时都能画出来，也就没必要冒着风险偷图纸了。"

老孙说："有现成的图纸更好，没有也只能这样了。"

王佐说："我估计，小江随时会找个借口炒掉我，到时我还是要到你厂里先落个脚。"

老孙笑着说："这你放心，我现在是主管，开发部的事我说了算，随时欢迎你！"

黄经理回台湾后，没过几天，金得厂又招了一个姓蔡的会计。这个姓蔡的会计名义上是韩墨的助理，可就是不大听韩墨的安排，总是自以为是。有好几次，助理说这样不合理，那样不正规，韩墨虽然气愤，但还是忍着。有一次惹火了韩墨，她气愤地说："你连借贷都搞不清楚，有资格说东说西吗？我告诉你，我是主管，我叫你做什么，你就得做什么！"没想到，平常在韩墨面前比较强势的助理，挨骂后跑到小江面前哭得梨花带雨，我见犹怜。小江对助理说："有我在，你不会受委屈的！你去做事吧，我会处理的。"

原来，小江把助理招进厂，就是要将韩墨取而代之。小江心胸狭隘，自视甚高，对父亲老江重用的人有种天然的反感。加上顾丽英的煽风点火，他就更看不顺眼王佐了。老孙偷图纸出金得厂后，他就想借机把王佐和韩墨炒掉。没想到，黄经理中间横插一杠子，硬是把王佐和韩墨保了下来，这令他更是气愤无比。黄经理算什么？他只不过是老许的狗腿子而已。一个打工仔，拿着鸡毛当令箭，还真把自己当钦差大臣了！小江暗自决定，不管父亲同不同意，等黄经理走后，一定要把王佐和韩墨炒掉。他知道，父亲说韩墨是个不可多得的会计人才，很是看重，那只有招进来一个好会计，才有可能炒掉韩墨。于是，他安排顾丽英招一个好会计进来，顾丽英就迅速招了一个半桶水的助理进来。助理大专毕业，说有两年工作经验，不懂财会的小江问了几句也就相信了。现在，韩墨和助理闹不和，正是他炒掉韩墨的最佳时机。没成想，老江说那个助理什么都不懂，炒掉王佐可以，韩墨得留下来。

就这样，王佐被炒，莫名其妙、稀里糊涂地离开了金得厂。还好，王佐和韩墨早已有了心理准备。炒就炒吧，塞翁失马，焉知非福。韩墨对王佐说："这样也好，你本来就想辞工嘛。至少，我还在上班，你先去找工作，找好了我再辞工，总比两个人失业强吧。"

星期天，正是韩墨休息的日子，刚起床，王佐就说："我们去买个BB机吧，找工作方便。"韩墨说："最近听白丽丽说，张勇军跳到东坑一家灯饰厂来了，他们就住在东坑镇上。我有白丽丽的电话，联系张勇军，让他帮我们参谋一下。我们没用过也没买过，不要被人宰了。"王佐说："如果他没空，也可以问他什么机子好用，多少钱一台。走，吃早餐去。"

二人在新亚鞋厂斜对面一家桂林米粉店各吃了一碗螺蛳汤粉后，便在长安塘十字路口大树下打电话。沿新亚鞋厂墙壁安装了一排用IC卡打电话的电话机，极大地方便了外来工之间的联系，业余时间总是挤满了打工仔打工妹。打完电话，韩墨说："他们两口子都在家，白丽丽叫我们先去她家，他们在家里等。"于是，二人跳上公交车，来到东坑镇。

此时，白丽丽已从金得厂辞工出来几个月了，在家做全职太太。

张勇军和白丽丽临时的家在东坑镇闹市区某小区里，两室两厅，安了电话，家电家具齐全，地板上红漆，颇为温馨舒适，是老板租下来给张勇军住的。坐在沙发上，韩墨内心不由感叹："这哪是出租房！简直就是一个温暖的家，比内地大中城市市民的居住条件还好！"白丽丽跟韩墨聊着天，时时抬高自己，不无骄傲地说："这是东坑镇唯一的生活小区，住在这里的人都是各工厂的老板和高管，还有些人是香港的。香港人在这里买房子是用来养老的。"

张勇军问王佐："怎么想到买BB机了？这东西挺烦人的。人家呼来了，回也不好，不回也不好，有时候根本就找不到电话，人家还以为你瞧不起他呢。"

认识张勇军一年多了，王佐和他打过几次电话，也见过几次面，但总觉得话不投机。至今为止，王佐并不知道他是怎么跳槽到东坑来的，也不认识他朋友圈里的人。这说明，张勇军并没有把王佐当作真正的朋友。因此，王佐说："最近，一个在国营厂的同事想下海，老是打电话给我。你是知道的，厂里的电话接多了，不方便，还是配个BB机便于联系。"

白丽丽言行举止上总忘不了表现夫荣妻贵，韩墨很不习惯她的高高在上。勉强聊了十分钟左右，韩墨说："等会儿我们还要去买书，现在就去买呼机吧，张勇军，真是打扰你了。"

张勇军微笑着说："这有什么！老同事来了，我开心才对，以后我们要多联系……楼下几步路就有一家 BB 机店，走吧，先买了 BB 机再说，中午我请你们吃个便饭。"

买好了 BB 机，王佐和韩墨便向张勇军和白丽丽告辞。白丽丽说："买好了书再来我家坐坐呗，一起吃个中饭吧。"韩墨说："不了，我们回去还有事，谢谢你们了，有空去我们那里玩玩。"张勇军微笑着没吭声，白丽丽说："他任务重，我在学钢琴，还真没什么空哦。"

第三十九章　人才市场找工作

在回长安塘的公交车上，王佐问韩墨："怎么不留下来吃中饭呢？你们也算是老同事了。"

韩墨说："白丽丽离开金得厂之后从没联系过我，我们也说不到一块儿，根本就成不了朋友。我看你和张勇军也是话不投机，他们今天完全就是礼节性地见我们。我敢打赌，如果我们不联系他们，他们一辈子也不会找我们，除非有求于我们……这人哪，投缘才能成为朋友！"

王佐说："那倒是！王春秋就不一样，他的朋友我们全认识。这人与人嘛，不说了……"

韩墨说："人家都混到了高层管理了，凭什么跟你称兄道弟！"

王佐长叹一声："那倒是，时位之移人啊！"

接着二人没有说话，直到下了公交车，王佐找了个小店呼叫老孙的BB机。一会儿，老孙回电话了。王佐对老孙说："我已被炒，你们厂要人吗？要的话我明天去面试吧。"老孙说："开发部我是老大，不用面试了，你随时过来上班就是。"王佐说："那一个星期后我再去报到吧，好不容易被炒了，先玩几天再说……我新买了一个BB机，你记下号码。"老孙说："那好，随时保持联系，你来我就轻松了，天天开发打样，忙死了，老板催得急啊……"

王佐之所以跟老孙说一星期后报到，是想去智通人才市场碰碰运气。东莞市自从有了智通人才市场，找工作的人再也不像以前一样，除了看报纸，就是一家一家工厂看过去。老听人提起智通人才市场，王佐特别想去看看，争取找份好工作。老孙那家厂不是不好，但老孙在金得厂跟他平级，甚至可以说是他的手下，现在如果反过来了，他过不了心中那道坎。

星期三早上，王佐坐公交车在东莞市汽车总站下车，走在莞太路和创业路十字路口的立交桥上，桥上一些妇女和老头小声叫着："办证，办证，发票，发票……"王佐看向四周，四个方向的大街上车水马龙，街上桥上匆匆走着像他这样找工作的男男女女，一个个拿着A4纸大小的透明塑胶文件袋。他心里不由感叹万分："没想到我王某人又一次失业，又一次找工作，又一次走在天桥上——这座令无数南下闯活路的人无法忘却的天桥啊！"

王佐下了天桥，赶到莞太路方向的智通人才市场时，已是上午九点了。此时，正是这个号称天下最大的民营人才市场的人流高峰期。王佐掏出十块钱买了一张门票挤进大门。人才市场就像一条条小小的步行街，也像室内菜市场，两边小小店铺里坐着各公司招工的人，上面高悬一幅幅让人眼花缭乱的招聘宣传纸。找工作的人挤在人行道上，来来往往，水泄不通。

王佐第一次进智通人才市场，看着各个工厂、公司档口上的招聘广告上写着的产品设计工程师、模具设计工程师、机械制图，很是兴奋，感觉那就是一双双向自己热情召唤的手臂，前程就在眼前。逛了一会儿，王佐就发现，那些众多工程师、设计师的岗位条件挺高，不但需要本科学历，还要两到三年工作经验，更需要会Pro/E和MasterCAM等三维设计软件，自己真正能拿下的职务并不多。为了最大限度地面试与自己条件相符的职务，王佐决定先逛完人才市场，记下想面试的档口和公司，最后再一家家地面试。因此，当大多数找工作的人看到一家公司有适合自己的职务就兴奋地上前面试时，王佐却匆匆走在拥挤的人流里，逛遍了智通人才市场三层楼，花了一个小时，记下了大约十家他认为可以面试的工厂或公司的名称。

然后，王佐按距离远近，有针对性地依次面试十家工厂或公司。两个多小时过去了，他居然全部面试成功，并且全部拿到了复试单，其中还有两家是当天下午复试的。出了智通人才市场，吃着五块钱的快餐，王佐看着两张下午的复试单，一家在寮步镇，一家在塘厦镇，正好顺路，只是塘厦远了点。找工作就得马不停蹄，王佐决定先去寮步，来得及的话再去塘厦。于是，他迅速吃完饭，喝了两口汤，就起身在创业路等公交车，前往寮步镇宏图广场灯饰城。

不到一小时，王佐在寮步镇宏图广场下车，找到了位于前排的将军灯饰公司。一位身材魁梧的中年台湾男人带着一个年轻漂亮的女人，正在复试来应聘的人。看完王佐的简历，漂亮女人用一口四川话说道："陈先生，这个人有几年的灯饰设计经验，您先看看。"

中年男人抬起头看了看王佐，递过来一张图纸。王佐一看就知道是一张灯饰平面装配图。漂亮女人说："除了螺丝、灯泡、灯头等标准件，你把其他的零件拆画出来，画出加工用的零件图！"王佐扫了一眼装配图，说："有七八个零件，我画草图可以吗？尺寸全标上。"漂亮女人愣了一下说："可以，但其中一个零件得画正规零件图！"

制图是王佐的强项，灯饰零件简单，他拿起铅笔，边看装配图边画零件草图，一个小时左右，所有的零件草图就画好了。接着，他又用了十多分钟画了一张正规零件图，然后把所有的图纸递给了漂亮女人。漂亮女人接过图纸，又递给中年男人。中年男人稍稍看了一遍，对漂亮女人点点头。漂亮女人对王佐说："你要多少工资？一个星期之内能到岗吗？"王佐说："一千八一个月，一个星期可以到岗，之前的厂我已辞工了。"漂亮女人拿出王佐在智通人才市场面试时的简历，写上了1800元/月，然后说："等我们通知吧，一个星期之内决定录用谁！"

走出将军灯饰公司，王佐浑身轻松，脚步轻快。看来有了智通人才市场后，找工作并不难，效率也提高了很多。刚走出宏图广场，他看见不远处有家小店，才感到自己渴了，便走到小店买瓶矿泉水，一口气喝了一半。付钱的时候，他想，该给韩墨打个电话了，以免她担心和牵挂。

于是，王佐在小店拨通了金得厂的电话，告诉韩墨他在寮步一家灯饰公司已复试了，可能有希望，现正赶往塘厦一家电器厂复试。韩墨说："这么晚了，你还去应聘呀，明天再去吧，找工作急不来的。"王佐说："找工作就得一鼓作气，乘胜追击，时间有限，争取多面试几家，最后挑家好的。"韩墨说："那家厂叫什么名字……那好吧，我等你，早点回来啊！"

塘厦那家电器厂是香港人办的小家电制造厂，王佐应聘的是结构工程师。等到王佐赶到厂里时，只剩下最后一个复试的还在画图。这家厂复试时考的还是制图，画的是一种小家电的外壳零件图。这种零件是塑胶结构，比灯饰厂的零件复杂十倍还多。等王佐画好了零件图，已到下班时间。同样，复试王佐的人问他薪水要多少，然后说一个星期之内通知他。

走出这家工厂，王佐又一次脚步轻快，心情特好。他想，明天上午再复试两家，下午再复试两家，跑一次人才市场，两天之内能复试六家工厂，总能被录取的。这时，BB机响了，是韩墨在呼他。他快步走到路边小店里，打电话到金得厂。此时正是吃晚饭的时间，韩墨匆匆吃完，就跑到办公室呼王佐了。王佐告诉韩墨，他已复试好了，一个多小时应该可以到长安塘，到时在厂门口等她。韩墨说好吧，如果到时她下班了，让他直接回出租房就好了。

付了电话钱，王佐点起一根烟，走出小店，慢悠悠走向东深公路，准备在东深公路搭公交车到东坑路口下车，然后再搭摩的到长安塘。一天紧张地找工作，现在轻松下来，他感觉有点疲倦。他急切地想看到韩墨，告诉她找份好工作并没有想象中那么难。

晚上回到长安塘，金得厂已下班了，王佐直接回到出租房。

第二天，王佐又出门复试，上午复试两家厂，下午又复试两家厂，中午没回出租房。凑巧的是，上午有一家厂说等通知，下午也有一家厂说等通知，一天下来又有两家厂很有希望。两天的劳累奔波，虽然紧张疲惫，但他为自己感到自豪，因为他再也不像前几年那样找不到好工作了。当晚冲完凉后，韩墨陪王佐在外面吃炒粉，由于开心，王佐喝了两瓶啤酒。吃完炒粉回到出租房，看了几页书，一阵瞌睡袭来，两眼都睁不开，王佐倒头就睡。

这一觉睡得真香，自然醒，王佐上午十一点才起床。

懒洋洋起床洗漱后，出了出租房，王佐这才在附近一家快餐店吃了一份青椒炒肉，然后再走到金得厂大门口，坐在石凳子上美美抽着烟，等着下班的韩墨。池塘边的榕树下草地上石凳子上，不管刮风下雨，永远都有三三两两的人。王佐知道，这些人有的是来找工作的——看招工广告；有的是找老乡聊一聊；而有的像他一样失业中，在等亲朋好友。

第四十章　不负此生

在金得厂厂门口一看到王佐，韩墨就问："吃了没有？"王佐说："吃了，十一点多就吃了，今天睡得真香。""两天没睡个好觉，当然睡得香了。"韩墨说着，一把挽住王佐的胳膊，二人亲亲密密向出租房走去。王佐说："坐在厂门口等你，听着每家工厂发出'呼呼'的鼓风机声，看着楼上车间里的忙碌人影，真不是滋味。我下午还是去找工作吧。"韩墨说："既然有四家厂让你等通知，总有一家厂成功。我看算了，别找了，好好休息两天吧，休息好了精神足，正好去报到。""可是，下午无所事事，看小说肯定看不进去，我还是在附近工业区转转吧。"王佐说。

中午午休，韩墨睡觉，王佐睡不着，靠在床上看书。快上班了，王佐带上 A4 塑胶文件袋，送韩墨去上班，顺便去各工业区碰碰运气。在十字路口二人分开，韩墨说："不要跑远了，就在长安塘附近找吧。"王佐说好，便向东坑镇方向走去。韩墨看着王佐的身影，忽然鼻子酸酸的。自从她遇见王佐，相识恋爱结婚，二人相依为命，形影不离，一个人的日子变成了两个人的日子，这些日子是她一生中最甜蜜幸福的时光。现在独自上班，还真是不习惯。她一边走一边想，如果他在长安塘一带能找到工作就好了，总比两地分居强得多。

王佐在长安塘一带转了两个多小时，没有任何收获，想休息一下，就坐在一家小店门口喝可乐。两年多没失业了，他发现，现在找工作依然像前两年一样，只要哪家厂门口贴出招工广告的红纸，立马就有几十个人甚至几百个人围着。他很不习惯。虽然这两年他也在不停地找工作，并且跳过两次槽，但并没有失业过，也就没有真正尝过失业中找工作的滋味。走了两个多小时，有家电器厂招设计员，但由于他不会讲广东话，失去了面试的机会。喝着可乐，他想，如果像前几年一样，没有人才市场，找份合适的工作还真难。现在有了人才市场，自己又有了两年设计制图经验，还会用 CAD 画图，找份符合理想的工作应该不是很难。

几个小伙子提着大包小包从小店门前走过。他们个个一脸愁容，浑身脏兮兮的。王佐知道，他们一定没住的没吃的，更没有工作，还有可能在这一带连亲朋都找不到一个，就像前几年盲目跑到沿海建功立业的自己一样。一想起自己前几年艰难找工作的经历，他就止不住同情从眼前走过的几个小伙子。他想帮他们找份工作，可他自己还在失业中呢。他不由得苦笑一声，想，落难的人何其多也，故事分分秒秒在重演，这个世界原本就是丛林原则。达则兼济天下，穷则独善其身，自己能独善其身已不错了。

相比前几年，他感到幸福和幸运多了。虽然目前失业了，但有地方住，饿不着，找工作的事慢慢来，不必担心再次陷入困境之中。现在的他跟韩墨相依为命，他失业了，至少她还在上班，他有什么好担忧的！何况，他和她已存了一笔钱，就算两个人同时失业，也不必像其他失业的人一样，急得如同热锅上的蚂蚁。只要小心点，不要被治安队和联防队胡乱抓走，他想，他一定能在南方闯出更大的天地来，毕竟人不可能永远走霉运！

王佐正在抽烟喝可乐，忽然 BB 机响了，是个陌生的号码，虽不是东坑镇的，但却是东莞市境内的。他丢掉烟头，走进小店，打通了电话。“你是王佐吗？”“是啊。”“我是寮步将军灯饰公司，我们公司决定录用你，你明天来报到吧。”真没想到，那天在寮步镇复试的公司竟然录用他了，王佐止不住心花怒放，连声说：“好，好，好，我明天上午就去报到。”对方又说：“明天上午没报到就录用别人了。”他说：“一定报到，一定报到，你放心。”挂了电话，王佐又坐在小店门外，点起了一根烟，努力回忆着那天在寮步镇复试的片段。想起来了，是家台湾厂，老板是个中年男人，像老江一样，脾气火暴。他想，那天在寮步镇复试的公司是第一家复试的厂家，要不要再等等？说不定后面还有更好的厂家和职务在等着他呢。那，要不要进那家叫将军的灯饰厂呢？既然出了金得厂，不愁吃不愁住，有必要急着进厂吗？要进厂也得进一家有发展前途的好厂嘛。张勇军不就是从金得跳到一家好厂，然后越跳越好吗？

人真是奇怪！刚刚在长安塘一带工业区找了两个小时的工作，一无所获，王佐心情糟糕透了，甚至灰心丧气。而现在，已明确找到了工作，有工厂录用他了，他又考虑进不进，真是此一时，彼一时也。而此彼之间不过几分钟，变换之快令他一时都反应不过来。去不去寮步上班呢？晚上跟韩墨商量一下吧，他想。毕竟，现在他不是单身汉了，这种在哪儿打工的事，对他们小两口来说，也算是大事。想好之后，他走到出租房，看了一会儿书，竟睡着了。

晚饭时，韩墨匆匆扒了几口饭，没心情吃。她放下碗，走出了厂。忽然之间，她很不习惯，有一种形单影只孤零零的感觉。一年多来，一天二十四小时，王佐在她的五步之内，抬眼就是，声息相闻。她习惯了这种形影相随、生死相许的日子。她曾以为，他们会这样甜蜜地过一辈子，寸步不离，恩恩爱爱。没想到，一场小小的风波竟然断送了她的美好生活。

“起来，起来！”

王佐正睡得沉，被韩墨又叫又推弄醒了。他睁开眼，睡眼惺忪地看了一眼韩墨后，眼一闭说：“你下班了，现在几点了？冲凉睡觉呗！”

“现在才几点！你看看钟吧，我还要去加班呢。你快起来吧，别睡了！上午睡，下午睡，晚上怎么睡得着呢？生物钟一旦改变，黑白颠倒，还怎么找工作啊！快起来吃饭吧。”

王佐清醒过来，跳下床，边穿衣服边说：“找什么工作啊！我都有地方上班了！”

“怎么？你下午在长安塘找到工作了？那太好了，这出租房不用退了。”

“NO！NO！”王佐摆摆手又说，“不是长安塘——先去吃饭吧，我饿了。”

出了出租房，韩墨问：“你下午去大朗了？你在大朗找到工作了？怎么样啊？”

王佐说：“什么大朗啊，寮步！我那天第一次复试不是先去了寮步镇宏图广场灯饰城一家工厂应聘吗，今天下午他们打电话来了，叫我明天报到上班。”

“哦——”韩墨若有所思，“这样啊！待遇怎么样呢？差不多就去吧，我不想你再折腾了——看你这几天累得都不成人形了。你再去重新找工作，我都有可能不成人形了。”

“工资一千八，跟金得差不多。不过呢，你不是说想让我离你近一点吗？由你决定吧。”

“可以啊！寮步又不远，在东坑路口转趟车就到了。我来东莞时，住在大朗，天天走路找工作，有时也走到寮步，不远嘛。不远不近，你还是去报到吧，我真不想你再找工作了。”

“可是，你发现没有，寮步这家厂是我进智通人才市场找工作复试的第一家厂。第一家就录用了，所以我想再等等，绝对不止被这一家厂录用，我有点儿不甘心啊。如果再跑趟智通人才市场，说不定会有更好的机遇呢！去寮步报到上班我真真是不甘心！”

说着，二人已走到新亚鞋厂，进了对面一家快餐店，王佐还是点了青椒肉片。

饭还没端上来，韩墨说：“你说过，你这行的好职位需要掌握 Pro/E 三维设计软件，现在你又不会，还是去报到吧。你在寮步上班的同时，再利用业余时间学习 Pro/E，待条件成熟后再跳槽不是更好吗？再说了，我真的怕了！你再到处找工作，我真的怕！”

王佐做了个鬼脸说：“那，那就听夫人你的，夫人叫我向左走，我决不向右走！”

韩墨擂了一下王佐说：“装什么装呢！咱们家还不是你说了算！说定了，明天去报到，我现在去上班，明天上午我请假，送你到寮步。我总得知道你在哪里吧，不然心不安。好了，我去上班了。你吃完饭就在厂门口等我，我一下班就出来。不要乱跑，听见没有？”

说着，韩墨走出了快餐店。后面传来王佐的话：“知道了，王太太……”

此时，路灯亮了，各种小摊摆满路两边，叫卖声响成一片，外来工们来来往往，很是热闹。虽然天热，王佐还是一边吃饭，一边饶有兴致地看着快餐店外面，心情和胃口一样，好极了。吃了几口饭，他想喝酒了。反正没什么事，离韩墨下班还早，慢慢吃慢慢喝吧。于是，他叫了一瓶珠江啤酒，自倒自饮，还间隔抽着烟，打发着难得的清闲时光。

吃饱喝足，王佐慢慢逛到金得厂大门口，坐在榕树下的石凳子上，抽着烟发呆。看着水塘，看着对面的工业区，看着散落在水塘四周的三三两两的外来工，他莫名感慨起来。冲出国企五年了，依然一事无成，还得打工，并且随时会被抓到收容所，朝不保夕，这样下去到底有多大意义呢？人生在世，还是安居乐业、上奉双亲、下教子女为好。在南方这样一直漂着，除了见证了改革开放的历史，到底收获何在？！可是，世界之大，什么地方能安居乐业呢？

“嘿，你坐这儿干吗？不上班了？”

有人拍了一下王佐的肩膀。他回头一看，原来是多日不见的老孙。

“吓我一跳，我以为是谁。怎么老跑这儿来呀！找老相好的？”

“呵呵呵，被你小子说中了，我还真留恋金得厂，这里的妞好泡啊，一碟炒粉搞定一个。”

“你们厂也是灯饰厂，男少女多，不可以一碟炒粉搞定吗？看来你还挺念旧的。”

“还是这里好，习惯了，敝帚自珍。对了，你真的被炒了吗？”

“是我炒老江，哈哈哈，我跳槽了，跳到寮步镇宏图广场灯饰城那儿一家灯饰厂去了。”

“哇，咱们哥俩还真有缘，又到一块儿去了。”

“真的啊？！那太好了！我还愁没伴呢，那以后我下班找你老孙聊天咯。”

“欢迎，热烈欢迎！我也没伴嘛，不然怎么老跑金得厂来玩呢？以后我带你泡妞去。”

“妞就别泡了，下班了能找个人聊聊，总比一个人冷冷清清好。”

多日不见，以后又能在一起，王佐挺开心的，二人聊个没完。大概一个小时，老孙的呼机响了，他匆匆看了一眼说：“我有事，要去看样板呢，忙死了，真他妈忙死了。我们公司就在宏图广场附近的坑口，有时出差我就在宏图广场那里上车下车，随时可以找到你。你一定要找我玩，我等你。我还在坑口租了房子，又不用进厂找我，多方便嘛。”

没多久，韩墨下班了，二人相依相偎，走向出租房。

王佐忽然说："刚刚看见老孙了，他说他离我要去上班的地方近，还在附近租了房子。"

韩墨脱口而出："反复无常的小人，离他远点儿，这次不是他，你怎么可能被炒！"

"又不是找不到工作，炒就炒了呗，我们在外打工，就是要在跳槽中前进。"

"话是那么说，可是，可是，我们很难再在一家厂共事了，我很不习惯。"

"那倒是。我看，等我稳定了，你辞工拉倒，就在我附近找个工作，我们再租一间房子，不就跟在同一家厂共事一样吗？自从遇见你后，我们一直没分开过，我也挺不习惯的。"

"今天下午，我做事一直出错，看着你空荡荡的位子，真不是滋味。抬起头，又看见顾丽英坐在徐经理的位子上，不可一世，颐指气使，我就更不是滋味了。我想，等拿到会计师证，我就辞工。到那时，你也稳定了，我们就在你附近租间房子，慢慢找工作。"

"会计师的成绩什么时候出来？"

"我打电话问了，可能还要一个月左右。"

"这么久啊！我相信你一定能一次性通过。既然如此，何不现在辞工呢？我们存折上应该有三万左右的存款了吧，就算我们俩都失业了，也能生活一年，你担心什么呢？"

"那不行！记住，在南方，我们现在是相依为命，两个人都有事做更好，无论如何，必须保证在一个人失业的情况下另一个人有稳定的工作。否则，压力大，生活也失去了趣味。存折上有点钱又怎么样，花一分少一分，坐吃山空，这样的日子想想都可怕。还有，我两个弟弟在这边无依无靠，只能靠我们。我们俩在做事，在赚钱，他们就会心安，心安才能有所发展嘛。"

"对对对，有道理，必须保证一个人在做事，在赚钱。今天下午我还给牛玉民打了个电话，他说你小弟跟他师父合不来，老挨骂，受不了。我估计，他不是被炒，就是辞工。我们真的不能随着性子来，尽量一步一个脚印，为他们创造一个好的打工环境，让他们心安，一旦失业，至少还有我们，还有个吃住的地方。同时，我们自己也不累嘛，稳定压倒一切。”

韩墨忽然想起来什么，说：“章新月可能也要辞工，她怀孕好几个月了。”

“哦……”王佐说，“她跟我们不一样，她是做太太的人，来到这世上是享福的。林胖子几万块钱一个月，她打工就是为了打发时光，跟我们不一样，完全不一样。”

韩墨说：“不见得！我听章新月说，中江怀疑林胖子拿回扣，老江好像也不怎么相信他了。章新月还说，林胖子是个受不起委屈的人，一点儿委屈都受不了，说不定很快就辞工不干了。”

王佐惊讶地说：“啊！林胖子一个台流，如果辞工了，章新月岂不是倒霉透顶！”

韩墨说：“我看未必。表面看来，林胖子是个台流，形象也不佳，据我的接触，他虽然有这样那样的缺点，但有情有义，朋友遍布珠三角，在台商台干中的声誉比中江、小江这两个花花公子强多了。我有一种预感，林胖子很有可能自己创业，而且将来一定比中江、小江强！”

“哈哈，不会吧，中江、小江可是有现成的工厂和事业，林胖子就算创业也未必超过他们吧。”

“你不相信等着瞧，我们迟早会看得到的。”

“说起创业，我们也要有这方面的考量，打工是打不出名堂来的，最多饿不死。”

“我也是这样想的，有机会我们也要创业，也要改变命运。但前提是，不管是谁创业，我们另一个一定要打工，不能失业，要保证没有后顾之忧，这样另一个才能无所顾忌地向前冲！”

这晚的聊天，王佐和韩墨几十年后回想起来，竟然发现这是他们在南方打工创业半辈子的分水岭。自此之后，果真如他们这晚所聊的，他们一个失业时，另一个必定在打工。而一个在打工时，另一个很有可能不是失业，就是在创业。他们就这样相依为命，互相支持，在改革开放最伟大的时代，活出了各自的精彩，不管从哪方面看，都可以说不负此生。

王佐在寮步镇宏图广场灯饰城上班不到二十天，韩墨就拿到了会计师证。她随即跟顾丽英吵了一架，像老孙一样跟老江说，不愿跟顾丽英这种小人为伍，她留我走，她走我留。老江虽然舍不得他平生遇到的最好的会计，但他久经沙场，知道就算留下韩墨，肯定也不长久，最终批准了她的辞工。几个月后，林胖子和章新月双双辞工，在大朗镇水平村办了一家灯头厂。

在将军灯饰公司上班还不到两个月，经将军灯饰公司一个同事的介绍，王佐又跳到桥头镇石水口一家名叫“王郑”的灯饰贸易公司任设计员，同时兼职验货员。之所以跳到灯饰贸易公司，是因为有机会接触到国外采购商，更可以通过验货广泛接触到珠三角各灯饰厂的老板和主管。张勇军就是跳到东坑镇一家灯饰贸易公司，不但有一套两室两厅的房子住，在白丽丽的眼里还成了高层人士。韩墨为了离王佐近一点，特地到桥头镇一家企业管理公司上班，从此固定好几年，还考上了经济师、注册税务师，成长为一名优秀的职业经理人，并于几年后成功创办企业管理公司，主营业务为企业管理咨询、财务管理咨询等。

第四十一章　天不遂人愿

王佐刚到王郑公司上班第一天，就后悔死了。

那天上午到王郑公司报到，办好了入职手续，安排好了宿舍，画了一天图后，吃了晚饭，他就慢悠悠向公司门外走去。一个月前他就已被王郑公司录用，因此韩墨在智通人才市场找工作时专找桥头镇的，已先于王佐在王郑公司附近的华汉企业管理公司上班，并且在公司外租了房子，两人所有的东西也早就搬到了出租房。

王佐刚走到保安室，保安问他："有放行条吗？"

"什么放行条？"王佐愣了，问，"我又没带东西出去。"

保安说："你是今天刚来的设计员吧，人事文员没跟你讲公司的制度吗？我们公司规定，所有人员除了出差的，不能出公司大门。如果出公司大门，要有王小姐和郑先生的放行条。"

这是王佐始料未及的，他也从没想到世上还有这种规定。业余时间是自己的，凭什么限制人身自由？那个介绍他来王郑公司应聘的同事只跟他讲王郑公司是一个台湾姓王的女人和一个姓郑的男人合办的，所以叫王郑公司。王郑公司不生产产品，只打样设计，接到国外的单再下单给东莞各灯饰厂，也算是贸易公司。他以为贸易公司都是自由的，高大上的，所以才跳槽过来。怎么也没想到，竟然连公司大门都不能迈出一步，那跟坐牢有什么区别！

上午报到的时候，人事文员确实跟他讲过出公司要放行条，那时他没在意，以为带东西出公司才要放行条，因为东莞其他厂家都是这样规定的。“这么小的地方，又没几个人，不让出公司大门，那吃完晚饭干吗呢？人家富士康那样的大工厂、大公司才有这种规定。但他们厂大啊，厂里什么都有，小店、图书馆、球场、录像厅，什么都有，人又多，规定不能出厂情有可原。可这里这样规定也太没人性了吧。什么狗屁公司，真真是岂有此理！”

“跟我说没有用的啦！”保安说，“我到对面去买包烟如果被抓到了，都罚款一百呢。”

王佐问：“那，总得买生活必需品吧，怎么办？”

“一个月不是休息两天吗！”保安说，“休息的时候可以自由出入的。”

王佐心情很不好地走到办公室，惊奇地发现办公室灯火通明，所有人都在加班。他问人事文员：“今晚加班吗？你们怎么都在办公室呢？”人事文员说：“我们公司晚上不需要加班，但不加班又能去干吗呢？连电视都没有，总不能在宿舍里发呆吧。”卑鄙！王佐心底恨恨地骂着。怪不得没有人身自由，这不是变相逼着加班吗？真倒霉，早知道还不如不跳槽到这里。

“你给我一张放行条吧。”王佐对人事文员说，“我没带行李，去拿行李。”

人事文员问：“超过四小时还要写请假条，你今晚回来吗？”

王佐说：“那怎么能回来，我明早上班前赶回公司。”

人事文员拿了一张放行条和一张请假条给王佐，说：“自己填，填好了给王小姐签字，只有王小姐不在的时候，才给郑先生签字。郑先生平常是不管人事和后勤的。”

王佐轻轻敲了几下总经理办公室暗红色的木门。“进来。”里面传来王小姐略带老腔的声音。

看见推门进来的是新入职的设计员，王小姐似乎愣了一下，又继续在电脑上操作着什么。王佐见王小姐戴着金丝眼镜，穿着纯白色衬衣，粉红袖边，系个碎花围颈，梳着个琼瑶电视剧里富太太的发型，显得精明强干，一看就是个白骨精型的职场老姑婆。虽然打工以来没遇到过这种上司，但听别人说多了，王佐最怕碰见这种上司。“真是怕什么来什么。”王佐心里感叹。

“有什么事？”王小姐的目光终于离开了电脑，看向王佐，那眼光有一种威严。

“王小姐，请你签个字！”说着，王佐递上了请假条和放行条。

“今天来报到为什么不带行李？

“带了，带了一些书和日用品，只是没带被子和另一些日用品。”

“为什么不一次全部带来？”

“带不动。本来就计划今晚去拿被子的，明早回公司，哪知道还不能出门。”

“每个公司规定不一样！这是我们公司的制度！”王小姐透过金丝眼镜锐利地看了一眼王佐，在请假条和放行条上刷刷签了字，递给王佐说，“下不为例，去吧！”

“谢谢王小姐！”

说完，王佐拿着两张纸条出了门。心里说，制度还不是人定的，什么每个公司的制度不一样！快五十岁的人了，还叫王小姐，害不害臊嘛！难道真是个老姑婆？

刚回到出租房，王佐就唉声叹气。韩墨刚好冲完凉。

“怎么了？第一天上班就好像有人欠你钱似的，挨骂了？”

“什么鬼公司嘛，不能出大门一步，出大门还得要放行条！”

“业余时间也不行吗？”

“是的！这还不说，顶头上司是个老姑婆，这日子怎么过嘛。”

“世上还有这样的公司？真是少见！那，以后我们连面都见不了？”

“休息的日子可以自由出行，一个月休息两天。”

“夫妻半个月见一次，探监吗？跟坐牢有什么区别！”

“人倒霉啊，喝口凉水都塞牙！人家张勇军越跳越好，从金得跳到大朗铨豪，铨豪可是灯饰界的豪华灯龙头企业，待遇又好。又从铨豪跳到东坑的美资公司东莞办事处，真正的贸易公司，待遇又翻了一倍。我呢，从金得跳到宏图广场灯饰城的将军灯饰公司，又跳到这个狗屁王郑公司，结果越跳越差，连人身自由都没了，真是倒霉！满以为跳到贸易公司了，不差于张勇军，从此上了一个台阶，让白丽丽眼里有你。可最终弄巧成拙，天不遂人愿，唉……”

“别长他人志气，灭自己威风了！讨饭的都有三天运气，能吃三天饱饭，何况是你。假以时日，我相信你能成功的。你这么上进，如果真的不成功，我也不怪你的。你讨饭，我帮你拿打狗棍；你耕田，我就织布。你是我夫君，别人再好也不关我的事！”

“我就是看不惯白丽丽那说话的口气，那高人一等、不可一世的气焰。”

“呵呵呵……你也真是的，白丽丽能跟我比吗？我一个大学生会计师，她一个高中没毕业的，除了有脸蛋，哪有拿得出手的？那是你的心理作用，我从没把她放在眼里呢。”

“那就好，我以为我让你丢脸了呢。”

“乱说什么呢！我是那么世俗的人吗？对了，其实，这次你跳到王郑公司，有点饥不择食，听说是贸易公司，就以为是张勇军打工的那种高大上的公司。我呢，也没有过多分析。我现在分析，这个王郑公司其实跟金得等台湾厂差不多，虽然没有自己的生产车间，那是因为资金不足，或者一步一个脚印，迟早有一天也要自己生产的。所以我认为，王郑公司不是什么真正的贸易公司，事实上还不如金得。金得有能力自己生产产品，王郑却没能力对不对？像张勇军打工的那家美资公司东莞办事处那种的，才是真正的贸易商。你想想，是不是？”

王佐一拍脑袋，叹息地说：“是哦！我真是糊涂了！现在怎么办？”

韩墨说：“我看，不做拉倒！一个没有人身自由的地方，哪怕高工资都没什么做头，何况待遇并不高嘛。我现在就职的这家公司还挺好的。我这个职位老板找了好久，甚至猎头，都没有合适的。此前有一两个合适的又做不长久。所以，只要我愿意做下去，一定会稳定。既然我能稳定，这家狗屁贸易公司不做拉倒，出来再找份工作也不是很难。你说呢？”

“要不，我明天申请在外住宿，如果那个老姑婆不同意，就不做了。如果她同意我在外住宿，还是做下去为好。接连跳槽，我也跳烦了，先稳定一段时间再说。你认为呢？”

“随你吧。能稳定一段时间也好。”

第二天下午，王佐画好了手上的图，又一次敲开总经理办公室的门。

王小姐说进来的同时，王佐推开了门指着手上的图纸说：“图画好了，王小姐你看看。”

“图纸是郑先生负责的，以后给他看就是了。”王小姐看着王佐说，“他没在公司的话，你要确保没出错，最好检查一遍，给采购一份复印件，你明白我的意思吗？”

“明白，明白。”王佐递给王小姐一张A4纸说，“王小姐，我有个申请。”

王小姐狐疑地看了看王佐，接过申请书，看了起来。

一会儿，王小姐问：“你老婆真是为了你找工作找到这里的？在华汉公司上班？”

王佐说：“是的。一切属实，你可以调查打听。不然，我也不会申请在外面住宿。”

“那好。”王小姐说，“我跟郑先生商量一下，下班前答复你。”

“好的，谢谢王小姐。”

下班前，王佐做好了离开王郑公司的准备。他想，不能白来一趟，多看看图纸吧。因此他把电脑上所存的各种灯饰的装配图依次打开，仔细认真地看着，下班铃声响了都不知道。忽然，郑先生走到他面前问：“王佐，还不去吃饭？”王佐抬起头说：“哦，下班了啊。”郑先生说：“王小姐跟我讨论了你的申请，鉴于你的特殊情况，公司同意你长期在厂外住宿，不必写放行条。这个你自己给保安吧。”王佐接过王小姐手写的通知说：“谢谢公司的理解，谢谢郑先生，我去吃饭了。郑先生不去吃饭吗？”王郑公司包吃包住，不扣伙食费，老板王小姐和郑先生也像员工一样吃饭，一人一个托盆，只不过比员工多了一个小炒而已。

就这样，王佐还是在王郑公司留了下来。半个月后的一天中午，午休的时候，同宿舍的广西柳州小伙子方坤树跟他聊了起来。王佐虽然在厂外住宿，但中午还是在公司宿舍午休。方坤树是个打样员，一星期有一半时间在公司外跑来跑去找零件配件，以组装新款灯饰。

“我们公司一直有两个打样员，两个设计员，你来的时候刚好两个设计员全走了，所以你去两家厂验了货。现在，前两天又招进来一个设计员，我估计你以后没机会验货了。”

王佐不由奇怪，问：“为什么？台湾人是最精明的，难道白养我不成？”

“那倒不会，很有可能你大部分时间画图，去厂里验货则由新招进来的设计员去做。”

“为什么会这样？”

“还不是不放心！谁叫你在外面租房子住呢！王小姐之所以规定业余时间出去都要放行条，就是不放心两个打样员和两个设计员。所以，这四个人很不稳定，能做半年以上的很少见。我在这里做了快两年了，算是老油条，见多了进进出出的打样员和设计员。”

王佐若有所思地点点头说：“哦，这样啊，管他呢，反正我也看不上这里，先混着吧。”

方坤树说：“过两天是星期天，是我自由的日子，你有节目吗？没节目我请你吃饭。”

王佐一愣。我一个新人，你都是王郑公司老油条了，为什么请我吃饭？管他呢，多个朋友多条路嘛，人家当你是朋友还不好。于是王佐说：“我租了房子，有炊具，你来我出租房吃饭吧。我去买点菜，自己炒，反正星期天没什么事，就当娱乐吧，打发时间。”

“好吧，早上九点我在‘天旋地转’处等你，不见不散。”

“天旋地转”是桥头镇的镇标，位于石水口村三岔路口中间绿化带里，表面全是不锈钢装饰，像个巨大的飘带，旋转来旋转去，飘飘欲飞，是这一带的标志性建筑。

第二天早上九点左右，王佐来到“天旋地转”，见方坤树已站在那儿东张西望，手上还提着菜。王佐打着招呼说：“这么早啊，还买了菜！到我出租房当然是我买菜，你太客气了。”

方坤树笑笑说：“我起得早，没什么事做，又难得休息一天，所以顺便买了菜。”

王佐带着方坤树走到出租房，韩墨正在打扫卫生呢。韩墨的意思是，王佐接到同事后，就去菜市场买菜，等菜买回来了，卫生也打扫好了。她惊奇地看着王佐说：“咋这么快啊？”王佐说：“我接到他的时候，他已经买好了菜。我同事方坤树，你叫他小方就好了。”方坤树抢着打招呼：“嫂子早。”韩墨微微一笑说：“来就来呗，还买菜，你这小伙子，反客为主啊。”

方坤树嘿嘿笑着说："一样的，一样的，一点菜不算什么，难得有个休息的日子嘛。"

扫完了地，韩墨正要洗菜做饭，方坤树说："嫂子，打住，我来，我来。我们柳州的男人喜欢做饭，我从小就爱做菜，等下你尝尝我们柳州的菜，尝尝我的手艺。"

"恭敬不如从命！"韩墨说，"那，你们两个大男人做饭吧，我就不碍手碍脚了。"

韩墨打了一桶水，在门外洗衣服。王佐打下手，方坤树做饭炒菜。

不到十一点，菜就做好了，四菜一汤。酸菜鱼、红烧肉、清炒空心菜、豆豉爆青椒、西红柿蛋汤。韩墨刚晾好衣服，看着桌上的菜连竖大拇指，说："有荤有素，有绿有红，色香味俱全，小伙子不错，手脚麻利，前程无量啊。"方坤树边洗手边说："随便做的，让嫂子笑话了。"韩墨想起什么似的对王佐说："我去买几瓶酒来，你们先聊聊天。"说着，韩墨就快步走了出去。

不大一会儿，韩墨回到出租房，手上提了四瓶啤酒，还买了一斤散装花生米。

方坤树说："四瓶啤酒啊，嫂子，哪能喝完。"

韩墨笑了笑说："慢慢喝呗，反正星期天休息没什么事。"

三人边喝边聊边吃菜。买菜做饭吃饭，半上午的时间，王佐和方坤树心理上亲近了许多。同时，韩墨也知道了方坤树大学一毕业就进了王郑公司，快两年了，女朋友在凤岗镇一家厂做采购。忽然，方坤树说："王哥，如果王郑公司又招进来一个设计员，以我对王小姐的了解，她决不会因你而改变她定的制度，肯定会炒掉你，你要做好心理准备。"

王佐大口喝掉一杯啤酒，说："炒就炒吧，这王郑公司我还真不愿意待。"

"王哥找份工作肯定易如反掌！"方坤树说，"不知王哥有没有创业的打算？"

"有啊！"王佐说，"可是没资金、没业务怎么创业呢？"

方坤树推心置腹地说："我在王郑公司打工一年左右就想创业，开王郑公司这样的公司，做灯饰业务，先小打小闹做起，只要用心去做，肯吃苦，我相信能成功。可是我没资金、没技术，所以一直以来只停留在计划上，没有真正实施。王哥，其实可以考虑一下，我们联手，你有技术我有业务，一人一半资金，各占一半股份，我们不打工了，创业，闯出一条路来！”

王佐有点心动，问：“要多少启动资金？”

方坤树说：“十万差不多，一人五万，以后把赚的钱再投进去，我们前两年不分利润。”

“我一直以来也想创业，打工总不能打一辈子吧。”王佐说，“好是挺好的，可是，就算有技术有业务，没资金也白搭。五万，五万啊，我到哪里去弄五万块钱呢？”

方坤树说：“王哥你知道，我打工才不到两年，也没钱。但我觉得先干起来再说，车到山前必有路。比如，先租个房子，买个二手电脑、二手传真机，装个电话，一万块钱就够了。先做起来，有业务了要用钱的时候，再凑钱。都有业务了立马赚钱难道还找不到启动资金？”

韩墨说：“小方说得有道理，我跟你王哥商量商量吧。不管怎么样，小方你愿意跟你王哥合作，那是相信你王哥，这就很令人感动了。来，小方，嫂子我跟你喝一杯。”

喝完了杯中酒，方坤树用手擦了擦嘴巴说：“你们看那些老板神气活现的，眼在天上。我们这个王郑公司定个鸟制度，下班都不能外出，这跟坐牢有什么区别！他们为什么要这样规定？就是担心我们这些打工仔创业，抢了他们的业务。但同时，说明什么？他们心虚！王侯将相宁有种乎？我们就是要创业！将他一军！”

方坤树几句话说得王佐热血沸腾，他帮方坤树倒满酒，又帮自己倒满酒，举起杯子说：“好一句王侯将相宁有种乎！小方，不管我们能不能成为创业伙伴，但我一定支持你，把你当亲弟弟一样支持。不就是一台二手电脑吗？我下午就去买，先买来再说。干杯！”

第四十二章　人心隔肚皮

吃完饭方坤树刚走，韩墨问："你真跟他合伙吗？知人知面不知心，没深入了解最好不要匆忙决定。创业我支持你，但这不是一件小事，不管从哪方面说，我们都要慎重决定！"

王佐说："走一步看一步吧，又不是一次性投钱。我之所以说买二手电脑，是因为本来就想买嘛。章新月不是帮我从台湾买了两本 Pro/E 的书吗，现在看来，我根本不能在王郑公司我用的电脑上自学练习，可不学又很难在职场上再上一个台阶，这二手电脑不得不买啊。"

韩墨说："那就买吧，迟买不如早买。还好你申请在外住宿，不然，连学 Pro/E 的时间都没有。小方说得有道理，说不定哪天王郑公司招到你这样的人，就是你被炒之时。你这工作不会 Pro/E 还真不行，会失去太多机会。我换件衣服，我们这就上街去看电脑，速战速决。"

来桥头镇半个月这段时间里，王佐和韩墨天天在外面乱逛，逛遍了桥头镇大街小巷，逛累了再回出租房睡觉。自买了电脑这晚开始，两人再不乱逛了。冲完凉后，王佐对着书在电脑上学 Pro/E 软件，韩墨洗好了衣服就坐在边上看小说。由于 Pro/E 软件是英文版，书中难免有些命令没讲解，那就得韩墨帮忙翻译。为了翻译准确不出错，韩墨还特地买了一本英文字典。几天后，韩墨竟有了学英语的冲动。于是，她特地在书店买了一套带磁带的《初级美国英语教程》，津津有味地学了起来。多年后，韩墨能讲一口流利的美式英语，这对她的业务有莫大的帮助。不得不说她走上社会重拾英语的起点，就是王佐学 Pro/E 软件的时候。人生在世，做每一件事，真的不要太在意得失，有得必有失，有失必有得，关键要看这件事的间接结果，或者未来结果。有时候，间接的结果对人生影响更大。

又过了不到半个月，方坤树被炒，原因是打样在外没有及时回公司超过三次，这超过了王小姐的底线，他又没有合理的解释，自然就被炒了。被炒后，方坤树在王佐出租房的附近租了一间一室一厅，真的单干起来。而王佐在王郑公司的情况，还真被方坤树不幸言中。王佐天天画图，另一个设计员天天在外验货。虽然感到委屈，但因早有心理准备，王佐也就没放在心上，该干吗就干吗。画图不是更好吗？可以接触更多的产品，他自我安慰和解嘲。

两天后，王郑公司招进来一个打样员和一个设计员，打样员已办入职手续，设计员二十天后来报到。王佐知道，他在王郑公司短暂的打工时光将要结束了，与其被炒，还不如主动辞工，给自己个台阶下。于是，他写了一份正式的辞工书，交给王小姐。王小姐想都没想，批了"同意"二字。这等于解脱，接下来的三十天可以混日子了。但王佐是个有始有终的人，并不因此而混日子。每天他都会正常上班，不迟到不早退，以最快的速度做完手上的工作，并且仔细认真地检查一两遍，才把图纸入档，并请郑先生签名。晚上，他依然是学习 Pro/E 三维软件，一学就是几个小时，直到深夜一两点才睡觉。有时，韩墨都睡了一觉醒来，发现他还在学，就叫他快睡，要注意身体。他说，记得你考会计师的时候吗？那是什么心情和动力？现在我也一样，我希望出了王郑公司后，Pro/E 能运用自如，就好找工作了。

这一个月，方坤树天天在外跑，有时打样，有时联系业务，直到晚上八九点后才找王佐聊上几句。除了请求王佐帮他画图以外，他聊得最多的就是他的打样情况和业务情况。他说，他女朋友的同学的哥哥在一家美资灯饰采购商深圳办事处验货，只要他的产品跟台湾厂的品质一样，他将优先下单给他。当然，前提是回扣比台湾厂更多，这他没跟王佐讲。

王佐还真动心了。他想，待出了王郑公司，他就找韩墨商量，跟方坤树合伙创业。在出王郑公司之前，还是好好学 Pro/E 软件吧。毕竟学习的时间不多了，出了王郑公司那就得用 Pro/E 去面试、去工作了。他真有一种时不我待的感觉，巴不得一分钟当作两分钟用。

没想到的是，辞工不到二十天，王小姐就决定结工资让他走人。他没吵没辩，钱拿到手了，还向办公室每个人告别，并且敲开王小姐办公室的门，对王小姐说："谢谢你这段时间以来的关照和栽培，我永远会记得王郑公司的，也会记得王小姐你的。我走了，后会有期。"

王小姐看着王佐走出王郑公司的背影，总觉得不对劲。这臭小子干吗来着？神经病！

出王郑公司的第二天，王佐跟着方坤树跑了一天，还拜访了方坤树女朋友的同学的哥哥。回来的路上，王佐暗想，机不可失，时不再来，一定要劝说韩墨，他一定要跟方坤树合伙创业。再怎么样，他只是个技术人员，创业的机会并不多。方坤树如果不是资金不足，何必找他合伙呢？至于技术设计人员，用不着变成股东嘛。智通人才市场一大把，去一趟要多少有多少。这年头最不缺的就是人才。

晚上冲完凉后，王佐没有学 ProIE，而是跟韩墨聊天。

"韩墨啊，你知道的，我只是个技术人员，创业机会委实不多。"

"你自己决定就好。前提是，必须成立正式公司，各自出资多少，就占多少股份，谁也不能拿干股。我现在这家公司是企业管理公司，多少公司的成立散伙都经我们处理，我见多了创业时哥们儿好兄弟，义气为重，最后脸红脖子粗，争得你死我活，分道扬镳。"

"可是，你说了，成立公司最低要五十万注册资金，没有的话垫资费要两万多，还要验资费，这不是小数目，对于我们这些刚创业的打工仔来说，难度太大了，我估计小方不会同意的。"

"先说断，后不乱。这个说断就是正式成立公司。否则，一江春水向东流，没有用的。我就是这个意思，你跟小方商量吧。如果他同意，至于垫资费，我们公司出面，可打折五成。"

"那，明天我跟小方商量商量，尽量说服他。"

第二天下午，小方从外面打样回来，组装好了一款灯。他高兴地对王佐说："就这款灯了，我女朋友的同学的哥哥点名要这款灯，明天就送过去检测，检测通过，第一笔单就来了。"

“小方，我跟你商量个事。你嫂子说，我们如果合作创业的话，先成立正式公司，实际入股多少，就占多少股份，并且跟公司章程上的条款一致。这叫先说断，后不乱。”

“可是，我听人说了，成立公司最少要五十万元人民币，我们到哪儿去找那么多钱啊？”

“可以垫资的。只是别人帮我们垫资，要收垫资费。”

“垫资费多少？”

“如果我们出资十万，一人五万，还差四十万，垫资费大概两万。”

“那，不行，不行。我们刚创业，就把两万多块钱丢到水里，那怎么行呢？”

“你嫂子说，她们公司就能办营业执照，能垫资，垫资费优惠，五成。”

“五成，五成也要一万左右，这不行，绝对不行。”

“那怎么办？看来我们有缘无分了！”

“我倒是有个主意。我们先一人出一万，日常开销有了，最少可维持一两个月。你嘛，把电脑搬过来，我呢，这里有传真机，装了电话，还买了家具，差不多拉平了。我们先做，等到有第一笔订单了，收到钱了，垫资费也就赚到手了，我们立马成立公司，正式大干一场。”

“行，就这样，我们这就去把电脑搬过来，正式开始合作。”

就这样，王佐平生第一次帮自己打工，干得不亦乐乎。

他和方坤树早分工好了，他在家画图、接电话、发传真，小方则在外打样跑业务。

一个星期后，就接到了第一张订单。方坤树拿着订单，跳着对王佐说：“最少能赚三万左右，供应商的钱，我们收到客户的钱后再付款，收到款我们就注册公司。你我联手，天下无敌。”王佐可高兴了，高兴得心花怒放。为此，小方还请客，在大排档吃晚餐祝贺，点了三菜一汤。

下个星期天，是王春秋儿子办满月酒的日子，王佐和韩墨坐车到大朗喝酒。头天晚上，王佐跟方坤树说，有什么事等他第二天回来再说。喝完酒坐车回到出租房，王佐和韩墨刚冲完凉准备睡觉，就有人“咚咚”敲门，听声音门外还不止一个人。王佐打开门，见是方坤树的房东带着几个治安队的人。他们“叽里咕噜”说了一大堆，王佐才明白过来——方坤树跑了。房东说两个月的水电费没交，叫王佐给他方坤树的联系方式。王佐跟着房东来到方坤树的出租房。天啊，空空如也，电脑也不翼而飞。倒霉的是，王佐还得替方坤树交两个月的水电费。

第一次创业就此不了了之，还没开始就结束了，王佐的心情坏到极点。

他真是想不通，看起来正正直直、有情有义的小伙子，怎么说跑就跑了呢？

韩墨虽然气愤，但她知道事已至此，说什么、做什么都没用。反正睡不着，为了平复王佐的心情，她在小店买了两瓶珠江啤酒，一斤带壳花生，陪着王佐喝酒、聊天，让他解气。

王佐猛喝完一杯啤酒，说：“小方他怎么可能跑呢？不至于啊！”

韩墨说：“人心隔肚皮，谁知道谁的心呢？外表是看不出一个人的真正面目的。”

“他为什么要跑呢？”

“也许他认为，业务在他手上，根本没必要跟你合伙。现在不是接了一单吗！再接几单，赚到一点钱了，他一个人注册公司干就可以了。至于你这样的人，去招一个就是。”

“可是，不愿合伙明说嘛，难道我强求跟他合伙不成！”

“每个人性格不一样。有的人办事干脆利落，有始有终，有的人却无法面对情面。”

“那也不能把我的电脑骗跑啊！我看，他根本就不是没有办法面对情面，而是为了把我的电脑搞走。对了，电脑里有我画的几十款灯饰图纸，他近期都不用找人画图了。”

“这才是症结所在！也许他当初是真心找你合伙，后来才动了歪心思。他发现，把你的电脑骗走后，不但不需要跟你合伙，而且近期他都不需要招你这样的人。一定是这样的！”

“王八蛋！”王佐骂了一句，又猛喝了一杯啤酒说，“真是阴沟里翻船！”

“路遥知马力，日久见人心。你们才认识多久嘛。”

王佐无可奈何地摇了摇头，接着，韩墨安慰他说：“还好，只是一台三千多块钱的二手电脑，至于你们商量的一万块钱日常开支我提醒你了，并没交给他，你自己消费自己的。我说人心隔肚皮，你不相信，这下相信了吧！我提醒你成立正规公司就是以防万一。不然，就不止损失这一台破电脑了。还好，你已经学会了 Pro/E，比之前好找工作，否则那台电脑真是白买了。”

忽然，王佐像泄气的皮球一样，说道：“人心如此，我们还能在南方有什么出息！生死由命，富贵在天。看来，我就是个穷苦命，当年真不应该出国企！出国企都五年了，五年啊，我还是一事无成。既然这样，何必出国企下海呢？吃了这么多年的苦，这又是为什么呢？”

韩墨说：“这两年下岗潮多可怕，你应该庆幸你离开国企了。”

“那是些一般国企，或者地方国企，生产民用品的，当然竞争不过私企和外企，当然倒闭，工人也就下岗了。”王佐说，“可我那家厂是军工国企，不可能倒闭的！”

“你都下海五年了，你那家军工国企倒不倒闭跟你有啥关系呢？小方这事咋就一下子打倒你了呢？又没损失什么！不就一台破电脑吗？不管怎么说，南方还是有机会的，不论是职场还是创业，现在都是黄金时期。我看，小方这事你真没必要放心上，就当吃一堑长一智吧。”

“我只是发泄情绪而已。你放心，小方这事不算什么，怎么可能打倒我呢！”

韩墨为两个杯子倒满啤酒说：“这就对了！来，我们干一杯！祝你走出心情失落之低谷！”

王佐笑了，喝尽杯中啤酒，说：“自从遇到你后，我就知道，我一定得向前冲，决不言撤退。以前是我一个人在南方瞎混，连一个真心朋友都没有，缩手缩脚，成功的概率太小了。现在不同了，有你这个坚强后盾，遇到机会我就得向前冲，哪怕失败也得向前冲！”

“没有失败哪有成功。失败次数多了，也就接近成功了。”

“那是。只是，小方这事还是会影响我的。人心难测，我估计，我以后再也不会跟人合伙了。如有机会创业，也是一个人去闯。这世上的人啊，又有几个真心相待的！再好的朋友，平常聊聊天走动走动，打发时光还可以，最多互通些信息，有些情感寄托，其他的别想了。”

韩墨笑了，说：“朋友一场，本来就是这样的嘛，你还想怎样？一朝被蛇咬，十年怕井绳，这不是你的性格嘛。这世上的人还是有真心的。还记得吗？你在寮步宏图广场灯饰城的时候，我从金得辞工后没有急着去找工作，想办电脑培训班，就在你附近办，安安稳稳下去。打工不是被老板炒，就是炒老板，这种日子偶尔为之可以，天天炒来炒去跟流浪有什么区别？”

王佐打断韩墨的话说：“幸好你没在寮步办电脑培训班，我在寮步才做了多久嘛。”

韩墨说：“我如果稳定了，不管你怎么找工作，都可以找在我附近，影响不大。至于电脑培训班没办起来，是钱不够，借不到钱。当时我见你又要跳槽，也没跟你仔细说。反正不办了，我也要找工作了，跟你说借不到钱的事没多大意义。如果说了，不但让你感到世态炎凉，还让你有压力不敢跳槽，所以我当时就憋着，没跟你说多少，记得只是轻描淡写提了下，你也没在意。其实，如果我真要坚持把培训班办起来，不缺钱，因为有黎玉梅的支持。”

“黎玉梅会借钱给你？不会吧！那可不是吃顿饭的钱。”

一想起那个胖胖的老实巴交的黎玉梅，前金得厂的电脑操作员，王佐还真不相信她会借钱给韩墨办电脑培训班。一般来说，越是家庭出身不好的人，越是把钱看得重，不会轻易把钱借给别人，更别说借出流血流汗的打工钱了。还有，外来工来来去去，谁相信谁呢。

韩墨说：“说来你可能不相信，黎玉梅不但想把她身上所有的钱都借给我，还说，如果不够的话，她辞工，这就多了三个月工资，然后住在我办的电脑培训班里，再慢慢找工作。”

这下，王佐更惊讶了，直直地看着韩墨，眼神里还是不相信。

韩墨又说：“那几天，我一直打电话借钱。这人啊，对你怎么样，开口借钱便知。我打电话借钱是有先后顺序的，先开口的是我自认为跟我玩得最好的，就像吃葡萄一样，先吃最好的，再依次吃余下的最好的。谁知道，那些我自认为最好的几个朋友，除了钱丽艳答应借钱给我，其他人随便找个借口就拒绝了，而有一两个最没把握的，却爽快地答应了。其中最令人感动的就是黎玉梅。打电话给黎玉梅前，我认为完全没希望，因为自她离开金得后，我跟她也就偶尔打个电话联系一下，连面都没见过，说不上有什么交情。但是，就是她偏偏对我最好。”

“人啊！说不清，关键时才知道。”王佐长叹着说。

当晚，二人聊到深夜一点多，喝完了两瓶珠江啤酒才睡。

第四十三章　立竿见影

接下来，别无出路，还是要找工作。

当王佐再一次挤在智通人才市场摩肩接踵的求职人流里时，他感到无限悲哀。虽然现在的他找份工作并不难，但他硬是提不起一点兴趣。一边挤一边看着两边的招聘广告，他想，如果找到一份合适的工作，离韩墨又近，就再也不跳槽了，从此安居乐业，过个小日子拉倒。

像上次一样，王佐先在比菜市场还大、还热闹的智通人才市场楼上楼下转了一个遍，从几千家招聘工厂中挑了自己能胜任的几十家，厂家展位编号和要应聘的职务都记在笔记本上，以便面试。然后，他站在一个角落，仔细分析着几十家工厂，再从中挑出六家。按以往的经验，从进人才市场当天算起，最多只来得及复试三天，六家厂足够了。开始，他挑选的厂家以桥头镇周边为第一要素。可挑来挑去，就是没有几家合适的。昨天晚上睡觉前，韩墨一再叮嘱他找工作一定要找离她近一点的地方，现在看来是不行的。他想，要么不来智通，来则一次搞定。否则，还要等到下星期开市，反反复复找工作，人都要疯掉。因此，他放弃了桥头镇附近，以最适合自己的为第一条件。大厂除非不得已，不在他的最先考虑范围之内。因为他知道，大厂再好，但第一分工太细，第二上面有主管和经理，一个设计人员算个鸟。最适合自己的工厂就应该像金得厂那样的，只需一两个设计员，谁也不懂，谁也管不着他，自由自在。

有了这两个先决条件，也就是不管厂在哪，只要是小厂，产品不是很复杂，那就在王佐的挑选范围之内。挑来挑去，他挑选了十家厂。然后，按照目前的位置，以远近为先后，一家一家厂流水线式面试。接连面试了三家厂，顺利通过，拿到了复试单，他的心情好了许多，刚进智通人才市场时的无限悲哀瞬间消散。接下来要面试的是一家叫“新台能五金制品有限公司”（以下简称“新台能公司”）的工厂，主打产品是铜质花洒。花洒是什么？他努力回忆着刚刚路过那家厂时的画面，却什么都想不起来。管他是什么，没接触过的新产品更好，多接触一些没见过的产品总是好事嘛。

站在新台能公司招聘档口前排队，王佐抬眼看向那张大大的像画报似的招聘广告纸，发现其他工种都写上了“已招满”三个字，那就说明排在他前面的三个人都是来面试设计工程师的。才招一个人，这三个人都是我的竞争对手啊。他饶有兴致地听着看着眼前的面试。

坐在新台能公司档口的面试官是一男一女。男的叫崔永新，三十多岁，精明能干，眼神犀利；女的叫范小冰，二十岁左右，丰满又苗条，圆脸红润。二人说的话带着北方口音。这时的王佐还不知道他俩都是河南人。面对面问话的基本上是精明能干的崔永新。那长发飘飘的红润圆脸女郎范小冰坐在旁边随时记录和整理资料，明显是个助手。如果进了这家厂，说不定要跟北方人做同事，王佐想，打工几年来，还真没认识几个北方人，这次倒碰上了。

排在前面第一个面试的是一个二十出头的年轻人，崔永新问了他几句话后又说：“才毕业一年多，你真的会用Pro/E？三千块钱工资也不高，我们厂唯才是用，你觉得自己行的话，我这一关算是通过了。现在你就可以去我们厂复试，当场画一个三维图，还要转换成加工程序，图和加工程序我们厂的模具师傅能用的话，说不定我们就是同事了。”

王佐想，才三千块的工资啊，这个厂也许跟自己无缘。原来，学会了Pro/E后，经打听以及在智通人才市场旁听别人面试，王佐已知道会用Pro/E的设计人员的工资大多在四千以上，难度大的塑胶产品和塑胶模具设计师八千的都有。因此，他把自己的薪资定在四千，只能高不能低。

这时，那二十出头的年轻人问：“我后天去你们厂复试不行吗？”

崔永新斩钉截铁地说：“不行！别说后天，明天都不行！我们厂下午就决定录用谁！”

“那，还是算了吧，我先去别的厂看看。”年轻人站起来走了。

他是不敢去复试呢，还是嫌太偏远了？至少不是工资问题。工资是他自己要求的嘛。大概，他并不会用Pro/E，之所以来面试是来碰运气的，王佐想。接下来第二个和第三个面试的，年纪跟王佐差不多，也相继离去。王佐听得清清楚楚，二人都要求工资五千以上，少了五千不去，以免双方浪费时间。崔永新两次都是一挥大手说：“你去找五千以上的吧。”

现在轮到王佐坐下面试了。

范小冰一双含笑的大眼扫了一下王佐，又挨着崔永新看着王佐的简历说：“江西人啊，有近十年工作经验，工资要求四千，我们厂只给三千五，还是不要浪费表情了。”

崔永新看了王佐的简历良久，抬头问王佐：“在金得厂做了四年多，为什么离开？”

那些年在南方求职的人都知道，求职时的简历或多或少跟实际经历不同。比如今天王佐所写的简历上，来南方五年只做了两家厂，一家金得，一家王郑。而实际上，这五年中，王佐打工的厂家有五家，其他三家厂的时间都算在金得厂上了。跳槽太频繁，或者死守一家厂，给人感觉都不好。前者让人感到不踏实，后者又让人感到没本事。

我哪在金得做了四年多嘛，两年都不到，王佐心里好笑，嘴上却回答说：“人往高处走，水往低处流。在一家厂做了四年多，据我所知，在东莞算是做得久的了。”

“那为什么跳到王郑公司没多久又辞职不做了呢？”

“王郑公司没有人性，几个人的小公司却禁止员工外出，坐牢一样，我受不了。”王佐忽然想起来什么，问崔永新，“你们厂在业余时间如果禁止员工外出，那我就不面试了。”

崔永新微微一笑说：“不会，我们老板对员工像对待亲人一样，怎么可能那样呢！”

忽然，范小冰看着王佐说：“你的工资要求比我们规定的要高，三千五你做吗？”

王佐说："这职务四千块并不高，还有可能是最低的，三千五我就不去复试了。"

崔永新说："这样吧，你下午去我们厂复试，工资嘛，我们做不了主，你跟我们老板谈。谈得下来谈不下来，我不能保证，那要看你的水平和技术。你愿意去复试吗？"

王佐想了想说："那行，我愿意复试，但愿我们能成为同事！"

接下来，王佐又面试了两家长安镇的模具厂，也拿到了复试单。这时已到中午，各个招工档口的面试官都吃上了智通人才市场免费送的午餐，人才市场内求职的人三三两两，王佐想，已到手了六家复试单，够了，多了也是浪费，没时间跑。于是他走出智通，找家快餐店吃了份快餐。吃完快餐，他立马坐公交到道滘镇汽车站，再转车到位于九曲桥头的新台能公司。

这次王佐找工作出奇顺利。星期六上午在智通人才市场面试，下午去厂家复试，只复试一家就成功了。新台能公司又是一家台资企业，主打产品是淋浴器上的铜质花洒，正大力开发各种高档淋浴器。因为不会说广东白话，自离开企石镇永发机械厂后，王佐再也不找港资厂了。而之所以找工作出奇顺利，那还得归功于Pro/E。复试时，果如崔永新所说，老板给了一个铜质如飞碟似的密布许多孔的外壳零件，叫他用Pro/E软件画三维图，画好后转换加工程序，随后给模具师傅，程序能自动加工就录用，工资四千，星期一报到。

后来据那个叫韦南海的模具师傅说，自上个设计工程师走了之后，新台能公司招工两个月之久，也招不到一个能用Pro/E软件画三维图的人才。偶尔有一个，又嫌厂太偏僻，工资也不如意。但对王佐来说，已经满足了。刚学会Pro/E就有了用武之地，这对他来说再好不过。而且工资也比在金得厂翻了一倍。至于偏僻一点，那又有什么关系，大不了下班在宿舍看书嘛。

那天在新台能公司复试完回到桥头镇，晚上，王佐和韩墨把地图摊在床上看，发现位于道滘镇北永村九曲桥头的新台能公司真是太远了。道滘镇位于珠江东岸，水系纵横，密如蛛网，是东莞最西头、最不发达的地区。长期以来，王佐和韩墨一直在东莞的东部发展，目前韩墨所待的桥头镇就在东莞的最东头。韩墨指着地图说："我在东莞的最东头，你在东莞的最西头，虽然同饮东江水，但要转三四次车，单程都要两个多小时，太远了。好不容易有个星期天休息，时间都交给公交车了，我看别去报到了，你不是还有几张复试单吗？找个近的地方再去复试，一天能复试两家厂，说不定又复试上了呢。"

王佐从透明 A4 塑胶文件袋里拿出复试单，丢在床上，一张张翻开说："你看，长安的、凤岗的、虎门的、厚街的，远近都跟道滘差不多，我是不想再跑了。"

韩墨奇怪地看着王佐说："以前你总以为好戏在后头，总想多复试几家，这次是怎么了？就算远近差不多，发达的长安、虎门总比落后的道滘强多了，又不隐居，何必呢？"

王佐说："我又不是在那儿做一辈子，打工嘛，流来流去，有什么关系！如果你嫌远的话，我去做一段时间就辞工吧，哪怕做两三个月也好，至少多接触了一种产品。"

韩墨问："那家厂生产什么产品？"

王佐说："说起来不但你没见过，连我都是第一次见。我们现在冲凉洗澡的那个塑胶手提花洒知道吧，那是最简单的花洒，拿在手上麻烦，水量、速度也不好调节。现在高档酒店里的卫生间都装有高档淋浴器。淋浴器上有个饭盘大小的铜质镀不锈钢的花洒，水淋下来，水量、水速和水温可调节，淋水的面积也大。这样冲凉洗澡是不是很舒服，你想想。"

韩墨笑着说："你卖弄啥呢？我在电视剧上早看到了！没吃过虎肉也知道老虎的嘛。"

就这样，王佐怀着多接触一种产品的小算盘开始了在新台能公司的打工日子。没想到的是，这次是他南下寻梦以来的最后一次打工。因为离开这家公司后，他就真正创业了。新台能公司的老板姓蔡，跟成得厂的中江年纪差不多。他很赏识王佐。多年来，他都没招到一个中意的设计工程师。王佐有理论、有技术，还能熟练使用 ProIE 软件，为人诚实，蔡老板打心底中意他。

确实，王佐在新台能打工的日子只求迅速掌握各种淋浴器的款式和加工工艺，每天除了画图就是在各车间转，甚至在各个工人岗位实际操作，考虑工艺需不需要改进，兴趣盎然，乐此不疲。除了模具师傅韦南海夫妻俩，他几乎没跟任何人来往。晚上冲完凉就在房间看书，安分守己，这也是蔡老板赏识他的原因之一。王佐本来只想做一两个月就辞工走人的，但一个月后，他和韦南海很是投机，成了无话不说的朋友，蔡老板也赏识他，安排他明年春天参加上海的行业展会。单单到上海参展，就令他向往了，他怎么会辞工呢。

韦南海比王佐大一岁，父辈是越南华侨。他说他的祖辈是黑旗军，为抗击法国侵略者立下了赫赫战功，在越南生活几代了。20 世纪 70 年代，他们家从越南迁到海南某华侨农场，他就是在海南出生的。全厂没有一个人知道黑旗军的历史，但新进厂的王佐对黑旗军了如指掌，这也是他们二人迅速成为知己的催化剂。韦南海的老婆邢琼花是个正宗的海南人，现在在新台能公司做销售，内销花洒。她笑着对王佐说："我们家当家的一直是个死做事的人。我嫁给他几年了，没见他有个真正的朋友，跟人说话不超过十句，但跟你太投缘了，说一个晚上都有话说，奇怪，太奇怪了。"王佐笑着说："我们上辈子就是好朋友嘛。"

新台能公司管理人员、技术人员和办公室的文员全是河南人，而且来自同一个县。那天在智通人才市场面试他的崔永新和范小冰也是河南人。崔永新主管全厂的生产，范小冰是人事文员。因此，王佐进新台能公司以来，不可能跟自成圈子的河南人混在一起。幸好有个韦南海，幸好韦南海不是河南人，幸好韦南海是模具师傅。否则，放眼全厂，王佐还真找不到一个可以说话聊天的人。韦南海吃完晚饭后喜欢在厂外散步。刚进厂没几天，隔壁宿舍的韦南海见王佐一个人没伴，就邀请他一起散步。人家夫妻俩散步你凑什么热闹呢，王佐不好打扰，几次婉言谢绝。一个多月后，王佐跟他们夫妻俩熟得不能再熟了，韦南海再次邀请王佐时，王佐也就答应了。几次散步后，邢琼花说："其实我不喜欢散步，以前韦南海没人陪，我就勉为其难。现在有你王佐了，你们俩真好得像穿一条裤子，我就不掺和在你们中间了。"

东江南支流经道滘镇流到珠江。由于珠江和东江的滋润，珠江东岸的水乡道滘镇水道纵横，河涌[①]成网。触眼所及，这一簇香蕉林，那一簇甘蔗林，还掩映着荔枝林、龙眼林。在这样的地方散步对王佐来说很是享受。不到一个月，韦南海带着王佐走遍了道滘镇每一寸能走的土地。镇中心滨江路一带最是繁华，岭南老房子和现代高楼、大桥交相辉映，临江建有步行栈道，颇有上海外滩的感觉。王佐熟悉了道滘镇大街小巷和河流村子之后，韦南海和王佐再也不乱逛了，每次散步直走到滨江外滩，在外滩走走站站，吹吹风，又走回九曲桥头的新台能公司。二人一起冲凉洗澡，洗完澡后韦南海陪老婆邢琼花，王佐则回房间看书、睡觉。

一天晚饭后，王佐和韦南海又走向滨江外滩。刚走到镇区的老街上，王佐忽然发现电线杆上贴着一张广告纸，上写"白领培训班"。他指着电线杆笑了，说："白领也能培训吗？"

韦南海撕下电线杆上的广告纸，扫了一眼说："这是我老乡开的，邢琼花同村的人。"

"这白领阶层的人有文化有修养，不是培训就能速成的，你老乡真会忽悠人。"

"此白领非你想象中的白领，此白领就是工厂写字楼的文员罢了。虽然在你眼中不算白领，但是，对那些流水线上的打工妹来说，如果她们能做文员，那就是鲤鱼跳龙门了。"

"哦，原来如此，不就是文员培训班吗？有的电脑培训学校也有这种班，我见过。首先学电脑打字和制表，再教些工厂各部门文员所用到的办公软件，以及工作流程；流水线上的女工再搞个假文凭，一般是高中毕业，就可以去找文员工作了；简历写一年多工作经验。对不对？"

"差不多。不过，我这个老乡曾是伟易达的人事经理，厉害着呢。一个月开一班，一班五十多人，一人收一千元。如果帮学员找到文员的工作，还收第一个月工资为佣金。厉害吧。"

王佐竖起大拇指说："牛，太牛了，我心服口服外加佩服！"

---

① 河涌：河流的支汊。广东方言，泛指沟渠、小河道。

“他们就在前面滨江路三岔路口那栋楼的三楼，我们去看看。”

邢老师在白领培训班的经理办公室里招待王佐和韦南海。他一边喝茶一边侃侃而谈。他一再强调这里不是文员培训班，而是真正的白领培训班。除了文员培训班所学的内容之外，这里还要学礼仪、修养、交际、口才和自信等，还要背唐诗宋词。我们要把流水线上的打工妹脱胎换骨成真正的白领，不但惠及本人，还要改变其后代的命运。看着一间教室和一间电脑室里坐满了迫切想改变命运的打工妹，听着邢老师颇负激情的演讲，王佐想，这世上赚钱的路子真多，只有想不到的，没有做不到的。行行出状元，以后多来听听课，总比瞎逛好。

当邢老师得知王佐业余学习 Pro/E 后，立马找到新台能公司，工资翻倍，两手一拍说：“王哥，立竿见影啊。这是个最好的时代，只要学习，只要进步，就能改变命运。王哥，你的上进心和勇闯职场的精神是我们学员的榜样，励志啊。我安排一节课，请你做嘉宾，如何？”

第四十四章　合伙创业

盛情难却，王佐同意了邢老师的请求。

到了约好的那个晚上，王佐和韦南海吃完晚饭后早早洗了澡，还穿上白衬衣、西裤和皮鞋。白领培训班嘛，总得白领一点，不能趿拖鞋搭件汗衫啊。看着自己和韦南海难得穿着正式，王佐自嘲地对韦南海说："我们这哪里是白领啊，不是跑业务的，就是跑保险的，就差打领带了。"韦南海笑着说："穿得越正规越是跑腿打工的，做老板的哪个不是拖鞋、短裤、T恤呢。"

到了白领培训班教室，王佐和韦南海被安排坐在邢老师的左右两边。

邢老师说："各位学员，请起立，欢迎义务为我们分享成功经验的嘉宾王佐王先生。"

全体学员起立。欢迎欢迎，热烈欢迎。好家伙，前几天还是波鞋牛仔裤的流水线打工妹，不过几天，不但衬衣、短裙、高跟鞋、丝袜，而且欢迎嘉宾的言行高度一致，真可谓异口同声。

王佐站起来致谢。全体学员坐下后，邢老师朗声介绍着王佐："各位学员，我是无意中认识王先生的。王先生是江西九江人，来南方前曾是军工国企吃铁饭碗的人，在珠三角奋斗多年。王先生的文化水平比在座的高多了，一技在身，找份技术工作易如反掌。但他没有就此满足，业余时间一直在学习电脑。现在，来南方前从没见过电脑的普通设计人员的他已成长为一名高级设计工程师了。王先生本来就是个真正的白领，他的学习精神是我们的榜样和楷模。今天，请王先生来做嘉宾，目的就是增强各位的自信。逆水行舟，不进则退。大家鼓掌。”

哗哗哗……掌声雷动，打工妹们兴奋崇敬地看着王佐。

邢老师微笑着看向王佐说：“王先生光临白领培训班，真是蓬荜生辉。今天采用的是提问回答形式，我们的学员提问，王先生你回答，就当聊天交流。我们的学员在聊天交流中能提高胆量、自信和口才，这也是白领的素养之一。谢谢王先生的光临，大家开始采访提问。”

好几个举手的。王佐扫了一眼台下，指着一个戴眼镜的姑娘。那姑娘站了起来。

“我来自四川眉山，我爸爸也像你一样，是三线厂的职工。曾经，我爸爸希望我能农转非，跳出农门，到他厂里工作。可惜的是我的运气不好，有一项条件不达标。我知道你曾有一份很好的工作。我想问的是，我们是没办法才出来的，你有份好工作为什么也出来呢？”

“这个嘛！怎么说呢？国企，特别是军工国企，一般来说不会倒闭，一辈子吃喝拉撒都解决了，可以说衣食无忧，但是也不会有太大的作为。如果一辈子饿不死又不用吃苦，那倒是个好地方。可人生在世，我们要活得精彩，我们要有见识，我们要有奋斗的经历。否则，无异于走肉行尸。比如你，虽然没有农转非，但我还是为你感到庆幸。你现在虽然是个流水线上的打工妹，但你也知道，东莞是个立竿见影的城市，机会多如牛毛，头天学到了某些皮毛，第二天就有可能因此改变命运。你现在已经参加了白领培训班，不久的将来你一定是个合格的白领。我希望你成为白领后，不要原地踏步，要有上进心，最好参加成人高考，真正提高一个档次，再从文员上升到部门经理，甚至总经理，也不是不可能的。这是一个最好的时代，这是一个最好的地方，我们一起努力。”

所有人都鼓起了掌，韦南海也在使劲鼓着掌。他还真没想到，王佐的口才如此出众。

王佐挥挥手，又说：“眉山是个好地方，苏东坡的故乡。苏东坡曾在我的家乡写了一篇《石钟山记》，我都能背下来。忧国忧民的苏东坡是我最敬仰的古代文人，没有之一。因此，你的家乡眉山是我这一生必去的地方之一。好了，你坐下，下一位，大家请举手。”

来自眉山的姑娘说："眉山欢迎王先生，到时我做向导。"说着她坐下了。

王佐点点头，又看向教室，指向一个长发飘飘、眼若秋波的姑娘。

"我来自安徽安庆，紧邻王先生的家乡九江，我来南方就是从九江上火车的。我的问题是，你以前从没接触过电脑，后来是怎么学电脑的？有人教吗？特别是你们设计工程师用的三维设计软件，听说没有中文版，在内地也没有出版，你又是怎么学的？"

王佐含笑看向长发飘飘的安庆姑娘，心想若实话实说，说自己的电脑是妻子韩墨引进门的，那还励什么志！于是他清清嗓子说："问得好。我可以坦诚地跟你们说，我在东莞找的第一份工作并不是我所擅长的技术工作，而是跟大家一样，在流水线上做裁线工，一天十二个小时。领了两个月工资后，我就报了电脑培训班，学打字，同时学 Word 和 Excel。那三个多月里，我晚上下班后去电脑培训班，风雨无阻。后来，我跳槽到一家机械厂任制图员，手工制图。由于能接触工厂的电脑，我买了 CAD 的书，看书自学，两个月后就会电脑制图了。至于你所说的三维设计软件，那叫 Pro/E，有关它的书我估计现在全东莞的书店都没得卖，如果有，也是台湾省出版的。我就是托朋友在台湾省帮我买的，还是看书自学，自学了半年左右。为了自学 Pro/E，我还特地买了一台旧电脑。这不，学会了 Pro/E 后，我就跳到道滘镇，工资翻了一倍，成了你们邢老师的好朋友，也有缘跟大家坐在一起探讨职场。谢谢大家！"

邢老师带头鼓起了掌，掌声停后他说："王先生的上进心，以及刻苦学习的精神，还有他的不服输、改变命运的精神，都是我们学习的榜样。很现实，很励志。在座的各位学员不要说成长为经理，就算培训成为白领，到时嫁的老公肯定是王先生这样的高才，那你父母的晚年和后代的命运就都改变了。是不是？我们有什么理由不好好培训呢？！"

那安庆姑娘还没有坐下。她红着脸略带羞涩地问："请问王先生有没有夫人？如果没有，看得中我吗？"

全教室哄堂大笑。

王佐也笑了。他看了看长发飘飘的安庆姑娘，顿一下说："那，我离婚再娶你吧。”

全教室又哄堂大笑。

……

这堂问答式的励志课持续了一个半小时，非常成功。

王佐和韦南海准备回厂的时候，邢老师执意请二人吃夜宵。

由于这个插曲，王佐在韦南海心目中的形象高大了许多。韦南海暗自想，此人有文有武有口才，更为难能可贵的是，还是个诚实的人，不能错过，错过也许会遗憾终生。原来，韦南海在新台能公司做模具师傅五六年了，经历和见证了新台能公司从一个小加工店到如今初具规模，他早就想利用自己的技术单干创业了。但由于自己交际不广，也没有经营的才能，他需要寻找一个志同道合的合作伙伴，取长补短，一同创业，一同改变人生，以不负这个最好的时代。

邢琼花说她老公韦南海是个老实巴交的木头人，王佐不这样认为。王佐认为，韦南海表面看来不善言辞，其实是骨子里心高气傲，不屑与人为伍。而且王佐知道，韦南海的雄心极大，比他王佐还大上几倍。王佐进新台能公司两个月后，韦南海曾几次探口风，希望二人合作，创一番事业。他往往说：“这种铜质花洒，这种淋浴器，我看迟早进入普通家庭，我们中国十三亿人还多啊，那是多大的市场。”几次三番，二人都知道双方的意思后，有一次他对王佐推心置腹地说：“我们联手，正好互补。其一，我有模具技术，管生产，管开模；你有文化、有设计技术，负责全厂管理和经营。其二，邢琼花手上有销售业务资源，前期可保工厂正常运转；你老婆是职业经理人、会计师，还会英文，后期可助我们打开外销的单。其三，一个人创业资金不够，我们除了技术互补，资金也能互补。”王佐说：“合作可以，必须成立正式公司，一人一半资金，除了各人正常工资收入以外，两年内不分利润，把事业做大做强再说。”

韦南海伸出一只手掌说：“我们真是心有灵犀一点通，我就是这个意思。”“啪”的一声，两个大男人的手掌在空中相击，犹如发誓，他们从此在一条船上，正式开始合作。

1999年春节，王佐和韩墨没有回家过年。

得知王佐下定决心跟韦南海合作创业后，韩墨不无担心地说："前车之覆，后车之鉴，我真担心你遇上了方坤树第二。上次方坤树之事，倒没损失什么，一台电脑罢了。这次就不同了，真正的租厂房开厂，不要说我们多年打工的心血，单单这个韦南海，我没见过还真不放心。""那我年后邀请他来桥头镇一趟——他回海南过年去了。"王佐说，"既让你看看他，又让他看看这边的厂房，我们决定把厂房租在桥头镇周边。"韩墨说："厂房租在我附近那是最好不过。我们公司是管理公司，业务和客户以周边的居多，我本身是跟老板直接打交道的，厂开在我附近有些事情我肯定便于帮忙。再说，会计肯定是我兼职做，这有利于监督，太远了不方便。"

过完年开工上班半个月后，王佐带着韦南海在一个星期天坐公交车到桥头镇石水口。韩墨接到他们的时候，都十一点多了。王佐对韩墨说："这就是我同事韦南海，黑旗军的后代，他的祖上曾为祖国的边防立下汗马功劳。"韦南海笑笑："那都是老黄历了，跟我没有关系，我只知道我的家人是越南的华侨、难民——转了两次车，又在大朗堵车，让你久等了。"

"没事，没事，"韩墨说，"我们去吃饭，边吃边聊。"

在石水口一家客家餐馆，韩墨点了三菜一汤：客家酿豆腐、清炒小白菜、酸菜牛肉、黄豆猪蹄汤。开吃前，韩墨端起一杯啤酒说："王佐这几个月在道滘镇打工，多亏结交了韦兄你这个朋友，不然在河南人的圈子里，他可能要闷死。"喝干杯中酒，韦南海说："其实我得谢谢他。是他增长了我的见识，激起了我的创业雄心。我上有老下有小，一直对创业举棋不定。"

三人边吃边聊。酒过三巡，韩墨说："韦兄，我相信你，也相信王佐的眼光，你确实是王佐最好的合作伙伴。但是，我在企业管理公司上班，见多了合伙创业人的分分合合，特别是散伙后，有的打官司，有的一辈子老死不相往来，这很不值。因此，我认为，既然你们心在一块，力往一块使，人生的命运绑在一起，同舟共济，那就先说断、后不乱，一切按正规程序操作，成立正式公司，大干一场，如何？"韦南海说："我跟王佐就是这样商量的。此前，也有个老乡拉我合作，开模具加工店，不申请营业执照，租个店铺，两人的钱和被子合在一起，就算合伙了。这很没保障。人上一百，形形色色，难免有不同的意见。如果意见不合，想干吗干吗，没有法律上的约束，这合伙肯定不长久，也不利于散伙。分久必合，合久必分，这合伙创业跟天下大势一样。但是，我认为，既然合伙创业，除非不得已，谁也不想散伙分家。但如果确实环境变了，必须分开，那也得有始有终。合是创业伙伴，分是生死朋友。”

“那我就一块石头落地了，”韩墨说，“来，干一杯，你们志同道合，百分百创业成功！”

吃完饭，韩墨带着王佐和韦南海坐摩的到横沥镇水边村拜访她的一个客户。这个客户是生产五金日用品的，有五百平方米的厂房闲置着，她让王佐和韦南海看看合不合适，够不够用。王佐和韦南海推算着前期的生产计划，以及设备的布排，还真是挺合适的，就是缺一间办公室。没想到，韦南海在横沥镇水边村逛了一圈后说很喜欢这里，有道滘镇水乡的感觉。韩墨说：“如果喜欢这里，我一定能租到合适的厂房，这里有我好几家客户呢，你放心。”

有了韩墨的支持，不但王佐信心大增，韦南海也是信心大增。二人回到新台能公司，吃完晚饭后再不乱逛，而是在九曲桥的河边商讨创业计划，并紧锣密鼓一步一步实行。

第一步：韦南海辞工，借口是跟人合伙开模具加工店。

第二步：韩墨托人在横沥镇水边村租一间五百平方米的厂房，开始购买二手设备。

第三步：韩墨帮王佐和韦南海成立注册资金为五十万的有限公司。

第四步：招两个工人，韦南海带着两人组装两款市场上最好销的铜质花洒。

第五步：王佐到上海参展时，多留意客户，记录所有客户的信息。

第六步：王佐从上海参展回来后急辞工。新创业的工厂尽快走上正轨。

第七步：邢琼花适时辞工，跟韦南海夫唱妇随。

韦南海辞工并不顺利。蔡老板一再说，你在新台能公司做了这么多年，我蔡某人对你并不薄，出了新台能跳到别的厂你的待遇不见得比新台能更好，你和邢琼花也不见得能进同一家厂，为什么不一直做下去呢？韦南海说，我知道蔡老板是为我好，我也感激蔡老板这么多年来对我的关照和栽培，我一辈子都不会忘记蔡老板你的。可是，男人嘛，总不能打一辈子工，总得趁还能动的时候去闯一闯，哪怕失败了，老了也不会遗憾，蔡老板你说对不？这不，有个老乡邀请我合伙开个模具加工店，我俩知己知彼，他也是做模具的，是个不错的合伙人，我不想错过。二人聊了好一会儿，蔡老板知道没办法留住韦南海了，最后说："你要走可以，但必须先有一个模具师傅招进厂来，你带他一个月，一个月后，他能独立做一套模具，而且模具好用，我就放你走，否则你就自动离职。"自动离职就意味着最少丢一个月工资，韦南海怎么可能轻易丢掉自己的血汗钱，于是说："我本来就希望有一个人代替我做一个月，能胜任这个岗位了我再走，可我又不好意思说。一个岗位发两个人的工资，那多不好。"蔡老板说："新台能缺那么点钱吗？新台能要的是生产顺利，一两个月的工资不算什么，你明白吗？"

20 世纪 90 年代后期的东莞最不缺的就是劳动力和人才。几天之后，新台能公司在智通人才市场招工，韦南海亲自坐阵面试，选了五个人复试。又过了两天，一个国企下岗的模具师傅进厂报到。这个国企下岗的模具师傅话不多，技术好，并且特别勤快，最关键是要求的工资不高，蔡老板非常满意。有一天晚上，王佐跟刚进厂的模具师傅聊了一会儿，才知道他之所以出门打工是因为他之前所在的国营厂倒闭了。他说，上有老下有小，总得活嘛，不出门打工怎么办呢？

王佐当时心里长叹一声，幸好当年我稀里糊涂地出来了，否则就像眼前的下岗工人一样，也得经历下岗，老老实实找份工打，至于创业办厂，梦都不要梦。新进厂的模具师傅得知王佐是军工厂下海的，止不住竖起大拇指说，还是你们年轻人有远见，世界是你们的。

第四十五章　上海参展

一个月之后，韦南海就顺利出厂了。

这一个月以来，韦南海根本就没插手新来的模具师傅的活，他不是在车间到处乱转，找车间工人聊天，就是找蔡老板谈天说地。一个月下来，新来的模具师傅加工了三套模具，这三套模具不但生产出的配件好用，而且几乎不用返工，比韦南海做出来的模具还要好。蔡老板这下放心了，同时心想："你韦南海也不过如此嘛，想借辞工来要挟我加工资，没门儿。你们个个不知天高地厚，以为没你太阳就不转了，真是坐井观天……"

就在韦南海顺利出厂的前十多天，韩墨已在横沥镇水边村租了一间六百平方米的厂房，还有两间办公室。一间办公室销售和采购人员用，另一间办公室韦南海和王佐共用，韦南海和王佐都很满意。出了新台能公司后，韦南海立即住到横沥镇水边村新租的厂房里，招工人，安装电路，买二手设备，打样，风风火火，不分白天黑夜，浑身有使不完的劲儿。而与此同时，韩墨以最快的速度办理公司营业执照，预审公司名称，做申请营业执照所需的各种文件，验资等。在王佐去上海参展前，营业执照下来了，一家新生的生产型有限公司宣告诞生，并且渐渐走入正轨。为此，韦南海还拉着王佐来到企石镇黄大仙庙拜神。拜完神，二人站在黄大仙庙小广场前的江边栏杆边，面对浩浩西去的东江发誓：合是创业伙伴，分是生死朋友。

韦南海还对王佐说，在上海参展时，国内客户的名片尽量留下来，我们首先开发国内市场，先扎稳脚跟再说。王佐说，国外客户的名片也得留下来，以备后需——万事开头难，最近几年我们肯定没有参展的机会。韦南海说："那肯定会引起老板娘的疑心。""疑就疑吧，"王佐说，"反正参展回来我就辞工。"接着王佐又说："新台能以代工为主，还没申请商标和外观专利、技术专利，你在打样的同时着手申请，抢先一步。这不但利于市场开发，还可防新台能将来捣乱，打官司，告我们侵权——毕竟，我们的图纸源于新台能，就算改变外观，提升技术，但万变不离其宗，没有专利迟早会受制于人。"韦南海说，有远见，我这就着手办理。同时，他伸出右手，二人击掌，"啪"的一声，响彻东江。此时，一轮红日挂在东江上空，正是上午十点左右，水面金光闪闪，一艘长长的货船劈波斩浪，稳稳向东方驶去。

4月底一个风和日丽的日子，王佐和生产主管崔永新一同在深圳宝安机场上飞机，赴上海参加一年一度的卫浴展。这是王佐第一次坐飞机。飞机升空到一定高度时，平稳向东方飞去。崔永新叮嘱王佐不要随意跟人聊天，随即头一歪就睡着了。第一次坐飞机的王佐不免新鲜，四处看着飞机舱内足有五分钟左右。此后，他就一直看着飞机下面的珠江口。一大片城市群无边无际，海水湛蓝、平静，城市与大海搂搂抱抱，水环城，城环水，真是太壮观了。

这次参展共去了四个人，男的是崔永新和王佐，女的是范小冰和老板娘。

到达上海头一天，还没正式开展，新台能的档口也没布置好。崔永新和王佐忙着摆产品，安装淋浴器，贴宣传画。几个小时后，再看新台能的展会档口，虽只十平方米，却也清新干净亮眼。一张小桌子摆在档口走廊边，上面摆着名片和宣传册，档口内左右后三面墙全是柜子，柜子上摆满了各种颜色、各种款式的铜质花洒。两个九十度墙角边安装着淋浴器。细细的柔柔的水线银珠般向外扩散，洒在地上的池子里，无声无息。微微出汗的王佐真有冲凉的冲动。而淋浴器后面的大幅宣传画上，是两个凹凸有致的美女微闭着秀目沐浴，令人浮想联翩。崔永新看着自己设计和安装的杰作，无不骄傲地对老板娘说："还可以吧，至少能吸引人停下来驻足欣赏。"老板娘笑着说："好是好，就是这两个美女太显眼了，有故意吸引眼球之嫌。"崔永新说："我们是做淋浴器和花洒的，当然要有淋浴的效果画，总不能避嫌穿衣服淋浴吧。"

老板娘笑着说："就这样了，我跟小冰再清理一下，你俩到处转转，熟悉熟悉会场。"

十多天前，崔永新为了装修会展档口，在会展中心待了三天，他对这一片庞大的会展场地还算有点了解。王佐跟着崔永新并排走着，好奇地东看西看，空中弥漫着各种装修材料的难闻气味："我还以为所谓的会展是什么呢？这跟逛室内专业市场有什么区别，比如说东莞寮步镇宏图广场灯饰城——只不过，这个室内会展市场也太大了，不比一个标准足球场小呢。"

崔永新呵呵笑着指着四周说："这个嘛，还真有点像室内专业市场。如果一个来参加会展的人不是为了做生意，而是家里装修来买东西，这个人真不知道是会展馆。当然咯，区别还是有的，除了场地大小有别之外，专业市场基本是一成不变的，而这里每隔半个月一个月的，所有东西和店铺完全就是另一种风景。十多天前我来装修的时候，带着设计公司的人进场实地量尺寸，这个场馆还在展览服装布料呢。跟十多天前比，我都分不出东南西北了。"

王佐看了看四周说："这样啊，这个会展中心一年到头都有各种行业参展吗？"

崔永新说："那是！听会展设计公司的人说，卫浴展结束之后，就是汽车展，一年一年循环往复，反正不会空着。这可是国家最大的会展中心，上海又是我们国家经济的龙头，怎么可能浪费场地呢？这个会展中心一年展览下来，带动多少消费，带动多少产业，带动多少就业，光这做会展装修的，一年到头就忙不完呢。这么说吧，这样一个会展中心赚的钱，带动的就业和消费，如果是一个中等城市的话，就能惠及这个城市所有的人啊，而且家家小康。"

王佐不禁赞叹："上海就是上海，不到上海不知城市之大。这个会展业还不是上海的主要产业，就令内地城市羡慕不已了，至于金融中心、外贸中心、进出口中心，就更是望尘莫及了。"

崔永新说："那是，全国也就一个上海嘛——走，我们去其他场馆看看。"

王佐大为惊奇，说："这么大的场地啊，还有其他场馆吗？"

崔永新说："有啊，听设计公司的人说，大大小小的场馆会议厅十多个呢，几十万平方米。”

就这样，王佐跟着崔永新在会展中心各展览馆直逛到快吃晚饭时，才回到新台能的档口跟老板娘和范小冰汇合。他们的住宿地方订在了十多公里外黄浦江畔的一家中等宾馆。四人汇合后，没有进宾馆，在这栋宾馆楼下两三百米外一家大排档吃饭，老板娘问崔永新：“怎么样？需要花洒的大公司都知道在哪个场馆吗？”崔永新说：“我们全逛完了，记在我脑子里呢。不要说在哪个场馆，就是具体到几号我都记下来了。老板娘你放心，明天上午我就一家一家投名片和宣传册，一定给他们留个好印象。展会结束之后，我们再一家一家公关，攻下一家就够我们吃的了。”老板娘笑着说：“那就好，这四天会展看你们三个人的了。”接着，他们就聊其他话题了，王佐没参与其中。他看着小小大排档人来人往，食客吃完一批又来一批，心想，上海的人真是太多了，随便做点什么生意都是日进斗金啊。他发现，每来一桌人都要点个毛毛菜，不免好奇地问：“什么是毛毛菜啊？”老板娘笑了，说：“就是一种嫩嫩的小白菜，我们也来一盘吧。”

第二天早上不到八点，四个人就赶到了新台能档口。王佐惊奇地发现，一个高个白晰、妆容精致的都市小姐正站在档口门口。老板娘问：“你就是来帮我们翻译的？”姑娘落落大方地说：“是的，中介把钱都给我了，这几天请你们多多关照。”腔调中明显带着好听的吴软侬语，看来还是个上海本地小姐，王佐心里说。“那好，”老板娘说，“王佐，你跟……对了，”老板娘看着都市小姐问，“我们怎么称呼你？”“就这四天时间，名字只是个代号，展会结束之后你们肯定会忘掉我的名字，不如，你们叫我小上海吧。”“那好，小上海就小上海，”老板娘说，“王佐，你跟小上海坐在桌子边守摊，崔永新和范小冰去拜访大客户，我们这就分头行动！”

崔永新把范小冰的手一拉，说：“走吧，再不走人都进场了，走都走不动！”

确实，场馆里已人潮涌动，摩肩接踵。放眼望去，全国各地乃至世界各地的人都有。人们操着不同腔调，说着不同语言，高矮胖瘦，黑白黄褐，这里似乎是个世界级庙会。崔永新和范小冰刚走，老板娘就交代说：“小上海你接待外国人，王佐你接待中国人，尽量让对方留下名片，也尽量让对方拿走我们的名片和宣传册，明白吗？对了，对方如有意参观淋浴器，有意看我们的花洒，尽量让他们参观——如果是外国人，王佐你介绍，小上海你翻译，你们一定要配合好。”小上海说：“我一定竭尽所能。”王佐说：“放心吧，老板娘，这是我的职责所在，决不玩忽职守。”老板娘说：“我先去逛逛了——你俩虽是临时配合，但也是缘分，我相信你们。”

老板娘刚走，王佐拿起订书机，把名片一张一张装订在宣传册上。

小上海美目流盼，问王佐：“你们老板娘说的不像广东话嘛。”

“当然不像。”王佐边装订边说，“人家是台湾人嘛。”

“怪不得！”小上海似有所悟，又说，“总觉得她的普通话有说不出的味道，原来如此。”

王佐问：“你还是大学生吧，在哪儿上学？”

“快毕业了。”小上海说，“上外。”

“上海外国语大学！真牛！一看你就是个美才女！”

小上海矜持一笑，刚想说什么，忽然有人打招呼：“Hello！”

王佐和小上海抬头一看，一个高大威猛的黑人站在面前，带着笑，露着白牙，一脸真诚。

“Hello，what can I do for you？”小上海巧笑倩兮，站起来问。

接下来整整一上午，王佐和小上海都在马不停蹄地忙碌，小上海接待外国人，王佐接待会说国语的，相互之间根本没有机会聊天，直到中午吃饭。如果说二人有聊天的话，那就是有些老外问一些产品方面的问题，小上海答不上来，就问王佐，王佐回答后，她又翻译给老外听。

中午吃快餐。吃饭的时候虽然人流少一些，但还是每隔几分钟就有人问这问那。还好，大多是全国各地的卫浴经销商，没什么老外。因此，小上海吃饭的时间充足。吃完饭后，她就来接待没有时间概念的经销商们，王佐才得以喘口气匆匆吃完中饭。

一连两天，会展中心各场馆都是人流如织，人山人海，王佐和小上海忙得连喝水的时间都没有，更不用说去逛逛各个参展场馆了。再说了，老板娘有分工，就算人流再少，那也不能离岗乱逛啊，王佐暗暗心急。此次参展的目的就是尽最大努力得到各种客户的信息和联系方式，虽说站在档口接待的全国各地经销商也是客户，但相对于工厂客户来说，那不是最理想的。还好，在展会的第二天下午，老板娘出人意料地坐飞机回东莞去了，大概担心蔡老板找“野味”。王佐暗自想，这下好了，没人坐在后面监视，下班前一定得找个机会逛逛。

踏破铁鞋无觅处，得来全不费工夫。老板娘刚走半个小时，正在王佐苦思冥想之时，范小冰就进来了，一屁股坐在原来老板娘坐的椅子上，花容失色似的说：“王佐啊！还是你好啊！不用走，不用逛，还有个大上海大学生美女陪着，谈情说爱，多快活，我可是累死了！”

王佐灵机一动，说：“小冰，你辛苦了。要不，你坐这儿陪上海大学生美女，我去逛逛。”

范小冰瞟了一眼王佐说：“不会吧，你舍得？——这两天，你俩坐在一起，吃在一起，形影不离，卿卿我我，你都忘记我的存在了，你当真愿意？！”

王佐站起来，一把拉起范小冰说：“现在你跟大上海美女卿卿我我吧，我去逛逛了。”

机会难得，王佐迅速离开档口，一路逛着。他掏出笔记本和笔，凡是跟淋浴器有关的厂家他都上去问，能拿对方的宣传册更好，不能拿就记下厂名、地址、电话等联系方式。这一路逛下来，直逛到快下班了。等他回到新台能档口时，小上海都走了。王佐已知道，小上海住在浦西老城区，坐公交车要一个多小时。所以她每天总是早出晚归，匆匆忙忙。老板娘昨天就对她说，一起吃了晚饭再回家。她说，不吃了，吃完晚饭再回家太晚了，难坐公交车。

出了会展中心，崔永新说：“我们还是直接打的回宾馆，再去吃毛毛菜。”

王佐忽然说：“你们去吧，我要去见个朋友，见了朋友后我再回宾馆。”

范小冰做着鬼脸说：“不会是去约小上海吧——别多情了，人家上海人眼睛在天上呢。”

“约会倒是约会。”王佐说，“不过呢，不是小上海，而是个老上海。就这样了，回头见。”

原来，来上海参展前，王佐就约好了他曾在军工国企的同事、好朋友唐华（见拙作《70 后之骚动》），一定要见一面。唐华和王佐七八年前先后离开军工国企，此后再也没见面，但两人一直保持联系。像王佐一样，唐华在上海不断学习，不断跳槽，此时的他已经是世界最大的消防生产商上海工厂的总工程师，可谓功成名就。据唐华说，他们原来的军工国企已经转为生产民用品了，没订单时便公关唐华，以便下点单，不至于职工没工资发。而唐华的消防工程技术就是在原军工国企学的，青出于蓝而胜于蓝，真是此一时彼一时也。

在出租车上，王佐接到唐华的电话，问到哪了。王佐说："司机说还有十分钟。"唐华说："那好，我到小区门口接你。"出租车司机看着王佐手中的掌中宝——摩托罗拉 328C，羡慕地问："老板是哪里人？来上海出差吧。"王佐笑了，心想，什么老板不老板，不是跟韦南海合伙开厂，我哪里舍得花两千多块买部二手掌中宝呢！但他嘴上却说："广东来的，来参加卫浴展，我们是生产淋浴器的。"司机说："大老板哟，掌中宝一万多块钱呢，你们广东真是富得流油哦。"

唐华是开车来接王佐的，桑塔纳 2000，这让王佐吃惊不小。王佐说："几年不见，你发达了，有房有车，还是下海好啊，树挪死人挪活。"唐华笑着说："公司配的，我们公司总经理、总财务和我这个总工程师，都配了车。"王佐说："如果我不跟人合伙创业的话，你绝对是我的标杆，金领啊——我们以前在三线军工国企时，那么大的厂也只有一辆桑塔纳，你现在相当于我们当年的厂长了。"唐华笑了，说："不能以座驾论英雄，我们当年的厂长那可是师级干部呢。"

到了唐华家，王佐更是大吃一惊。高层，一百七十平方米的四房两厅，距陆家嘴三公里，阳台面对黄浦江。看着大上海高楼林立，一望无际，王佐心里说，这辈子都难赶上唐华了。唐华亲自炖了一只三黄鸡，做了三个小炒，备了一打易拉罐啤酒，很是令王佐感动。相比于前几年，社会风尚已改变了许多，一般人请客都上馆子，请到家里来的一定是至亲或者最好的朋友。

唐华的太太说："唐华经常聊起你，我耳朵都起茧子了——你们吃，你们聊，不要管我。"唐华对王佐说："拙荆是华东理工大学毕业的，专业是电子，也是一家外资公司的工程师。"王佐举起酒杯说："贤伉俪真是金童玉女，来，我借花献佛，敬你们一杯。”

吃完饭，唐华开车带着王佐到陆家嘴欣赏黄浦江夜景。

看着对面如仙境般的上海外滩，王佐忽然感慨起来。

他指着对面说：“唐华，你知道不，我刚下海那两年，很不顺利，在中国南方转了一个圈，都没找到立足之地。我也在上海找了两个月工作，英雄跑白路。有一天晚上，我就站在对面的外滩上，面对黄浦江，看天地之悠悠，万念俱灰，决定跳进黄浦江一死了之，一了百了。”

这令唐华大吃一惊。

他也感慨地说：“我们能成为一辈子的朋友、知己，不仅仅是我们重情，还有我们的心意相通，以及我们相同的人生之路。同样的地点，不同的时间，曾经我也站在那外滩边，面对黄浦江，想着下海后一事无成，无颜见江东父老，也是心如死灰，也有跳进黄浦江的冲动啊！”

第四十六章　将计就计

展会最后两天，人流量明显小了许多。而且，最后一天有些进场的是上海本地人，是来买东西的。一般来说，不是贵重机器和仪器，展出来的东西凡是能卖的，都卖掉，打折都要卖。

这两天对于崔永新、王佐和范小冰来说，由于没有老板娘在后面盯着，他们自由多了。他们想逛就逛，想留在档口就留在档口，毕竟小上海还在档口坚守嘛。小上海对逛展馆没有一点兴趣。当然，她也不能随便乱逛，因为四个人中只有她会英语，她只能坚守档口。不管有没有老外，都得坚守。何况，每隔半小时一小时的，还总是有那么几个各种肤色的老外过来。

展会最后一天晚上十点钟，崔永新、王佐和范小冰就得上飞机回东莞。吃中饭的时候，范小冰说："好不容易来趟上海，不能白来啊，我们去上海外滩看看，让小上海守摊吧。"王佐说："我曾经在上海待了两个月，天天就在外滩走来走去，我还是不去了，你们去玩吧。"范小冰说："哟，不就是舍不得大上海小美女呗，明说就是了，找什么借口呢，真是见色忘友。"崔永新说："他不去就算了，我们去。最后一个下午我们不做灯泡，让他们享受最后的二人世界。"

崔永新和范小冰刚走，王佐正在笔记本上快速抄写一些还没来得及记录的客户信息，小上海又一次美目流盼了一下，说："你们这个范小冰啊，漂亮是漂亮，是你什么人啊，怎么总是看我不顺眼，酸溜溜的，好会吃醋哦。你能不能告诉我，她是你什么人？暗恋你吗？"

王佐笑了，说："你觉得她是我什么人呢？我告诉你，就是一个平平常常的同事。”

小上海说：“我们也就是这两天因为展会在一起成了临时同事、临时搭档，以后就是路人了，也许一辈子都见不着，她干吗酸溜溜的？没必要的嘛，真是莫名其妙！”

“这个嘛，”王佐说，“我分析，是这样的。我们这家卫浴厂是台湾人在东莞办的台资企业，员工来自全国各地的农村，以河南人居多，范小冰就是来自河南农村。所有员工吃穿在厂里，除了下班在厂外散散步、购些日用品外，很少跟外界接触。你想想啊，在这样一个相对封闭的环境里，像范小冰这样一个长相还算可以的姑娘，又是坐办公室的文员，那岂不是鹤立鸡群吗？事实上，在我们厂她被员工誉为厂花呢，有好几个追求者。她自我感觉也特别好。这次来上海，跟你这个大都市小姐相比，我想，无论是气质还是学识，以及长相，她自我感觉矮了一大截，大大伤了自尊心；又见你我临时搭档，形影不离，很是融洽，就更伤了她的自尊心。因此嘛，言行之间酸溜溜的也属正常，谁叫你盖了她的风头呢。”

“原来如此啊！真是岂有此理！”小上海说，“你昨天不是说你当年的同事就在上海吗？还是个金领！你也来上海吧。我想，凭你的技术和口才，你当年的同事能在上海混出个金领，你也差不到哪里去！”

“这个嘛，每个人的机遇不一样，不可类比。”王佐说，“其实对我来说，在哪里都一样。只要能闯出一番事业，实现了真正的人身自由和财务自由，大上海我不是想来就来吗？”

小上海优雅地点了点头，说：“你说的也有道理。不过嘛，我做不到——乡村虽美好，但对我来说度假旅行可以，长期生活不行！”

王佐说：“你跟我不同，你是上外的才女嘛。你将来是嫁到美国呢，还是嫁到欧洲、日本、韩国？我很好奇。”

小上海呵呵笑了，说：“上海得风气之先，一百多年了。但不是每个上海女人都高高在上，都崇洋媚外，都势利。我对你说，我就瞧不起那些外嫁的上海女人。我嘛，下一步就是考研，不管考得上考不上，不管在哪儿读研，我都会回到上海，找份稳定的工作，比如老师啊，外事部门啊，等等，然后陪我爸妈一辈子。”

王佐竖起大拇指说："人生在世不能光顾自己，还是要负责任的，好样的，你没白读书！"

就这样，二人随意聊天，聊到哪儿算哪儿，最后还互留了电话。

在下班之前，按照崔永新的交代，王佐把所有的花洒三折卖给了上海本地一家经销商。本来，两套淋浴器也要打折卖的，可崔永新没有交代，王佐不好私自做主。王佐问小上海，你家有没有这种淋浴器，没有的话等我们主管回来，我建议送给你。小上海说："我家还真没有这高档东西，如果也是三折的话，我买回家吧。"王佐说："买什么买，这几天你辛苦了，送给你就是。"等到崔永新和范小冰回来，王佐果真建议把淋浴器送给小上海，崔永新也爽快地同意了。

两年后，王佐和韦南海能把淋浴器销往上海市场，小上海功不可没。此是后话。

从上海参展回来后，韦南海打电话给王佐，说工厂已走上正轨，你赶快出新台能，如果不能正常辞工，自动离职也行——两个月的工资跟我们的工厂相比，小巫见大巫，洒洒水啦。

王佐当然知道孰重孰轻。可是如果自动离职的话，肯定得丢下两个月的工资。两个月的工资就是八千块，怎么能随便丢呢，那可是自己的血汗钱啊。最好就是被老板炒掉，出厂又快又能拿到血汗钱。让老板炒掉的话，那就得做出格的事，让老板死心，这不是王佐能做出来的。人走留名，鸟飞留音。不管怎么说，王佐的骨子里不是见利忘义之人，好聚好散才是做人之道。想来想去，他还是觉得正常辞工最佳。正常辞工一个月，也不算太长，就这样吧，他想。

三天后，王佐反复措辞，写了一封辞职书，先交给崔永新签字。

崔永新扫了一眼王佐的辞职书说："只要是老板没有交代的，所有辞工的我都签字，也立即生效。但是你不是普通员工，得有老板签字才生效。你也是老江湖了，明白我的意思吗？"

王佐心里想，不就一个大老粗吗？打了几年工，学了点技术，成了主管，还学起了老板的腔调，真是不知天高地厚。但他嘴上却说："我明白，谢谢主管！"

崔永新刷刷签了字，递给王佐。王佐再次说："多谢，多谢主管理解。"就去找蔡老板了。

蔡老板看了王佐的辞职书好一会儿，抬起头说："你以为我这儿是你家菜园？"

"不是，不是的，希望蔡老板理解。"王佐说，"我要回单位，再不回去单位就开除我了。"

"单位？数学还是物理单位？是个什么鬼？"

"单位嘛，台湾没有单位吗？怎么说呢，就是一个人工作的地方，靠它吃饭的地方。"

"我这里没给你薪水吗？没给你饭吃吗？不也是单位吗？"

"此吃饭的地方和彼吃饭的地方那可大不一样，区别大着呢。你这是私营企业，外资企业，那是国营企业，不但是国营企业，还是军工国企——你是台湾人，除了经商做生意，对大陆了解得太少了，我真不知道怎么跟你说、跟你解释。"

"台湾人又怎么样？反正都是个做工拿薪水的地方，我看没什么区别！"

"那我就给你科普一下。毕竟你是台湾人嘛，来大陆做生意也要了解一下大陆，对经商办厂多多少少有些好处。所谓国营企业，老板是国家，而你这私营企业老板是你个人，对不？既然国营企业的老板是国家，那么就算是最底层的工人，也是国家的主人，相当于是股份制企业的股东一样，国企所有的财产和利润，所有的员工都有份，可你这私营企业是不可能有的，对不？"

"还不是一样做工拿薪水！"

"不一样的，真不一样。比如说，国营企业做到一定年龄，有退休工资，你这儿有吗？"

"这——"蔡老板一时语塞，顿了一下又说，"你们的国营企业都倒闭了，工人都下岗了，没饭吃了，糊弄谁呢？要不是我们台湾人来你们大陆开厂，你们一个个都得饿死！"

听了这样的话，王佐很是气愤，但他又不好发作。他说："我们有些国营厂是倒闭了，但哪怕没事做，国家还会发基本生活费。而且，到了退休年龄，还是有退休工资的，你们私营企业可能吗？再说了，我的单位是军工国企，是不可能倒闭的。蔡老板你知道什么是军工国企吗？我再给你科普一下，就是生产军舰、大炮的，生产武器的企业。”

蔡老板似愣了下，接着说：“这些军国大事不是你我小老百姓所考虑的问题。我现在的问题是，我这里不是你家的菜园，不是你想进就进，想出就出的，你明白我的意思吗？如果想进就进想出就出，那岂不乱套了。我在大陆这么多年了，还是了解一些大陆人的。我跟你明说吧，我这里是小厂，一个萝卜一个坑，一个人走了，必须一个人进来，明白吗？”

“可是，如果三个月五个月、一年两年都招不进人来，我都不能走？”

“那就随便你了，你可以自动离职，这是你的自由！”

“这太不公平了吧！”

“没有规矩不成方圆，每家公司都有每家公司的规章制度，否则就乱套了。你也是读书人吧，总该明白这个道理。如果我不按公司规章制度来，随便放你走，那我以后还怎么管理公司？你放心吧，你这种人并不是什么高端人才，随便去智通人才市场招工一天就一大把——就这样了，等招到人了，你随时可以走，我说到做到。”

“那，我考虑考虑吧。”

此后几天，王佐一直在考虑，这哪儿行呢，假如一直招不到人那岂不是误了大事。想我王佐自从南下以来，总是为他人着想，总想着有始有终，可最后又怎么样？还不是让人咒骂。这次，老子不做君子了，得想个办法让他们把我炒掉，不惜一切代价也要让他们炒掉我！

就在王佐想不出一个既维护形象又能顺利被炒的计策时，没想到几天后别人就把这个计策送上门来了。这个人就是崔永新。大概，蔡老板和崔永新都怀疑韦南海的出厂跟王佐有关，决不是开什么模具店。因此，蔡老板特意安排崔永新打探韦南海的去向，打听他是否在开厂生产花洒。

那天晚上九点左右，从来不在业余时间找王佐的崔永新主动邀请王佐去厂外散步，这令王佐很意外。王佐明白这是醉翁之意不在酒，说话一定要谨慎，多听少说，否则祸从口出。

散步不到半小时，崔永新说饿了，硬拉王佐进一家夜宵店吃夜宵，点了一盘花甲，一盘田螺，两碟炒粉，还叫了四瓶珠江啤酒。王佐知道，几杯酒下肚，崔永新的正题才会开场。

果不其然，两瓶酒下肚后，崔永新说："邢琼花说韦南海回海南去了，模具加工店没开成，我才不相信呢。小王啊，你跟韦南海玩得那么好，能不能告诉我，他到底干吗去了？是不是跟什么人开厂生产和我们厂一样的产品了？据我分析，八九不离十是跟人合伙开厂去了。"

王佐早就料到崔永新会问这些话，他脸不红心不跳地很气愤地说："这人啊，人走茶凉，古人真是说死了。这个韦南海啊，真是别提了。你知道我们俩玩得多好啊，那可是形影不离。他走后，我以为他会联系我，谁知他从不打电话给我。我打电话给他，他还不接，唉——"

崔永新深表怀疑，但他还是说："那，那就说明他心里有鬼，不然怎么不接电话呢！"

"那就不知道了。"王佐说，"我们打工的来来去去，你是知道的，有几个有情有义的。"

崔永新说："那倒是，都是擦肩而过，真没几个成为真正朋友的。我说小王啊，你交了辞工书，迟早也是要离开这里的。希望我们一直保持联系，互相鼓励，在南方共同进步。"

听了这话，王佐的脑中犹如电闪雷鸣，瞬间他就知道他该说些什么了。蔡老板和崔永新不是怀疑韦南海跟人合伙开厂吗，既然如此，何不让他们知道我也有异志呢？！将计就计！又一个想把蔡老板生意抢走的人，只有快刀斩乱麻，让他来不及搞走技术和图纸，才是上策嘛。

"对，你说得对，我们此后一定要保持联系。"王佐同时举起酒杯，"来，我敬你一杯，为你崔主管看得起我而敬，为我们今晚的投缘而敬。谢谢崔主管你看得起我。干杯！"

喝尽了杯中酒，王佐说："崔主管你既然看得起我，有件事我不知当讲不当讲。"

"咱俩谁跟谁啊，"崔永新说，"天大的事都要讲！"

王佐故意试探着说："古人云，王侯将相宁有种乎？其实，我们并不是生来就是打工的命。打工嘛，哪怕像你这样混到了主管的位置，始终还是打工仔，崔主管你难道不想创业？”

崔永新明显来了兴趣，问：“我们没资金，怎么创业？”

王佐侃侃而谈：“蔡老板这个花洒和淋浴器，未来的市场可是大得很。其实我们也能做。我们联手，如何？你有管理经验有生产技术，我能设计制图，还能加工模具，你我联手，大干一番，闯出一条路来，也不枉南下一遭。至于资金嘛，启动并不需要多少，十万就足够了。”

“这个嘛，是条好路，是改变命运的好路子。”崔永新也故意问，“可是，新台能那么多产品，你凭记忆能画得出来？如果画不出来，特别是一些关键尺寸，经不起反复返工折腾的。”

王佐哈哈大笑，说：“你呀你，崔主管你，真是聪明一世糊涂一时啊！新台能的产品虽多，图纸虽多，把电子档拷走就是，又不用带纸质图纸。有了图纸，我们马上就可以生产，马上能打开市场啊。机不可失，时不再来。何况，你还兼职跟单，多多少少总能拉一些客户过来，特别是工厂客户，有一家就足够了。再一步一个脚印地干，我就不相信比蔡某人差！”

崔永新说：“这个嘛，可不是小事，过几天我再答复你。”

当晚，二人喝酒聊天聊到十一点多才回厂睡觉。

过了两天，王佐发现，老板娘总是有意无意盯着自己。他暗自庆幸，崔永新中计了。为了早日离开新台能公司，虽然他照常上下班，不迟到不早退，甚至手中工作比之前还完成得更好更快，但他再也不像以前那样规规矩矩做力所能及的事了。只要手上的活完成了，他不是在车间找人聊天，就是在电脑上反复看一些淋浴器的装配图。有时，他还边看图纸边吹口哨。

有一天，王佐正边看图纸边吹口哨，完全忘记了是在上班，老板娘终于忍耐不下去了，重重拍着他办公室的门，声嘶力竭地大叫：

“你是上班还是逛街啊？流里流气！滚——给老娘滚——”

就这样，王佐顺利被炒，工资一分钱都没少。

又过了几天，邢琼花自动离职，王佐和韦南海的几步走计划基本实现。也因此，王佐和韦南海拿出几年打工的所有血汗钱，真正开始了置之死地而后生的合伙创业，一切比计划和想象中更顺遂。在这里，不得不说创业伙伴的重要性。遇到了互补又没歪心思的合作伙伴，那就是一加一大于二，甚至大于三，不成功都难。同时，邢琼花负责出纳，韩墨利用业余时间负责会计事务。这既是一种合作，又是一种监督，真正保证了长久合作的基石。多年后，王佐回想他第一次创业被方坤树骗了，还没开始就结束了，而第二次创业不但成功了，而且还跟韦南海成了一辈子的合作伙伴，不是亲兄弟，胜似亲兄弟，就不得不感叹万分。

那次上海参展回来后一个月左右，有一个女人联系王佐，说是上海参展时收到他的名片的。真是有心栽花花不开，无心插柳柳成荫。几经接洽之后，令王佐感慨的是，那女人竟是他当年在军工国企时的恋人杨玉清（请见拙著《70 后之骚动》）。杨玉清此时已是一位台商的富太太，并主管全厂的采购业务。得知王佐已是一家五金厂的股东后，偶遇加上念旧情，杨玉清把她手里的一半铜质花洒单下给他，支持他把事业做大做强。有了杨玉清的帮助，更坚定了王佐对未来的信心。他也从此转型，真正结束了打工生活，开始了艰难又有意义的创业之旅。

半年后的春节前，王佐和韦南海各买了一辆二手捷达车。王佐黑色，韦南海白色。也就在这年的春节，下海近十年的王佐终于回老家过年了。一边开车，一边回想近十年的坎坷人生之路，以及小学时老师天天讲的 2000 年实现四个现代化，他几乎是流着泪开车的。

第四十七章　金得厂是创业的黄埔军校

十年后中秋节那天上午，一辆宝马 7 系从东莞市常平镇田尾村韩鑫机械公司驶出。

原来，2008 年金融危机爆发后，台商撤出东莞一半，有把工厂和业务转到东南亚的，也有宣布倒闭的，生意极其难做。一天喝茶时林胖子脑洞大开，忽然想到了当年金得厂那些打工仔、打工妹。他们离开金得厂、成得厂后，一个个经商办厂，混得风生水起。而 2008 年后台商渐渐势微。种种迹象表明，当年跟在台商屁股后面打工的大陆人起来了，他们现在必须放下台湾人的臭架子，跟大陆人抱团过冬，是形势使然，也是必然。章新月极力赞成，并热心联络老同事老朋友，定好了聚会的时间和地点。王佐和韩墨、韩斌都在应邀之列，自不必说。韩砚因曾在成得厂林胖子手下做了两个多月，所以也在应邀之列。那时韩墨已离开金得厂，韩砚被磁带厂炒了之后，经章新月帮忙，进了成得厂，林胖子安排他跟着机修师傅学徒。而韩砚经过多年拼搏，屡败屡战，现经营着一家滑板车厂，产品远销海内外。

本来是晚上六点聚会的，但章新月跟韩墨说，我们好久没在一起聊天了，你来我这儿吃中饭，我们好好聊聊，聊一下午。韩墨正有此意。聚会难免喝酒，回程只能是韩墨开车，所以三姐弟和王佐共开一辆车去聚会，那就是韩斌的宝马 7 系。因为四个人一辆车，韩砚和韩斌哥俩只好提前约在大朗镇水平村开厂的朋友那里喝茶，再在晚饭前到聚餐的餐馆。韩斌正开着车，坐在副驾上的韩砚说："从长安塘绕到大朗吧，平常路过长安塘不觉得，这次金得厂聚会，忽然发现长安塘是我们四人在南方的起点，还真挺怀念当初在长安塘一带的日子呢。”

韩斌边把车掉头边说：“不提则已，一提我也挺怀念的。”王佐和韩墨坐在后排。韩墨说：“人一到怀旧的时候，就说明我们老了，属于我们的时代已过去了。”王佐说：“怎么能这样说呢？人都是吃五谷杂粮长大的，都有七情六欲，我们今天的成就是离不开当初的流浪和打工的，正因为当初吃了常人不能吃的苦，我们才能在南方各有各的事业，并扎下根来。打工潮兴起以来，多少人来来去去，最后还是一事无成。物有本末，事有终始。我们早该去长安塘看看了。”韩砚竖起大拇指说：“还是姐夫有文化，说到点子上了。我们南下十多年真不容易啊。”

车停在原金得厂大门口水塘边榕树下，四人下了车，韩斌惊奇地发现厂房还是原来的厂房，但厂名却不是金得厂。韩墨突然想起来说：“前几年老许和老江分家了，现在金得厂是老许的，迁到了常平，成得厂迁到了横沥，老江回台湾去了。”“那，小江呢？”韩斌急切地问。到南方打工创业以来，小江是第一个欣赏韩斌的高层人士，韩斌对小江一直心存感激。“听章新月说，小江在厚街另起炉灶，生产和金得一样的灯。”“小江今天应该也会来吧，我要跟他喝几杯。”韩斌说。“那就不知道了，听章新月说，今天是当年的打工仔和打工妹的聚会，小江去不去真不知道。”

四人站在榕树下，看着四周：小草地还是小草地，水塘还是水塘，水塘边的榕树和石凳子还是当初的榕树和石凳子，水塘四周的厂房还是当初的厂房，但厂房里的老板和打工仔、打工妹却不是十年前的人了，一切物是人非。四人感叹了好一会儿，才上了车，还是韩斌开车，从此前的东权厂门口那条路经东坑路口向大朗镇水平村方向开去。

路上，四人一直聊着当初在长安塘的往事，十年前的人和事似乎全复活了。

聊着聊着，聊到了韩斌当初策划罢工一事。韩墨还很惋惜地说：“你当初如果老老实实做主管，也许后来就不会去永发厂学徒了，可惜啊，真是少不更事。”韩斌笑着说：“如果我是个安分守己的人，今天能开宝马吗？”韩砚说：“老实人永远是打工的命，打到老了最后一无所有，还是罢工好，罢工罢出了一个开宝马的董事长。”韩墨说：“歪理！但想想又有点道理啊。”

忽然，王佐问韩斌：“你跟牛玉民分家后，还有没有来往？”

“有啊！”韩斌说，“好聚好散，有始有终。我们只是经营理念不同，绑在一起互输，分开了各自有更好的发展，双赢，业务上还有合作，岂不是更好吗？昨天晚上我还在他厂里喝茶呢。他还问起了姐夫你，说找个时间看看你——那年你们结婚之后，你俩就没见过面吧？”

王佐说：“是的，没再见过面。真没想到，小小的永发厂倒了，香港人走了，倒变成了三家成规模的机械厂，世事难料啊！永发厂那个生产主管开的机械厂生意还好吧？”

“他啊！”韩斌说，“还在做以前的产品，靠维修保养赚点生活费罢了。”

韩砚说：“逆水行舟，不进则退，不开发新产品只有死路一条！”

忽然韩斌说：“那个喜欢你的，叫什么来着，对了，叫乌鸦，你知道她现在做什么吗？”

“什么？还有人喜欢你？我怎么不知道啊！漂亮吗？”韩墨颇有醋意地问。

韩斌说：“姐夫文质彬彬，凭什么没人喜欢呢？姐夫你绝对想不到，乌鸦在站街！”

“不可能吧！”王佐吃惊不小，说，“你看到了？她是个很有志气的姑娘，怎么可能？”

韩斌说：“我倒是没看到，听牛玉民说的。她命不好，嫁了个烂仔。那帮烂仔好吃懒做，都是靠老婆站街吃饭。有时候，两个男的还为给老婆抢客人打架呢，真是笑死人了。”

韩墨说：“世上怎么还有这样的男人，去死算了！活在世上也是糟蹋粮食！”

一路开车，一路聊着，一个小时后，到了水平村林胖子的灯头厂大门口。

韩墨对韩砚、韩斌说：“六点前到‘湘花湘菜馆’，不要迟到了。”韩斌说：“湘花，这个名字好熟啊。”韩墨说：“李湘花，那个胖胖的采购，不记得了吗？就是她开的湘菜馆。”“想起来了，想起来了，好像跟那个厨师搞在一起了。”“对，对，就是她，她嫁给那个厨师了，‘湘花湘菜馆’就是他们两口子开的。”说着，王佐和韩墨下了车，韩砚和韩斌则开车去他们朋友那里。

林胖子和章新月正在等王佐和韩墨吃饭。王佐和韩墨刚坐下，餐桌边有个又高又胖、头发凌乱的男人立即站起来，帮王佐和韩墨各打了一碗饭。韩墨说声谢谢，那人没吭声，只顾低头吃饭。王佐总觉得此人很眼熟，一定在哪儿见过，但一时又想不起来。他见林胖子和章新月没有介绍，也就不好打听了。那人匆匆吃完饭就走了，临走时还对王佐和韩墨说：“王先生和韩小姐你们慢用，我有事先走了。”章新月正和韩墨聊着这次聚会，林胖子三下五除二也吃完了饭，碗一丢，说：“三个女人一台戏，你们这两个女人也是一台戏嘛。”

吃完饭，林胖子先一步去“湘花湘菜馆”，章新月泡茶，两个女人又继续聊，王佐根本插不上话，只有听的份儿，同时一直在回想，那个男人是谁啊，咋那么眼熟？一个多小时后，王佐实在忍不住，趁韩墨和章新月聊天的空隙，插话说：“刚刚打饭的那男的是谁啊？我看着咋那么眼熟呢！”章新月看着王佐咯咯笑了，说：“你真不知道是谁？”韩墨说：“我一眼就看出来了，只是不好问，小江他怎么了？”

王佐不由“啊”了一声，大吃一惊，曾经那个不可一世的富二代怎么变成那个样子了！

只听章新月说：“小江早就不是以前的花花公子了，他在我这儿是混饭吃的。其实，我们也没请他来，他自己厚着脸皮来的，我们难道赶他不成？他来也好，不来也好，我们还是每个月给他生活费，毕竟他跟林先生是表兄弟嘛。想想当初他们是怎么对待林先生的，我们这是以德报怨啊。林先生不是记仇的人，我也看他可怜，随他怎么样，就当多一个工人吧。”

王佐问：“老许和老江分家后，他不是在厚街开厂吗？”

章新月鄙夷地说：“他，哪是开厂的料！几年下来就一身债，都不敢在外露脸了！”

韩墨也不由自主地“啊”了一声，问：“那也不至于这样啊！老江在大陆开厂近十年，最少赚了一个亿。我还在金得的时候，就听说老江在台湾买了别墅洋房和土地，他可以回台湾啊！老江赚下的家业，足够他一辈子吃香的喝辣的了，何至于在大陆讨饭似的！”

章新月说：“他现在是台流了，哪能回台湾！一回台湾就会被债主抓起来，随时砍断手脚。你以为他们江家还有钱啊？老江赚下的家产早被败光了，他们两兄弟都不敢回台湾了。”

韩墨说：“不会吧。中江的灯头厂搬到横沥，是一大片厂房，他生意不行吗？”

章新月说：“那个中江更可气，他们江家就是败在他手上的。那么好的一家厂不管，整天玩女人，还去澳门赌博，一赌就是一千万，金山银山也要败光！老江气死后，中江逼着他妈妈卖别墅、卖房子、卖土地。他妈妈不同意，他就要死要活要自杀，最后全败光了。”

王佐和韩墨睁大了眼睛，简直不相信自己的耳朵。

韩墨问：“那，中江的老婆呢？那个西安的。”

章新月说：“几年前就回西安了，中江这个样子，哪还好意思去找她呢。”

听了中江、小江的故事，王佐和韩墨唏嘘不已。曾经，两个富二代要风得风、要雨得雨，用钱可以砸死打工仔，在王佐和韩墨的眼里简直高不可及，注定享受一辈子富贵。怎么也想不到，不过几年时间，一切都改变了，富二代变成了台流，连家都不敢回。真是世事难料啊！

接着，三人聊起了来聚会的人。韩墨问章新月：“我们当时共事的，应该都会来吧？”

章新月说：“不出意外的话，应该只有三个人不来。厂长、邬奇珍、顾丽英。”

韩墨说：“顾丽英也不来？那么一个强势的女人！”

“她，哪好意思来！”章新月说，“你忘了，我们这些人当年都是被她赶出金得的。”

韩墨说：“那倒是，不过我早就忘了，也不记仇。”

章新月说：“当年的同事基本上都闯出了一条路，这才是她不好意思来的原因。”

韩墨问：“她现在在干吗？”

章新月说："我也没联系。听人说，老许、老江分家后，老许不要她，小江也不要她，她无路可走，就在长安塘租了一间出租房，卖灯饰配件赚差价，估计也就糊糊口吧。"

王佐对顾丽英没什么好感，更没兴趣。这次难得的聚会，厂长不来，他还真是挺失望的。厂长虽然贪财好色，但当年还是挺看重他的。他问章新月："厂长真的不来？"

章新月说："金得搬到常平后，厂长就不是厂长了，当了治安队长。他不是厂长还怎么捞钱！这两年对治安队管得严，治安队再也不敢像以前一样乱来了，也捞不到钱。我打了电话给他，他说到时看看，有空一定来。估计他是不来的，他哪有脸来嘛。"

韩墨忽然问："厂长跟邬奇珍断了没有？"

"她啊，说起来就来气！"章新月说，"当初，我们劝她离开厂长，她不听，还说他们的爱情是纯洁的、高尚的，真是天下第一大笨女人。厂长不是厂长之后，邬奇珍或许终于明白了，要跟厂长分手，嫁给一个她打工的厂里的工程师。厂长那个老流氓不但不成全她，还跑到她厂里天天闹，说她是他的女人，她为他人流了十多次。这种情况下，哪个男人还敢娶她！我也没她的联系方式。估计她是没脸来的。"

"傻，太傻了，天下竟还有这么傻的女人！"韩墨感慨地说。

三人继续聊着其他同事，章新月忽然想起来什么，问王佐："你有老孙的联系方式没有？这个老顽童，活宝，应该混得很好吧。他来就热闹了。当年他可给我们带来了不少乐趣。"

王佐说："那年我离开宏图广场灯饰城，就跟他失去了联系，今天还真想见见他。"

就这样，三人一直聊着当年打工的人和事，一直聊到快六点时，才步行到"湘花湘菜馆"。

林胖子一见章新月三人进来，就张口来了一句："人都到齐了，你们最近，却来得最晚，你们是老大啊！"李湘花赶紧拉着章新月的手，把她拉到林胖子右手边的空位子上说："坐坐，就等你们开席了。"又指着王春秋边上的两个空位，对王佐和韩墨说："你们坐那儿。"又指着中间一大盆米酒鸡和海鲜饭说："你们先喝点汤，吃点饭，我们都吃了点。"

好家伙，四张方桌紧挨着成了长方形，二十多个人围着正中而坐的林胖子和章新月，桌子中间正是林胖子爱吃的米酒鸡和海鲜饭。李湘花之所以能在林胖子的灯头厂附近开一家湘菜馆，就是得益于林胖子的支持。因此，除了湘菜外，李湘花的老公还根据林胖子的口授，学了几款台式菜。在章新月、韩墨和王佐喝汤吃饭的时候，二十多个人互相聊天，互相打听别后的情况，个个兴奋极了。毕竟，打工岁月就像擦肩而过，今天能这样聚在一起，全珠三角都少见。他们仿佛又回到当年在金得的日子，都努力回忆着青春岁月的点点滴滴。

酒过三巡，菜过五味，林胖子发话了。

"诸位！"林胖子环顾四周说，"诸位都是从金得和成得走出来的，我为你们自豪！我发现，凡是在金得和成得做技术和坐写字楼的，现在都闯出了自己的路子，事业有成。这说明什么？说明江老板有独特的魅力，是他影响和培养了你们。金得厂真是所创业的黄埔军校！"

大家热烈鼓掌，掌声经久不息。林胖子挥了挥手，又朗声说："既然我们的人生在金得交集，既然我们都是从金得走出来的，那我们就是一个圈子的。此后，我们要多联系，多沟通，抱团取暖，抱团过冬。为了方便大家了解和熟悉，让大家印象深点，我建议，你们每个人介绍下自己，介绍完了，我再向介绍自己的人敬一杯酒。如何？同意的话，从我左手边开始。张勇军！"

张勇军正要站起来，林胖子把他肩头一按，说："我们都是平等的，坐着说，坐着说。"

"我嘛……"基本秃顶的张勇军微笑着看着大家说，"出了金得厂，跳了几家灯饰厂、灯饰公司，始终在灯饰界打转，现在松山湖经营一家灯饰厂，以古典豪华灯和宫庭灯为主。就这样子了，经历简单，人也简单，老婆没换，还是白丽丽。请大家多多照顾！多多提携！"

大家哄堂大笑，坐在旁边的白丽丽娇笑着打了一下张勇军。

林胖子跟张勇军碰杯，一口喝下，接着对大家说："张勇军可是金得的骄傲，大家的骄傲。他的公司现在是东莞灯饰界的龙头企业，马上要上市了，各位要多到他办公室坐坐，喝喝茶，拉些单做做。再大的厂也要好的供应商配合，我们一起努力……好了，下一个。”

白丽丽碰了碰旁边的王春秋说：“我没什么说的，你说吧。”

王春秋微秃，比之前更成熟了。他扫了一眼大家，然后看着林胖子说：“我嘛，拉大家后腿了。出了金得厂，我在大朗开了家杂货店，三年后搞运输，帮大朗的毛衣企业拉货。现在呢，惭愧，开了家纸箱厂，厂在黄江。我敬大家一杯，以后大家多走动多联系，友情第一。”

接下来是陈永华。他说：“林先生可能不认识我，我叫陈永华，你之前的成得厂主管。”

“人没见过，但你的大名可经常在我耳边响起哦！”林胖子说。

陈永华接着说：“我出了成得后，在长安镇一家电子厂做技术工作，从学徒做起，一直做到工程部经理，整整做了八年。前两年才创业——人工智能方面。看到当年的同事个个事业有成，家庭幸福，我真感到惭愧啊。希望大家多多支持！我们携手共创美好明天！”

林胖子跟陈永华喝了一杯酒，说：“人工智能那是朝阳产业，前程无量啊！”

接着是李秀川。此时的李秀川丰满又苗条，是个成熟性感的美少妇。

李秀川说：“大家应该知道我这些年的经历，不用介绍了吧？”

“要，要，一定要！”章新月说，“陈永华可能就不知道你在做什么。”

“那，好吧。”李秀川说，“出了金得厂，我就跑业务，跑电线业务。一两年后，有了业务和一点资金，自己开电线制品厂，带插头的电线制品那种，灯饰厂、电子厂、电器厂都用得上。现在呢，原材料涨价，人工涨价，生意明显不好做，林先生把我们聚在一起真的很好。大家又熟悉了，好像回到了从前。希望我们以后多联系，真正做到抱团取暖过冬。谢谢大家！”

又一次鼓掌，林胖子指着李秀川说：“从金得厂走出来的人才一大把，但女人成功的并不多。漂亮女人成功的，我看就只有你李秀川一个。来，我敬你一杯，我们合作愉快！”

……

看着昔日的同事们一个个功成名就，看着章新月坐在林胖子旁边笑靥如花、富态幸福的样子，王佐真是感慨万千，心中五味杂陈。中江、小江从台商变成了台流，林胖子却从台流变成了台商，世事无常啊。他们这些十多年前的草根，南下讨生活的打工仔、打工妹，能扎下根的，现在基本上是社会的中坚，不但是一个家庭的支柱，而且千千万万个他们那可是国家的支柱啊。

所有的人介绍完了自己后，二十多个人又继续聊天喝酒。开心，热闹。

忽然，林胖子指着王佐问："老孙怎么没来？你跟老孙玩得好，走得最近，没通知他吗？"

"我也没他的音讯。"王佐说，"那年我离开了宏图广场灯饰城，就没他的消息了。"

"这个活宝，也不知道现在怎么样。今天有他在就更热闹了。"林胖子说。

王春秋接着话头说："我开小店的第三年，有一次看到了老孙。他好像在乞讨，断了一只手。那天他坐在我店里讨水喝，我没认出来，给了他一瓶可乐。他接过可乐匆匆就走，似乎不愿意近距离接触我。看着他的背影我才想起来，他就是金得厂的同事老孙。"

第四十八章　诗朗诵之误会

这一年元旦前几天，闫书进打电话给韩墨，说他们大学的班主任在深圳华为任职，是华为某分厂采购部的总经理，元旦前一晚来石排，大家聚一聚。班主任从江西师大毕业第一次带的班就是韩墨他们班，所以师生的年纪相差不大。与其说是师生，还不如说是同学。韩墨非常尊敬班主任，接到闫书进的电话后很是开心。据闫书进说，可能有几个在广州和深圳的同学也会来聚聚，韩墨就更开心了。多年来忙于生意和家庭，虽然同在珠三角甚至同在东莞，但同学之间的走动并不是很密切。像钱丽艳那样的好姐妹、好同学，韩墨都有三年多没见着她了。

同学聚餐，韩墨本来不想带王佐去的。但闫书进坚决叫她带，说同学们都认识他，像同学一样，没什么顾忌的。而且钱丽艳也带赵大伟去，总不能全场只有赵大伟一个不是同学吧。再说了，班主任听说你老公是九江人，他们是老乡，也想见见你老公呢。

自生活进入常态以来，韩墨没什么大事都是早睡早起。而王佐要么在书房的电脑上码字，要么靠在床上看书，书看累了偶尔瞧瞧安静地睡在身边的韩墨。聚会的头一晚，韩墨照例健身、洗澡、睡觉，王佐洗完澡后靠在床上看书，看最近的热门小说《蜗居》。看着看着，王佐发现韩墨在床上滚来滚去，于是把书合好放在床头柜上说："睡不着就起来呗，聊聊天，好几年没这样聊天了。"韩墨支起身子靠在床上说："可能是明天就能见到好多同学了，我兴奋得睡不着。"

"君子之交淡如水，不就是同学嘛，有什么睡不着的呢！"

“人嘛，是有感情的，特别是走上社会前的同学，是最有感情的，我真的睡不着。”

“还不是闫书进倒霉，别的地方不去，偏偏到石排镇来，又是他请客买单！”

“那倒是！这几年来，虽说我们同学之间没有什么大的聚会，但不管是从广州、深圳来的同学，还是从内地来的同学，无一例外，都是到石排来，最后还是闫书进请客。这还不算，还要唱 K，还要开房打麻将，开房睡觉，第二天还要陪着吃早餐，简直比三陪还三陪！”

“你们同学当中，我最敬佩的还是闫书进，屡败屡战，勇往直前。想当年他做传销的时候，他跑业务不得志的时候，你们同学是怎么对待他的？备受嘲笑，备受冷落。而今他混得最好，并没有像其他土豪一样，非但眼睛没在天上，而且来者不拒，周到招待，极尽地主之谊。这是需要多大的胸怀啊！这是需要多大的肚量啊！记得那年五一你们同学在大朗聚会吗？那个宋家根明知道闫书进没钱，而他自己当时是深圳一家厂的人事主管，最有钱的，还故意问闫书进中午有饭吃吗，这不是欺负人吗？这不是明摆着在人家头上拉屎拉尿吗？”

“那年五一还不算什么！有一年几个同学聚餐，你没去，闫书进也没去，几个同学在我面前诉苦。一个男同学对我说，他是我爷爷还是我奶奶啊！我累死累活打工赚钱，却孝敬给他了，肉包子打狗，有去无回。还有个女同学说，实实在在地打工不好吗？非要去传销，非要去跑业务。跑业务也是需要素质的，就他那个样，说话都不利索，跑什么业务嘛！”

“我猜想是那个外号叫‘林妹妹’的女人。那年，我们还在桥头，闫书进找到我们，说要借一笔钱，单干做五金配件的业务。刚好我们在老家买了一套单位的二手房，没余钱。你个傻瓜，不知天高地厚，自告奋勇带着闫书进去找‘林妹妹’借钱。结果呢？我们三个站在‘林妹妹’的厂大门外，‘林妹妹’站在厂大门里，冷冷地看着我们三个，连口水都没喝上！”

“人嘛，还是要有友情的！要乐于助人。我那个同学‘林妹妹’后来怎么样？嫁了个烂仔老公，不但得不到男人的照顾，还得花钱为男人消灾。现在上有老下有小，中间还有个只会花钱、不会赚钱的男人。想想她也是挺可怜的。唉！不知道明晚她会不会来参加聚会！”

“我看八九成不会来！这几年你们同学不管是小聚还是大聚，她来过一次吗？”

“自卑嘛！其实同学之间真的不应该论钱财和地位。你有钱也不会给我一分，你没钱也不会向我讨要一分，何必自卑呢？人生在世，吃不过三餐，睡不过一张床，再多的钱，再多的房子，又有什么用呢？至于钱财多和房子多，那不过是赚钱的动力罢了！”

“你啊！饱汉不知饿汉饥，站着说话不腰疼。假如你还是个打工的，假如你一家老小还得靠你的微薄工资活命，说不定哪天还失业了，你能自信起来吗？你愿意参加同学聚会吗？我看走在路上遇见了朋友和同学，你都有可能装作不认识，逃之夭夭，连头都不回。”

“也许吧。想当年我们打工的时候，也不愿见那些功成名就的朋友和同学嘛。”

“这就对了嘛。理解万岁，万岁理解。凡事都要站在对方的角度去考虑。对了，你最好的同学和姐妹除了钱丽艳之外，应该就是小蔡吧，明天不知道小蔡会不会来？”

“她八九成是不会来的。我打电话给她了，谁知道是个空号。也是奇怪，越是混不出来的人，越是不愿见人，手机号码三天两头换，人都找不到，还有什么机会呢？”

“宋家根和小蔡在你们同学当中本来是金童玉女，结果却成了这样，世事难料啊！”

“还不是宋家根那个王八蛋，小蔡的一生就是被他毁了！”

原来，宋家根和小蔡谈婚论嫁的时候，同时供养了一个高中女同学，并花钱送那个女同学读自费大学。纸终究包不住火，小蔡发现了宋家根脚踏两只船后，毅然决然地离开了他。从此，小蔡不但消失在宋家根的视野里，也消失在韩墨他们同学的视野里。前两年，韩墨费尽周折，终于找到了小蔡，才知道她无限痛苦地离开广东后，也不知什么缘分，嫁到了黄山。在黄山生活了几年，离婚了，又嫁到赣州，成了一个死了老婆的男人的填房。

“我们不了解他们的具体情况，不好评论，没有调查就没有发言权。”

“还调查什么啊！小蔡就是被宋家根害的！王八蛋，始乱终弃！小蔡现在多可怜啊！没有子女，不但成了一个老男人的保姆，还莫名其妙做了奶奶，帮别人带孙子孙女，这过的什么日子嘛！造孽啊！造孽！小蔡在读书的时候像个野小子，我怎么也没想到她会这么惨！”

“不聊宋家根和小蔡了，反正现在小蔡找不到了，明天也不会来了。我说，你那个班主任怎么知道我是九江人，是他的老乡，他干吗想见我啊？一辈子不认识的人，真是奇怪。”

“我哪儿知道啊！毕业后我都没见过他。也许在南方没碰到过老乡呗，睡吧！睡吧！”

王佐睡着了，但韩墨却思绪万千，被拉回到了大学时代。

那时候，韩墨多才多艺，是个才女，不但得到诸多同学的爱慕，还搅动了班主任的心。但是，这件事天真单纯的韩墨还真不知道。有一次，学校组织文艺晚会，韩墨在晚会上诗朗诵，朗诵的是自己写的一首现代诗。那首诗情真意切，情意绵绵，爱天爱地爱学校，又似乎是暗指某个人。不管是老师还是学生，那所大学自以为有才的男人都以为韩墨的吐露心声是向自己示爱，其中就有那位多情的班主任。这事传了一段时间后，也就过去了，但班主任的心就如平湖投入一粒石子，久久不能平静。毕业的时候，由于是成人大学，没有一个集体告别，学生三三两两来拿毕业证，班主任在学校守到最后，韩墨才来拿毕业证。此时的班主任已决定南下，不做教书匠了，他守在学校，最后等到了韩墨，这触动了他内心最隐秘的深处。她是不是爱我啊？那首诗就是写给我的！不然，她怎么最后一个到学校领毕业证呢？

班主任知道，韩墨是个矜持的姑娘。如果她真的借诗向自己吐露心迹，而自己不点破的话，那不但伤了一个姑娘家的心，自己也将后悔一辈子。学生毕业了，自己也将南下，以后的人生长河有没有交集还真的难说。不管是真的假的，今天一定要搞清楚。否则，这个心结将一辈子解不开。同班的老师和学生又只有他们两个人，天赐良机啊，班主任心想。

除了这个心结之外，班主任之所以急于弄清楚真相，还有另一个原因，那就是快毕业的时候，另一个女学生对他穷追猛打，大有非他不嫁之势。

他也接受了那个女学生的爱，计划带她南下，从此隐于江湖，隐于南方，过一个普通男人的普通日子，老婆孩子热炕头。偏偏在这时候，韩墨出现了。如果今天韩墨不来学校的话，他准备下午把毕业证寄到她家去，明天就南下。他有个姐姐是学日语的，毕业后就跑到深圳去了，几经跳槽，现在东莞一家日资企业的船务部任主管，颇受日方高层赏识。姐姐已帮他在东莞找好了工作。

把毕业证拿在手上，韩墨正要向班主任告别，忽然班主任说："韩墨啊，你是班上最后一个来拿毕业证的，我还以为你不来了呢。今天也是我在学校的最后一天……不如这样，我们去校外吃个便饭，算是留个纪念。以后天各一方，还真不知道猴年马月才能见面。"

听出了班主任话中的不舍之情，韩墨还以为岳老师是在说放暑假回家了，这个学期是他在学校的最后一天。她还想说，以后我们做学生的还要来看看母校，看看老师你的。但听到他最后说的话，她这才知道岳老师也要离开学校，不在这里工作了。既然这样，那就吃个便饭吧，反正也到中午了，就算她这个学生请老师。说实在的，在这儿读了几年书，她还真是感激岳老师的。正是岳老师对她的支持和鼓励，她的潜能才得以发挥，她才能在学校赢得才女的声誉。

在校门口不远处的一家餐馆里，岳老师点了两菜一汤，并且叫了两瓶啤酒。

二人边吃边聊，韩墨忍不住好奇地问："岳老师，你不在这里做老师了吗？"

"你猜对了。"岳老师说，"我不是正式编制，再做下去根本看不到前程。现在南方热火朝天，我要去南方闯一闯。听说我们班有很多人要去南方，我不能拖后腿嘛。"

韩墨点了点头说："男儿志在四方，是应该出去闯闯。可是，好难找工作啊！我之所以回校拿毕业证晚，就是去了南方。学校不是推荐我去东莞一家厂上班吗？我去了，可他们不要人，害得我白跑一趟。老师你，最好有人在那边提前联系好，联系好了再去。"

岳老师笑了笑说："联系好了，就是联系好了我才去的。"

“哦！”韩墨说，“那还差不多。不然，找工作没那么容易的。”

岳老师说：“我姐是学日语的，在那边混得还不错。你还想去吗？还想去的话我到了那边多留心，相信我姐帮你找份工作不是难事。我听说，女的好找工作，男的难找。”

“这……”韩墨顿了顿说，“我是很想去见见外面的世界，可这次去白跑一趟受苦不说，我爸爸再也不让我出去了。他叫我就在南昌找工作，或者他帮我在家里找份工作。”

“这样啊！”岳老师沉吟着说，“你爸爸有你爸爸的道理，谁愿意女儿到外面去呢？又不是正式工作！也或许，你这次去南方白跑一趟，你爸爸对南方已失去了信心。”

“或许吧。”韩墨说。

岳老师说：“我去了南方后，我们保持联系。如果你还想南下的话，写信告诉我，我会留心的。我有个预感，我们这两个会计班的人，包括老师和学生，最终都会南下的。”

“那好，谢谢老师！”韩墨端起一杯啤酒说，“来，喝酒，我先干为敬！”

二人边喝边吃边聊。聊读书时的趣事，也聊未知的将来，一直聊了两个多小时，并且又叫了两瓶啤酒。四瓶啤酒喝得差不多时，眼看桌上的菜都见底了，该到二人分别的时候了，忽然岳老师端起最后一杯啤酒说：“韩墨，你是我最看重的学生，我比你也大不了几岁，我们师生在学校这几年本来就跟朋友差不多，我有句话一直是个心结，不知该问不该问。”

韩墨愣了，岳老师有什么大不了的事呢，支支吾吾，欲说还休。

她大方地说：“老师问吧，我知无不言，言无不尽。”

镇定了一下，岳老师说：“去年我们学校不是办了一场晚会吗？你在台上诗朗诵那次。”

“是的，那诗写得不好。”韩墨说，“我上台朗诵之前本来想让你帮我修改的，后来忘记了。”

岳老师面如平湖地说：“你记得不，好多师生说你那首诗是意有所指，有人说是写给我的。”

霎时，韩墨的脸红了，还有点发烧。幸好喝了两瓶啤酒，她的脸本来就微微发红。

她感到非常尴尬，但强作镇静地说："不，不，没有，没有。可能是别人误会了。"

"我想，也是别人乱说的。"岳老师说，"我留个地址给你，是我姐的地址，也是我打工的地方。不管你去不去南方闯，我们都保持联系。毕业时的通信册里有所有师生家的地址，我会写信给你的。我想，我们都大有可能不会待在家里，所以我现在把我在南方的地址留给你。"

岳老师掏出笔，找小餐馆老板娘要了张纸条，刷刷写下了一行地址，递给韩墨。

就这样，师生就此在校门口挥手告别。虽然刚刚岳老师的问题令韩墨尴尬，但这是离开生活了几年的学校之前，班主任岳老师推心置腹的话，她含着泪花，感觉到身后岳老师的目光随着她的移动而移动。第二天，岳老师南下东莞，韩墨开始在南昌找工作。

岳老师到了东莞后，曾写了两封信给韩墨。但因韩墨一直没在家里生活和工作，信不知被她妈妈放哪了。毕业后半年到一年中，师生、同学间基本上会互相写信，一年后信就越来越少了。岳老师迟迟等不到回信，明白自己真的是误会了，就写信叫那个对他穷追猛打的女学生来东莞，帮她找了份工作，娶了她。从此，他不问世事，一门心思放在职场上，并且学会了日语；几经跳槽，现在是华为某分厂采购部的总经理，可谓事业有成，家庭幸福。相对他的学生们来说，因为他有个好姐姐，所以没有找工作的辛苦，打工路上一帆风顺。

第四十九章　成也东莞，败也东莞

闫书进的五金厂生产各种冲压五金配件，自己开模，以出口为主。2008年金融危机以来，出口市场萎缩，闫书进决定开发国内市场。之前有个客户的采购员跳到华为，还是做采购员，采购的范围还是五金配件。华为那可是国内的标杆企业，不上市圈钱，一步一个脚印，生产、销售、研发齐头并进，一路攻城掠寨，直至成长为国内知名的通信企业。这正是闫书进最敬仰的企业。得知消息后，他想，如果自己成了华为的供应商，不但拓展了业务，从以出口为主转型为以内销为主，还可学到华为的经营管理理念，真是一举两得啊。这个他很有信心。那个采购员曾是他长期的合作伙伴，她人虽跳槽了，但不需公关，条件具备就会下单给他。

没想到的是，大厂的采购权掌握在采购部经理和总经理手上，那个采购员有心无力，闫书进几次开模打样都以失败而告终。于是，他决定公关那个采购员的上司——采购经理。几经接洽，业务没攻下来，他却得到一个惊人的消息，采购经理的上司采购总经理竟然是他大学的班主任。这可真是天大的利好啊！闫书进和班主任岳老师联系上后，这才有了韩墨他们同学的石排之聚。多年来，在珠三角扎下根的二十来个同学不管是大聚还是小聚，都会打听他们的班主任。可是，自毕业以来，岳老师就如那天边的流星，石沉大海。有的同学猜测，岳老师可能没混出名堂来，所以不愿出现在学生的视野里。但令所有同学都没想到的是，岳老师不出现则已，一出现则是混得最好的。虽是打工的，但那是高级打工仔，是金领啊。有些开小厂的同学和闫书进的心情一样，喜出望外。有一层师生关系，还怕业务打不进华为吗？

王佐和韩墨把上小学的儿子安顿好，才开车到石排镇“海之霸酒楼”的“珠海”房，这时已是晚上七点左右了。当他们推开“珠海”房的房门时，响起了一阵热烈的掌声，大圆桌近二十个人齐齐看向他们。闫书进站起来，把他们带到岳老师正对面的两个空位上说：“你啊，最近的，来得最晚。”韩墨说：“没办法啊，拖家带口，哪有自由嘛。”随即看着岳老师说：“欢迎老师光临东莞，老师还是当年那个样子，帅气又成熟。”岳老师笑笑：“还帅气，秃了半个头，半个糟老头了，哪像你们伉俪，双栖双飞，才子佳人，你韩墨是我们这帮人中最幸福的了。”

韩墨正想说什么，闫书进端起一杯白酒站起来说：“全体起立！先共同敬我们尊敬的班主任岳老师一杯！”哗哗哗，大家全站起来了，有的还把椅子向后推了推，女的大多端红酒，男的大多端白酒。闫书进看了一眼四周，见大家都站好了，又说：“石排欢迎岳老师，东莞欢迎岳老师，我们师生常来常往，友情第一，喝酒第二，祝老师身体健康，事业更上一层楼！”

干杯。全体落座。

岳老师亲切地环视了一眼所有人，说：“今天是我南下以来最开心的一天，我先跟大家提点建议。一、能喝就喝，不能喝的举杯意思一下无妨，一切喝好，开心为上。二、刚刚大家敬了我一杯，除了家属外，不要再敬我。在座的我要每人回敬一杯，你们是我短暂从教史上最优秀的学生，我骄傲。三、不管谁跟谁喝酒，敬酒的不必站起来。站起坐下太麻烦，我们师生之间不用这些礼数。就这些了，开吃，你们互相多喝点，不用敬我，我要敬你们。”

这场酒，推杯换盏，欢声笑语，觥筹交错，好不热闹。

岳老师吃了几口海鲜后，开始敬酒了。他端起酒杯说：“我从左手边开始敬，转一圈。其他的该喝就喝，该吃就吃。”然后，跟闫书进碰了一下杯子说，“闫书进，你南下以来，传销、跑业务，屡败屡战，现在混得这么好，我真是开心啊，为你自豪！来，干杯！”

二人一饮而尽，闫书进说：“大家都知道，我被传销耽误了那么多年，走了许多弯路。虽然干传销时如过街老鼠人人喊打，但这些年我学会了跟人打交道，口才提高了，心理素质更提高了不止一倍，这为我后来的创业提供了帮助。当然，更要感谢岳老师的栽培，以后还请老师多多关照，多多指教，我一定虚心学习。”

旁边的宋家根举起杯子笑着说：“你也是我的骄傲和自豪，我敬你一杯！大家记得不，我们闫老板当年不喝酒的，喝点酒都脸红。现在呢，气定神闲，一杯又一杯，将才啊。”这时聒叔柄举起杯子说：“我也陪一杯。”韩墨说：“我们一起陪一杯。”所有人都举起了杯子。

接着，岳老师跟宋家根碰杯，说：“宋家根，你现在在做什么？”

宋家根端起杯子跟岳老师的杯子碰了一下说：“惭愧，我在走闫老板之前的路，跑业务。无人驾驶的小飞机，比如农业播种、海上观测等，都用得上，主要是西南市场。”

二人喝尽了杯中酒，岳老师说：“前程无量。你当初做人事主管近十年，赚饱了，跑不跑业务都无所谓的。现在，我要问你的是，小蔡呢？我记得全班就你们俩成功了。”

宋家根面露尴尬，讪笑着说：“这，说来话长，一句话说不完，下次我再跟老师聊。至于小蔡人在哪儿，我也不知道，得问韩墨啊，她俩是最好的姐妹，她最有发言权。”

大家都看向韩墨。韩墨沉吟了一下说：“小蔡老是换手机号，我们也失去了联系。她这一生嘛，怎么说呢，不大如意。嫁到黄山去了，几年后离婚，子女跟男方。后来改嫁给我们江西赣州的一个退休干部，差不多成了人家的保姆，帮人家带孙子，活得不是很开心……”

意外，太意外，有的女同学长吁短叹。

岳老师说：“性格决定人生。小蔡这姑娘表面看来像个野小子，坚强，但其实内心软弱，知难而退，喜欢安逸的日子，没有一股冲的精神，一股闯的精神。不说她了，我们继续吃，继续喝。”说着，他把杯子端起指向聒叔柄说：“说说你这些年的经历。聒叔柄，你可是个好学生，当年我最看好你的。估计你的经历不比闫书进曲折多少，我们南下这一代人不容易啊。”

聒叔柄举起杯子说：“进了几家厂，跟闫书进一起做过传销，打工嘛，打不出名堂来，也跑过业务，办过小厂，都失败了，不如在座的成功人士啊。现在在开美宜佳那样的连锁店，已经连锁了三家，惭愧。”闫书进说：“五家吧，石排两家不是在筹办中吗？”

岳老师说：“连锁店好啊，好好经营，总有一天会在全中国遍地开花的！”

二人碰杯，喝酒，见底。岳老师说：“爽快！”接着他自己帮自己倒了一杯酒，又端起酒指向钱丽艳和赵大伟夫妇说：“我敬贤伉俪一杯！你们创业早了在座的整整十年啊！”钱丽艳和赵大伟端起了酒杯，钱丽艳说：“老师，你吃菜先，一桌子的海鲜都没动什么。”岳老师说：“先喝了这一杯，再多吃点菜，大家也多吃点菜，不要浪费了。”

钱丽艳说话的时候，韩墨碰了碰王佐，二人端起酒杯，韩墨说：“我们陪一杯。”四人喝干了杯中酒，倒满了酒后，韩墨举起酒杯对钱丽艳和赵大伟说：“我敬你们两口子一杯，你们可是我们的榜样和动力。这些年来，我们一直在追。你们用BB机跑业务的时候，我们在打工；你们用手机的时候，我们才用上BB机；你们有车有厂了，我们还在跳槽打工。等我们有车的时候，你们在广州都有两套房了，我们一直都追不上。来，我敬你们一杯！”

三人喝干了酒，赵大伟说：“哪里，哪里，我们每况愈下，你们却后来者居上。”

一个同学说：“赵总真是太谦虚了，我也要向你们学习。”

这时，吃了几口菜的岳老师又端起杯子指向韩墨和王佐说：“我敬你们一杯。”喝干酒放下杯子后，岳老师又说，“你俩真是天生一对，地设一双，文艺青年，才子佳人，还各自事业有成，一个开厂，一个开企业管理公司，我为你们感到骄傲！真的，发自内心的。”

韩墨笑笑说：“混口饭吃罢了，还请老师多多指导！”

宋家根接着说：“韩墨，当年那首诗你到底向谁示爱啊？我们都以为是向岳老师呢。”

全桌哄堂大笑。韩墨略不好意思地说：“就一首诗而已，你们想多了。”

岳老师笑着指着王佐说：“韩墨哪会看上我们这些没文化的人！我们这个王作家才是跟韩墨最般配的人，经商写作两不误，佩服，佩服，心服口服外加佩服。”韩墨有点不自然，为了转移话题，举起杯子对钱丽艳说：

“我们俩敬老师一杯。”钱丽艳端起了杯子，岳老师摆摆手说：“我说过，我只敬你们，你们别敬我，我只有转一圈的酒量。你们自己喝一杯啊，你们姐妹好得共穿一条裤子，喝一杯啦！”这时，赵大伟端起杯子说：“我陪一杯，老师别推辞了。如果你一直做老师，那一定英才遍天下。这一个班就足以令人竖大拇指了。”

……

快十点了，大家依然兴致不减，依然欢声笑语，觥筹交错。

忽然，岳老师问闫书进：“彦小明怎么没来？他不是在大朗吗？”

闫书进看着岳老师，又看了看大家，似乎不好说。平常大聚小聚都不缺席的彦小明怎么没来呢？大家不免好奇，也看向闫书进。快言快语的钱丽艳说：“他怎么没来呢？急死我了，说啊，闫书进。”“大家都是同学，还是说出来为好。”闫书进只好说：“他出事了，被抓起来了！”“啊……”一片惊呼。彦小明是班上最帅的帅哥，也是最稳重的，到底怎么回事？

闫书进说了好一会儿，所有人就是没明白过来。经韩墨的分析讲解，大家才知道是怎么回事。

因为五百块钱，区区五百块钱，彦小明有可能坐穿牢底，一辈子赚的钱也要被罚掉。

原来，彦小明虽说是财务主管，但由于老板相信他，厂里凡是财务会计，还有海关船务等，都是他主管。自然，厂里的加工贸易合同也是他管控。平常，厂里进出口时严格按照加工贸易合同进口材料，出口成品，十多年来从没出过差错。就在去年，老板把他和报关员叫到一起说，厂里生意不好，有多余的材料要卖掉。彦小明负责签字和清点货物，报关员是个老手，负责将合同手册账面做到平衡。“辛苦你俩了。”老板丢两个红包，一人五百。其实，彦小明不知道的是，报关员在跟老板合伙赚钱，那五百块钱红包是故意给他看的。

或许是打工多年来四平八稳，或许是因一直得到老板重用而忠心耿耿，也或许是报关员多年来跟他关系最铁，二人消费时从不让他掏钱，彦小明确实是掉以轻心了。几个月的加工贸易进口材料内销，虽说手册账面是平衡的，但早已引起了海关缉私分局的注意，暗中调查。就在前半个月，海关缉私分局和公安部门突然袭击，查封了工厂，抓走了彦小明和报关员。

“老板其实不是法人，也没经手任何流程，涉及走私金额几千万啊！”

闫书进感叹着说：“彦小明这一辈子完蛋了，再也没有出头之日了。”

突然冒出这么一件事，所有的人都为老同学感到惋惜，并且长吁短叹。

王佐知道，彦小明虽说是个打工仔，但在打工的同时，买了两辆货车，既帮自己厂里拉货，也在社会上拉货，其实他的收入不比在座经商办厂的人少多少。一夜之间，不但稀里糊涂失去了所有，还可能坐穿牢底，甚至给整个家庭带来灭顶之灾。人生啊，真是无常！

正在这时，岳老师说：“彦小明同学的悲剧令我震惊和痛心。去年春节前，我在我们厂尾牙宴晚会上致辞，讲的是60末、70后和80初这一代人的人生经历。60末、80初跟70后的人的人生经历大同小异。在座的都是70后，我简单地说说70后这一代人吧，随兴所致，说到哪儿算哪儿，也算是对我们这一代人的人生做个总结。

“我们出生于20世纪70年代，从小破衣烂衫，吃不饱穿不暖，打着赤脚，点着煤油灯，现在想想，如同隔世一般。但我们那时并不觉得苦，也不觉得可怜，因为大家都一样。我们上小学二、三年级或三、四年级前，是集体时代末期，大家一定记得父辈上工、生产，集体劳动的场景，也在收割后的田里捡过谷子，交到学校。后来，改革了，分田到户了，城里也放开了个体户，可以开店摆摊了。我们的生活一天比一天好。吃饱了，穿暖了，有收音机了，有自行车了，有电视了，有各种报刊和小说看，开始有流行歌曲了，衣服也不用叫裁缝做了，因为集市上有时尚漂亮的衣服可买。农村的住上砖瓦房了，城里的也住上了单位建的职工宿舍，整个国家一片欣欣向荣。无可否认，整个80年代，是新中国最好的时代，我们是幸福的。

“那个时代，由于城乡二元结构，农村的唯有拼命读书，才能跳出农门，才能走出去看世界；城里的虽说有工作，但也要拼命读书，才能改变命运。于是，我们在座的拼命读书，以有个铁饭碗为最终目的。但是，在座的高考落榜，上了我们那所成人大学，我跟大家一起度过了一段难忘的岁月。这是我最珍惜的，也是最怀念的。

“在我们上大学和走上社会的时候，1992年南方谈话一声炮响，让无所适从的我们找到了方向，改革开放最伟大的时代开始了。我们纷纷南下寻梦，开始了艰辛的打工之旅。吃过多少苦，流过多少汗，跳过多少槽。我们没有退缩，没有打退堂鼓，忍辱负重，夹缝中求生存。到如今，我们一个个功成名就，事业有成。回想来路，我们不负此生，不负这个时代。

“但是，十多年来南下寻梦的可以说以亿次计，八成无功而返，只是在珠三角流浪了一番，又回去了。我们是十成中的两成幸运者，也是时代的幸运者。我们感谢这个伟大的时代。不过，也有像彦小明那样的，功亏一篑，身败名裂。他们是时代的弃儿还是其他什么，真不知道。但无论是谁，只要是这两成留下的，都是时代的宠儿。因为他们见证了新旧两个时代的交替，经历了整个改革开放，也见证了我们这个多灾多难的国家从落后到强大的过程。我们吃的穿的用的，以及通信和交通，相对于上一代，简直是天上人间，无法对比。

“记得几年前我看过一本书，写东莞的。书里有几句话，让我记忆犹深。

“如果你爱一个人，就送他去东莞；如果你恨一个人，也送他去东莞。这是最好的时代，这是最热的热土！不管一个人是多么的貌不惊人，请不要小看，也许他的座驾就是宝马或者奔驰；不管一个人是多么的邋遢低俗，请不要藐视，也许他提的手袋里就放着成捆的人民币；不管一个人是多么的土里土气，请不要得罪，也许他就是你下一个Boss。

“这是哪里？怎么会这么奇怪？告诉你，这里就是东莞！

“我们在这里经历了香港回归，经历了‘非典’，经历了南方大冰雪，经历了北京奥运会，经历了汶川大地震……我们在这里恋爱、结婚、打工、创业，从此成了新客家人。如果时光倒流，我相信，在座的诸位还会选择南下。正是因为南下寻梦，我们才站在了时代潮头上！”

一阵阵热烈的掌声，经久不息。

岳老师的一番即兴演讲，令王佐百感交集，产生了深深的共鸣。是啊！十多年来，经历多少事，遇见多少人，有过多少痛苦、多少欢笑，生命的交集中既有在座的南下寻梦的成功人士，也有马叔、乌鸦、彦小明、老孙等噩梦般的令人叹息的人生，还有中江、小江从富二代到台流的起伏不定。长江东流水，毕竟东逝去。历史长河中，70 后这一代人的人生只是人类历史长河中的一朵小浪花。但正是这朵小浪花，伴随着一代人的成长，承载着共和国的复兴之梦，见证了时代的滚滚向前，也见证了新中国不同时代的更替。他们的人生是错是对，是伟大还是卑微，对社会历史的作用是推进还是阻碍，一切得由后人来评说。不管怎么样，这一代人承上启下，有上一代人没经历过的，也有下一代人所想不到的，完全可以说是无愧于这个伟大的时代。如果用一句话来总结，王佐心头冒出一句——

成也东莞，败也东莞。

王小丰

初稿：2014 年 8 月于东莞

改稿：2018 年 5 月于东莞